横断と流動

――偏愛的詩人論

笠井嗣夫

七月堂

目次

I

II

III

IV

V

横断と流動——偏愛的詩人論

I

大岡信——初期詩論

1.

メスカリンを服用して精神の根源的な運動を記述し尽くそうとしたアンリ・ミショーの『みじめな奇蹟』について大岡信は、初期の評論「疑問符を存在させる試み」（60年）のなかで、これを読んでも既知の映像や感覚しかよび起こされず、「みじめな気持」になったと否定的な感想を述べながら、しかしミショーが敢行した、言語形成以前の深層的映像体験へ肉薄する試みそのものには、強い興味と共感を寄せている。

大岡の共感は、ミショーが「言語を拒否し、逃れつづける映像体験を、言語によって表現するという矛盾」にくり返し身を晒しつづけたというところにあって、自己と共有しうる問題意識をミショーの試みのなかに認め、なおかつその実践的な困難さを思い知らされたということを意味する。56年から59年のあいだに書かれた、「海を階段に沿って下ってゆくと鉄柵にゆれる花々のむこうに地獄／の景色がひろがっている。」とはじまる大岡の散文詩「青年の新世紀」に、「a mental sketch on a sunday afternoon」と宮沢賢治ばりのサブタイトルがつけられているのをみても、ミショーの冒険的な試みや賢治のメンタル・スケッチの方法と大岡の詩作とが交錯し合っているのを認めることができよう。偶発的な深層意識を言語化することは大岡信の特徴のひとつであり、重要な本質を示すものでもあった。だが言語以前の像を言語によって記録しようとするこの試みは、成功したとは言いがたい。ミショーについてはすでにみたとおりである。「青年の新世紀」の出来ばえに大岡が満足していなかったことも、現代詩文庫版『大岡信詩集』（69年）にこの作品が収録されていないことで明らかだ。

ところで、「青年の新世紀」が収録されている『転調するラヴ・ソング　1956－1959年』（『大岡信詩集』68年、所収）のなかの「鳥」は、言葉が抱え込んだ不思議な性質への問いをモチーフとしている。

だれも鳥をみたことのない村があった
だれもしらない旅のおとこが
鳥のはなしをしていった

トリ　トリ
トリってなんだ
トリ　それは音楽
トリ　それは色
トリ　それは森と空をむすぶはばたき
だれも鳥をみたことのない村があった

村人たちは鳥を実際に見たことがないので、旅人から鳥の話を聞いても心に思い浮かべることができない。きれいな音を発するものだと聞けば音楽を、美しい色をしていると言われると色彩を、空高く飛翔すると聞けば羽ばたきを、その都度、断片的にイメージする。知らないものにとって鳥は、統一的な輪郭をもつことのない、音と像の破片からなるものでしかない。

村にはひとりの少年がいた。少年は旅人の話を耳にして、他の村人たちよりずっと具体的に想像をめぐらす。「なめらかな波」や「どうもうなくちばし」、あるいは「てのひらのぬくみ」や「あのひと」のことを。それによって「わるい夢」に悩まされたりもする。トリという言葉との出会いは、果して彼にとって幸せな体験だったのだろうか。それとも残酷な体験だったのだろうか。言葉によって残酷さや幸福感を味わうことになった少年は、「トリってなんだ／岩のなかに住んでいる／夢のなかで燃えている／少年のなかにとじこめられた／あのひとのなかでとけちまった／だれも村ではもう話さない／あの空をとぶ幸福な残酷な音楽／残酷な幸福なぬくみ／トリってなんだ」と、いまだ体験したことがないことばを感性や想像の力で自分なりに体験し、さらに進んでトリという存在の本質そのものを問うようになる。

鳥の話をして去っていった旅の男は詩人のメタファーであり、少年とは読者のことだ。読者は詩人によって差し出された未知のことばをゆっくり味わい、そこから想像力の羽を遠くへのばして、残酷さや幸福感を体験し、あらたな認識をもつようになる。詩人はそうした体験に初発の根拠をもつのだと作者は言いたげである。

有名な、「さわる」という作品がこのすぐあとにくる。これもまた、知覚を言葉で再現することの不可能性、言葉と実在の乖離、さらに知覚することじたいの不確定さを精密に言語化したものだ。ここでさまざまな物や現象にさわっている主体は、成長して詩人になった「鳥」の少年である。大人となった少年は、かつて心のなかでトリという生き物を想像したように「さわる」という行為について想像し、再認識しようとする。詩人は少年とちがって「さわる」という行為を経験的に熟知している。熟知しながらあらためて問うという知的な操作をする。体験をまったく白紙に戻すのではなく（そんなことは不可能だ）、すでに得られたさまざまな認識を執拗に反芻しつつ、あらためて問い直すという試みがなされる。

触覚は、視覚や聴覚に比較すると主体の関与する度合いが強い。指で何かをなぞるとき、私たちは意志的にそれを行う。神経の集中度が必要なのだ。だが、「そのときさわることだけに確かさをさぐり／そのときさわるものは虚構。さわることはさらに虚構。」と、知覚が不確定である状態を精密にことばとしたこの作品は、多くの戦後詩のなかでも飛び抜けてすぐれたものにちがいないが、しかしいくぶんスタティックな印象をあたえる。もともと不確定ではあった「さわる」という行為が、作者の柔軟な感性と周到な認識力とによって最終的に「不確定」だと確定されてしまうような、どこか奇妙な感じを受ける。

それでは、知覚とその表現とのあいだに存在する、まやかし、迷い、意図とその具体化とのずれ、といったものを一挙に解消する方法はあるのか。こう自問しつつ、少なくとも絵画にはあると、「疑問符を存在させる試み」における大岡信はいう。行為であり同時に実現そのものである「一種魔術的な主客一致の状態」、それはたとえばジャクソン・ポロックが試みたアクション・ペインティングにおいて見いだされるのだと。ポロックの作品は、象徴的な質を持っていない。ある特定のイメージを喚起しようともしていない。質量や対象性など物質の持つ諸属性を排除し、だが「それ自身である以外の何物でもない」ものであろうとする熱望によって、逆に、「運動そのものに抽象された精神の視覚化」であろうとする。

「疑問符を存在させる試み」が収録された、現代芸術論叢書『芸術マイナス1』（60年）には、詩だけでなく、美術、写真、映画、戯曲など多様なジャンルの作品についての論が収められているのだが、とくにポロックについては、書名となった「芸術マイナス1」において、さらに掘り下げられる。大岡によると、ポロックのアクションとは、肉体の運動や速度とはまったく次元を異にしていて、「心と手、精神と眼」が合体したような状態をいう。

> シュルレアリスム絵画における幻想的、悪夢的イメージはおろか、エゴの多少なりとも深部にひそむもろもろの観念連合や複合的イメージさえここでは拒絶され、もっぱら直接具体的な感覚を、造形的な記号ともいうべき色、マチエールそしてとりわけ、根源的な意味におけるデッサンの中に物質化しようとする。

何らかの暗喩を秘めた象徴的なものではなく、作者の感情や心理を形象化したものでもない。ひたすら色とマチエールと内的デッサンの永続的な連鎖によってポロックの作品は成立する。これは因果律を基本とする西欧美術の伝統とは切り離された、純粋に自律した世界であり、精神と行為のこうした自転運動は、精神の危機的状態の軌跡なのだと指摘する大岡は、「しかも（あるいはそれ故の）あれらの線の保有している自由。細い、圧力に耐えている、本当に細い線の中に確保されている自由。ぼくらの自由」（傍点引用者）とつけ加える。

私が大岡のポロック論を紹介してきた理由は、この「ぼくらの自由」という一語の吸引力につきる。大岡は、詩人としてのみずからの存在を忘却してアメリカの絵画の動向を論じているのではない。詩における「ぼくらの自由」の可能性をアクション・ペインティングに見いだしていると読み取らなければ、ミショーとポロックからはじまり戦後詩へのていねいな批評によって閉じられる『芸術マイナス1』という評論集を読んだことにはならない。

アンドレ・マルローによる映画論の紹介や周到なケネス・パッチェン論がある一方で、『荒地』や『列島』『歴程』の詩人たちについて論じ、寺田透の『詩的なるもの』や吉岡実の『僧侶』についても語る大岡の柔軟で幅広い視野は、国境やジャンルを自在に横断しながら、やはり詩の現場性にその視点を収斂させていく。そう読むことによって、私たちもまた、「ぼくらの自由」を手に入れることができる。

『芸術マイナス1』を読んだときに私が感じた「自由」の歓びは、戦争体験を思想化しようとする戦後詩人たちから受けた微妙な抑圧感から解放される歓びを含んでいた。世代的体験を思想化していく作業はもちろん必要なのだが、しかし体験の思想化は体験しないものに対していくぶん抑圧的に機能する。この事実への配慮を欠いた論者が多かった60年代初頭に大岡は、「作品そのものとして表面化した疑問符」に詩の魅力を見いだしていたのである。

ジャンルの横断性について、もうひとつのエピソードをつけ加えておこう。大岡が、「細い、圧力に耐えている、本当に細い線の中に確保されている自由」と書いたとほぼ同時期の60年12月、ニューヨークで『フリージャズ／オーネット・コールマンのダブル・カルテット』というアルバムが吹き込まれた。『四つの四重奏』（ロレンス・ダレル）ならぬ「二重の四重奏」（ダブル・カルテット）とは聞きなれない言葉であるが、要するにふたつのカルテットを左右に配して両者がそれぞれ同時に集団即興演奏を展開するのである。最近では、この程度のことで驚くナイーブなジャズ・ファンはいないだろう。だがそれにしてもメンバーがすごかった。左側にはコールマンのほかドン・チェリー、スコット・ラファロ、ビリー・ヒギンズ。右側には、エリック・ドルフィーのほかフレディ・ハバード、チャーリー・ヘイデン、エド・ブラックウェル。いずれもリーダーアルバムを持ち、ジャズ史に残るプレイヤーばかりである。

集団即興といっても、メインテーマがあり、ソロの順番も決まっているからまったくの無秩序とはちがっていて、それぞれが内的な必然性にしたがって演奏を展開する。演奏スタイルとしてのフリー・ジャズが、その頃ややマンネリ状態に陥っていたハードバップに革新性をもたらしたのかどうか、といった論議はこの際どうでもいい。興味深いのは、このアルバムが『自由なジャズ』というタイトルによって有名になり、しかもジャケットにポロックの「白い光」が使われていることだ。

偶然性を内包して展開する音の軌跡。フリー・ジャズの定義をこのように言いあらわしてみるならば、すぐにこれはアクション・ペインティングについて大岡の言及したことの言い換えといってよいことに気づかされる。ライナー・ノートで植草甚一は、オーネット・コールマンはポロックのアブストラクト絵画に影響を受けた音楽家だとして、アルバム『フリー・ジャズ』は、以前に演奏した「フリー」という曲（アルバム『世紀の転換』）の理論的展開を示していると指摘した。この頃すでにポロックは亡くなっていたが、時代やジャンル、国境を横断する同時的な視野のなかで「疑問符を存在させる試み」以下が書かれていたことは、このエピソードからも理解できよう。そしてくり返しになるが、大岡の書くものは、読むものに歓ばしい自由を、解放感をあたえてくれたのである。

55年の『現代詩試論』を読むと、20代前半の詩論群、「現代詩試論」にはじまり「詩の条件」「詩の必要」「詩の構造」「新しさについて」「詩観について」「純粋について」とつづく7篇が、50年代前半という戦後詩全盛期においていかに先駆性をもっていたのかがわかる。たとえば「問題は詩について語ることではなくて、最も新鮮でかつ神秘的な姿において詩そのものを示すことにある」（「現代詩試論」）といった断言によって大岡は、解説でも概説でも演説でもない詩論独自の意義、つまりそれを読むことで読者もまた詩と等価的な言語体験をしうるような詩論の可能性を示唆していた。そうでなければ、「詩人として、彼はおのれを超える力に貫かれながら、その力とおのれとの間にみずから鍵盤となって吊橋のようにかかるのである」（「詩の条件」）といった、散文詩と見紛うほどの美しい文章をどうして書けただろうか。これは推論になってしまうが、とりわけ初期においては、詩を書くのときわめて似た姿勢で、大岡は詩論を執筆していたはずである。

2.

とはいえ、もちろん大岡は、50年代アメリカ美術の主潮流だったアクション・ペインティングの方法意識を手放しで賛美したのではない。ことばの多義性から必然的に生じる曖昧さをきらってイメージそのものの直接性に帰ろうとするミショーの試みに、表現されるものと表現するものとの背反性を意識し、解消しようとしている点でポロックとの共通性を指摘した上で、「絶望的な、しかし斬新な試み」であるという微妙な評価を下しているからだ。

なぜ絶望的であるのか。運動や精神は、いかに「アクション」として表現される（ポロック）とはいえ、あるいは個性や意識の障壁を超えたところに記述を求める（ミショー）とはいえ、定義されたり表現されたりすることによって生き生きとした動きを失い、いくぶん死骸のようなものになってしまう。こうした評価が、「さわる」を書いたときの経験と連動していることは確かであろう。おなじ詩集のなかの「猛烈に回転する水平な庭の中心で／ぼくは一羽の鳥をつかまえた／それがたちまち露に濡れた苔に変ってしまうあいだに」（「死に関する詩的デッサンの試み」）といった詩行にも、書くことへの、決して楽観的にはなりえない意識のゆれが垣間見える。そしてこの後、大岡の詩論はどのような方向へと進んでいったか。

コールマンが「フリー」を理論的に展開し、ダブル・カルテットを組織してアルバム『フリー・ジャズ』へと向かったように（とはいえ大岡が『フリー・ジャズ』を聴いた事実があるかどうかはまったく知らないのだが）、これまでの断片的な認識に肉づけし、ゆっくりと着実にそれを展開していくこと。たとえば56年の段階で、すでに大岡はこう書いていた。「座標軸はタテ、ヨコ両方にしなければならない。さもなければ、ぼくらの座標上の点は任意の無意味な点にとどまってしまうだろう」（「前衛のなかの後衛」）と。この言葉を実現するかのように、これまで顕著だった横の座標軸（時間やジャンルの横断性）に加えて、縦の座標軸（歴史的な視座）が形成されていく。

この視点からも、65年の詩論集『超現実と抒情』の構成には興味がそそられる。ここにはサブタイトルどおり「昭和十年代の詩精神」にかかわる論考が集められ、早くから深い関心を寄せていたシュルレアリスムやモダニズムだけでなく四季派の抒情詩や日本浪漫派の保田與重郎についても充分な視線が注がれる。これほど強靱な詩的感性は、大岡以前にはまず見当たらない。昭和10年代という歴史的なグラウンドのなかで、しかし形成のされ方がまったくちがっているようにみえる詩のグループや詩人のあいだに、それまで見えなかった関係性を見いだしていくのだ。ひとりの詩人が滝口修造と保田與重郎という対照的な個性を充分な理解をもって論じるなどということは、それまで想像も出来ないことであった。

すでに清岡卓行が指摘しているように、昭和10年代は、大岡自身の少年期と重なり、戦争が暗い影を落としていた時代でもあった。そこにこの論集の抱える切実さがある。

横軸と縦軸を濃密に交叉させた『超現実と抒情』を、より整理して長いスパンで発展させたのが、『蕩児の家系』（69年）である。ここでは、「日本現代詩の歩み」として縦軸を明瞭に打ち出している。「大正詩序説」「昭和詩の問題」「戦後詩概観」の3部で構成されたこの論集について、大岡自身は、はじめての首尾一貫した構成の評論集だと初版のあとがきにしるしている。この「首尾一貫」という言葉に、歴史的な視座を確立させようという自負が込められていることはいうまでもない。

『蕩児の家系』のユニークさは、日本の詩を歴史的に論じるときに、明治期を省略して大正からはじめていることである。もちろん、省略したといっても単純に無視してしまったわけではない。明治末から大正のはじめにかけて成立した口語自由詩の発生と展開の様相を深く掘り下げていく過程において、「文学語」で書かれた明治期の詩が口語自由詩に取って代わられた事情もまた充分に対象化されるのである。明治期を省略することによって問題の所在はよりクリ

ア な形で示された。この着想のすごさには、感嘆せざるをえない。日本の現代詩が文語定型という枠から「蕩児」として逸脱した結果、詩人たちは各自の詩論にもとづいて「虚の形式」を脳裏に組み立てて詩を書かなければならなくなったとする、現代詩への正鵠を射た性格づけとともに、この大胆な方法によってこそ現代詩が文学史のなかに初めて独自の場を確保しえたといっても言い過ぎではない。

これと関連するのだが、『蕩児の家系』がありふれた文学史とは異質な書物であるということを強調しておこう。たとえば谷川俊太郎、飯島耕一、岩田宏ら大岡自身をも含め30年前後に生まれた詩人たちの世代的な精神の特徴のひとつとして大岡は、「歴史主義への反撥」をあげている。首尾いっかん性すなわち歴史的視座の形成をめざしながらも、大岡の視線は絶えず詩の発生する現場に向けられる。さまざまな詩人たちの多様な表現形態を、時間的な因果律によってではなく、偶然性を内包しつつ動きつづけるものとして、そのままとらえようとする。この姿勢は、『芸術マイナス1』から『蕩児の家系』までいっかんして変わらない。

通常の文学史であるなら戦前のシュルレアリスム運動のなかで触れる滝口修造を、あえて「戦後詩概観」のなかで取り上げ、「滝口修造は、たしかに、反省的意識の容器であり、かつ内容そのものであるところの言葉によって、反省的意識に媒介される以前の実在をとらえたいという、まことに矛盾した夢（また悪夢）に、最初からとらえられてしまった詩人だった。僕がこの詩人に見出す最も英雄的な特質は、まさに、氏がみずからに課した（あるいは何ものかによって課されたことを自覚した）この夢の一貫性にある」と断言するのを目にするとき、大岡もまた「夢の一貫性」に賭けた詩人であると、だれもが確信するにちがいない。

最初期の詩論のひとつ「あて名のない手紙」において、「ヴィジョンは偶発的なものであろう。詩における生命感を保証するものは、ヴィジョンの偶発性にほかならぬ。だが、この偶発性は同時に内的な必然性に貫かれていなければならぬ」（55年）とすでに大岡は書いている。そして「偶発性」と「必然性」の両者がはじめて幸福な出会いを遂げたのが『蕩児の家系』であった。文学史にも文学理論にもいきつくことなく、「現象をそのまま本質の露呈と化せしめよう」という熱く強い願望を、大岡は決して失わなかった。大岡信が私たち読者にあたえてくれる歓びとは、さまざまに異質なものが出会い混沌とする状態を明晰に見つめ、あますところなく記述していくことによって生じる、横断的かつ流動的な夢の場にいることの歓びである。

那珂太郎

……蒼ざめた音楽にずぶぬれて
逢ひにくるのは
いつもおまへの方からだ
(「死　あるひは詩」)

ひとつの作品をゆっくりと読むことからはじめよう。全行を引用するために、なるべく短めのものを。

飛び翔る影

くれゆく雲の藍のあはひ
ゆめの裂けめの

あかねさすひかりの帶を
なにもののかげか
みなみをさしてなみなみのうへ
くる　くる
くるるう　くるるう
みみしひの空にさけび啼き
なにもののたましひか
くるるう　くるるう　くるるう
むらぎもの亂れる雲の
うつろふ色の時をはやみ
うすやみのなみなみをこえ
みなみへみなみへ

（詩集『空我山房日乗其他』、85年）

雲が刻々とその色彩を変えていく海原の夕暮れ、「なにもの」かの影あるいは魂が、「くるるう　くるるう」と悲痛な啼き声をあげ、南を指して飛んで行く。ひたすら南へ、南へと。この情景から何を感じ何を読み取るべきなのか。

詩の魅力は、ことばの重層的な諸関係によって生み出される。とりわけ響きとリズムによって。全14行から成るこの作品は、「くれゆく雲の藍のあはひ」と始められる。「くれゆく」は、初めと終わりにku音をもち、おなじくku音の「雲」へと繋がる「くれゆく」という詩句が漢字表記ではなく平仮名表記となっているのは、すこし後で「くる　くる／くるるう　くるるう」という反復的なオノマトペと呼応させるためであろう。また、タイトル中の「翔る影」でのka音の反復が「くれゆく雲の」のku音に繋がりつつ、初行後半「藍のあはひ」の頭韻aに響きを残してもいる。そしてこの〈アイのアワイ〉は、頭韻と同時に脚韻を形成しているため、互いに溶け合うような印象をあたえる。

行末の「あはひ」は、間（あいだ）の意であるとともに「淡い」という語をも想起させながら次行の「ゆめ」に掛かる、ともみえる。だが前行のリズムがここで完結しているから、「ゆめの裂けめ」は、雲の「あはひ」の言い換えであり、次の行に強く関与しながらも、この行だけで独立した、作品全体への挿入句的はたらきと受け取りたい。夕暮れの海は、夢の裂け目に見え隠れする幻影でもあると。

タイトルを含めわずか3行の詩句を瞥見するだけでも、ことばの映像的、音韻的な相互関係が複雑微妙に入り組んでいて、逐語的な分析を続けようとすると、その作業は果てもないように感じられる。そしてその果てしなさの感覚こそが、実はこうしたすぐれた詩を読むことによって得られる最大の快楽なのだ。

ただしここでは那珂の詩の音韻的な特徴をひとつだけあげておくにとどめたい。それは規則性の回避ということである。語の音韻的な側面を十全に活用しながら、あるパターンに陥ることはいつも周到に回避される。マチネ・ポエティックをはじめとして音韻や韻律に重きをおいて詩作する他の多くの詩人たちと那珂との、これが決定的なちがいである。頭韻も脚韻も類音も重音も、音韻技法としてさまざまに駆使されている。けれども規則性をもったひとつの定型に収斂することはない。頭韻が使われたかと思うとすぐ脚韻に変わり、あるいは「裂けめ」と「さす」のように行を跨がって呼応する。

最終4行での「むらぎもの」「亂れる」「はやみ」「うすやみ」「なみなみを」「みなみへみなみへ」というm音の見事な連鎖も、規則的なものではまったくないために、かえって音韻的な自由さやひろがりを読者に感じさせる。ことばは緊密に結合しつつ、凝固せず生動する。中央韻、内部韻、交叉韻などに類する高度な音韻技法をさまざまに駆使しことばの内的な秩序をつくり出しながら、読者に不自然さ、窮屈さをあたえることはない。

音数律についても同様である。文語文法と歴史的仮名遣いによって書かれているから、まったくの自由律とは異なる。だが冒頭の四行を強いて75に近似させて区切ってみても、7・6／7／5・7／5・3……と、決して定型律には収斂していかないのだ。

この特徴と関連すると思われるのだが、かつて那珂太郎と菅谷規矩雄との間で「織毛」論争というものがあった。萩原朔太郎の作品「竹」のなかの「織毛」という語について那珂が「わたげ」と読むべきだと指摘したのに対して、当時、独創的なリズム論を書き継いでいた菅谷が、「せんもう」と読むべきだと批判したのである（『ユリイカ』75年7月号）。

詳述する余裕はないが、那珂がはじめてこの作品を読んだ昭和4年の自選集には朔太郎自身の手によって「わたげ」とルビが振られた事実がある。さらに、「根の先より織毛が生え、／かすかにけぶる織毛が生え」というように、「竹」「生え」など〈a－e〉を共通にもつ音韻の磁場が形成されているのだから、watageでなければならないという。那珂のこの指摘に対して、はじめて「竹」が書かれた時には「せんもう」であったと考える菅谷は、〈アーエ〉はあいまいに2重化してしまうから音韻の磁場を形成しえない。7音律の固有リズムが作品上で確定されるために、ここでは「せんもう」以外に読みようがないと主張した。

菅谷独特の音韻論やリズム論の枠組みをはずして虚心に作品を読めば、「せんもう」と発音するより「わたげ」と発音するほうがすぐれた作品になることは明瞭であると私には思える。『詩的リズム』をはじめとする菅谷の詩論や音数律論におしえられることは多いのだが、体系を作り上げて理論的に決着をつけようとする志向が避けられず内包する痛ましい偏差と党派性をここではみずからが露呈してしまったようにみえた。現在の時点から振り返ってみるなら、菅谷が多くを依拠していた吉本隆明の言語論をいち早く批判していたのが那珂太郎であり、ここでのいくぶんヒステリックな那珂への論難は、むしろ理論構築の困難性における自身の危機感の反映だったのではないかと思われる。この論争は那珂の音韻観や言語感覚の卓越性、鋭敏性をこそ、照射する結果になったのである。

代表的な詩集として65年刊行の『音樂』があることもあって誤解されやすいのだが、那珂の詩の特徴は音楽性や実験性につきるものではない。また、詩における音楽性というのも、一般的な意味での音楽とは別な質のものである。那珂自身が講演のなかで、「樂器を使った音楽に匹敵するような詩を、言葉によつて書くなんてことはできる筈がない、これは最初から分かっていることなんで、ここにいふ音樂はそれとは全然違ふんです」(「詩のことば」)と述べている。音韻や音律だけでなく、イメージや意味など、ことばがさまざまなかたちで緊密に結びつきポリフォニックな構造体を形成したものを詩と見做し、その認識にもとづいて書かれた那珂の精密な詩論は、より多くのひとに読まれるべきであり、詩における音が、生理的物理的な音ではなくて〈像としての音〉であるというたいへん重要な指摘も、もう少し詩人たちの一般常識となっていい。

石のいのりに似て　野も丘も木木もしいんとしづまる　白い未

知の頁　しいん——とは無音の幻聴　それは森閑の森か　深沈
の深か　それとも新のこころ　晨の気配か　やがて純白のやは
はだの奥から　地の鼓動がきこえてくる

（二月　しいん）

「音の歳時記」（『鎮魂歌』95年）中の秀作である。ここで「しいん」というオノマトペは、<shiin>という音の感受によってある心理的反応を呼び起こすが、もちろん具体的な音が聴こえているわけではない。聴覚の内部に響いているのは「無音の幻聴」である。それゆえにこそ、森閑<shinkan>や深沈<shinchin>、新<shin>晨<shin>の視覚的形象性と無音で響き合い、空間化される奇跡が可能になるのである。詩とは奇跡の現出である。

作品の内部で生み出される音（あるいは声）を肉声へ還元することは不可能だ。「くる　くる／くるるう　くるるう」は、夕暮れの海上を飛び翔ける「なにもの」かの叫び啼く声である。哀切きわまりない響きがこめられている。何の声であろうか。とりあえず鳥の声だと考えるのがふつうだろう。どんな鳥か。近接した時点で書かれた「春の鳩」という作品でも、「くるるくるる」と似たようなオノマトペが使われている。では鳩の啼き声だろうか。そう受け取ってかまわないだろうが、もう少しみてみると、『重奏形式による詩の試み』（79年）において、那珂は入沢康夫「わが出雲」のなかの「愛する者のそばから／心ならずも逃げ去らねばならぬものが／きまつてああいつた叫びを上げる」という部分に「くる／くる／くるるぅ／くるるぅ」と、この作品とまったく同一の擬声語を挿入し、鶴の啼き声のことだと注をつけている。とすると、比較的小品といってよい「飛び翔る影」は、実は那珂のこれまでの作品だけでなく、入沢の「わが出雲」を参照系として内包しているということになり、ここでも読解は容易に収拾がつき難い事態となってしまう。

迷路へ彷徨い入る快楽は再び断念して、先へ進もう。上記の注で那珂は、「くるるふ　くるるふ」は前のスタンザの「狂ふ」の余響であり、「くる」は「来る」と音通であると付け加えている。作品「飛び翔る影」の場合、「くる」は「暮る」でもあろうが、もっとも重要なのはいうまでもなく「狂ふ」すなわち「なにもの」かの抱えるもの狂おしさであり、これが作品全体のモチーフである。一見するとたんなるオノマトペとして過ぎていきそうな「くるるふ」という擬声語のなかにモチーフの〈狂おしさ〉が秘められている。「視覚的形象性」をも含めた「聴覚的音響性」による「内的音楽」がここで進行しているのだ。

この狂おしさは何に起因するのか。「春の鳩」や入沢・那珂相互改作「わが出雲」を読んだ者なら、９行目の「なにもののたましひか」という問いかけが、死んだ友の魂のことを指すとすぐわかるだろう。そして「影」（＝かげ）は、ネガティブな存在つまり死と重なり合うと。「とほくとびさつた白鷺の羽音は／夢幻のそらにそそりたちにほふ」（「作品＊＊」）について、

『古事記』の八尋白智鳥を引いて「死者が天に帰るという信仰」との関連を示唆する渋沢孝輔の論（「那珂太郎の作品」）も示唆的である。それでは、「くるるう」（＝狂ふ）という強烈な擬声語の直前に置かれた「みなみをさしてなみなみのうへ」という詩行との関係はどのようなものか。とりわけ「くるるう」と「みなみ」という語の関係は。那珂太郎の故郷が博多であり、長篇詩「はかた」（75年）の冒頭が、

なみ
　なみなみ
　　なみなみなみなみなみ

と書き出され、のみならず作者自身が「『なみ』といふ語の自律運動に導かれて徐徐に不在の『はかた』への接近をめざす。海のイメェジを示すこの語は同時に『無み』といふ語意を含む」と注をつけていることを無視するわけにはいかない。さらに注にも明記されているが、そのすぐれた論考「那珂太郎『はかた』の構造」（『暗河』23号、79年）においてさかぐち・ひろしは、波の視覚的効果だけでなく「なーみなみ」とも解釈できるとし、そこから「汝」あるいは「奴（那）」を引き出す。いずれも参考になろう。前出の詩行において、「みなみ」「なみな

み」がどちらも〈南と波〉を抱え込んでいることは、明瞭である。ただ、さかぐちの指摘する「東京から見た博多」や「漠然と南洋のこと」にせよ博多の古称「那津」にせよ、作品「飛び翔る影」の底流をなす狂おしさとすぐには結びつきづらいように感じられる。

もういちど作品にもどってみよう。夕暮れの海上を南へむかって飛ぶものを、果して鳥のみに限定すべきだろうか。「なにもののかげ」「なにもののたましひ」としか書かれていないのに。そして詩人が鳥の叫びに、啼く声に託したものは何であるかと。こんな文章がかつてある無名の学生の手によって書かれた。

ブーンブーンブーンブーンがつちりと翼を張つて南へ南へ真直に飛んで行きます。／青い海に太陽が反射して、波がきらきらと美しく輝いてゐます。

（白鴎遺族会編『雲ながるる果てに』52年所収）

わずか22歳の若さで戦死の運命をたどる海軍飛行予備学生（小島博氏）の手紙の一節である。ピアノの教え子に向けて書かれたというこの文章には、海と波、そして「南」がくりかえし出てくる。小島氏が亡くなったのは沖縄の海である。

戦中の自己について那珂太郎は寡黙であるが、いくつかの文章では13期海軍予備学生（一般兵科）として土浦海軍航空隊にいたことを明らかにしており、多数の同期生を戦争で失った痛みは通常の言語伝達機能の使用を断念させるほど深く重いものだと思われる。「みなみ」は、ただ南としてことばのままに読んでいいのだが、意味レベルでは、特攻隊員として死んでいった沖縄や南方の地を指すと受け取ることも可能だ。詩論において、音韻リズムを核としたことばの自律性に心血を注いできた詩人の作品読解に生活経歴を補助線として導入するのは、あるいは礼を失する行為かもしれない。けれども、少なくとも叙事的な傾向が強まった詩集『はかた』以降の作品には、それが許されると私は考える。この作品の情景は、『雲ながるる果てに』の表紙に掲げられた写真によく似てもいるのだ。そして また私たちは、『はかた』でのこのような詩句も思い出すだろう。

つぶだつ記憶は　遠のきうつろふ
ひづむ翡翠のひかりの裂けめに
海鳥のさけび
血のちぎれ雲
めしひた都市の　石のそらの
死の　まぼろしの兵士

（「記憶」部分）

あえていうなら、「飛び翔る」ものとは、血に染まった雲間を叫びながら飛ぶ海鳥であるとともに、「まぼろしの兵士」の搭乗する戦闘機、おそらくは粗末な装備しかもたない自爆的戦闘機の姿であろう。夕暮の空がうっすらと染まる海の上を、ひたすら死ぬために南へ向けて飛びつづける特攻機。その不条理ゆえの「さけび啼き」であり、狂おしさなのだ。タイトルで「飛び」と「翔る」の同意義語を重ねたのは、飛行機と鳥との2重性による結果である。「くるくる／くるるう　くるるう」とは、自意識によって内部から破裂しかねない鳩の、石の空を飛ぶ海鳥の、美しくも高貴な鶴の、悲痛な上にも悲痛な叫びであり（像的にはプロペラの回転を連想させる）、「みみしひ（＝耳癈ひあるいは聾ひ）の空」とは、死にゆくものの絶対的な孤独によって感受された空にほかならない。

那珂太郎の作品は、これまでいくぶん美学的に読まれる傾向があった。だが、「飛び翔る影」にみるように、戦争の影響は『荒地』の詩人たちに劣らず強い。那珂とほぼ同世代の宗左近は、『音楽』の作品に「エロチシズムの官能の夢の虚無感」を読み取りつつも、こういう詩は戦前には決して生まれることができなかったとして、「戦争という暴力が言語のもつ現実的（つまりは外的）有効性の空しさをすべて奪いさってくれたから」（『詩のささげもの』）であるとその理由を簡潔に指摘している。核心をついた鋭い指摘である。初期の作品をも含め、那珂の全作品がこの視点からさらに読み込まれるべきであろう。

海や空、鳥のイメージや叫び声は、実は『音楽』にも頻出している。たとえば「みなみの雲の藻の髪のかなしみの」(「作品A」)、「凪ぐ海のうれひの靡く藻のもだえの」(「作品B」)、「裂かれた空のさけび」(「繭」)、「透明な鳥でなく／みどりの鳥でなく／黒い血の鳥／燃える鳥くろ焦げの鳥」(「ねむりの海」)、「鳥は鳥のゐない形のかげの透明のなかをとぶ」(「フォトリエの鳥」)、「目にしみるあをいあをい空それは／いくさのさなかの死のしづけさのなか」(「小品」)といったように。那珂のエロチシズムが具体的な感触をともなっているのとおなじくらい、死のイメージも具体的な戦争体験にはっきりと裏打ちされたものなのである。

とはいえ、「くるるぅ　くるるぅ」と、狂おしく声を発しながら南へ南へと飛び翔けていく「なにもののかげ」が、「とほいとほいとほいはてしないそら／黒闇のいくさのほのほに燃えつきた」(「はかた」)ものであったとしても、ここで詩人がいささかも「かげ」を具象化していないことに注意を払うべきであろう。いったい、この作品の記述主体は、「かげ」をどこから見ているのか。海に浮かぶ船上からか、それとも海岸からか。しかしそれにしては視点の高さを感じないだろうか。海上や地上から見上げているのではなく、飛び翔けるものと非常に近しい眼を感じる。南へ向かって飛んでいるのは、果して誰なのか。

ここで記述主体と客体化された像は、同一化しているわけではない。しかし明瞭に主体と客体とに分かれているわけでもない。ほとんど同一化しつつ、死によって決定的に隔てられているともいえる。叫んでいるのは、特攻機で突っ込んでいった同期生の魂かもしれず、しかしまたそれと同化する詩人の想いかもしれない。『空我山房日乗其他』でのほかの作品もあげておこう。

目ヲ上グレバ小暗キ處ニワガ同期ノ海軍豫備學生ノ幾タリカ坐シテアリ
ソハ戰時下ノ土浦航空隊第十四分隊ノ溫習室ナルガ如シ
如何ナレバワレ戰ニ死セシ
正面ノ白布ニ蔽ハレシ柩ノ中ニ横ハルハ、ワレ自ラニ他ナラズト知ル
サラバ、コレヲ見ル我ハソモ何者ナラン
ト訝ルニ目覺メタリ

（「白雨夢幻」）

みずからが戦死者となって柩に横たわる光景を詩人は見る。「コレヲ見ル我ハソモ何者ナラン」という、確定不可能な状態での客体と主体の錯乱的な交錯。詩人は生きて復員したが、復員の場はほんとうにあったのか。そこは虚であり無の場所ではなかったのか。私たちが那珂太郎の詩に魅きつけられるのは、その交錯の深部に埋められた、どうにも鎮めようもない根源的

な狂おしさを体感するからだ。詩とは単一の音や像や意味には還元しようもない無限のもの狂おしさから発語されるのであり、それ以外のなにものでもありえない。

那珂太郎の詩における、音韻やリズム、形象の喚起するもの、それらの潜勢力としてはたらくものや発語の背景について、「飛び翔る影」というひとつの作品に焦点をあて、個人的な想像をまじえて見てきた。この作品のあと、正岡子規の晩年の文章の「文體に刻まれた心の靭さ」(「子規小感」)に感銘を受けたことなどの理由から漢文訓読体の導入が試みられる。これは、「白雨夢幻」にもみられる、日常的経験を詩的に記述する方法でもあった。

詩劇『現代能・始皇帝』では、夢幻能の形式を通じて古代中国の権力者の姿を描く。地上のあらゆる栄華を手中に収めた独裁者が最後に求めたのはその永続化、つまり不老不死である。しかしどれほどの権力や富によっても、死すべき存在であるという人間の運命を変えることはできない。

運命を支配しようとして究極的には挫折していく始皇帝の対極にはおそらく、まったく偶然的な運命に翻弄されて南の海に散っていった同世代の青年たちのすがたが秘められている。両者はかたちにおいて対極的なのであるが、運命に支配されそれを超えることができないという点では本質的におなじである。初期から現在にいたるまで、那珂太郎のモチーフは強固にいっかんしているのだ。長年にわたるその先鋭な詩的実践は、こうして方法的にも主題的にも、シンメトリカルな軌跡を描いて、いま完成する。

宗左近

1 『炎える母』

宗左近の作品は、きわめて平明である。多くの詩人たちが用いる晦渋な暗喩やシュールレアリスティックな手法を、宗はほとんどつかわない。必要以上の修辞的な負荷をかけることなく、作品は平明な言葉と論理によって展開していく。これは、若き日の宗が西欧哲学を学んだことと無関係ではないだろう。しかしながら、文体が平明であるからといって作品がわかりやすいとはかぎらない。また、西欧的な思弁方法を身につけたからといって、日本人独自の感性を捨てたということにはならない。宗の場合は、むしろ逆である。

冒頭の短詩「墓」も、文体的には平明そのものである。心のなかに肉体がないように、自分のなかには心がない。その事実は、読むものがすぐ納得することができる。しかしながら、

「ないこころのために／わたしが立っている」という最後の2行を本当に理解することは、とてもむずかしい。読者は、とうてい完全には了解しがたい何かをここで心のなかに生じさせられる。そしてこの「何か」こそが彼のすべての作品の根底に横たわっている詩の核である。

彼の詩の特徴を、矛盾という語に置き換えることができる。見かけの平明さとその底にある難解さ、近代哲学できたえられた論理性と前近代的な日本の風土に由来する土俗性。あるいは優しさと怒り。ふつうには両立しがたく思えるこれら対立するいくつもの要素が、魔術的に共存し合っていて、読者を果てしなく混沌とした世界へと誘い込む。そして彼の多くの作品を読み進むとき、難解さもまた、宗の生み出した広大な詩の世界におけるひとつの要素にすぎないことがわかってくるだろう。

短詩「墓」は、1967年に刊行された第3詩集『炎える母』の序詞として書かれた。94篇の作品からなる『炎える母』は、テーマの明確さといっかん性において、日本の詩の歴史上、画期的な詩集である。この詩集では、第2次世界大戦末期、アメリカ空軍による戦略爆撃のなかで母を失った体験が、具体的な像と印象的に刻まれるリズムとによって、叙事詩的にくっきりと描き出されている。

戦略爆撃とは、戦場になっていない都市を無差別に爆撃して軍需施設などを破壊し、あるいは大量の非戦闘員を殺戮して戦意を失わせる意図を持った軍事行動のことである。日本軍は重慶など中国の都市への無差別爆撃を行った。ドイツ軍も、ワルシャワやロンドンへの大規模な攻撃を加えていた。アメリカ軍は、新型の超長距離爆撃機や高性能焼夷弾の開発によって、それをエスカレートさせたのである。東京大空襲では、B29重爆撃機の大編隊が木と紙で出来ている日本の家屋に高性能焼夷弾を投下して炎の壁を作り、猛火のなかに閉じ込めた上で、住民たちを焼き殺した。45年3月の空襲では、80000〜100000人の民間人が焼け死んだと推測されている。日本全国64都市が無差別爆撃を受け、そのうち広島と長崎には初めて核爆弾が使用された。同時期、ドイツでも、1943年7月のハンブルク空襲で40000人、45年2月のドレスデン空襲では135000人の人々が死んでいる。これらの都市は、すぐに廃墟と化した。第2次世界大戦の後も、ヴェトナム戦争でのハノイ・ハイフォン、イラク戦争でのバグダッドと、戦略爆撃は、止むことなく人々を殺戮しつづけている。

詩人が母を失ったのは、1945年5月25日夜、東京市街地が数度目の空襲を受けたさなかである。その夜、田舎へ帰る母を駅まで送ろうとして果たせず、ふたりで寄寓先の寺に戻ってきた直後に、空から無数の炎が降ってくる。住宅密集地への大規模な焼夷弾攻撃だった。細長い形をした油脂焼夷弾（ヴェトナム戦争で使用されたナパーム爆弾もその1種）は38個がひとつに束ねられていて、投下の数秒後、空中で飛散する。地上に落ちると四方に油脂を撒き散らし、38個の炎の海と化す。この詩集を読み進めるにつれ、詩人とその母が体験した夜間空襲の恐怖に充ちた様相を、リアルに追体験させられる。

ふたりの周囲がいきなり青白い光の幕につつまれた。庭の草の葉が輝き、生け垣があかあかとくるめく光を噴きあげる。軽い金属音を鳴らしながら、炎の羽根が降ってくる。一瞬の後には、一面が炎と化していた。お互いの手を握りしめ、恐怖に駆り立てられながら、彼らは炎からの脱出を試みる。炎の海のなかを必死で逃げ回る。

炎は、蛇であり、電車であり、崖崩れであり、クレーンである。「火を火のなかに抱いて連鎖爆裂する火の玉の数珠／火の石を畳あげ重ねあわして飛散する火の城の石垣」（「炎の海」）である。炎の海のなかを、母と息子は手を握り合って逃げる。炎を飛び越え、かいくぐり、這いまわりながら走る。

だが、炎の海のなかでさらに悲劇が起きた。互いにしっかりと握りしめていたはずの母の掌と彼の掌とが不意に離れてしまう。母の手が滑って抜け落ちた。振り向くと、母は炎の道の上に伏せて倒れている。夏蜜柑のような顔を地面からもちあげ、枯れた夏蜜柑の枝のような右手をさしだし、早く遠くへ行けと合図をしている。次の瞬間、炎のなかで彼女の白髪が炎えている。炎えている1本道のうえで、母が炎えている。

こうして母は焼け死に、詩人だけが辛うじて生き残った。その過酷な体験を表現しうる言葉が、果してこの世に存在するだろうか。詩集『炎える母』が書かれたのは、大空襲から22年後のことである。この長い年月には、みずからの体験をどのように表現へと至らせうるかという、想像を絶する苦闘の痕跡が深く刻み込まれているにちがいない。

戦争の悲惨さをテーマとした文学作品は数多くあるが、すぐれた文学者は、告発や抗議の次元で作品を書かない。悲惨さを、外的なものとしてではなく、みずからのもんだいとしてとらえ、表現にかかわる。たとえばロンドン空襲で少女が焼死したときに、イギリスの詩人ディラン・トマスは、「ロンドンで焼死した子供の死を哀悼することへの拒絶」というタイトルの詩を発表した。少女の死を悲しまないわけでは決してない。トマスは、彼女の死が戦争の死者としてわかりやすいタイプに分類されてしまうのを断固として拒否するのだ。

ドイツの小説家ハンス・エリッヒ・ノサックも、ハンブルク空襲を間近に体験した小説家である。彼の『遅くとも十一月には』(55年)や『弟』(58年)といった作品の背後にあるのは、世界のすべてが崩壊していくほど大規模な空襲の体験である。しかしルポルタージュ的な中編『滅亡』などをのぞけば、ノサックの視線は、そうした殺戮を引き起こした人類の、その精神の根源へとひたすら向けられている。

これらのすぐれた文学者たちとおなじく、宗左近の場合も、空襲による身近なものの死をテーマとしながら、安易な訴えや告発はしない。むしろ逆である。ここで表現されているのは、自身の痛みと罪の意識である。それはどこまでも自己の内部へ向かう。

生き残ってしまったものが、とつぜんの死者について何をどう感じるか。そこには、ことばではとうてい表現することができない、止むことのない痛みがある。死んだものは、もはや永久に帰ってこない。だから生者の痛みにも際限がない。痛みは、生き残ってしまったものを深く鋭く苛み、どこまでも蝕み、苛み、蝕み、やがて生者をほとんど無にひとしい存在とする。アイロニカルにいうなら、自己を無と見做すことによってのみ、残されたものが死者のあとを追って生を断ち切らないでいることが、かろうじて可能になるのである。「ないこころのために／わたしが立っている」（「墓」）という冒頭の詩句の根源にあるのは、自己を無にひとしい存在と見做さざるをえない詩人のかかえる、際限のない心の痛みと空虚感である。

生き残ったものの痛みはなぜ生じるのか。死んでいくものを、この自分は助けることが出来なかったという、死者への罪の意識からである。炎の海のなかを逃げまどうふたりにとって、どちらが生きのび、どちらが亡くなるかということは、事実の次元では、まったく偶然の結果にすぎない。詩人が死んで母が生き延びるということも、ふたりがともに死ぬということも、可能性としてはありえたろう。だから、ここでの罪障感は、まったく心理的なものだ。わたしが母を殺した。母を殺しながら、わたしはこうしてまだ生きている。こうした感情は、事実のもんだいではなくて心理的、あるいは倫理的な葛藤のもんだいだ。倫理的に、罪であると彼は感じてしまうのであり、そう感じているかぎり、この罪は永久に許されることがない。さらに、

「童話の夜明け」や「妙なタマゴ」などの作品で、詩人は、自己の来歴を深くたどり、幼年期に自分を河童の子供だと信じたとして、わが罪の由来を語る。

第2詩集『河童』（64年）で、宗左近は、日本の土俗意識が生み出した想像上の動物「カッパ」についての、多数の作品を書いていた。河童は、この詩人を論じるときのキーワードのひとつである。『炎える母』においても、母親を炎やした男の原型が河童であったというテーマの作品群は、この詩集の時空を大きく広げ、奥行きをもたらしている。とはいえ、もちろん罪の意識は、幼時体験の形象化によって解消されることはない。むしろ幼年の記憶と結びつくことによって自己の資質と混ぜ合わされ、さらに強化されて独り歩きをしていくだろう。

ここで私は、解説の範囲からやや逸脱した個人的な推測を述べるのだが、詩集『炎える母』における罪の意識の執拗な反芻と強化は、それじたいが愛の行為のべつなかたちではないか。言い換えるなら、罪障感や絶望感の背後に、読み手である私は、ほんのかすかではあるが、ある甘美なものを感じる。戦争のもたらした悲惨さが詳細に描かれているにもかかわらず、なぜか最終的には読者に大きな充足感をもたらす。この理由はいくつか考えられるが、そのひとつは、母と子の、死者と生者の、強い愛が反復されているからである。そして人並みはずれた愛の絆があるからこそ、感受する罪の意識も重く、果てがない。

最後の作品群、とりわけ「サヨウナラよサヨウナラ」は、母への美しい鎮魂の詩である。炎のなかで母は焼け死んだ。見えている炎は鎮火し、生き残ったものたちは、母を葬送した。けれどもこの詩人に贖いはない。罪は許されることがない。もしあるとするなら、母が自分を殺してくれることなのだが、母がこの世にいない以上、それはもう不可能なのだ。

その後の長い年月にわたって、詩人は心のなかで見えない炎に焼かれつづけている。記憶の炎のなかで、母も炎えつづけている。炎の海から立ち去らないこと、炎える母を見つめ、みずからも炎えつづけること。それは、際限のない苦しみを自身の内部に引き受けることである。だからこの光景に完全な別れを告げることはできない。だから、「サヨウナラはいわないサヨウナラはいいえない」。けれども、この作品の最終6行、

サヨウナラぐるみ炎していったもののためにわたしは
サヨウナラぐるみ炎されつづけてゆかなければならないのだから
懐かしい母の乳房の匂いのする
サヨウナラはないサヨウナラよサヨウナラ
幼い日の夕焼けの染めている
サヨウナラはないサヨウナラよさようなら

には、酸鼻な出来事に充ち充ちたこの世の現実をしっかりと直視した末に詩人が到達した、詩の言葉によってしか到達しえない祈りと鎮魂が表現されている。炎のなかで、母が死んでいった様子を、叙事詩的に逐一具体的に表現していくこと。それは自己処罰のひとつのかたちであるが、同時に鎮魂の役割も果たしている。また、愛の告白でもある。

この愛と鎮魂は、後年、戦争で死んだ友人たちとの対話というかたちで母以外の他者を抱え、複数性を帯び、さらに世界へ、宇宙へと拡がっていく。また宗左近は、愚かな殺戮を繰り返す現代人の対極的な存在として縄文時代の人々を幻視し、壮大な詩のフィールドを創造した。戦後日本の原点が、燃やし尽くされ、死者で埋めつくされたかつての廃墟（＝グラウンド・ゼロ）にあることを忘却し、つかの間の経済的な繁栄に幻惑されているなかで、宗左近は、ただひとり廃墟と死者を表現から手放そうとしなかった。グラウンド・ゼロは、反復される。たとえば21世紀のニューヨークで、バグダッドで。炎える母は、普遍的な存在である。

詩集『炎える母』以後の多くの詩集のなかからは、『藤の花』（94年）と『蜃気楼』（04年）がこの訳詩集に収録されている。これら2冊の詩集はどちらも、1行詩のみで構成されていて、形態的には俳句によく似ている。けれども、ここに収められた1行詩は、短い「詩」であって、俳句ではない。

夜が真昼　泣き声たちの火の飛沫

空炎える　地より天への大瀑布

地球墜ちる　大渦巻きの大群青

かつての長篇詩では、惨劇の推移とともに詩人の視線も動いていくが、1行詩では、もっと距離をとってより大きな視点で根源からとらえようとしている。俳句はあらかじめ定められた音数律によって生み出される凝縮した美の世界である。宗左近の短詩は、日本的なワビやサビの美に向かって収縮していくのではなく、その逆に、世界のすべてを抱え込もうとしている。世界を突き抜けて宇宙を表現しようとしている。その点で、かたちは俳句に似ているが、決してジャンルとしての俳句ではない。詩人自身は、詩と俳句との中間で生み出された作品つまり「中句」と名付けている。

「死者ばかりのバス　次の駅のない花の町」「長くあることはもう無意味　蛇眠る」での、苦いユーモア、「幾枚も幾枚も吸いとる女の唇を桜の花びらにするまで」「炎天の青い落葉の背の白さ」などでのエロチシズムと、彼の1行詩は多様な質をもつ。

近作が収められた詩集『蜃気楼』では、「火のなかから　もう一つの火のなかの　母を見て」に始まり、「蜃気楼　現《うつつ》よ　透明《あかる》いわたしの塋《はか》」と閉じられる。詩人の眼は、生から死まで、この世のグラウンド・ゼロから永遠の宇宙まで、涯なく見開かれている。

＊これは、『炎える母・抄その他の詩——宗左近対訳詩選集』（２０１１年、土曜美術出版販売）の解説として書かれた。近似したテーマの詩集に、たかとう匡子『ヨシコが燃えた』（１９８７年、編集工房ノア）『新編ヨシコが燃えた』（２００７年、澪標）がある。

2　語り・ロジック・宇宙

宗左近の作品の多くは、長い。とても長い。長いことが宗作品の大きな特徴だ。ところが短い作品もある。「河童の球根」はたったの2行。10行以下の作品が何篇かあるし、近年は1行詩だけで、数冊の詩集を上梓している。このように、何らかの特徴を指摘すると、即座にそれと相反する要素が見えてくるのが、宗左近による言語宇宙の特徴であって、その振幅の激しさは他の詩人たちとの比較を絶するところである。ひとつひとつを気にしているかぎりは前へと進めない。ひとまずここは、「宗左近の作品は、とても長い」という断言からはじめてみよう。

どのように長いか。

1967年に彌生書房から刊行された『炎える母』は、94篇よりなり、300ページをゆうに超える。作品数が多いばかりでなく、「童話の目玉」のように、1篇で100行をこえる長詩を含み、平均すると7、80行の作品が多い。寡作な詩人であれば、生涯かかってやっと書き上げるほどの量の詩を、宗左近はこの1冊だけで書いている。凝縮が当然な美徳のように言い立てられる日本の詩では、めったにないことである。凝縮の美という常識に反したかたちで、宗左近はみずからの世界を立ち上げてきた。また、理論的な確定は難しいが、彼の1行詩（宗自身の用語では「中句」）は、俳句とは明確に区別されるべきだと私は考えている。

周知のように、空襲によって母を失った体験をテーマとする詩集『炎える母』は長篇詩と名づけられている。この場合の長篇詩とは、長篇叙事詩のことだといってよい。詩人と母とが東京で空襲に合う直前から、すべてが終わったあとの、ことばにしがたい絶望と空虚までが、これ以上は不可能だと思われるほど綿密に書き込まれている。綿密に書き込まれているだけでなく、綿密に書き込まれたものが、独自の世界を形成している。その点で、『炎える母』は、日本語における叙事詩的な表現の可能性を示す画期的な作品である。

口語自由詩でありつつ「長い」、とはどういうことなのか。いうまでもなく、比喩で圧縮されてしまった窮屈な詩の対極へとゆたかに生成すること。言い換えると、詩が「語り」へと接近していくことをこれは意味する。だが「語り」とは何か。

語りと詩とは対極的な性質をもつという常識にずっと私はとらわれていた。『文学とは何か』のなかでジャン・ポール・サルトルも、「詩人は語らない」と述べていたはずだ。だがそうした私の常識を打ち砕いたのが宗左近である。たとえば、「いないものは／いない／走っていないものは／走っていない／走っているものは／／走って／走って／走って／いるものが／走っていない／いない／走って／いたものが／走っていない／いない／いるものが／／いない／／母よ」と、異様に切迫するリズムで詩句は反復される。

ここには日本詩歌の原基をなすともいうべき甘い抒情がない。戦後詩の多くを支配した喩の専制もない。あるのはただ、「走っている」「いない」という、ごく限られたことばの執拗な反復と構文のずれであり、どこまでも続く語りの呼吸である。しかも、その後の詩集では、「です体」が採用され、作品はますます語ることへの傾斜が濃厚になっていくだろう。宗左近の出現まで、話体に徹した長篇詩を書いた現代詩人は、絶無ではないにせよほとんどいない。

現代詩の常識を覆すような、「語り」による長篇詩が宗左近においていかにして可能となったのか。私はその息づかいの原初について、あれこれ想像する誘惑に抗しがたい。以下、想像の一端を書いてみる。

長篇エッセイ『絆』（「ドキュメント・わが母」）で、戸畑（現北九州市戸畑区）に住んでいた幼い頃に野外映画のスクリーンから受けた河童体験の衝撃を宗は語っている。人間はひょっとして河童なのかもしれない、あるいは河童こそが人間なのかもしれないというこの衝撃が、自同律への懐疑とつながって詩人の根源をかたちづくる。もっと表層的な部分でいえば、土俗的なるものへの生来的な親近性がある。当時、多くの子供たちがおなじ映画を観た。しかし、この詩人のように深刻な影響は受けなかった。長じては縄文土器の再評価へつながる質のものである。詩において、土俗性へのこうした親近はどのようにあらわれているか。

幼いときの母が念仏に熱中し、近所の人たちを集め、仏壇の前で数珠を廻しながら頻繁にお経をとなえたという記述もある。和讃がまじっていたらしく、別のところでは、

ひとつ積んでは母のため
ふたつ積んでは父のため
兄弟わが身を回向して
昼はひとりで遊べども
日も入りあいのその頃に
地獄の鬼があらわれて・・・

と、眉を寄せて、ほとんど叫ぶような大声で繰り返し唱える母の姿について、その時の母は、この世のなかにこの世ならざるもの、つまり地獄を見ていたのではないかと語っている。

母とともにすごした幼き日の宗左近は、「この世ならざるもの」の実在をまざまざと感じ取った。私たちのほとんどが、絵本や映画でたまたま遭遇しても何事もなかったかのようにすぐ傍を通りすぎてしまう鬼や河童や地獄、すなわち「この世にあらざるもの」を、少年は実在として見てしまう。なぜ見たのかといえば、見うる資質があったからだとしかいいようがない。地獄の実在性のみならず、75の4句を1連として時間のあるかぎり続けられていく和讃独特のリズムも、幼き詩人の感受性に強く影響する。

その後、時折は家族のまえで浄瑠璃を唸っていた父親の影響もあり、近所に劇場が出来ると、2年間で2千本もの「節劇」を観るようになった。節劇とは、浄瑠璃や歌舞伎、新派、股旅物、チャンバラ映画などを、浪曲の語りとともに舞台化したものらしい。

「浪花節が、壮士節と同様の完全に壮士節を圧倒しさるほどの、演説のなかからうまれた、明治時代に特有の雄弁の魅力を、十分に発揮するにいたったのは、雲右衛節の完成した、明治40年代になってからのことではないだろうか」と花田清輝は、「桃中軒雲右衛門」のなかで書いている。かの雲右衛門が明治末期の数年を福岡ですごし、玄洋社や宮崎滔天と深い関係を持ったことも、よく知られている（私自身は、成瀬巳喜男監督の映画のなかでの月形龍之介演じる、まるで幕末の志士のようないでたちの雲右衛門しか知らない）。時代は昭和初期まで下るとはいえ、宗少年の熱中した節劇の背景には、「下からの雄弁」（花田）があった。私には、和讃や浄瑠璃や浪曲とのこうした熱い出会いが、原初的な言語リズムや長さに耐えうる呼吸の持続力を形成したと思われてならない。

けれども、宗左近のおそるべきところは、原初のリズムが、実は正にもなり負にもなることを、意識的にか無意識的にか認識したことだ。浪曲の声とリズムという近代大衆の情念と単純に一体化するのではなく、それを引き受けつつも絶えず否定し、超えていこうとする特異な道筋をつかみとったところにある。

総体としての大衆のメンタリティ（「下からの雄弁」）は、論理を内包しない。いやむしろ論理を欠落させることによってこそ強力に自己形成し、とめどなく増殖する。このことを敏感に察知した宗左近が駆使したのが、方法としてのロジックである。ロジックの導入によって、宗は大衆のメンタリティから詩人として屹立した。

どの作品でもいいのだが、ひとつの例として詩集『新縄文』（93年）を見てみよう。「罪と罰」という長詩では、和讃とおなじく4行1連で進行していく。この長い持続力に原初のリズムを（もちろん呼吸として）聴きとることは容易だろう。しかし「罪と罰」という観念性は、河童や鬼の跳梁する土俗性のなかでは成立しえなかった。

地元の中学校を卒業した宗は、この地域共同体を離れて上京し、旧制高校や大学で学び、読書や思索をするなかで哲学的な、文学的な、あるいは宗教的な、言語形成能力を培っていった。口語的な「です体」。4行4連を一貫して統御していく強弱のリズム。あからさまな脚韻ではないが巧みに響き合う行末。「ああ」「おお」「いいえ」といった合いの手。これら渾然とした諸要素が、土俗のリズム（下からの雄弁）を受け入れつつそれを超えるという、まったく独自な語りの世界を生成している。

さらなる根底では、幼き日の河童体験にも淵源をもつ「自同律の否定」の論理がさまざまな思索とともに蠕動する。「あるもの」がなく、「ないもの」がある、といったロジカルな否定の運動は、日本の大衆のメンタリティに欠落しているものだ。宗左近は、絶対否定のロジックを構造として作品に組み込んだ。「下からの雄弁」（＝大衆ナショナリズム）を安易には斥けず、しっかりとその情念に寄り添いつつ、展開の根拠を内側から食い破り、破砕することばの永久―無限運動を、そしてさらに言語宇宙の生成をもめざす壮大な試み。約半世紀になろうとする宗左近の詩的軌跡の全貌が、このことを示している。

星野徹——均衡と跳躍

きわめて端正で、ほとんど破綻のない、まことに堅固なフォームをもった詩。ひとことでいうと、こんな印象をかつて私は、星野徹の作品についてもっていた。もちろん、こうしたいい方では氏の作品の核心に何もふれることはできない。それを承知の上で、あえていうのだが、第1詩集の『PERSONAE』（70年）においてすでに星野は、こうした独自の方法と文体をほぼ完成させていたように思う。

これには、はじめての詩集を上梓したとき、星野は40代の半ばへとさしかかっており、すでに成熟に向かって足を踏み出した詩人であったというという事情もあるだろう。弱年の詩人が若書きで詩集を出し急ぐのとはわけがちがうのだ。

私が初めて親しんだのは、60年代前半から精力的に発表されていた英詩批評、特に、ディラン・トマスやT・S・エリオットの作品について深く鋭利に分析した感嘆すべき批評論集

『詩と神話』(65年)や『詩の原型　根源的イメージの追究』(67年)を通じてであり、これらの評論によって私は、詩を分析し論じることが詩を書くこととおなじくらいクリエィティブな行為だということを、実感的に学ぶことが出来た。翻訳の仕事は、『ダン詩集』(68年)やI・A・リチャーズ『科学と詩』(71年)、わけてもウィリアム・エンプソンの『曖昧な七つの型』(武子和幸との共訳、72年)によって、イギリスの形而上詩や分析的な批評方法の実際について目を啓かせられもしていた。

そのように、批評や翻訳の仕事を通じて星野徹の存在は私のなかでたいへんに大きかったのだが、一方、純粋な詩業については、この『PERSONAE』から『Quo Vadis?』(90年)までの9詩集を収める『星野徹全詩集』が刊行されてようやく全容に接する機会をもった。つまり批評家として、あるいは翻訳者・研究者としての星野徹氏の像がすでに確固として形成された20数年あとに、星野の詩は、はじめて、そして圧倒的な質と量をともなって私のまえに姿を現した。

冒頭で、端正で破綻のない詩だと書いてしまったのは、こうしたタイムラグ、詩人としての星野をかなり遅れて知ったという私の個人的な要因のせいであろう。だがそういった事情を差し引き、中世の『梁塵秘抄』『閑吟抄』『隆達小歌』などを本歌とした即興的なパロディよりなる第5詩集『今様雑歌』(80年)があることを考慮したとしても、やはりおおよその印象はかわらない。星野の詩において、これはどういうことを意味するのか。

作品に偏在する〈対称性〉という特徴を、まずあげることが出来る。対称とは、あるものとあるものとが、お互いに対応しつつ釣り合う状態のことだが、星野の作品における対称的な性質は、形式としても、イメージや概念としても、数多く見て取れる。散文詩と行分け詩、形而上詩とライト・ヴァースといった外見的、形式的なものにとどまらず、生者と死者、鞭と独楽、右側と左側、昼と夜、千夜とひと夜、遠心力と求心力、まぼろしと実体、沈黙と声、静止と噴出、拡散と蝟集、褻と晴、垂直への願望と抽象への意志、あるいはドッペル・ゲンゲルや、多種多様なイメージ、そして概念において。

こうした対称性こそが、きわめて安定感のある、端正でゆるぎない作品構造を形成する要因のひとつである。星野自身も『今様雑歌』の後書で、前詩集『玄猿』(79年)での、どちらかといえば重苦しい思考を綴る散文詩とは対照的に、ライト・ヴァースに近い形をとったことについて、「一方の衝動に対して異質の衝動を対置させ、そうすることによってあるいはおのれの心理的平衡を保とうとしたのかもしれない」とみずから書いているほどだ。

「ロールシャッハ・テスト」(『Quo Vadis?』、90年)は、A群5連、B群3連より構成され、Aでは真昼の動物園での雄ライオンが描かれており、Bでは映画のなかに2頭のライオンが登場する。

スクリーンの上では
二頭のライオンが
じゃれ合っているのか啀み合っているのか
左右対称のインクの汚点
片方の汚点が雲のような鬣を振りあげれば
もう片方も牙のようなものを剥き出す
喧しい　利いた風なことを
唐御陣は　明智打ちのようには参りません
結局は躁の一頭が鬱の一頭を
自刃へと追いつめる

（B　第1連）

ライオンは秀吉と利久の喩であり、勅使河原宏監督『利久』のスクリーンには、躁状態の秀吉が利久に切腹を命じるシーンが映っている。A群での昼とB群での闇という時間的な対称性だけでなく、スクリーン上での、躁的な権力者と憂鬱な芸術家との対峙を、「左右対称のインクの汚点」として描く。「ロールシャッハ・テスト」とは、インクの染みで作った左右対称の図形を用いて人間の性向を知る手掛かりとするものだ。したがって、いうまでもなくこの作品のモチーフはライオンにではなく、躁と鬱、光と闇とを対比させること自体に、さらにそうした対比を通じて私たちの抱え込んだ、明暗入り混じる意識・無意識の相を浮かび上がらせるところにある。詩集『Quo Vadis?』の作品の多くは、A群とB群との2部構成のかたちをとっているが、これもまた、作者の「平衡への希求」に起因する形式であろう。

2部形式は、第2詩集『花鳥』(74年)においては、「同じく」という一語を境界として、行分け詩と散文詩、散文詩と行分け詩がひとつの作品のなかに収まり、形として左右対称(行数的には非対称だが)である。

第3詩集『芭蕉四十一篇』(76年)では、散文詩の最後に、モチーフとした芭蕉の句を置いて全体をしめくくる。これは、長歌に対する反歌の相似形である。ここでも星野の散文詩と芭蕉の句とは、行数からいえば非対称なのであるが、凝縮された世界を内包する芭蕉の句によって喚起された思考やイメージがゆっくりと正確に展開され、構築されていくので、前者が後者に収斂していくというよりは、両者が緊張感のなかで対峙しているといった感じが強い。

対称性あるいは均衡そのものをモチーフとした作品もある。散文詩集『玄猿』のなかの「経験」である。ここで、理工系の学生である「わたし」は、天秤を用いて合金の質量を測定しようとする。

わたしはピンセットで資料をつまみ一方の皿にのせる　杆がかしぎ　針はゼロを離れる　わたしはピンセットで分銅をつまみもう一方の皿にのせる　杆は水平に近づき　針がゼロに近づく　分銅をもう一枚のせる　さらに近づく

天秤とは、左右両端の皿に載せられた質量と分銅を釣り合わせることによって重さを精密に測る道具である。「わたし」は、天秤の針をゼロ（完全な対称）に近づけるために何度も分銅を取り替えてみる。しかしゼロとはならない。どうしてもそれはゼロの近似値にすぎないのである。果てのない作業を繰り返しながら「わたし」は、近似値が絶対値に近づきうる可能性に思いをめぐらしつつ、自己のもつ限界性に手痛く打ちのめされる。

ここでの「わたし」を詩人星野徹とみても、まちがいはなさそうだ。この「経験」は、たしかに機械科の学生だったこともある氏の実体験であると同時に、ことばによって絶対を生み出そうとする詩的な営為の喩でもあろう。〈質量と分銅〉というイメージは、死と生、夢と現実などさまざまに対をなすものへと読者をいざなう。そしてまた、慎重な手つきで質量を測定する「わたし」の像が、細心の注意を払いつつ言葉によって知的な均衡と構成の美をめざし詩作へ没頭する星野自身の姿を思わせ、私に端正さや破綻のなさといった印象をあたえたのかもしれない。

ただし、容易に見て取れる端正さや破綻のなさといった印象から、ふとさりげなく逸れたところ、〈PERSONAE〉=仮面、の裏側といってもいいところに、実は星野の作品世界の核心が秘められているということも大急ぎで指摘しておかなければならない。たとえばこのような箇所。

じじつ彼女はさがしていたのだ
その虫垂炎のごときもの
ひとつまみの炎症のごとき言葉を
神話のポケットの薄暗い肉のひだの間から
それがしかし
不意に翠色の花苞をひらく
といった奇跡をねがいながら
可逆反応を

(「イシス」、傍点引用者)

垂直への願望　それは抽象への意志と不可分の関係にあったろう　垂直が抽象を招くのか　抽象が垂直を引き寄せるのか　それはもう彼の中で可逆的な関係にあったろう

（「芭蕉　一」同）

ここでの「可逆反応」、「可逆的」ということばも星野氏らしい選択で、私のような科学に無知なものが正確に理解することは困難なのだが、大雑把にいうなら、ある状態に変化・変成したものがさらに以前の状態に戻りうることを指している。たとえば炎症のごとき言葉が翠色の花苞に、あるいは垂直が抽象に、というように。ここに、星野による原型への志向をよくうかがうことが出来る。

実際には、可逆反応が起きることはごくごく稀で、ほとんど「奇跡をねがう」ようなものである。星野の作品においてもまた、見かけの対称性はまったく近似的なものにすぎず、実際には明らかな偏差あるいはずれをともなっている。たとえば、A↓Bという展開において、AとBとは必ずしも可逆的ではありえない。むしろ、より直截にいえば、星野が端正なことばで展開する底流には、不可能なる可逆性つまり奇蹟的なることへの熱い願望があるといってよい。詩の核心はここにある。

だがそのときだったろうか　打ちのめされたわたしの眼が　ふと
　とらえたのは　鳳凰木の彩度の高い花の梢の上　立ちはだかる
積乱雲のさらにひろがる巨大な頭部のさらに上　ほとんど宇宙空
間と言ってもよいあたりに　ガラスの皿を両側に垂れた天秤が一
台正確に平衡を保っている光景であった

（「経験」後半部）

近似値はどうしても絶対値になることがない。その事実に絶望した「わたし」がふと宙に見る光景。そこではガラスの天秤が見事に正確な均衡を保っているのだ。だがこの絶対値は幻であり、ヴィジョンであって、現実ではない。現実から幻想へ。ここにひとつの切断ポイントがある。詩の価値が、均衡を保つことではなくて、むしろ対称的なもの同士の緊張に満ちた照応の過程において、具体から抽象へ、現実から幻想へ、あるいは逆に、幻から実体へ、といった不可能なる可逆性を想い、その極点で危険な跳躍を生み出すところにあるのだとしたらどうだろう。均衡という形をとりつつ、見えない衝突を繰り返しているのだとすると。

そのように見ていく星野の作品は、端正で破綻がないかのように見えつつ、実は、破綻を賭けて今ここからありえない場所へ行き着こうとするスリリングな試みを皮膚の一枚下に孕んでいることがわかる。その跳躍の様相は、たとえば次のようなものである。

そのとき（中略）　石が飛んだ　（「ダビデ」）

月が傾いた　車輪がまわりはじめた　（「須佐之男」）

まぼろしのやがて眼もくらむ高さの水圧が　ひとつの実体として
おそいかかるまでには　（「アドニス」）

棚引くように手を伸ばすと柱の悲痛な肉体にさわった　とたんに
硬直する指　また喉　蝕が全円を覆うとき　柱は当然ながら塔と
なるだろう　いや　絶対零度の城となるだろう　（「城」10）

星野徹の作品が生み出すそれぞれの切断的な跳躍ポイントで起こる事件。すなわちそこでは石が飛び、車輪がまわり、幻が襲いかかり、あるいは柱が絶対零度の城に化す。均衡から跳躍へと変幻する。とくに、玉や独楽、円盤といった事物によって、強烈な回転運動があざやかに具象化されるところが魅力的である。この跳躍点は、垂直と水平の座標転換から生じることもあるし、対称性の変形ともいうべき上昇と下降の運動へ発展することもある。

細い管を流れくだる戦慄　甘美な戦慄をさらに求めて上へ上へと
真空地帯を舞いあがっていった　上へうえへと垂直に　いつか時
間や空間の観念は消滅していた

（「椿」）

ミルチャ・エリアーデは、『神話と夢想と秘儀』（岡三郎訳）のなかで、「（われわれは）上昇がとりわけ時間と空間を廃棄し、人間を世界創造の神話的瞬間に《投げ出し》、それによって人間はある意味で《新たに生まれ》、世界の誕生と同時的な存在になりうることを知っている」と述べて、上昇と飛翔のイメージが深層意識に実現する「回生的効果」と宗教体験や放心体験、形而上学との結びつきを示唆している。

星野徹の場合も、多くの詩句からみて、宗教とりわけキリスト教の影響が大きいと推測される。だがそういった事柄について無宗教者である私のようなものが、いささかでも言及する余地はない。それゆえこの場でも宗教的な側面にふれるのは必要最小限度とするよう注意を払って書いてきたつもりなのだが、そのことによって逆にある偏差をきたし、読者にもどかしい感じを与えることは否めないであろう。今後、任に適した批評家によって、このあたりのことも明快に論じられるべきである。

星野徹の詩業における基本的な構造について「全詩集」（第9詩集『Quo Vadis?』まで）を中心としてみてきた。その後、氏の作品は、以前の単一円形が2つの焦点をかかえる楕円へと変化するごとく（「曖昧な森9」や近作「アケボノアリを枕として」）、複雑巧緻をきわめてくる。このあたりについては、武子和幸がその周到な星野徹論で、「まず、類似の言葉や詩句が、類推の糸をたどって繰り返し現われ、そのつどに変形し、ずれた分だけ意味の層を重ねてゆくが、その背後にそれらに共通する要素、つまり原型的な相を浮き上がらせていく」（「時空不連続の詩学」）と、簡潔で明晰な分析をしている。

後期の、とりわけ散文詩集では、たとえば『曖昧な森』（92年）を例にしてもいいのだが、森とは平地の尽きる場所からひろがる日常を超えた場であり、超絶的な存在としてある。これまでの文脈でいえば、切断と跳躍をすでに経た後に詩が書き出されている。深い森は、昼なお暗いのである。『城その他』（87年）や『祭その他』（01年）においても、城や祭という脱日常的な設定がまずなされているという点は共通する。そういう意味で、方向性が逆となり、以前の詩集を往路とすればこれらの詩集は復路とみることができよう。ブラックホールのような混沌としたことばの森あるいは祝祭からの帰還であると。

そして最新詩集『フランス南西部ラスコー村から』(05年)を読むと、ここにはもはや分析的なことばがまったく無効となるほどの見事な景観がひらけている。あるとき風景は一個の具体物にまで凝縮され、あるときには想像力が大地を蹴り、飛翔し、極小に極大を、化石のひとかけらに複数の太陽系を凝視し、大宇宙の運行リズムに耳を澄ます。

初期詩篇から持続されてきたさまざまな志向や試行が、渾然と互いに溶け合い、新鮮に反復され、1冊の詩集が、星野徹のすべてを抱え込んだ無量の坩堝と化している。そしてそれを微妙に統御しているのが、時に会話体をおりまぜた柔軟きわまりない文体である。変幻自在な語り口の生み出すユーモアもふくめ、『PERSONAE』の詩人が到達した最新の境地に魅せられずにはいられない。

古川賢一郎

1　凝視

古川賢一郎という私にとってまったく未知の詩人の作品を、西原和海の編集で上梓された『古川賢一郎全詩集』（泯々社、97年）によって読むことができた。この詩人のはじめての詩集『老子降誕』が旧満州の大連市で出版されたのは1929年のことだから、発表後すでに70年に近い年月を経ている。にもかかわらず私は、新鮮な感動をもってこの全詩集を読んだ。

満州に関連した作品を私はほとんど知らない。まとまった詩集としては、安西冬衛の『軍艦茉莉』と山川精の『哈爾賓難民物語』が辛うじて思い浮かぶくらいである。しかし古川賢一郎の詩は、植民地の雰囲気をエキゾシズムの香り溢れる華麗なイメージ世界へと昇華させた安西の詩とも、40年という時の経過を待って当時の少年の眼から敗戦時の過酷な体験を見つめ直して対象化しようとした山川の詩とも異質であった。
詩集『老子生誕』は、「雪上の首」という印象的な作品からはじまる。

路上の雪なかに
落ちた柘榴のやうに転がつてゐる首
皮膚は凍つて
ひすいのやうに蒼くなつてゐる。
頬へ抜けた弾丸あとは
椿の花のやうに開いてゐる。

（第1連）

厳寒の雪の路上に、まるで柘榴のように潰されて転がっている首。これだけでもじゅうぶんにショッキングなイメージであるのだが、この衝撃的な像を提示したあともなお詩人の眼は対象を凝視し続けることをやめない。死者の首は皮膚が凍って翡翠のように蒼くなり、頬の弾痕は椿の花のように赤く血に染まって開いているというように。

詩人の視線は決して審美性にも叙情や詠嘆にも流れていくことなく、あらゆる詩的な力を振り絞ってひたすら対象の光景に肉薄しようとする。「落ちた柘榴」「ひすい」「椿の花」といった直喩を駆使しながら。この作品のもつ迫力は、題材の特異性からきている。しかし、どのように詩的な技法を駆使しようと、路上に投げ出された死者の首のもつ、言語に絶する衝撃を十全に表現しきることはできない。切断された首は、「落ちた柘榴」とはやはりちがう。ことばは、詩は、そしてあらゆる表現は、現実に対してついに無力である。それに気づいた詩人は、だれにともなくこう問わざるをえない。

これが人間の首ですか
これがわれわれ人間の首ですか
茹でた豚の頭より穢い首
ちょん切られた人間の首
（第2連）

ここにはあたうかぎり対象に肉薄しながら、だが言語化に挫折して茫然と立ち竦むほかはない詩人の、やむをえず虚空に放たれた答えのない問いがあるばかりだ。私がうたれたのは、対象への肉薄と表現における挫折という酷薄なプロセスをこの詩人がよく作品において持ちこたえているからである。そしてこのとき詩人がほんとうに見つめているものはなにか。無惨な死者の首を通じてここで凝視されているものはなにか。

私の外套につかまつて覗いてゐる
日本人の若い奥さんの戦慄が
私の心臓をこゝろよくゆさぶるので
ともすれば、私の失礼な哄笑が
今にも爆発しそうになつてくる。

（最終連）

死体から切り離された柘榴のように無惨な首は植民地満州のありようを象徴するものであり、そのありようをつくり出した日本人のひとりでもある「若い奥さん」は、それを覗き見てなすすべもなく戦慄せざるをえない。投げ出されたおそらくは満州人の首とそれを見て意味もわからず戦慄するだけの日本人、この両者の関係を痛みとともに知悉しながら、奇怪なことになぜか「私」には哄笑が込み上げてくる。

いうまでもなく、作品の表現主体である「私」もまた日本人のひとりにはちがいない。だが、現実の過酷さにただ怖れ慄くだけの日本人とはやや異質な場所に身をおいているので「私」には哄笑が込み上げてくるのだろう。その異質なる場所に身をおきつづけることこそが、この詩人にとってゆいいつの詩的な根拠なのだ。

2　基底

当然のことながら、ひとりの詩人がある風土の様相をことばによって表現することそれじたいはなんらの詩的な価値を保証しはしない。満州のさまざまな風物を巧みなことばで再現した詩人はおそらく古川の他にも多くいるだろう。そしてそうした詩人の作品は、満州とともに生きるのではなく、満州を「覗いてゐる」だけの読者の気分をこころよく充たしてくれるだろう。しかしおなじように満州をモチーフとしても、古川賢一郎という詩人はそうではなかった。古川のいくつかの作品においては、あるなにものかの酷薄な基底にことばがとどいている。このことが私には重要であるように思われるのだ。「あるなにものか」などというくいぶん思わせぶりな言い方をしたが、これをストレートに満州といってしまってかまわない。しかし基底にとどくことそれ自体が重要なのであって、それがなにかということじたいはさしたる意味をもたない。この詩人にとっては、それがたまたま満州であったということである。

蒙古の寒風が吹きまくる
曠野のまんなかで
背骨へずき　　と懐疑の刃を突き刺され

意欲も夢も地下三尺で凍結してゐる。
（中略）
人々よ。
ぎら　光る氷の上で
私は骨ばかりになってゐる。
私は痩せた支那犬になつてゐる。

（「冬の眼玉」）

対象を凝視する過程で、主体との距離が失われる。そして凝視する主体が対象そのものと同化する。この作品は、古川のこうした資質を体現してあますところがない。表現においてことばが対象の基底にとどくとはこういうことをいうのだ。

ああ　曠野の埃りに埋もれた城市を見ろ！
人も馬も犬も
死の影をひきづってあえいでゐる。
春さきの黄いろい影をひきづつて
みんな黄いろい鬼怪になつてゐる

（「黄砂」）

こうした作品でも、対象と詩人とは2重写しになって成立する。「死の影をひきづつてあえいでゐる」ものも、「黄いろい鬼怪になつてゐる」ものも、詩人そのものだと受けとってよい。こういうところに古川賢一郎という詩人のまれなる資質がある。

3　切断

古川においてなぜこのように特異な詩が成立したのか。詩人としてのすぐれた資質をもっていたからだといっただけでは、同義反復に陥ってしまう。もしその資質の根拠にもうひとつ踏み込もうとするなら、第1詩集に収録された作品より以前に書かれたもの、とくに渡満以前の長崎時代の作品を詳細に検討することが必要とされるが、そうした作業は私の手に余る。ここで私にできるのは、全詩集に収められた作品を読むことだけであり、そこからの印象をひとつだけあげるなら、初期の古川の詩における日本との距離や喪失感あるいは切断の意識である。

西原和海編の年譜によると、1922年、19歳の古川が三菱造船職員養成所を卒業し職員になった直後の4月に父の死に出会い、翌23年8月に三菱造船を辞めて満州に渡ったという。渡満の理由は「一家の生活環境の打開をはかって」とあるが、これだけでははっきりしない。

当時の長崎で養成所を出た三菱造船の職員といえばエリートの部類に入るだろうし、入社当初はともかく将来を考えれば待遇も劣悪なはずはなかろう。それなのになぜ古川は日本を捨てたのか。

全詩集の巻末に収められた「長崎の古川賢一郎」というエッセイのなかで山田かんは、古川自身が長崎時代をふりかえって書いた貴重な文章を紹介している。

私は大正十二年夏、長崎を出奔して満州に渡った。「草土社」同人であったところから佐藤惣之助の「詩の家」に参加して今日に及んだ。それ以来、今日まで長崎に帰える機会を失ってしまった。

（「「草土社」のころ」）

ここで古川が、「長崎を出奔して満州に渡った」と述べていることが注目される。出奔とは、人知れず逃げ出すというニュアンスを含んでいるから、すくなくとも公然と満州に旅立ったわけではない。くわしい理由はしるされていないが、引用文のすぐまえに、友人と『乱舞』という詩誌をやっていて警察に睨まれ3号でつぶれたという記述がある。あるいは「出奔」がこのことと関係があるのかもしれない。だがそれがゆいいつの理由であるかどうかは、私にはわからない。
　ともかく、詩集『老子降誕』からうかがえるのは、なにかを失い日本から切れたという痛切な感情が作品の底流にたえず蟠っているということである。先にくわしく引用した「雪上の首」においても、人間の首が「ちよん切られ」て路上に転がっている光景が、たんに無惨な光景としてのみ詩の題材となったわけではない。切断の無惨さが詩人内部においてすでに切断されているある状態と呼応したがゆえに詩のモチーフとしてよく、成立しえたといえるのだ。

……日本へ帰つて見たいね。……
らんぷのほのほを掻きたてると
火のやうな支那酒に酔ひしれながら
濡れた郷愁のこゝろが
三日月のやうな眼を開けてゐる。
（「春の雪夜」第2連）

ああ日本を離れて
われらの愛欲もうらぶれたね。
（「うらぶれた愛欲」）

君！
太い麻縄のやうに
長くだらりと下がつた
日本女の首縊りがあるのだ。

（「風のない朝」）

こうした詩句にみられる「日本」への屈折した感情が満州に渡って詩を書いていた詩人たちの多くに共通するものなのか、あるいは古川においてのみ特に顕著なものか私には判断がつかない。だが、みずから「出奔」した日本への帰路がもはや絶たれているという、絶望的な喪失感が、満州という異風土をつうじて古川のことばをよく存在の基底までとどかせたことはまちがいない。そしてそのことが作品の成熟につながっていったということも。

みづつぽい死児の顔が
黒づんだ揚柳のこずえに突きさゝり
夜の曠野は
ロバの皮を着たけものゝの肌だ。
ああ　わたしは

豚の仔を一匹野に放ち
救われぬ妖術の印を結んでもみむ。
（「無題」全）

私が『老子降誕』のなかでいちばん好きな作品である。異郷に生きる痛切な孤独感が感情の生な吐露に流れず、ユーモアを含んだ独自なイメージへと生成している。ここに私は、古川賢一郎という詩人のひとつの達成をみる。

4 回帰

古川はその後、1931年に『蒙古十月』、32年に『氷の道』『貧しき化粧』、33年に『芽柳』とたてつづけに詩集を刊行し、満州詩壇のなかで中心的な存在となっていく。けれども作品的な興味を私はこうした詩集に抱くことができない。なるほど第3詩集『氷の道』の幾編かは、この詩人が日本人・中国人・蒙古人・朝鮮人といった諸民族の集合体である植民地満州においてさまざまな矛盾をはらみながら生きている現実を曇りないまなざしで見つめていることを示しているし、「突撃前」や「戦死者」のように、反戦的な表現を含んだ作品もある。こうした意味でも、また表現の成熟といった面からもこの詩集は高く評価されてよい。しかし、『老子降誕』でみられたある過剰なもの、表現の極点へまで向かおうとする痛切さがここでは希薄となっている。その点で、すぐれた詩集ではあるが私にはややもの足りない。
次の詩集『貧しき化粧』になると、最初の詩集の衝撃からはさらに遠ざかっていく。のちに大連放送局から朗読詩として放送された「冬の夜」を例にとろう。これは冬の夜に兄弟3人がストーブを囲み、日本にいた頃の「倖はせ」な生活をなつかしむという作品である。

ほら、一二三
わたしはこんなに元気だよ
さあ、新しい石炭をくべておくれ
しん　　とした冬の夜は
お互ひに愛情の燈を明るくして
遠い日本の話でもしやうではないか
（最終連）

かつてあれほど鮮烈にみられた、日本からの切断という哀切な意識はすでにない。日本について語ることが互いの絆を深めることとなるのだとしたら、そこにはむしろ喪失感とは逆に感性的な一体化があるばかりだ。渡満後10年といえば、ひとりの生活者のこうした変貌には充分な歳月なのかもしれない。

古川も積極的に参加した1941年の満州詩人会結成にかんしては、「詩誌『満州詩人』に触れて」という評論で西原和海が、「満州の詩人たちは、戦争翼賛詩を書くことによって、ほとんど内地と一体化してしまい、植民地詩人としての本来の詩的モチーフを希薄化、もしくは喪失してしまったのである」（『彷書月刊』90年2月号）と指摘している。この指摘は、満州の詩人たちが戦争翼賛詩を書いた根拠を正確に射抜いていると思われる。しかしすくなくとも古川賢一郎という詩人についていうなら、彼において内地との一体化は翼賛詩を書くずっと以前から、なし崩し的にはじまっていたというべきであろう。

私はここで古川を一方的に批判するつもりはない。ひとことで切断というが、故郷への回帰を絶たれるということは、異郷での宙吊りの意識の持続に耐えるということを意味する。それがどれほどたいへんなことかを想像するなら、安易な批判だけではなんの意味もないだろう。後世の私たちに要請されているのは、渡満詩人たちと日本との切断と回帰の様相を作品に即してただじっと凝視めることだけである。ただそれだけが、〈詩〉という普遍的な名によって私たちの世代に要請されている行為であるはずなのだ。

満州詩人会の結成と日本の対米英戦争への突入を機として、本土で刊行された『現代愛国詩集』『辻詩集』『詩集　大東亜』などに参加して戦争翼賛詩を発表したり満州詩人会賞を受けたりと、年譜で知るかぎり古川は満州詩壇で華やかに活動していた。

敗戦後、47年に妻の実家の新潟県へと帰り着いてまもなく妻は過労により死ぬ。そのときリヤカーで妻の亡骸を運んでいく情景を描いた「荒川に沿うて」は、まさしく絶唱ということばにふさわしい作品である。

僕は妻の亡骸を運ぶ　車　の手を休め、流れの蒼さに魅せられ
ている。この流れの中に、妻の亡骸を投込み、五人の子供達も
次々に投込み、美しい水底で、親子が静かに沈んでいる姿を思
う。それは楽しいことだ。

（第2連）

死は生の突然の断絶である。死者は生者と決定的に時空を隔てられている。だがその距離をこえてこの詩人は、水中という幻想の世界で死者と一体化しようとする。かつて『老子降誕』でのいくつかの詩篇でそうだったように、ここでも詩人は詩の対象に憑く。ある極点にいたる

まで。さまざまな詩人が妻の死の悲しみをうたっているが、そうした嘆きの詩のなかでも、この作品はもっともすぐれたもののひとつだ。

古川にとって妻のこの突然の死は、たんによき伴侶の死という事柄にとどまらず、より深くより象徴的な出来事であった。妻の死とは、彼の生涯を、日本を出奔し、満州詩壇の中心人物となり、祖国の敗戦により植民地から引き揚げるといったそれまでの彼の複雑な軌跡を辛うじて繋ぎ留めていたものをあからさまに引き裂いてしまったあまりにも決定的な切断線ではなかったか。

この作品をゆいいつの例外として古川賢一郎の詩的なエネルギーはあるいはすでに燃え尽きていたのだろう。もしそうだとしても私たちがこの詩の美しさを忘れることはありえない。

＊この項執筆後の２００８年に、山田かん『古川賢一郎　澁江周堂と戦争』（長崎新聞社）が、夫人山田和子の手によって死後刊行された。

＊＊当時の満州詩壇については、坂井信夫『坂井艶司と「満洲詩」の時代』（２０２０年、土曜美術社出版販売）に詳しい。

村木雄一――１９２０年代・小樽

1

私の前には、「村木寂朗」と署名された30篇あまりの作品が残されている。村木寂朗の生涯については、１９２０年代半ばの小樽、あるいは小樽近辺で生活していたであろうと推測される以外に詳しいことはなにもわからない。

彼の詩のなかで、私が目にすることのできたもっとも古い作品は、１９２４年（大正13年）5月22日付『小樽新聞』掲載の「不信者の讃歌」「あこがれ」の2篇である。

あこがれ

わたしはいま戻つてきた
ながい夢想の旅路から
おまへを得ずして私が
一人ぼつちで死なれよか
せめて一日でも會へたなら
そして許してくれるなら
おまへに接吻したその時に
死んでみたいと思つてる。

「不信者の讃歌」は完全な文語定型詩であり、「あこがれ」も、口語的ではあるが、7音5音を基調とした定型のわくのなかで書かれている。1924年といえば、大正も末に近い。口語自由詩の確立が明治40年代はじめ頃だとする詩史的定説からしても、また萩原朔太郎『月に吠える』の刊行されたのが10年前の1914年（大正3年）であるという事実からしても、やや口語的なくずれをみせているとはいえ、これらの作品は、当時の表出水準と比較してさえ、いくぶん古めかしいものといわざるをえない。

だが「村木寂朗」は、この2作品の掲載をきっかけとして、投稿に熱中する。1か月のちの

6月21日には、「ある日の感傷」「憂愁」「見知らぬ人に」「はるよひ」の4篇、7月16日には「公園愁情」が掲載される。いずれも引用した作品と同じようなスタイルや内容のもので、すぐれた作品とはいいがたいのだが、8月26日掲載の作品では多少の変化をみせる。

煙火

物干臺に
またのぼる
そなたすむ街
見ましよとて。
そらは灰いろ
曇りかち
底にひらいた
花火です。

炎天

炎天
ものうげに
孕み女がゆく
静かなる
まひるの机上
釣鐘草
うなだる。

「煙火」は、依然として文語定型である。だが、同じ恋愛詩でもこちらの作品は、「物干臺」、灰色の「そら」、「花火」といった具体的なイメージによってはっきりした情景が定着させられている。ここでの「花火」が、物干し台から実際に見えたものなのか、詩人の情念の幻想的メタフォールなのかは定かでないにしても、茫漠とした感情の表白に終始していた前記の作品より、はるかにことばの焦点が合ってきている。また「炎天」では、路上の「孕み女」と机上の「釣鐘草」のイメージの対比のみならず、あきらかに7音5音の音数律から逸脱していこうとする意志が感じとれる。こうした逸脱への意志が、この詩に緊張感をもたらしているのである。

漁村

凮は
漁村を吹きまくる
胸を噛むでは逃げてゆく
波のたえまに
つと立てば
旅には
悲しいごめが啼く。

よく読めば、いまだ音数律の痕跡を残していることがわかるが、しかしあえて7音5音の定型韻律に逆らおうとする意志は、1行目と2行目などの行分けの仕方に見てとることができる。また、この作品で、ようやく文語調からの脱却も可能になったといってよい。

この年の5月、中山繁二郎らによって創刊された詩誌『泥塔』に「村木寂朗」は途中から参加したのではないかと推定されるのだが、『泥塔』の所在が不明なため、いまのところ確証はない。ただ、木下彰によって24年12月小樽で創刊された詩誌『北方詩』に、「胡瓜」「心の眼」「光る波」の3篇を載せている。投稿詩以外で私たちが知る最初の作品である。なお『北方詩』には、三木露風、尾崎喜八、蒔田栄一などが作品を寄せている。『北海道文学大事典』によると、露風は、20年から24年まで上磯郡当別町でトラピスト修道院の講師をしていた。

このような過程をへて、「村木寂朗」はしだいに彼独自の言語感覚を研ぎすませていく。次の2篇も『小樽新聞』掲載のものである。

生存

寒天に月が顫へてゐる
溝板の下で蟲が鳴いてゐる。

生きてゐる
確かに生きてゐるぞ
暗い心を慰めて呉れる
ををいぢらしいではないか。

過ぎたぞ風

堤の上
花が散る
風がゆらゆら吹くもの

×

秋すでに
心を喃んで。
フラフラと
風が吹くぢやないか

×

吹きあげる風
泣く蟲を殺して
星もないのだ
山が鳴るのだ

25年7月、同人詩誌『エゴ』の創刊に参加する。7月20日付けの『小樽新聞』には、〈エゴ（創刊號）口語詩歌雑誌で詩に花泉久米雄氏「笹畑」廣川ゆう二氏「君の姿を観る」村木寂朗氏「林他一篇」神保さよきち氏「失戀」吉田孝介氏「戀」前田眠羊氏「黄昏の食物」歌に廣川ゆう二氏「蓼日低日」稲畑笑治氏「春とその歌」竹杉いさむ氏「チューリップ」水江俊雄氏「黄昏の歌」等力強い作のみが集められて居るプリント刷美本一部七錢小樽富岡町エゴ詩社〉と好意的に紹介されている。

それもそのはずで、村木寂朗のみならず花泉久米雄、廣川ゆう二、吉田孝介など同人の多くがこの新聞にしばしば作品を投稿しているのである。つまり、自社の新聞の投稿欄の常連が創刊した雑誌なのだから、好意的な記事を載せたのも当然といえるであろう。しかし、現在のところこの詩誌も実物を見ることができず、村木寂朗の「林」他1篇についても、花泉や吉田らのここでの作品についても、内容を確認することはできない。

また、どういう理由で『エゴ』という誌名をつけたのかも不明である。すでにこれより11年前の1914年に佐藤惣之助や千家元麿らによって、同名の詩誌が刊行されていた。当時高名だった佐藤や千家によって刊行された詩誌の存在を彼らが知らなかったとは考えにくい。したがって、このふたつの詩誌の関係には興味をそそられるのだが、いまのところなにもわからない。

いずれにせよ、詩誌『エゴ』の創刊は投稿詩人であった彼らに、より自立した詩人としての意識をもたらしたにちがいない。11月30日の『小樽新聞』に載った「絶望の後」などの作品は口語自由詩として安定した表現を獲得している。

だが、その翌年つまり1926年（大正15年）2月1日の『小樽新聞』に「人間」「ロシヤ娘」の2篇を発表したのち、この詩人の名を私たちが目にすることはなくなる。

人間

林の中で
クリストは頸をつつた
したり顔な
タカは心臓がくひたくなつた
……ほどなく
毛爪だつた
女がひきずり出された

初期の詩とはまた別な意味で焦点があわない、あるいは故意に焦点をあわせ難くしているともおもわれる作品である。これがあのロマンチックな文語定型詩「あこがれ」とおなじ作者の手によるとは信じがたい。ことばとのかかわりにおいて、何かが起こったのであろう。それが何であるかは、この2作品だけでは明瞭ではない。花泉久米雄や吉田孝介は、この頃急速にダダイズムへと接近していたから、この詩人もまた、その影響を受けたのだろうと推測するほかはない。そして、こののち「村木寂朗」という名はどこにも見あたらなくなる。

2

１９２６年４月、釧路で発行されていた文芸雑誌『北方芸術』４月号に「犬生物ケツコウ詩」という奇妙な題の作品が載った。作者は村木雄一。１９８７年９月に79歳で亡くなったモダニスト詩人である。

村木は、１９０７年に、旧樺太と北海道の稚内とをつなぐ港町である大泊（ソ連サハリン州コルサコフ市）に生まれた。本名勇一。９歳のとき一家で小樽に移住する。高等小学校卒業後上京し、神田英語学校に入学するが、まもなく退学し、小樽へ戻って小樽郵便局電話課に就職。

そのかたわら詩を書きはじめ、1930年頃からは『装置』(小樽)『北方詩族』(函館)などの詩誌に作品を発表、39年(昭和14年)に最初の詩集『ダンダラ詩集』を刊行する。また、その頃東京で発行されていたモダニズム系の月刊詩誌『新領土』には、2篇の長詩を載せている。

一方、30年頃から左翼的労働運動にかかわる。31年には「全日本無産者青年同盟」小樽支局責任者となり、廣川廣司らと「全協(日本労働組合全国協議会)」の小樽地区協準備運動をすすめたが、その年の秋に九・二九事件のため検挙されて2年半も長期間拘留され、小樽郵便局を辞めることになる(手書き詩集『春象生理』(44年)のなかに、この時期の活動生活をうかがわせる数篇がある。ただし、この詩人がマルクス主義的な思想をもっていたとは考えにくいし、左翼運動との具体的なかかわりについても不明すぎる点が多い)。

戦後は、『文学症』をはじめとする10冊の瀟洒な詩集を刊行。終始モダニズムの詩を書きつづけた。日本の詩史をみわたしても、村木雄一のように、左翼活動や戦争の期間をふくめてモダニズムからいちども転向しなかった詩人というのは、きわめて稀な例であろう。「北海道文学史」的な書物にとりあげられ論じられることはほとんどなかったが、少数のしかし熱烈な愛読者をもっている。

この詩人の詩誌『装置』所属以前、つまり1920年代半ばの活動について、はっきりしたことはわからない。前記『北方芸術』掲載の詩(実物は未見)が、現在の私たちが知りうるもっとも初期の作品である。なぜ彼が、釧路の文芸誌に作品を載せたのかも不明である。このとき村木は18歳であった。『北方芸術』は、1925年に本間武三によって釧路で創刊された同人詩誌。中西悟堂、壷井繁治、並木凡平らが寄稿している。
『北方芸術』は、この号で廃刊になり、1年後、村木の作品は『小樽新聞』の投稿欄にひんぱんに登場するようになった。

1927年（昭和2年）
7月18日「女は来ない」、7月25日「聖拝」、8月31日「或る男のストライキ餘白」「主題的構成詩品」（めがね・枝・黒いネクタイ・数字板のないフリコ・獨唱・鴎・雨・オチバ・兵隊と云ふもの・髪床・煙突・白）、10月30日「退屈放題三章」（静物考・エンゲン豆の花・豆と女のこと）、12月5日「愛と検温器」、12月25日「堕ちたヤニングス氏の印象」
1928年（昭和3年）
1月30日「雄一の気の毒な弟」、3月2日「ポ・マリアナの昇天」、3月14日「我が一九二八年の尖端」、3月26日「彼女とアナキストの出発」、9月29日「給料袋」、10月11日「オペラソング」「モモの母はハルル」、11月17日「退屈まぎれ」
1929年（昭和4年）

1月3日「愛すべき薔薇」、5月3日「病院の夏」、9月6日「第二主題的構成詩品」(秋・夕焼・朝・サチ子・お産・陸と海・私・思索・雨・冬と歩行)、10月10日「作詩業」「習慣」、12月14日「竹馬」、12月25日「雪」「正直な雪」「解剖」、12月28日「無為の詩」「不潔」

この頃の小樽新聞社には、口語短歌の並木凡平、新興川柳の田中五呂八、詩の野村保幸、創作や評論の米山可津味、ロシア文学の高崎徹などが社員として在籍していた。それぞれ文芸的分野での傑出した人材がこれだけ集まっていたのだから、当然、文芸欄は充実していたし、新聞社としての文学的な見識も高かったにちがいない。また、当時の新聞編集は、今よりずっと牧歌的だったのであろう。そうでも考えなければ、同じ作者のこれだけ多くの作品を掲載しつづけたことは理解しがたい。

1961年に刊行された村木雄一の第5詩集『BRACK&BRAKC』の作品のうち、「静物考」「解剖」「作詩業」「習慣」「正直な雪」「無為」「夕焼」の7篇が、ここにあげたなかに入っている。すなわち1920年代末に『小樽新聞』に投稿したものである。第5詩集刊行のとき彼は54歳。30年以上前、20歳前後で発表した作品にほとんど手を加えず詩集に入れるという離れ業をやってのけたのである。しかも、そのことに気づいた詩集読者はほとんどいなかったのではないだろうか。これは、20年代での村木の作品がある程度の水準をすでに獲得していたことを示す事実とみなしてよい。

田中五呂八を中心に扱った『新興川柳運動の光芒』のなかで坂本幸四郎は、「(「小樽新聞」の)米山可津味を中心に、「クラルテ」や「群像」の同人たちが文学サロンを形成していた」と書いている。村木自身が後年述懐していたごとく、小林多喜二とのつながりをもったことが、九・二九事件で検挙される遠因になったとすれば、投稿をきっかけとして、米山などの『小樽新聞』グループがその媒介になったのではないかともおもわれるが、いまのところ想像の域を出ない。

3

村木雄一の初期の作品について、詳しく検討したり論じたりするためには、別な機会をみつけるほかない。私がこの文章を書いた目的は、「村木寂朗」と村木雄一とが、実は同一人物ではあるまいかという推測を明らかにするところにある。

この2人の詩人が同じ人物であるか否か。当時の村木を知る人の事実に即した証言はいまのところ得られていない。村木という姓はそれほど珍しいものではないので、まったく別人という可能性もないわけではないし、あるいは血縁のひとりかもしれない。村木雄一には４人の弟がいたから、そのうちのだれかであったろうか。しかし、「村木寂朗」がはじめて『小樽新聞』に投稿した１９２４年５月は、村木雄一が東京から帰ってきて郵便局に就職した翌年、まだ16歳のときである。彼より年下の弟に「村木寂朗」を想定するのはやはり無理であろう。

もうひとつの理由は、『小樽新聞』への投稿期間のずれである。「寂朗」の投稿が24年５月にはじまって26年２月に終わり、２か月後の４月から「雄一」が投稿しはじめる。これほど多作な２人の投稿が、同一紙面上に重なったことはいちどもないのだ。

これらは情況証拠にすぎず、断定の根拠にはならない。しかし、ふたつの名前を結びつけるに足る証言もある。『エゴ』の同人であった吉田丙午郎（吉田孝介）から、小樽の女性同人誌『あさゆう』の会員で氏の俳句仲間でもあった高本秀子氏に宛てた手紙に次のような一節があるのだ。高本氏のご好意により引用させていただいた。

村木雄一とは大正14年だったと思ひます。私はその頃小樽貯金局に勤めて居り、『逓信協会』と言ふ逓信関係の機関誌の自由詩らん（選者・生田春月）に投稿した「童心」と言ふ1篇が入選しました。その作品の末尾に勤務先と住所が併記されてゐましたので、彼は当〔時〕小樽電話局に勤めてゐて、その私の投稿によって詩の仲間にならないかと誘ひの手紙を添へて。私も暗中模索で詩らしきものを作りはじめてゐた時でしたので、勿論彼の誘ひに應じました。（昭和60年5月21日付）

吉田丙午郎は、村木雄一が亡くなる同じ年の12月に、奇しくもあとを追うようにして岩見沢市で亡くなる。享年82歳。後年は俳句に転じたが、20年代末の小樽では若きモダニスト詩人として華麗な才能をみせた。吉田の生前の手紙によれば、村木雄一を知ったのは大正14年つまり1925年だということである。そうすると、次の証言どおり、この年の7月に『エゴ』の創刊に参加した「村木寂朗」とは、若き日の村木雄一のことだとほぼ断定しうるのではないか。

その頃の中央詩では「日本詩人」、百田宗治が主催してゐたと思ひます。（私は）月刊誌の「日本詩人」をとつてゐた位で、彼の書架に並んでゐる数多くの詩書を貸して貰つて読みました。そしてガリ版の『エゴ』と言ふ同人誌4頁値5戔を発行しました。（同）

小樽郵便局勤めの村木雄一と小樽貯金局勤めの吉田孝介というむすびつきもきわめて自然であり、この具体的な証言は信頼できる。彼らの創刊した『エゴ』に、村木姓の同人が2人いたとは思えない。この証言にしたがって、「寂朗」と「雄一」とは同一人物とみるのが自然であろう。

ただし、たとえ同一人物であるのが事実だとしても、この2人はやはりちがう。すでに30篇以上の作品を発表していた名を捨ててあらたなペンネームを用いたとき、「村木寂朗」という名の詩人はみずからによって抹殺され、「村木雄一」という詩人があたらしく誕生した。その後、彼が「寂朗」について語った形跡はない。私たちは、そこにこの詩人のひとつの決意をみる。安易にこの2人の作品を繋げてしまうべきではないと、これは自戒の意味も込めてしるしておこう。

ともあれこうして、村木、吉田孝介、花泉久米雄ら若き詩人たちが詩誌『エゴ』に結集し、どうじに『小樽新聞』の投稿欄をも飾ることになる。『エゴ』の詳細がわからないのは残念であるが、ここだけをみても、彼らが当時発表したものには秀作が多い。とりわけ花泉の「幻想浸潤」「寄木細工の夢」「ダダ小曲七篇」「構成詩作品五点」、吉田の「ダダの散文」「構成四行詩五点」など、いずれも当時の道内で発表された詩の水準を大きく抜くすぐれた作品である。

27年1月に吉田孝介が軍隊に招集され、翌年には花泉久米雄が肺結核で死亡する。28年3月19日の『小樽新聞』に村木が発表した「ポ・マリアナの昇天」という散文詩は、花泉の死を悼んだものである。

花泉久米雄
ポ・マリアナがシャボンのやうに死んだ
それは昭和三年一月十二日午前十時であった
彼は母一人に見まもられて
彼にアッタのは前日五時半頃であった
(中略)
次の晩だんごを下げた私を彼は待ってはゐなかった
(中略)
つきない彼のペンを折るにあたって兵営にある孝介の言葉を添える
　ああ寒空と彼の死と港の風景を
　黒いどん帳で包んでゐるぞ

直前の3月10日付で、村木の編纂による花泉の遺稿詩集がエゴ詩社から刊行されていた。中山繁二郎、吉田孝介、前田喜作、廣川廣司(廣川ゆう二)、高杉勇などが名をつらねている。この詩集のなかから、「港　力學應理　點」という作品を紹介しておく。

起重機のチェンは
横顔の淋しい波堤の先端に
セメント材の捜手を沈める

かつきりと晴て
酸味の肌に浮かんでくる満潮時

おしあげることによつて
ぽこぽこ　チリメンの輪をふいてくる
ふくらんだ釦は
掘りあてる凹景を迂回し
だぶだぶな臓機に消化されてゐく
枯草のような労働婦
　石載車
午砲　停止

こうして創刊まもなく『エゴ』は終刊となり、村木の発表の場は新聞投稿欄が主となる。彼が後年につながるような詩的表現を獲得したのは、実はこの時期であろう。27年8月発表の「主題的構成詩品」、29年9月の「第二主題的構成詩品」といった作品は、題名のつけ方をみても花泉や吉田の影響が色濃い。村木は彼らのエキスを充分に吸収しつつ、彼らなきあと村木雄一独自の詩的コスモスを形成していったのである。30年頃に、ガリ版詩集『ダダイストの垢』を刊行したようだが私は未確認である。

この頃の小樽では、モダニズムの詩人ではないが、伊藤整が詩集『雪あかりの路』(26年)を刊行して一定の評価を得ていた。すでにしるしたように村木は1907年の生まれである。4年まえの1903年には、シュルレアリストの詩人であり理論家であった瀧口修造が富山市に生を受けている。慶応義塾大学の予科在学中に母が急死。すでに父が亡くなっていたこともあり、関東大震災後の23年、慶応を中退し敬愛する姉の住む小樽市に身を寄せた。25年、姉たちと当時の花園女学校前に文房具店兼手芸材料店「島屋」を開くが、姉や身内に強く説得され再度上京、慶応大学文学部に再入学する。代表作の詩篇「地球創造説」が発表されたのはわずかその2年後の1928年のことである。こうした事情は、「Tさん」(=瀧口)をめぐって書かれた飯島耕一の短編小説集『冬の日』などで知ることが出来る。

また、島田龍の編集で完全版ともいうべき2度目の全集が刊行された左川ちかは、村木より

4年あとの1911年に余市で生まれている。23年に庁立小樽高女に入学、28年に上京するまで列車に乗って小樽に通学していた。この体験は、左川の作品に投影されている。村木が『小樽新聞』に詩を投稿し始めた24年には、瀧口、左川というのちに日本を代表するモダニストが人口10数万人の地方都市小樽と縁があったのである。もちろん、村木以外はまだ表現活動を開始していなかった。しかし、当時この地でゆいいつの日刊新聞であった『小樽新聞』の文藝投稿欄を読んでいた可能性はある。とりわけ小樽高女の学生であった左川は、その可能性が強い。左川が村木らの小樽モダニズム詩人たちの影響を受けたかどうかはわからないが、モダニズムという共通項は否定できない。

左川は、30年に「昆虫」、32年に「緑」といった有名な作品を発表している。この30年には、村木もまた「蟲」「緑」という作品を書いている。もちろん内容はちがう。村木の「緑」は、

緑のあいだ　風たちが走りだし
緑は愉しく　騒いでゐる
緑は雲をみあげ　手をつなぎ　肩をゆすって
緑は別れを惜しみながら　立ちどまって
緑は泣いてゐるものもある

（『装置』12号、詩集『春象生理』所収）

といった、当時のモダニズムらしい、軽く流れる作品であるのに対し、左川の作品は、

朝のバルコンから　波のやうにおしよせ
そこらぢゆうにあふれてしまふ
私は山のみちで溺れさうになり
息がつまつて　いく度もまへのめりになるのを支へる
視力のなかの街は夢がまはるやうに開いたり閉ぢたりする
それらをめぐつて彼らはおそろしい勢で崩れかかる
私は人に捨てられた

（『文藝汎論』10号、『左川ちか詩集』所収）

であり、言葉の強度や奥行きはこちらのほうがはるかにすぐれているし、最終行の解釈をめぐってもいろいろと論議のある有名な作品である。ただ、作品の水準は別として、村木と左川が相次いで「緑」というおなじ色彩をモチーフとするモダニズムの詩を書いたということは記憶にとどめてもいいのではないかと思う。

当時、アナキストたちのきわめてラジカルな芸術・思想誌『社會芸術』が小樽で発行され、

また小林多喜二も「一九二八年三月十五日」を『戦旗』に発表して本格的な活動に入りつつあった。多喜二については多数の研究がなされているので、ここでは『社會藝術』誌について少し紹介しておきたい。

「アナキズム藝術・思想雑誌」と銘打って刊行されたこの雑誌の第2号（第1巻4月号）は、28年3月1日小樽の社會藝術社が発行所となっている。編輯兼発行人は中出荘七。中出溯「組合運動と自由聯合主義」では、「組合運動」の「本来的目的はアナキズム○○である。全被搾取階級民の完全なる解放運動にあるのであつてその為に吾々は常に策謀し行動し反逆する故に諸他の付随的諸問題の必然的發生の社会的意義を肯知するのである」と主張する。伏字には、「革命」と書かれていたと思われる。

八橋榮星「戦闘的藝術への一考察」は、「ボル派」すなわち共産党系マルキストの芸術論に対して、党のスローガンの命ずるままに、宣伝ビラとなり戦闘的ポスターとなり、応援演説となる単純な機械的技術となっていて、芸術の本質的意義が忘却されていると強く批判する。金井新作の詩「銃殺」では、軍隊による朝鮮人処刑に対する怒りに満ちた糾弾がしるされている。荻原恭次郎や石川三四郎といった著名人の寄稿もある。「雌伏せる我等の同志に檄す」といった文字も躍るのでおそらく即座に特高の弾圧を受けたであろう。この号のあと、発行をうかがわせる資料はない。

こうしたことからも影響を受けたのか、1931年になると村木は全日本無産者青年同盟小樽支局の責任者となり、廣川廣司らと全協（日本労働組合全国協議会）小樽地区協議会の設立準備を始める。しかし、前述のごとく9月に全協九・二九事件のため廣川、中田吉雄、中原徳次らとともに検挙された。検挙者は総計で39名にのぼったが、起訴されたのは村木、廣川ら5名のみであった。もちろん小樽郵便局は罷免。刑期を終えた33年以後は、東京、小樽などを転々としながら詩作を再開する。むろん、モダニズムの詩である。

38年6月、『北方詩族』3号に「精神の筋」「生計」を、12月、同5号に「文学症」「猫族」を発表。『新領土』に参加する。39年2月、『北方詩族』6号に「白い窓景」「結晶小景」、4月、同7号に「蝶番説」、6月、同8号に「凹體説」、7月、同9号に「匹説」をそれぞれ発表。10月、『ダンダラ詩集』（濤の会）を刊行。11月、『新領土』に「地動説」を発表。40年には、『新領土』11月号に「球體説」を発表する。『新領土』の2作品は、北海道のモダニズム詩のなかで最高レベルのものであろう。42年1月には、アンソロジー『北海詩人集』（山雅房）に、「蟻送様感」「風景中の掌」など9篇を発表する。このあと戦後も長く詩活動を継続し、若い詩人たちに慕われるのだが、ここでは主として20年代を中心として村木雄一についてふれることとした。

芸術的にも思想的にもさまざまな潮流が複雑にぶつかりあい影響しあう磁場として、

1920年代の小樽は私たちの興味をひく。29年10月に発生した世界的な経済恐慌が波及することによって、日本の社会がより激動の時代へと変化する頃である。そうしたなかに、「あこがれ」にはじまる「寂朗」の詩から飛躍した村木雄一の詩的な出発があった。

＊村木雄一の死（1987年）の翌年に、『メカジニ・プリニニエは二度死ぬ』という追悼文集が刊行された（村木雄一追悼文集出版実行委員会刊）。ここで、村木の作品と生涯について、ある程度の全体像を知ることが出来る。

ここでは、和田徹三、深沢光有がそれぞれの「村木雄一論」を書き、さらに千葉宣一、神谷忠孝による北海道におけるモダニズム詩の系譜を論じた論考も掲載され、小松瑛子や藤堂志津子らが追悼文を書いている。

＊＊小樽よりも古い港町の函館には、1930年代から『新領土』などで活動した木村茂雄というモダニズム詩人がいる。詩誌『山の構図』『北方詩族』にかかわり数冊の詩集があると千葉の論考にあるが、そのなかで私が現物を手に出来たのは詩集『枝と灰の彌撤』（41年、昭森社）のみであり、これからの追究が望まれる。

長光太――『登高』

長光太の詩は、遠くから眺めると、いくぶん難解そうにみえる。韜晦の城壁が周到に張りめぐらされており、内向的で具体性を拒み、一見してどこまでも抽象的であるかのごとき印象をあたえる。こうしたことから、詩集へ近づくことにとまどいを覚える読者もいるだろう。だが距離を置くと近づきがたい存在も、傍に近寄ると意外に柔軟かつ多孔質のものであることが多いように、詩集『登高』も、いくつかのキーポイントを念頭におきさえすれば、誰もが容易に内部へ入っていくことができる。

ただし、どんな建築物であっても、内部へ入るためには門をくぐらなければならない。この詩集にはどのような門があるか。目次を一瞥してみよう。「野火」「遊離」「赤光」「登高」「波」「砂丘」「煙」「流亡」「蝉」「石」「離脱」「靄」「雲雀」「凪」と。遊離、登高、流亡といった抽象語にまじって波、煙、石といった日常語もある。このあたりから素直に門をくぐると、詩の核心が見えてくる。

読むにあたって覚悟しなければならないことが、少なくともふたつある。まず、すべての作品が、漢字・カタカナのみの表記だということ。さらに完全な現代仮名遣いではなく、発音と仮名表記を一致させていること。したがって、ふつうに書けば「闇へ血潮は漏れたはず」という詩句が、「闇エ血潮ワモレタハズ」（序詩「傷」）となる。ここだけをとると、決して読みやすくはない。かつては法律文などによく用いられた前者の表記法は逸見猶吉が徹底して行った（ただし最晩年には平仮名に復帰）、作品数は少ないが草野心平や原民喜も用いている。また後者の表記法は、戦後の一時期、幾人かの文学者によって試行された。どちらも長光太の独創ではない。けれども、これほど大部な詩集のすべてがこうした表記法で徹底されると、いくぶん異形なものに見えてしまう点は否めない。

１９４８年に書かれた跋文のなかで原民喜は、「前から長光太は、人類の巨きな歴史の扉にほんの爪のかすり跡だけでもいいから己の存在してゐたことを残したいと云つてゐた。その光太の詩の片仮名の一字一句は、さういふ祈願にふるへる鋭い爪か何かのやうにおもへた」と述べている。少年の頃から長光太を知る文学仲間として、さらにみずからもいくつかの作品をカタカナ表記で書き残した詩人として、的確な言である。逸見猶吉にとってカタカナは詩の牙のようなものであった。長光太にとっては詩の爪である。牙ほど破壊的でない長光太の爪は、しかし持続的に鋭い運動を持続し、多くの傷跡（＝作品）を残した。
長光太の作品は、漢字とカタカナだけで（私たちが日常なじんでいる平仮名をまったく使わずに）構築されている。読者はこの異形の城壁から詩集のなかへと入っていかなければならない。そのことだけはよく覚悟したうえで最初の4篇つまり「野火」「遊離」「赤光」「登高」を、ゆっくりと読んでみよう。走り読みしてはいけない。詩人は漢字・カタカナ表記という鋭利な爪によって、作品にある種の抵抗感を生み出している。ふつうの散文とはちがう速度でゆっくりと読ませること。それも詩人の狙いのひとつである。考えてみるとすでに私たちは、おなじ表記法で書かれた宮澤賢治の「雨ニモマケズ／風ニモマケズ」を、何の異和もなく愛唱している。長光太によってめぐらされた城壁もまた、実際に読んでみると遠くから見るよりずっと親しみやすい。

垂レコメルコオリノ空ワオゴリ暗ミ
ナダラカニ片ムキウネルナワテ
野ヅラノヒワレノハルカ
ケワシイ林ノヤブレ
身ジロガヌ

鳥ヒトツ
誰レガミルデアロオ
誰レガ　ハナシテ聞クデアロオ

（「野火」第1、2連）

冒頭の「野火」。ここでは林のはずれ、無人の地に野火の煙が立ち込め、一羽の鳥がじっと佇んでいる。鳥は、作者自身の形象であろう。冷え冷えとした孤立感がある。声を失っているので、想いを歌うことができない。煙の匂いは懐かしい故郷の香りを感じさせるが、ここでの想いは悔恨となって我が身を責める。だから焔によって心が溶け、身体が灰となればいいと思う。胸底の怒りが紫の光となり、歌となって、遠くまで伝わっていけばいいと思う。

次の「遊離」では、独白が延々と続く。像は明瞭でない。何かを激しく嫌悪するとめどない呪詛。終わりに近づくにつれ、嫌悪の対象はおのれ自身であることが明らかになってくる。自己を呪い、その自己から遊離しようともがいているのだ。自虐、自嘲、恥や罪の意識。その果てに見えるのは、ある高み、詩のなかでしか見ることの不可能な、ある極みである。それが、嫌悪すべき己から遊離してこちら（彼方）へ来るように指し招いている。極点へ至ることへの希求が、この作品にはこめられている。

3篇目のタイトル「赤光」は、斎藤茂吉からの借用であろう。ここでは、夕陽にきらめく波の光をあらわす。長光太は京都の生まれで、少年期より養家の広島で育ったという。とすると冒頭に、「ワタシヲキザシタ／ナツカシイ海／オトモナク澄ム瀬戸内ノ海」とあるのは、故郷広島の海のことである。冒頭の「野火」を読んだ読者はそこに「フルサト」が頻出していたことを覚えているだろう。そのことと思い合わせると、この詩集のモチーフのひとつが、故郷への複雑な感情であることがわかる。複雑なのは、積年の愛憎が細かく折り畳まれているからだ。それがいかなる体験にもとづくものなのかは不明である。あるいは養家に育ったことによるものなのか。ただし、遠く離れた異境の地で故郷に恋い焦がれる一方、故郷のトモガラ（＝輩、仲間）への異和や距離感も消すことはできない。これは、故郷を離れてしまったことへの悔恨や流離の意識、そして贖罪感とも結びついている。

文学仲間であった原民喜が、広島への帰省中に被曝し、その体験を「夏の花」や「壊滅の序曲」といった小説に書き留めたこと、また「燃エガラ」や「水ヲ下サイ」など漢字・カタカナ表記の傑作を、小詩集「原爆小景」としてまとめたことは、よく知られている。原爆が投下されたとき、長光太は東京にいて無事だった。だが、多くのトモガラ（故郷の人々）が死傷し今なお後遺症に苦しんでいることと、長光太の作品とは無関係でありえない。

作品「屍」に、「日ワヌスマレ心サカレ／ヒラメキニオビエ／フルサトノ土ワ／クラム／花シボミ／カエラズ」とある。屍が、戦争犠牲者であることは確かだ。「拳」「虫」「虹」にも広島への原爆投下を連想させる詩句がある。そして「屍」が光への強い希求で閉じられているのを読むとき、ひたすら内向化しているかのように見えつつ、実は、歴史の犠牲者たちまでよく視線が届いていることが理解されよう。見落としてならないのは、故郷の海によって己が浄化されることを求めていること、海で洗われることに再生の望みを託していること。ここに一筋の救いがある。

表題作「登高」で詩人のまなざしは、ひたすら高みへと向けられる。雪のように浄い頂き。そこへ至ろうとする、ひたすらなる意思。山頂に大石を押し上げようとするシーシュポスの絶望にも似て、高みに至ろうとする試みは徒労に思える。にもかかわらず、詩人は絶巓の光に向かう運動を決してやめない。高さは深さであり、光は暗さでもある。はたして自分は登っているのか。それとも沈んでいるのか。憑かれたもののように、ひたすら手足を動かす。「登高」は、長光太の特徴である反復を方法としている点でもきわだっている。なぜこうした反復を繰り返すのか。反復は運動を生み出す。よく誤解されるように、状況や光景や心象を言語のピンで留めることが詩なのでは、決してない。ことばによる永久運動こそが詩の核である。長光太は、おそらくそう考えていたのであろうし、そうした認識が明確にあったからこそ、詩人としての多くの時間を韻律論に向けたのであろう。詩集全体にわたり、独特のリズムのみならず、巧みな頭韻や脚韻がいたるところで効果的に用いられていることにも注意を払いたい。
こうして私たちは、冒頭の4篇をゆっくりと読んできた。漢字・カタカナ混じり表記、故郷広島への屈折した想い、戦争の傷痕、高みへ向かう行為の反復による絶望の止揚、方法としての独自なる韻律法。ここを押さえておけば、長光太の作品世界は、容易にすべての読者を懐深く迎え入れてくれる。あとは最後まで読み通すだけである。

この詩集がまとめられたのは、長光太が札幌に転居した１９４７年頃だと思われる。収録された作品の多くは、戦後まもない時期に書かれた。詩集をまとめた翌々年（49年）から札幌の詩誌『野性』に連載する逸見猶吉論「終末の覺醒」のなかでは、明治時代の加波山・秩父蜂起の鎮圧、足尾銅山事件、大逆事件による無政府主義者の処刑、関東大震災での虐殺、治安維持法改悪など、「日本の精神史の絶望の座標」を列挙した上で、新しい詩性は、終末のなかで目覚めた人間の、具体的な歴史に対する、「内的震撼」と「限界衝動」とによって可能になると主張する。

さらに、民喜の死後に編集した細川書店版『原民喜詩集』の「あとがき」に、「これらの詩句わ静かな釣合を希求した心の結晶である。暗黒の世紀に生きて人間に怯え、絶えず不安にかられた精神が、弧絶の己の内壁から、己と己の釣合を構えた（中略）。さりげなく配られた静かな言葉わ、すべて深い複合振子を光源におろしているといつてよい」としている。この

「あとがき」は原民喜の詩について適切な表現であるとどうじに、みずからの詩的な営為の核心をもつらぬいている。

まったく個人的なことになるが、原民喜の写真や複製原稿も収められたこの瀟洒な詩集で私は初めて原民喜という詩人を知った。いまは亡き中学時代の恩師がみずからの愛書を私の高校入学の記念として贈ってくれた。貴重な詩集であり、ことさら愛しい。その詩集を編集し、「あとがき」を書き、年譜を作成した原民喜の友人が長光太なのだ。その意味でも細川書店版『原民喜詩集』を編集した長光太は、私にとって特別な存在としてある。

詩集『登高』は、深い状況認識と、詩の構造の内的把握による透徹した詩法によって書かれ、死者たちへの贖罪意識と鎮魂と、暗闇に覆われた状況からの光源への回帰をめざす、戦後詩の隠れた高峰である。

序文で草野心平は、「切ない絶望から発する登高への意図は或ひは海への憧憬は、稀にある黒ダイヤの光芒をもつてその断面をわれわれの心象に示唆する」と書いている。『登高』が詩人の企図どおりの時期に刊行されていたなら、戦後詩における最も重要な詩集の1冊となっていたことは確実であり、それによって『荒地』や『列島』の詩人たちとは別に、戦前の逸見猶吉から草野心平や原民喜、そして少しおくれて活動を開始する宗左近などの戦後詩史における存在意義もより明瞭になったであろうと推測され、いくつもの意味で残念だ。だが、約60年の年月を経ても古びることのなかった長光太の広大な詩的宇宙の一端がはじめてここに明らかになった。そのことだけでも、大いなる歓びとすべきであろう。

和田徹三

和田徹三は、1909年（明治42年）に北海道後志管内余市町に生まれた。余市川の河口にある余市町は、日本海へ突き出た積丹半島の、北側付け根のところにある漁村である。

やがて家庭の事情から小樽に移り、小樽高等商業学校（現小樽商科大学）卒業後もしばらくこの港町ですごす。北国の漁村に生まれ、その後成人するまでモダンな港町で育ったということが、和田徹三の詩にどのようなかたちであらわれていったのか。その詳細な検討は別の機会にゆずるにせよ、海がこの詩人にとっての中心的なイメージであることは、第4詩集が『白い海藻の街』というタイトルであることや、1956年に和田が創刊し、それ以後、終生にわたる詩作発表の場となる詩誌を『灣』と命名したことからも窺い知ることができる。

海は、どこまでも透徹して青く、しかも涯のないものとして、無限の時空の表徴であり、どうじに生命の始源の場でもある。和田のもっともすぐれた詩集のひとつ『神話的変奏・自然回帰』を一読するなら、そのことはいっそうよく了解されるであろう。

雪のイメージも忘れてはならない。和田の作品にはよく雪が降る。北国に住むものにとって、雪は必ずしもロマンティックなものではなく、生活のなかの自然物である。時には凍てつく激しさで苦痛をあたえ、時には包み込むようにやさしく美しい。和田の詩のなかで降る雪も、作品によってさまざまな陰影の変化があり、そのニュアンスのちがいを味わうのは、読者にまかせられるたのしみのひとつである。和田にとって雪のイメージは、本質的なところでは、ある種の時間意識、それも生活感覚と密着した時間性と結びついている。

海のイメージが現実を超えた果てしない存在や始源性の場の表徴となっているのに対して、雪はあくまでも現実のなかで、生活時間の肌と密着して直接的に感受されるものであり、しかしまたその終わりを知ることができない継続性ということからは、時間の表徴となる。視覚的にいうなら、海は現実から水平線に向かってどこまでも超出していく存在であり、雪は空から現実へと垂直に果てしなく落下してくるものである。

もうひとつ、幼少のときに亡くした母のイメージもかすかに見え隠れしているのだが、複雑微妙な質を帯びていることもあり、ここで検討する余裕はない。ただ、和田徹三の詩業を通覧するときのイメージ的な手掛かりとして、まず「海」と「雪」と「母」のイメージをあげておきたいのである。

和田徹三は、小樽高商を卒業した1932年に友人の岡崎信男とともに詩誌『哥』を創刊、すぐに百田宗治の主宰する第3次『椎の木』の同人となり、また『文芸汎論』などの文芸誌に作品を発表しはじめる。

ほどなく龍木煌というペンネームで刊行した第1詩集『門』（35年）は、後年みずからが語るごとく、「きらびやかなイメジの氾濫する耽美的な詩風」のものであった。安西冬衛や北川冬彦の影響をよく自分のものとして消化し、かつ独自のイマジスティックな個性を打ち出している。だがすでに星野徹が指摘しているように、巻頭の作品「神話」では、「〈神話〉が歴史に転じようとする寸前の雰囲気」（「和田徹三の形而上的世界」）が重厚に描き出されており、スケールの大きさの点においても、形而上的な思念に向かう傾向を孕んでいる点においても、類型的なモダニスム詩とは異なっている。

詩集『門』の刊行された1935年（昭和10年）は、二、二六事件の起きる前年である。モダニスム系の詩誌では、『詩と詩論』の後継誌『文学』や吉田一穂らの『新詩論』がすでに廃刊となっており、北園克衛による『VOU』創刊と時をおなじくして、神保光太郎などの『日本浪漫派』や草野心平らの『歴程』といった、モダニスムとは対照的な質をもつ雑誌や詩誌が創刊されている。そうした転換期の状況のなかに、若き和田徹三の詩壇的な出発があった。『椎の木』の廃刊後、短期間にせよ、モダニスムと現実的な要素とを総合しようと企てた北川冬彦の『麪麭』同人となったのも、こうした状況のなかでの新たな道を模索していたあらわれである。

出発点としたモダニスムから、さらにどのような方向に進むべきなのか。こうして和田徹三の長い模索がはじまる。序詩に親鸞とヘーゲルをエピグラムとして掲げた第2詩集『唐草物語』(39年)では、思念的な要素が強まり、やや実存主義的な詩風となった。ちなみに、ここに引用されたヘーゲルの一節は、「絶対自体は諸対立を止揚することにより自らを解明し、或いはそれらに於いて自らを否定的に解明する」という箇所である。また、「対峙」という作品には、「自身を不幸と知ることは不幸なことである。然し彼が不幸だと知ることは即ち偉大になることである」というパスカルの一節が引かれている。戦争に傾斜していく暗い時代のなかで、神と物、善と悪、ヒューマンなるものとインヒューマンなるものといった極限的な対立をどのように止揚していったらよいのか。こうした思索のなかに、詩人の苦闘があった。

激しい交流は真中に静止してみえる
それはプラスであり
マイナスであると同時に
プラスでもマイナスでもない

この矛盾が　そのまま
止揚になるのではなかろうか
ここに私の魂の住家があるのだ
ここを流れる力のなかに
光の源があるのだ

（「序詩・アラベスク」）

こうした作品を読むと、和田は対立的な存在を語義どおりに止揚させようとするのではなく、両者をその矛盾のまま自身に引き受けることに「光の源」を見出していることがわかる。『唐草物語』は、観念的な表現が生々しく露出している部分があちこちに見られ、詩的な結晶度が高いとは決していえない。しかし、のちの形而上詩に発展する要素を孕んでいるという点では重要な詩集である。

その後、太平洋戦争と敗戦期をはさんで、未刊詩集『風廊抄』、第4詩集『合弁花冠』（49年）があり、後者には、急性肺炎のためわずか4歳で失った四女康子の小さな魂へ悲しみの歌を贈りたいという趣旨の、フランス語で書かれた献辞が掲げられている。『門』におけるきらびやかなイメージ性はもちろん、『唐草物語』での観念性もやや影をひそめ、家族と生きていく日常の生活や自然の風物を素材として、時代のぶきみな暗雲や、人間の抱えている生死それぞれのあたたかさや悲しみが具体的にとらえられている。

和田徹三の詩がより成熟した姿を見せるのは、第5詩集『白い海藻の街』（52年）においてである。全篇が散文詩として統一されているのもこの詩集が初めてで、詩形や詩法への注意がよく払われているのが目をひく。内容的にも、認識主体の分裂や、見えるものと見えないもの、意識と思弁といった2極対立が、かつてのように観念性を露呈したまま投げ出されているのではなく、イメージの展開を通じた詩的な形象性として、ひとつの結実をもった。

この詩集の刊行より3年半ほど後の1956年1月、和田は個人詩誌『灣』を創刊する。みずから語るように、この誌名には、余市で生まれ小樽で育った「石狩湾岸の生活」という意味がこめられており、詩人としての一切をこの詩誌に傾注しようという、意欲的な思いがあった。創刊号には安西冬衛の「規那」、山中散生の「懐古的な亀裂」といった作品、深瀬基寛「訳詩論」、上田保「エリオットの芸術性をめぐる問題」などの評論も掲載されている。第2号には村野四郎「芭蕉のモチーフ」、滝口修造が病中をおして執筆したエッセイ「詩と絵画」など。第4号には西脇順三郎の「永遠」、北園克衛の「白のゲシュタルト」というように、寄稿する詩人たちの顔ぶれも、地方の個人詩誌であることが信じられないほどに豪華である。そしてこれ以降の和田の作品のほとんどは、詩誌『灣』に発表されたものとなる。

『灣』創刊後はじめての詩集『金属の下の時間』（60年）は、後半部に前詩集の作品を数篇再録するなど、内容的な統一性にやや欠けるという意味では、過渡的な性格のものである。しかし、幾篇かの作品では、メタフィジカルな美学の達成という点で冴えを見せる。

毛髪のあたりに　死のはなやぐ夜
ガラスの殻を食破る　言葉の音がする。
言葉は　みな美しい蛾になって
鏡のなかの夜へ　消えてゆく。
亀裂に凍てつく　縮れた時間
その長い一瞬も　やがて崩れると
眼の階段を　なだれてくるものがある。

「夜の河」の冒頭部分である。「死」「言葉」「時間」のような、ともすると平板な概念に堕しやすいことばが、「毛髪」「夜」「ガラス」「蛾」といったあざやかな形象と結びついて、衝撃的で美しいポエジィを生み出している。硬質な美という点では処女詩集の『門』を想起させる質をもちながら、それをはるかに超えた詩的達成度を示す。これは、『灣』を創刊し、西脇、村野、安西、北園などイメージの表出において卓抜な技術をもつすぐれた詩人たちの作品と競った成果でもあろう。この詩集について村野四郎は、「現代詩を単なる没落感や虚無感のデカダンスから救うものは、こうした実存的な批評的知覚よりほかにないだろう」(「衝撃的な美学」)と高く評価した。

しかしながらその後の足どりを見るかぎり、和田自身は、かならずしもこの詩集の出来栄えに満足していなかったように思われる。というのも、美学的にはともかく、内容的には『金属の下の時間』が村野好みの「批評的知覚」にとどまっているのに反して、和田のめざしていたものは、たんなる知覚的な次元を突き抜けたところにある深い思索に裏打ちされた形而上的な世界であったからだ。

このような経過を経て、1970年4月に長編叙事詩『神話的な変奏・自然回帰《じねんかいき》』が上梓される。これこそ和田徹三という詩人が、方法的にも内容的にもはじめて独自の詩的世界を獲得し、日本の詩史になじみのない形而上詩という領域を切り開く記念碑的な詩集であった。それまで作品のなかに見え隠れしていた仏教意識が表現として明確に押し出されたという点でも、詩的生涯における大きな結節点であり、どうじにまた更なる展開に向けた出発点ともなった。

作品は、序章「亡母美津をしのぶ白いカンタータ」と終章「自我をおくる黒いフーガ」が行分け詩、中章「白と黒のFantasia arabesque」が散文詩という3部構成をとっている。

やがて　わたしだけの声が
いきなり　新しい空をひきさいた。
じぶんの自由に燃えて　驚く流星のように……
だから　わたしが　にぎりしめていたものは
時間でも　空間でもない
ふたつに砕けた　小さな自由であった。
いつかは　海溝のしずけさに沈む
壊れた　重い意味であった

（序章・第４連）

母の胎内である海からあたらしい命が生誕する光景である。生命のあらたな誕生が、「砕けた　小さな自由」であり、「壊れた　重い意味」をともなっているという問題意識が、この長編叙事詩の、そしてこれ以降の和田の全作品をつらぬく重要なモチーフとなる。

散文詩形で綴られている長い中章で寓話的形態をとって模索されていくのは、壊れた重い意味を背負って生きていく自我の遍歴の諸相である。この詩集が叙事詩と見做されるのは、この部分が長大なためだ。詩人は、アルクトス王という登場人物に託し、渾身の力をふりしぼって、己の自我の構造にさまざまな面から肉薄しようとする。その苦闘の果てに、「自然というのは、自はおのずからという。行者のはからいにあらず、然というはしからしむということばなり。しからしむというは、行者のはからいにあらず。如来のちかいにてあるがゆえに法爾という」という親鸞(『末燈抄』)のことばが見いだされていく。

終章では、砕けた自由と壊れた意味を背負った人間存在が死によって始源へ還っていくありさまが魅惑的に歌われる。「尽十方無碍の大光源」へ。始源の海から生み出された生命は、再び始源へと戻っていく。こうして終末は始源と再び連環し、この長編叙事詩は終結する。

詩集『神話的な変奏・自然回帰』によって和田徹三は、終生にわたって追究すべきみずからのモチーフを明らかにし、またそれを進化させていくための展望を得た。詩法や文体の面でも独自なものを獲得したといっていい。それゆえ、ここで切り開いた詩的な地平をより緻密に掘り下げ、遠くまで発展させていくことがこの後のテーマとなる。

2行4連という独特なカプレット形式の短詩作品を主とした第8詩集『虚《こ》』(78年)は、タイトルそのものが仏教語であるから、なんとなく枯れた味わいが想像されるかもしれない。しかしこの詩集から感じられるものはまったくちがう。方法的には、『唐草物語』の序詩にみられた、矛盾した存在を矛盾したまま引き受けようとする姿勢にもとづくイメージの詩的な発展ととってよい。

あたりが　まっくらになると
心の深みから　ほとばしる間歇泉……

緑のソーダ水を　かけぬけ
空いっぱいの花に　あなたはひらく。

やがて　骨灰だけになる　肉の洞から
溝の悪臭を　からみあげて……

緑の泉を　噴きあげるのは
じぶんではない　あなたの息吹だ。

（「泉」）

たとえばこの作品では、「あたり／心」、「骨灰／肉」、「溝／泉」、「じぶん／あなた」、といった対立することばが、無理なく自然そのままのように息づき、両者が関係し合ってあらたなる〈見えないイメージ〉が生み出されていく。

続く『浄瑠璃寺幻想・華』（83年）と『大経ファンタジア・神話』（86年）は、詩史的にみてまったくめずらしい、譚詩という形式をとった異色の長編詩。

この形式については詩人自身が、「譚詩は規模の小さな叙事詩だが、西欧の昔の譚詩は歌唱部、叙述部、会話部ともに韻文であった。日本では中世叙事詩のなごりを残して、浪曲がいまなお生きのこっている。私はこの譚詩で浪曲の模倣をしてみようと思った」と前者の後記で書いている。『浄瑠璃寺幻想・華』には、800年前に死んだ尼の霊が、業にとりつかれて生をおえた9人の男女の生涯を語るという枠組みのなかに、『梁塵秘抄』『催馬楽』の歌や幾種類かの仏典の一節などが効果的に挟み込まれている。終章で尼の霊がローマ時代の詩人の魂に導かれ、ダンテの描いた地獄を見ながら、キリスト教の〈原罪〉と仏教の〈業〉の相違について問答を交わすところは、簡明な表現ながらこの詩集の核心部分であろう。やがて、み仏が立ち現れ、尼の魂はすべての〈色〉が洗われて、紫光のなかに消えていく。

いくぶん啓蒙的な性格をもつ『浄瑠璃寺幻想・華』に対して、次の『大経ファンタジア・神話』は、「紫光」そのものの本質を詩と散文（語り）を総動員して形象化しようとする野心的な試みの詩集。前半は古代中国西域生まれの仏教僧の、後半が詩人自身とおぼしきテッツ・ワーダーの、それぞれモノローグと行分け詩とで構成される。

歴史上はじめて「いのち」が誕生した後、「われ」（自我意識）の出現による苦しみの様相を、僧は唯識論によって解明しようとする。難解な唯識論の根幹が、僧のモノローグをつうじて、まったく仏教に縁のない私たち読者にもしだいしだいに見えてくる前章に対して、後章では唯識論における核心的な概念である「純我」（ただしこの語自体は詩人の造語である）に的をしぼって、これを論理的、詩的に形象化しようとする。アーラヤという語の語源的解釈へと迫っていくプロセスもきわめて興味深い。

自我意識を超えて人間に内在する、「小さな光」としての純我が、広大無辺の「大きな光」である無量光のなかに包まれていく幻想的な光景を描き出して、『大経ファンタジア・神話』は閉じられる。当時この詩集について、仏教に造詣の深い野間宏は、「深い渕のまわりを巡り、その身が渕のなかに行方知れずになり、ただ、その言葉と行と連のみを残すという詩作業」（「光の橋、闇の橋の上に立つ和田徹三のまことに香り高い詩業」）と評した。

2冊の長編詩集の後に刊行された『白と黒のポエマティア』（88年）は、短詩集である。すべての作品が、2行4連というカプレット形式で書かれていて、おなじ短詩集『虚』を、内容的にも形式にもより徹底させ、洗練させた。

億年前からの　祖先のこころが
このこころに　たちこめている青い霧だ。

それは　内面の　様々な力をすりぬけて
時間でも空間でもない　空に沈んでゆく。

このこころに　同化しながらも
沈むものは　常に澄明だ。

それは　わたしであり　わたしではない。
誰の内底にもある　まことの「われ」にちがいない。

この「我」という作品の第1連、億年という想像を絶する以前から続く「祖先のこころ」が、「青い霧」となって今の私たちの心に立ち込めているというイメージを目にして、読者はただちに、『戌唯識論』における「純我」をユングの「普遍的無意識」と結び付けてとらえようとした『大経ファンタジア・神話』の後半冒頭部分を思い返すにちがいない。語りと詩の総合による長編詩によってとらえようと苦闘した対象が、ここでは簡潔なイメージのみによってあざやかに形象化されている。『白と黒のポエマティア』は、前2冊の型破りともいえる思想的な追究とは対照的なかたちで、思想のエッセンスが詩そのものとして立ち現れてくる稀有な詩集となった。

第12詩集『永遠・わが唯識論』（92年）は、『自然回帰』以降の集大成にして究極的な到達点といいえる詩集である。唯識論に触発された詩人の幻想界の形象化をモチーフとする。後書きのなかで和田は、「私の目的は唯識説を伝えることではなく、唯識説にふれて膨れてきた私の想念界を描いてみることである。この想念の世界で私だけのマイクロ・コズモロジーを繰り拡げてみたいと念願したことが、執筆の動機である」と述べている。

具体的には、SF映画『ミクロの決死圏』と似た設定がされていて、求道の菩薩である善財童子がウイルスのように極小な存在となり、眼・耳・鼻・舌さらに血管や神経組織へと小宇宙のような体内を遍歴していく。感覚器官が外界の諸物象をとらえ、あるいは浸透されていくありさまの描写が見事である。

このような描写をつうじて、五感や身体には、「〈空《くう》〉の実在」を感知できる能力のないことを明らかにしつつ、詩人の想像力はその先へと延びていく。すなわち外部情報を収集する「意識」、「こころ」の認識能力としての「末那識」、深層意識から未来までを内包し、「こころ」の究極ともいうべき無意識界の「阿頼耶識」へと。そして、その彼方、澄明で透徹した「薄紫の匂いのよい霧」をかきわけて進んでいく詩人の分身は、あたりを真昼のように照らしている「小さな白光」に出会って思う。「真の〈われ〉はこの小さな光ではなかろうか」と。

善財童子は、踊躍歓喜に輝く微粒子にまみれて、おのれが大白光花苑のなかに吸いとられてゆくのがわかった。そして、次第に消えてゆく〈われ〉に微笑しながら、強烈な引力に身をまかせたのである。

ここで私たちは思い出すであろう。尼の魂が紫光のなかに消えていく『浄瑠璃寺幻想・華』や、純我の小さな光が、広大無辺の無量光のなかに包まれていく『大経ファンタジア・神話』の最後の場面を。

詩集『永遠・わが唯識論』は、これまで、ある時には俯瞰的に人間ひとりひとりの生死をみつめ、ある時には、思想の根源に遡行して論理的につきとめようとしてきたモチーフを、緊密な文体と形象性をともなって描き切った、和田徹三の詩的世界における究極的な到達点である。この詩集は、和田の思想に心酔するアンネローゼ・アカイケによってドイツ語に翻訳され、98年にドイツのデュッセルドルフにあるエコウ日本文化研究センターから仏教叢書の第1巻として出版された。

1996年7月に上梓された『亀の歌』は、春夏秋冬の4部構成のあいだに、「朝と哲学」

のドイツ論、「昼と雑踏」のアメリカ論、「夜と空無」のロシア論が挟み込まれていて、この詩人にはめずらしく、文明批評的な性格をもった作品である。詩というよりはむしろエッセイに近い部分もあり、自身でも「エッセイ・ポエトリ」のつもりで冒険をしてみたと後書きで述べている。

詩集『自然回帰』以後の和田の詩集は、それぞれ独自の手法によってテーマが追究され、重層的に反復され、発展深化させせられてきた。そのなかにはスケールの大きな長編叙事詩や、中世に題材をとった説話的な語りもの、仏典を大胆に取り込んだ散文詩、ポエジーを極限まで凝縮した短詩などがあり、それらの詩集は、ひとつひとつ屹立しながら互いに緊密な連関を保ち、さながら大寺院における伽藍配置のような緊張と調和を保っている。エッセイ・ポエトリ『亀の歌』も、こうした伽藍配置のなかのひとつとして見る必要がある。

たとえば唯識論を先鋭的に形象化した『永遠』が尖塔であるなら、『大経ファンタジア』は講堂、『虚』『白と黒のポエマティア』が金堂で、『亀の歌』は僧堂であるというように。これまで垂直的な意識で内面界を探究してきた詩人にとって、自身の壮大な伽藍配置を完成させるためには、水平的に世界を眺め渡す視点をもった建築物がどうしても必要であった。そのために書かれたのが、『亀の歌』という異色の詩集なのである。こうして和田徹三の詩的な世界はひとつの完成をみる。

冒頭で私は「海」「雪」「母」という3つのイメージをあげた。この解説の最後に、やはり和田の詩を読むためのキー・ポイントとなる3つの語をあげておこう。「自然《じねん》」「純我」「無量光」である。この3つのことばが、作品をつうじておぼろげながらでも〈幻像〉として視えてくるなら、それだけで読者は、和田徹三の世界を充分に受け止めえたことになる。

松岡繁雄

松岡繁雄さんが亡くなったという江原光太さんからの報せを、めまいするような気持で聞いた。ちょうど前年の12月、父の葬儀にわざわざ不自由な足を運んでくれた小柄な姿がよみがえった。からだが不自由とのことだったので父の死はあえて報せなかったのに、奥さんに付き添われて受付のところにそっと立っていた松岡さん。葬儀が終わって、入口までお送りしたときのそのひとまわり小さくなったうしろ姿が最後だった。いまはもう、この世にいない。

はじめてお会いしたのはいつのことだったろうか。私はまだ学生だったから、たぶん64年か65年の頃だったとおもう。金達寿の講演会のあと、父に連れられていった居酒屋で、父の文学仲間数人との歓談のときに、はじめてお目にかかったはず。尾崎寿一郎さんもそこにいた。松岡さんは、髪をオールバックにして白シャツに蝶ネクタイを結び、レストランの支配人みたいだなとおもった印象があるにしても、それがほんとうに松岡さん本人だったかどうか、談論風発するなか、隅のほうでちいさくなっていた私には定かではない。

その後またなにかの会の折り、とつぜん縦笛を取り出して吹きはじめた松岡さんの姿は鮮明におぼえている。いっしんに笛を吹く様子はすでにレストランの支配人風ではなく、突然さわやかな少年に変身したようで、私はすこしおどろいた。そういえば松岡さんからは、詩を書いている人によくありがちな、意識や感情における混濁した澱やしこりのようなものがあまり感じられなかった。澄んでいた。めずらしい詩人だとおもった。

やがてはじめての詩集『風信』(73年、詩の村出版会)を送っていただいたとき、私はまたおどろいた。そこにあるのは痛々しいまでの深く清冽な風景だったのだ。

人の貌がみな未踏の森林に見え
山みちで　いたずらなあがきは止めようと決めた。
(「日誌」)

そうなのか、「人の貌がみな未踏の森林」に見える、そんなおもいで生きている詩人。ふれると血がながれそうな気がした。

傷つき　血を噴き　確かめようとした。

ざらめ雪の皮膚。
ひるがえれば火になる虹ます。
屈折する湖底の慕情。

湖畔の石になりたいと
動かずにいる。

風鈴のように　こぼれてくる星。　（同）

松岡さんにこの詩を書かせたのがどのような体験であったのか私は知らない。ただよほどのつらい体験がなければ、「人の貌がみな未踏の森林に見え」たり、「湖畔の石になりたいと／動かずにいる」ようなことはありえないだろう。

ここにうかがわれるのは、この世界のあらゆるものに拒まれていると強く感ずることによって、統一的な自我がばらばらにこわれ、どうしようもなくなった時の、意識の様相である。

巻末の略歴によると、松岡さんは１９２１年、秋田県雄勝町に生まれ、「戦時中は海軍下士

官として南方海域を歴戦。負傷して帰国」とある。戦地を題材としてた作品はあまりないが、

煌めく剣をかざし
凍る海を渡って行った。
（「陣太鼓」）

といった詩行は、その体験の直截な反映だろう。あるいは、

艦が沈められ、帰省して再びいくさに征く私に〈右から弾が来たらヒョイと左へ、左から弾が来たらヒョイ右へよけろ〉身振りを入れ、いきてこいという先生も私も、胸を熱くしてカンパイした。
（「みかん」）

この先生が、少年時代の松岡さんたちに、石川啄木や山村暮鳥や吉田絃二郎を、そして人生を教えてくれたという。文学少年であった松岡さんが下士官としてどんな軍隊生活を送っていたのか、作品からは、うかがいしれない。ただひとつ私が戦争を強く感じるのは冒頭からふたつ目の作品である。

それから。
幾夜さも草に寝て病葉の物語りを聞いた。
私は毎夜　死と添寝した。

それから。
もくもくと掘り
青空を見ようとした。
それから。
みごと転落すると樹木達の
根にひざまずき
頭を垂れる草になった。

それから。
幾夜さもそうして

万象の眼よ。

今は何時でも裁いて下さい。

私は失わねばなりません。

（「それから」）

何日も野宿して「死と添寝」する。これは松岡さんの経歴と合わせると、艦が撃沈された後、南方の島にたどり着いてからの、たとえば大岡昇平が『レイテ戦記』などの諸作で詳細に描いた日本兵の状態を想像させもする。しかしよくはわからない。わからないといえば、唐突にもみえる「万象の眼」とは何を意味するのか。形あるすべてのものの眼。それが視ている。それに視られている。そして、1行の空白ののち、「今は何時でも裁いて下さい。」という重いことばが書かれる。松岡さんは、なぜ「裁き」を求めるのか。最終行の、「私は失わねばなりません。」とともに、読むのがあまりにもつらい。ここには、松岡さんの体験した多くの具体的な事柄が表現としてはすべて省略され、私たちは空白のなかから表現を断念したものの重さを感じ取るほかはない。

しかしともかくも松岡さんは、終戦とともに郷里に帰ることが出来た。空白をかかえながらも詩の活動を始め、翌年には渡道して雨竜郡の浅野炭鉱に就職する。略年譜の47年の項には、「浅野文学、群炎を主宰。この前后に〝英さん〟〝初雪〟が炭道文学賞。〝初雪〟〝鯉〟が日本ヒューマニズム詩集に収録。二十三年、高江常雄、浅香進一、関谷文雄等と炭鉱四人詩集を出版。〝英さん〟が映画〝女一人大地を行く〟(亀井文雄監督)の原作となる」とある。

初期の作品群が形成しているのは、長編叙事詩「英(ヒデ)さん」のように、炭鉱労働者の貧しく過酷な生活を背景として、それに精いっぱい抗っていこうとする作者や作者によって描かれた人間たちの躍動する、のびやかな抒情世界である。

この詩人は、その後の人生のある時点で、こういった言葉たちがこなごなに砕け散って何の意味ももちえないような、ぎりぎりの場所へ追いつめられたのだ。それがどのような体験によるものか、私にはわからない。だが、それがどのような「地点」であったかは、あるていど感じとることが出来る。

この詩集に「孤独のメルヘン」という松岡繁雄論を寄せている八嶋祥二は、「鯉のぼり」という同名の2作品をあげ、53年に書かれたものには炭鉱の空に泳いでいる鯉のぼりが、「その頃すでに抑圧されつつあった労働運動の、わずかに明るい空間を象徴している」のに対して、近作(73年)では「彼を支えていたものが内側から滅びたとき、詩はきわめて切実に、彼の心の屈折をさらけだしてしまっている」と鋭く指摘している。

〈おじさん〉私の固有名詞。
階段にひきずる流浪の〈おじさん〉を
お前は見たことがあるか。自嘲と辱しさに染まる孤影の
その色は何と言う色。水を浴びて　ひとつの地点に佇つ。
（「精神病棟日誌」）

距離は確めてくれる。絶壁に刻む未完に似て。あれは抉
られた私の傷痕に過ぎなかった。汚れた壁の中から雪の
様あらわれる人。蛍火の点滅。私の脈拍。
爽涼に　散る　命。
（同）

このような、いわばどんづまりともいうべき悲惨さの深みからなおもことばを求めようとしたとき、松岡さんは詩の極点に出会った。だから私は、「少年のように／夢をそのまま笛に吹く」（「断層」）といったときの笛の音を、「消えてしまった遠い音色」（「陣太鼓」）を、「天の河にはあるという。／不滅の愛を」を彼とともに「優しく今夜は信じよう」（「七夕」）と思う。

長い詩の活動をひとつにまとめたこの詩集は、作品の質だけを問題とするならずいぶんムラが多いし、編集の仕方にも不満がないわけでもない。しかし、それにもかかわらず、私たちの戦後史のかかえているさまざまな問題をもふくめて、松岡さんよりはるかおくれて詩にかかわりはじめた私たちにとって、容易に超えることの出来ない重さをもっている。

〈愛は告げないのがいい。
私は見送ってばかり
何げなく振り返えるとき
あなたの視界に点る灯であればよい〉

（「精神病棟日誌」）

ふつうの行分け詩にはめずらしく、いつも句点を多用する松岡さんの詩。行の最後に句点を打つとき、溢れかえる感情をそれによってようやく切捨てていったのだとおもう。「愛は告げないのがいい。」と書き留めるとき、どんなにか多くのはげしい感情と切ない記憶とが松岡さんの胸を去来したであろう。そうしたすべてに句点を打つことによって切り捨てる。しかし読者は、それゆえにいっそう、空白の部分から松岡さんのかかえこんだ魂の切ない重さを感じとった。

亡びの歌は風葬されたか。花よ。傷はまだ癒えぬか。
もう許されていい。合掌して咲いたざんげよ。散れ。そ
して何時も少しばかり痛んでいる方がいい。罪をさとる
よすがであれば。

（同）

『風信』出版のすこしあとだとおもうが、医療新聞社を経営していた八嶋さんに父を通じて友人の就職を依頼することでお世話になったことや、松岡さんが編輯していた医療関係の雑誌に詩を頼まれたりしたことなどもあった。

世間知らずな私は、友人の就職を世話していただいてもお礼に行くということがなかったし、作品を頼まれると「酷寒のレーニン」などという詩句を平気で書いて渡した。いまおもうと、雑誌の性格上、こんな作品を受け取った松岡さんはさぞ困っただろうとおもうが、そんな気配はすこしも私に見せなかった。

私の個人詩誌『密告』の休刊をまえにして、10数人の詩人から作品をもらったことがある。年配の詩人では松岡さんからだけだった。いただいた作品は、キリキリと心に突き刺さってくるような『風信』の頃とはずいぶんかわっていて、ゆったりとふるさとの人々や人生を回顧す

る、長い散文詩だった。最後はこうおわっている。

戦争で死んだ康夫、万助、皆一生懸命働き、悩み、苦しみ生きた。皆の肩を撫でてやりたい。ゆきずりの人にさえそう思うことがある。私の身を案じ、反対する女房よ。私が死んだら、骨と灰を裏山の三吉山のてっぺんから、パアと、思いきりふもとへ撒き散らしてくれ。そうして、私は春秋の夢をふるさとの土に埋め、永遠に眠ろう。ヨイヤサ、ヨイヤサ、ヨイヤノヨイヤサ、ラカンサンガソロタラマツリジャナイカ。

（「羅漢からの電話」）

この詩をいただいてからずいぶん過ぎた。時折、「ツグオ君」と呼んで電話をくれた松岡さんはもうこの世にいない。そういえば、前年に死んだ私の父が、亡くなる年の夏に松岡さんのお宅へお邪魔したということも葬儀の夜、奥さんからお聞きした。

死ぬ年の夏といえば、脳血栓の後遺症で入院していた西区の病院を無理やり退院し、市立病院で胃癌だと診断され緊急入院するまでの、ほんのわずかな時間のなかでの訪問だったはずだ。

足もあまり動かなくなっていたにちがいない。よほど会いたかったのだろう。そのとき、1年をおいて死ぬことになる父と松岡さんとはなにを話したのだろうか。いやおそらく歩んできた人生からして、なにも話さなくても充分に通じ合うものはあったのだろう。性格は対照的といっていいほどちがうが、歩んできた道や詩人としての生き方にはずいぶん共通点がある。生涯、大衆としての視点をつらぬいたこと、権力をきらったこと、心の底にことばにできない悲哀をかかえていたこと、などなど。いまはそのふたりともこの世にいない。

松岡さんの葬儀は生前の性格にふさわしく、簡素でさわやかなものだった。詩誌『詩の村』でいっしょだった詩人たちの姿が目についた。松岡さんほど詩の村の住人としてぴったりな詩人はいないだろう。松岡さんや松岡さんの所属した詩誌『詩の村』の堀越義三、薩川益明、江原光太、古川善盛、尾崎寿一郎、山川精といった詩人たちの形成してきた、柔らかだけれど強靭な詩の世界をこえる表現の根拠をどこに見出すべきなのかという課題に対して、私たちの世代に依然として明確な答えをもちえていない。

そして、あの哀愁に満ちた松岡繁雄さんの笛の音も、またちょっと不思議な訛のあるやさしい声も、もう聞けない。

＊松岡繁雄の詩集には、このほか『瞽女おろし』（82年、創映出版）がある。

江原光太――『オルガンの響き』

江原光太の最近の詩で材料となっているのは、われわれの身近に生きているありふれた草や虫だ。

キトビロの保存法を
帯広の熊代画伯が秘伝してくれた
ナマのまま生醤油に漬けこむのだという
しかしぼくは塩分と糖分を敬遠しているので
当座漬のつもりで
ざっとゆでたキトビロを
昆布と煮干しのだし汁に

醤油をくわえて漬けてみた
これはいける
焼酎の肴になるし
飯で食ってもうまいのだ

「送り状」(「キトビロ詩篇」より)

キトビロ(アイヌネギ)、ハマボォフゥ、葦、シマフクロウ、ゲジゲジ、トンボ。こうした草や虫や小動物を、江原光太は、都会の人間が田舎の自然を無知ゆえに賞賛するのとはまったくちがう角度から、ちがった姿勢で語る。キトビロをどのように保存して食べるのか、ハマボォフゥをどのように採集し、料理するのかといったことが、きわめて具体的に、いかにも対象を愛おしむかのように生き生きと語られている。

大切なのは、キトビロやハマボォフゥを貴重だとか珍しいとかいって賞賛することではない。キトビロにはキトビロだけの、ハマボォフゥにはハマボォフゥだけの、存在のかけがえのなさがある。そのかけがえのなさの核に、たしかにふれること。

表土が凍っているうちは掘らないこと
スコップなんかで掘ってはいけない

日溜りのぬくい五月か六月ころ
浜辺にころがっている木片で
表土はそおっと掘ることだ

（「ハマボォフゥ採集」）

このように、愛おしみ慈しむとき、あるいは「おまえを眺めているだけで／お浸しや三杯酢や天ぷらになったおまえが／ぼくの胃袋のなかに蘇ってくるのだ」と思い出すとき、江原は対象への距離をおいて眺めてはいない。彼は対象とともに、生きている。キトビロとともに、ハマボォフゥとともに、いやゲジゲジとだってさえ、彼は共生するだろう。

重い花冠をかざした砂浜のハマボォフゥよ
おまえが生き残っているのをみると
ぼくらも生き残っていけそうな気がする

（「同」）

ゲジを裏庭に放してくれたユウコさん
ゲジに餌を与えてくれたというオカモトさん
あんたたちは　やっぱり

無農薬野菜を栽培しようとしている人たちだ
一匹の虫の生命だって大切なんだ
一人の人間の生命のように

（「ゲジゲジよ」）

1束のありふれた草、1匹の嫌われものの虫。それさえも自己と等価の存在として見ることの可能なまなざしの獲得こそ、江原光太の詩の到達点である。

ところで、彼ははじめから共生の詩人であったわけではない。まず彼は、たたかいの詩人であった。もっと率直な言い方をするなら、彼は左翼の詩人であった。いや、過去形で語ってしまってはいけない。江原はいまなお、たたかいの詩人であり、「左翼」の詩人である。戦前のプロレタリア詩の系譜、具体的に名をあげるなら中野重治や小熊秀雄たちの仕事を、彼は戦争直後から現在にいたるまで、いっかんして引き継ごうとしてきた。「新日本文学会」の主要な活動家でもあった。

左翼の主要な任務は大衆の獲得だ。大衆の組織化なくして左翼オルガナイザーは、存在理由がない。しかしまた、オルグの対象として大衆にかかわるかぎり、左翼の活動家くらい非大衆的な存在もないのではないか。オルガナイザーであることと、大衆であることとは、基本的には矛盾するのである。あるいは左翼の文学者たとえば中野重治など、私は文章を読むたびに、その教養主義的な体質に辟易させられる。小熊秀雄を奇跡的な例外として、彼らは大衆的な存在とはほどとおい。

江原光太について、反骨の詩人とか反権力の詩人といった評価がよくなされる。それは事実そのとおりなのであるが、反権力と無権力とはちがう。

左翼にとって、既成の権力は左翼の主導するもうひとつの権力によって倒されなければならない。権力に対抗する反権力のたたかいのイメージを作品において形成することが、かつての江原にとって詩法の核であった。1966年に第3詩集『狼・五月祭』を出版した頃には共産党の組織から離れていたが、「組織的にも心情的にも、党派的権威にもたれかかった、かつての江原光太の詩ではなく、矮小な権威を拒否したところから再出発しようとしている」とあとがきのなかで書く詩人の視点は、しかしやはり左翼のものだ。

72年に私は、「北海道詩人協会」の解体論争において、谷川絵伊、東村有三とともに江原とも共闘を組んだ。私にとって詩人=協会への解体的批判は、詩の根幹にかかわる重要な問題であった。同年代の詩人たちにはほとんど理解されず孤立していたなかで、ゆいいつ江原だけが当時若かった私たちをよくサポートしてくれた。そのことはいまだ記憶にあたらしい。ただし、谷川絵伊や私が、詩における組織存立の可否そのものを問いかけていたのにたいし、江原は組織の存在を認めたうえで、具体的な活動のありかたに批判の目をむけるという、両者のちがいはあった。私は、この詩人のいっかんする左翼性を、そのとき再確認した。

江原の詩に反骨や反権力の姿勢をみるのはただしい。日本共産党、新日本文学会、べ平連、共労党。江原のかかわったこれらの組織が、すべて国家権力との対抗関係のなかで形成されたことはいうまでもないのだから。ただ、断っておくが、こうした組織とのかかわりが江原の「反骨」を全面的に保証しているわけでは決してない。こうした反権力的な組織のなかにも、いかに権力的にふるまう人間が多くいるかは枚挙のいとまがない。だから、共産党や新日文にかかわったから反骨の詩人なのではなく、その逆である。こうした組織にかかわったにもかかわらず、江原の詩が権威や権力性から自由でありえたこと、そのことの意味を私たちはしっかりと受け止めなければならない。

かつて左翼であった江原は、現在もなお左翼としての鮮明な姿勢をたもつ。しかしくりかえすが、大切なのは、左翼のもつ権威への弱さや権力志向を自身から抜き去り、なおかつ左翼でありつづけているということである。そして、そのことの秘密が明らかに語られているのが、近作を集めたこの詩集だ。

冒頭に引用した作品でもみたように、最近の作品は、詩の素材に距離をおいて対象化するのではなく、対象と共に生きようとする関係のなかで生み出されている。もちろん作品のなかのキトビロやハマボォフゥをまたゲジゲジを、大衆と重ね合わせてもよい。そしてこういう質をもちはじめたとき、江原の詩には変化が起こった。詩の読者としての大衆を獲得しはじめたのである。ほとんどの現代詩が、詩人たちの内輪の世界でしか読み書きされない状況に当然のごとく慣れてしまったものにとって、江原光太の詩のファンあるいは読者層のひろがりには、おどろくほかない。

最後に、この詩集のタイトルである「オルガンの響き」についてひとことつけくわえておこう。このタイトルから私が連想するのは、幼い日に通った小学校の木造校舎であり、教室のすみにあった木製の古びたオルガンである。だれもいなくなった放課後、おそるおそるふれた白と黒の鍵盤のなめらかな輝き。音楽の授業で、若い女の教師が無造作に弾きはじめたとき耳にした、この世のものともおもえなく美しい旋律の響き。

だがおそらく、江原にとってオルガンとは、ノスタルジックなものだけを意味するのではないだろう。「八角三尾」には、ハーモニカを吹く詩人が出てくるが、オルガンにしてもハーモニカにしても、空気を吸ったり吐いたりするときに音が出るという共通性をもつ。これは、きわめて生身の人間の特性に近い。もともと「オルガン」といえば西欧ではパイプオルガンのことであり、有機体や人間の臓器とくに発声器官をいう。オルガナイザーという言葉も「オルガン」からきている。

この詩集には収められていないが、最近作のなかに、「からだのなかには　たくさんの楽器が隠されている」と書かれた作品がある。腹のなかでドラムを叩き、胸のうちでチェロを弾き、尻の穴でトランペットを吹き、ときには鼻でハーモニカを鳴らす、といった愉快な作品だ。

詩集『オルガンの響き』を読むとき、私たちは、江原光太という詩人が生きたオルガンのように、大きく息を吸い込んだり吐き出したりしながら、さまざまな音色を自由に奏でているのを聴く。

支路遺耕治——その残像

1

私にとって支路遺耕治は、詩を書きはじめた頃にもっとも鮮烈な詩人像をあたえてくれた同世代の詩人である。支路遺は1945年生まれ。42年生まれの私より3歳ほど若いが、ほぼ同世代といってよい。私たちの世代（という言い方をあえて使わせてもらう）の特徴は、60年代の半ばに詩的出発をしているということだ。

支路遺たちが大阪で『他人の街』を創刊したのは、66年の5月。当時からの仲間である志摩欣哉が作成した詳細な年譜によると、62年、17歳の頃からさまざまな詩誌にかかわり、旺盛な活動をしていた。おどろくべき早熟さである。しかし当時は、10代で詩を発表したり、詩誌を創刊したりするのはとくべつめずらしいことではなかった。みないっぱしの詩人気取りで、熱っぽく詩論をたたかわしていた。有名な詩誌の同人となって先輩詩人たちの指導を受けるなどということはまったく念頭になく、たいてい粗末でも自前の詩誌を創刊して自由にやっていた。現在とは、詩の磁場の発散するエネルギーがまったくちがう。

60年代の〈知〉の状況に特徴的なことは、さまざまなジャンルにおいて戦後的な枠組みが崩壊しつつあったということである。いわゆる〈戦後〉的なるもの。政治的には共産党・社会党という左翼政党の主導する運動形態。文学でいえば、中野重治ら共産党に近い文学者はもちろん、平野謙らの「近代文学」派も若い世代には読まれなくなった。私たちが熱心に読んだのは、吉本隆明、谷川雁、埴谷雄高、花田清輝といった文学者の書いたものである。

なぜこれらの文学者が読まれたかといえば、戦後文学を出発の拠点としながらも、そこを超えようとする志向があったからである。彼らの書くものは、それまで多くの者が疑おうとしなかった戦後的な枠組みに根底から揺さぶりをかけるものであった。読むことがあれほどスリリングな体験であった時代はめったにないだろう。

こうした事情については、ことさら私などが書く立場にはない。ただ、さまざまな戦後的枠組みの解体しはじめた時点において支路遺耕治の詩的な出発があったということは指摘しておきたい。

この解体の結果として、それまでなかったさまざまな試行が、あらゆるジャンルで起こってきた。美術では、赤瀬川原平や高松次郎たち「ハイ・レッド・センター」を中心とするネオ・ダダ運動、音楽ではハードバップを解体するフリージャズや高橋悠治らの前衛音楽、映画では若松孝二らの暴力と革命と性とを渾然一体となって叩きつけたようなピンク映画、演劇ではそれまでのあまりに旧態依然とした教養主義的〈新劇〉に反旗を翻した唐十郎の「状況劇場」や寺山修司の「天井桟敷」など。こうした多種多様のめくるめく試行によって、文化状況全体が混沌としたカオスと化し、解体の向こうにまったくあたらしい地平の到来さえ予感させた異貌の時代である。

詩においても例外ではない。『荒地』の詩人たちと戦後左翼的な詩人たちとの微妙な対立と癒着とによって維持されてきた戦後詩的な枠組みもまた、60年前後に実質的な終焉を迎えていた。97年の野村喜和夫と城戸朱理による『討議戦後詩』によってようやく最終的な引導をあたえられることになるこの枠組みは、理念や方法によってではなく、たんなる詩壇的な力によって、60年代以降も亡霊のように延命してきたのだった。

2

支路遺が詩誌『漂泊』を創刊した64年には、多くの詩人たちを糾合した『現代詩』が理由不明のまま廃刊になり、それとまるで入れ違いのように、天沢退二郎、鈴木志郎康、渡辺武信、菅谷規矩雄らの『凶区』が創刊される。『凶区』の詩人たちの志向は、いわゆる戦後詩人たちの詩意識とは明らかに断絶していた。天沢や鈴木の当時の作品と、たとえば『荒地』の詩人たちの作品とを比較するなら、それは一目瞭然である。そうした詩的状況のさなかに、支路遺耕治という詩人の詩的な出発があった。

はじめて支路遺の作品を目にしたのが、64年の個人誌『漂泊』なのか、翌65年創刊の『漂泊から』だったのかはおぼえていない。年譜を見るまでずっと大阪だけに居住していた詩人だと思い込んでいたことから推測すると、支路遺から詩誌を送られてくるようになったのは、東京で発行された『漂泊』ではなく、大阪ではじめられた『漂泊から』以降であったろうと思う。ともかく66年に支路遺は、詩誌『他人の街』を創刊する。支路遺以外にもたなかひろこやル・ド・ガリバー(恵口烝明)らの作品が掲載され、充実した詩誌だった。この詩誌を読んで、私は支路遺耕治という詩人のほんとうの魅力を知ったのだ。

支路遺の作品は、戦後詩が理念的に解体しつつあった60年代半ばにおいて書かれた最良の詩のひとつだった。表層的な理念や倫理をことばにするのではなく、ひたすら言語的な感性のみによって表出された詩。そこにはどんな既成概念への配慮もなく、ひたすら身体的な呼吸に合わせて、うねるように、よじれるように、疾走するように、書きつらねられていく。始まりも終わりもないほど性急に。戦＝後という定型的な歴史意識を蹴飛ばしながら。あるのはただ私たちが呼吸している現在。過去でも未来でもなく、一瞬一瞬の現在のうちに生起し、死滅していくこの瞬間。支路遺の作品は、どんなに長大なものであっても、瞬間から瞬間へと動くことばが息づいていた。それは当時20代はじめであった私たちの抱えていた感性そのものの、ことばによる実現だった。私たちは、ジャズ喫茶の暗がりで大音量の果てしないフリージャズを聴くように、支路遺たちの作品を読むことに熱中したのだ。

3

私的なことがらをひとつだけしるしておく。支路遺と会う機会が、実は、たった1度だけあった。66年か67年のことである。とつぜん支路遺から葉書がきた。そこに書かきしるされた数行を今でもおぼえている。「北海道に行きたいので、しばらく泊めてほしい。自分でやる。迷惑はかけない」といった文面だった。「自分でやる」というのは、食費などの負担はかけないという意味だろう。私は戸惑った。支路遺と私とは、まったく面識がない。作品を読んだ以外にどのような人間であるのか私は知らないのだ。いや、会わなくてもだいたいの見当はついていた。大阪に行った知り合いの詩人から、『他人の街』の同人たちがどんな日常を送っているかということについて多少は聞いていた。「迷惑はかけない」という支路遺の気持に偽りはないにちがいない。しかし、「支路遺耕治」が私のアパートに居候することに変わりはないのだ。

その頃の私は、風呂もトイレもない6畳ひと間の貧乏アパート暮らしで、昼間は大学の研究室に通い、夜は定時制高校の教師になったばかりで少数派としての組合活動にも忙しかった。経済的にも精神的にも、自分ではかなりぎりぎりのところで生きているつもりでいた。支路遺耕治のような詩人をしばらく居候させるだけの余裕はない。どう返答しようか迷うまま、返事を出さずそのままになった。

私のはっきりしない態度に失望したのだろう。その後、支路遺からの連絡はなかった。年譜をみると、67年の4月に、「九州へ無銭旅行に出る」という記載がある。北海道の代わりに行き先を九州へと変えたのだろうか。それとも、予定どおり北海道へ来て、だれか別の詩人のところにでも泊まっていたのだろうか。北海道旅行についての記載はないから、けっきょく来なかったのかもしれない。いずれにせよ、結果として支路遺にはまったく申しわけないことをしてしまった。たった6畳ひと間の窮屈な生活であろうと、時間に追い立てられていようと、支路遺ひとりをしばらく置いてやることくらい大したことではなかったはずだ。あのとき支路遺と交流を深めていれば、支路遺はともかく、私の方は大きな刺激を受けていたにちがいない。ほんとうに残念なことをしてしまったと思う。

支路遺耕治にかんして、私的にはこの件が心の片隅にずっとひっかかってきた。いつか実際に会う機会があったなら、あらためて詫びたいと思っていた。しかし、それを果たせないうちに支路遺はひとりだけで逝ってしまったのだ。

4

このことがあって、支路遺からの『他人の街』の送付は、やはり間遠になったような気がする。とはいっても、センナヨオコの『無菌地帯』や、たなかひろこの『MANY CITIES! PEOPLE! THINGS!』が手もとにあるのは、やはり支路遺を経由したものだろう。そして、70年に構造社から刊行された分厚い詩集『増補・疾走の終り』以降、私が支路遺の作品を目にすることはなくなる。このことから私は、支路遺が詩を書くことを止めてしまったものだとばかり思っていた。

ところが、これまたとつぜんのように、〈川井清澄〉名義の個人誌『私信』が、大阪からではなく奈良から送られてきた。さらに10年ほど後のことである。この頃になって、なぜまた私のところに個人誌を送ってきたのか。その理由はわからない。この詩誌を目にして、私は複雑な気持ちにおそわれた。

かつての詩法はいまだ残っているものの、印象としては名前どおり、何と簡潔で清澄な詩になってしまったことか。「ねむる歳月」というタイトルからも示唆的なように、おそらくここには支路遺耕治という詩人の暮らしと歳月が作品に強いた何ものかがある。そんなことをそのときは感じた。それまでの私は、支路遺がランボオのごとく意志的に、詩を書くことを止めたのだと思い込んでいたのだ。そこに〈川井清澄〉の出現である。支路遺から川井への変貌という出来事をどうとらえるべきなのか。作品に再会できたのはうれしかった。しかし川井清澄になった支路遺耕治の詩を単純に祝福すべきかなのかどうか。私はまたもや戸惑うばかりだった。

やがて、詩と紀行文と写真とがおさめられた詩文集『あいまいな自伝』が送られてきた。この頃すでに支路遺が重い病に冒されているということなど知る由もなかった私は、彼宛の礼状のなかで次のようにしるしている。

川井さんのお書きになったものを拝見するたびに、あの20代の日々が思い出されます。胸が熱く、また痛くなります。あの時代をもっとも先鋭に体現されていた川井さん。それにくらべるとぼくは何者でもなかったけれど、やはり自分もあの時代の空気を吸い、時代とともに生きていたのだと思っています。

「そして死」や「日常」を拝見しますと、あの頃の川井さんの作品があらためて鮮明に蘇ってきて胸をしめつけます。ぼくは他のどんな詩人たちよりも、こうした詩をほとんど肉体的に感受することが出来ます。なにか、自分自身が書いた詩であるかのような錯覚さえします。

また、亡くなったと仄聞していた恵口悉明さんの作品も思い出されます。ぼくは詩誌で作品を拝見しただけですが、それでも亡くなったと聞いたときは、こうしてまた失われていくものがあるのだとつらい気持になりました。

(98年8月10日付)

病床の支路遺が旧友の死にふれた私の手紙を読んでどんな気持になったか。具体的には想像したくもない。ずっと以前に亡くなった恵口悉明のことなどに、今更なぜ言及してしまったのかと、悔やみたくなる。だが、今となってはどうしようもない。支路遺に対して私は、どういうわけかあとで悔やむことばかりしていた。心残りでならない。

5

200ページのなかに膨大な量の作品をつめこんだ詩集『増補・疾走の終り』以降、支路遺があまり詩を発表しなくなった理由はいったいどこにあったのだろうか。長いあいだ私は、あれだけの質と量の作品を発表しつづけたにもかかわらず仲間以外の詩人たちから充分な評価が得られなかったことがひとつの理由なのかと思ってきた。『他人の街』の同人たちをのぞけば、詩的な評価において支路遺は孤立していたのかと。

しかし、志摩欣哉の個人詩誌『DEKUNOBO』8号に掲載された参考資料によると、私の考えていた以上に、ずっと多くの時評家たちが支路遺の作品をすぐにとり上げている。たとえば、『詩と批評』では小海永二が、『現代詩手帖』で北川透、渡辺武信、稲川方人が、『詩学』で一色真理が、『日本読書新聞』で芝山幹郎、倉橋健一がというように。これらの時評の内容をひとつひとつ検討したわけではないから断定的なことはいえないにせよ、当時から多くの詩人たちが支路遺の作品に注目していたことは確かである。とすると、支路遺がそれまでの旺盛な発表意欲を急速に失っていった理由はわからない。詩作に行き詰まったということなのだろうか。今後、支路遺をよく知る人たちの手による詩人論によって、そのあたりの経緯について論じられることを期待したい。

とはいえ、私たちの詩が支路遺を失ったことの痛手は想像以上に大きかった。60年代半ばからの戦後詩解体状況において、「戦後詩」以後を担う代表的な詩誌として活動していたのが『凶区』と『他人の街』であった。天沢退二郎や菅谷規矩雄など大学の造反教官をも同人としていた『凶区』が、ブランショやバルトや埴谷雄高といった当時の先端的な〈知〉によって彩られていたことは、この詩誌をいちべつしただけで明らかである。それに反して、『他人の街』に、詩論の積極的な書き手はほとんどいなかった。「盲目的な自我表現の情動を言語の自律的運動に何とか一致させてカタルシスに至ろうとする素朴な方法」という渡辺武信の批評（69年12月の『現代詩手帖』詩集展望）は、支路遺の詩の本質をある程度衝いていると思われる。断っておくが、渡辺は「素朴な方法」ということばで、支路遺の詩を貶めているわけではない。自己の方法を限界まで試すことによって、時代の言語のあり方をパセテックに体現していると渡辺は支路遺の詩のもつ意義を評価しているのだ。

さらに誤解をおそれず言うなら、『凶区』の活動が「戦後詩」以後の詩的な状況の知的な上限を担っていたのに対して、支路遺に代表される『他人の街』の詩人たちは、この時代の詩的な大衆性を体現していた。詩の読者のだれもが、菅谷規矩雄や鈴木志郎康の作品を容易に理解しえたわけではない。ブランショ論を誤読して馬鹿にされた読者もいたはずだ。いかにヤクザ映画や歌謡曲に入れ揚げてみせようが、『凶区』の作品は学生や知識人に向けに書かれたものであった。だがそれと対極的に、支路遺たちの作品は、だれが読んでもそのまま身体的に感受出来る親しみやすい質のものだ。『凶区』の詩人たちもジャズについてよく書いてはいた。けれども、ジャズ喫茶の暗がりのなかで読むには、『他人の街』の方がしっくり似合った。ジャズについて上手に語ることと、ジャズそのものを生きることとはちがう。支路遺の作品の方が、モダンジャズのもつ体臭や雰囲気を強烈なまでに発散していた。

だれでも気楽に読むことが出来、詩を書きはじめたばかりの同年代のものたちがたやすく模倣可能と感じられる作品、それが支路遺たちの詩であるとするなら、言語的にはまったく矛盾する表現ではあるが、その特質のひとつとして、〈先鋭な大衆性〉ということばを用いることは許されよう。この〈大衆性〉こそ、70年代以後の現代詩が失ってしまったものだ。現在、私たちの目のまえにも大衆的な詩は存在する。というより、圧倒的多数の大衆詩に私たちは囲まれている。しかしながらそれらの大多数は、むしろただたんに平易なだけの生活詩や心境詩といった類のものであって、支路遺たちに体現されていた熱っぽく先鋭な質を持った詩ではまったくない。

『凶区』の同人たちのなかでは私のいちばん好きだった藤田治のように、『他人の街』との類縁性をもった詩人もいた。

めざめのなまぬるい禿頭の至福を撫でながら
眠気の割れ目に　ヘブライイタチの多年性
の放屁をぶっぱなして　無元的発見の股を通
過していく歓喜の表紙にちりばめられた全能

の狂人的掃除に別れを告げるのは　とてもつ
らいが　おれにふさわしい恋愛椅子の陽気な
方耳であり……

（藤田治「めざめ」、『凶区』6号）

しかし藤田は、詩集『BLUE AND SENTIMENTAL』（63年）を出したあと詩をあまり見かけなくなる。『疾走の終り』に好意的な評を寄せた渡辺武信もまた、しだいに詩の状況から離れていった。

こうしたことと、支路遺が作品を発表しなくなったこととの間に状況的な連関性があるのか、あるいはないのか。そういったことについても、いずれ明らかになるだろう。ただ私はここで、たとえば78年に刊行された吉本隆明の『戦後詩史論』において、支路遺耕治や藤田治の作品が一顧もされていないことを残念に思う。「戦後詩の現在」を浮かび上がらせようとしながら、吉本の視野に支路遺たちの作品はまったく見えていない。支路遺のように先鋭的な大衆詩の書き手を切り捨てることによって、私たちの詩史は決定的に貧しくなった。

いちども会うことのなかった支路遺耕治。ひょっとして君は、とてもいい時期に死んでいったのかもしれないよ。うんざりするような詩の廃墟のなかに立ちすくむ私たちを残したまま。詩人としてのあなたは、熱い輝きにみちたひとつの鮮烈な残像として、この貧しすぎる反動の時代に、私たちの記憶とともにいつまでも終わりのない疾走をつづけるのだから。

II

中原中也——架空対話

「あいかわらず、中原中也論は盛況ですね。雑誌の中也特集も、何年かおきに必ず企画されますし」

「僕の詩は、作品そのものを読めばそれだけでいいんでね。あれこれ小賢しく論じる連中の気が知れんよ」

「弟の思郎さんも生前にそうおっしゃっていました。〈鑑賞とか解釈とか、研究とか批評とかいって、中也兄様をいじくり廻す人びと〉と」

「思郎は〈ホラホラ、これが僕の骨だ、〉の詩にもう1行つけ加えてほしいっていってた。〈ボクの骨を、あまり、つついてくれるな、シャブッたり、カジッたりしてくれるな、死んだ骨が、また死ぬる〉という1行を」

「〈しかし、この世の現実では、まだ骨シャブリの音がにぎやかです〉って言ってましたね。お気持ちはよくわかりますので、ひとつひとつの作品についてあれこれお聴きするのはできるだけやめにしましょう。ただ、研究者たちは別にして、あなたの愛読者は詩集に入っている作品しか読まない傾向があります。未完詩篇なんかぜんぜん無視しちゃって。もっといえば、たいていの中也ファンは、「サーカス」とか「一つのメルヘン」とかいった有名な作品を読んだだけで、中原中也という詩人をすっかり理解したつもりになっていますよ」

「それでもいい。いくつかの作品を何度も読んでくれれば、それで充分だよ。それに、詩集を編むというのは、読者にむけてひとつの戦略を実行するということでもあるのだ。だって、はじめての詩集にダダ詩ばっかりならべたら、ハナっから誰も読んでくれないだろ」

「おかげであなたの死後には、無垢の詩人というおかしなイメージが流布されてしまいました。ダダ詩時代の放蕩は周知の事実だったのに」

「だとしても国語の教科書に載った「一つのメルヘン」について、この詩人は16歳で中学校を落第し京都の学校に転校させられ、17歳で泰子という家出少女と同棲し、そのあいだよく遊廓にも通っていた、なんて生真面目な国語の先生が生徒たちに言えはしないだろう」

「それで女の子の帽子みたいなのをかぶった、無垢の詩人になりすましたのですか」

「詩人は本質的に無垢なんだよ。ランボオだって放蕩少年だったけど、詩人としては無垢そのものだ」

「詩人が無垢だというのは、抽象的な次元ではわかりますけど、あなたの場合はどうでしょうか。むしろ無為ということばのほうがぴったりする気もしますね。話をダダ詩にもどすと、太田静一という研究者などは、〈中也ダダ詩のほとんどはセックス詩なのである〉と断言していますよ」

「彼は僕の故郷である山口県の短大の先生でね。年齢も僕と3つしかちがわない。長いあいだ、初期の技術的にへたくそなダダ詩までも、いっしょうけんめいに読んで解読してくれてる。君も承知だろうが、彼にいわせるとぼくのダダ詩を解読するためには5つの方法があるというんだ。その方法というのは、

1．中也詩中の名辞はすべて寓喩換語である。いわば暗号である。
2．その暗号的名辞は、それが制作された当時の中也生活を必ず内包している。
3．その生活には中也周辺の対人的具体人物（愛人泰子、恋仇小林秀雄）が必ずモデルとして登場する。
4．中也初期詩（ダダ詩を含めて）の大半は性的な詩である。中也には汎「性」論とでもいうべき信念があり、生即性即聖がモットーであった。
5．その使用名詞の同語や類語を中也全詩から抽出し、その前後語句との相関性を彼我考較

し、そのいずれにも妥当すべき真意を割り出す、というもの。どうだ、すごいだろう」

「この方法でほとんどのダダ詩を解釈していくんですね。こんどは私のほうで、たとえばごく初期の「倦怠者の持つ意志」を例にあげてみましょう。

タタミの目
時計の音
一切が地に落ちた
だが圧力はありません

舌がアレました
ヘソを凝視めます
一切がニガミを帯びました
だが反作用はありません

此の時
夏の日の海が現はれる！

思想と体が一緒に前進する
努力した意志ではないからです

なんだか意味がよくわからないような作品ですが、太田静一の解釈はこうです。〈いざともなれば、もう部屋の畳の目も見えず、時計の音もきこえなくなり、一切が空間・時間から消え失せるのです。およそ何者からの圧力も拘束も受けはしません。舌がアレるほど女体のあちこちを嘗めました。そして臍みたいな穴を凝視します。すると舌だけでなく、何やら全身が女体のニガミを帯びてきたような気持ちになりました（後略）〉」

「なかなかおもしろい解釈じゃないの」

「細部での異論はすこしありますが、性的な体験を題材にしているというのは、太田の指摘しているとおりだと私も思うんです。〈タタミの目〉というのは、表現の主体が室内の、それも床に近いところにあることを示しています。おそらくは布団の上から畳を見たものでしょう。〈時計の音〉が聴こえるのは、会話が途絶えたから。〈一切が地に落ちた〉のは、あることが起こったから。というように想像をたくましくしていくと、これは性行為をうたった詩としか受けとれません。このふたつまえの詩に、〈あなたが生れたその日に／ぼくはまだ生れてゐなかつた〉とある〈あなた〉は、3歳年上の女泰子だと太田は指摘しています」

「そういえば、その「倦怠者の持つ意志」は、泰子と知りあってから書いたものだったかもしれないな」

「この〈ヘソ〉は、おそらく自分のじゃないでしょう。他人の〈ヘソ〉なんて、ふつう相手が裸にならなければ目にすることはできないですし、畳の部屋のなかにいきなり〈夏の日の海〉が現れるのもヘンです。これはとても性的なイメージですね。最後の2行にしても、小林秀雄が〈あなたと中原は思想が合うんだろうが、僕とは気が合う人だ〉と泰子さんをくどいたことを思い合わせるなら、思索者のあなたと、グレタ・ガルボに似た泰子さんとの性行為の〈寓喩換語〉と受けとれる。ということで、私は太田説を支持しますが、いかがですか」

「ずいぶん昔のことだからよくはおぼえていない。でも、そういわれると確かに泰子との体験をもとにして書いたような気もするな」

「太田静一をあからさまに支持する研究者はほとんどいないようですよ。北川透なんか、〈もっとも卑俗な鑑賞〉だと口をきわめて批判しています。たんに現象を通俗的な興味でながめるだけなら、詩や文学について語らなくてもよいとまでいって」

「たしかに、どんな体験を題材にしようが、詩は詩であって、ことばによって事実とは別の次元に成立するものだから、北川君のいっていることは原理原則としては、まったく正しいよ。でも、それじゃあ、どうしてほとんどの研究者が僕と泰子と小林との三角関係なんかを持ち出すんだい。そんなことも、詩そのものには関係ないじゃないか」

「北川透も3人の関係には何度かふれていますね」

「そうだろう。太田静一は、初期のダダ詩だけではなくて、「サーカス」でも「朝の歌」でも「含羞」から「一つのメルヘン」まですべて性的な詩として読み込んでいくんだけど、それはそれで方法や態度としてはいっかんしてる」

「フランスでも、ランボオの「母音」に関してなど、性的イメージを手掛かりに作品を解釈する試みはいろいろとあるようですね。『日本詩を読む』のなかで中也の詩を取り上げたイヴ＝マリ・アリューなども、「冬の雨の夜」の〈萎れた大根〉と〈乳白の嚢〉にそれぞれ男女の性的シンボルをみています。ちょっと平凡な解釈だけど」

「それはそれでいいんだ。僕は、作者の心理にずかずかと入り込んでくる連中のほうが、それよりよほどいやだ。よしてくれよ。思郎じゃないけど、ほんとに〈ボクの骨を、あまり、つついてくれるな〉だよ」

「まあ、あなたにかぎらず、文学研究の対象にされる詩人や小説家はたいていそういう目にあっているんですよ。私なども『言葉なき歌』について、いろいろ想像をたくましくしていますし、他人のことはあまり言えません」

「大岡（昇平）みたいに、僕をよく知っている友人に書かれるのなら仕方ないんだがな。いろいろと迷惑もかけたし」

「そういえば、大岡昇平があなたについて書いた有名なことばに、〈中原の中には、その疑うべくもない魂の美しさと共に、なんともいえない邪悪なものがあった〉というのがありますね。光と影の対比でいえば、あなたの愛読者たちには、こうした影の部分が見えていないのではありませんか」

「そんなことより、あんなふうに、〈魂の美しさ〉と〈邪悪なもの〉といった2分法をやってしまうところが大岡の文学者としての限界なんだ。それこそが問題だよ」

「あなたは日記のなかで、〈大岡という奴が癪に障る。奴は自身に就いて認めている欠点を他人に押付けるのだし、人が目の前にゐる限り何等かの形式で誰にでもたえずさうだからやりきれない〉と批判していますね」

「あれはいい奴だし、世間を知っているわりになかなかのインテリだけど、まったくもって詩人じゃない。もし彼が詩人なら〈魂の美しさ〉のなかにこそ〈邪悪なもの〉がひそみ、〈邪悪なもの〉の果てに〈魂の美しさ〉が見出されるという発想になるはずだろう。詩人が求めているものはただひとつなんだ。集中する強度そのものが問題なのだ、ということが彼らインテリにはてんでわからないのさ」

「そういえば、ふた時代まえには、〈一点突破、全面展開〉なんて叫んでいる元気な連中もいました」

「すべてにわたって、とことん凝縮していくことが大切なんだよ」

「詩集『山羊の歌』は、〈ゆふがた、空の下で、身一点に感じられれば、万事に於て文句はないのだ。〉(「いのちの声」)という1行で閉じられていますね」

「そう、〈身一点〉なんだよ。それが大切なんだ。わざわざ締めくくりのために書いたものだから、あの作品はちゃんと読んでほしいんだが」

「あの作品は歌いあげる強度が弱いですから、あなたのファンに人気がないのは当然ですよ。でも、私には気になる作品です。あなたはベルクソンを尊敬していると書いていますね。1927年12月9日の日記には、〈私は大概の時に純粋持続の上にをる〉とあり、翌日には、〈文明人は常に生命の流れを遮断して生活している〉としるしています。これなんかベルクソンの影響でしょう。ベルクソンの『創造的進化』に、〈われわれ自身の最もふかいところで、われわれがわれわれ自身の生命に対して最も内的だと感じられる那一点をもとめよう〉という一節がありまして、「いのちの歌」の〈身一点〉という詩句とこの〈那一点〉ということばとは響きがとても似ているんです」

「〈那一点〉と訳されているの?」

「実は、ジル・ドゥルーズのベルクソン論の翻訳からの孫引きです。すみません」

「自己集中による純粋持続への没入によって僕等はつねに生成していく。僕はその過程をむしろ〈放心〉といいたいね」

「あなたの〈放心〉ということばは、そうすっきりとは飲み込み難い。もう少し突っ込んでほしかった。いずれにせよベルクソン哲学と中也詩のかかわりについては、もっと論じられていいですよ」

「ベルクソンには小林がやたらと熱中していた。だから僕はあまり言及したくない。僕は哲学者といえば、まず西田幾太郎をあげるよ。君、とりあえず『自覚に於ける直観と反省』くらい読みたまえ」

「わかりました（苦笑）。話題をかえましょう。さきほど話題に出たイヴ＝マリ・アリューですが、未完詩篇もふくめたあなたの全詩のなかから、「冬の雨の夜」「（頭をボーズにしてやろう）」「骨」「朝鮮女」「蜻蛉に寄す」「一つのメルヘン」「蛙声」の7篇を選んでフランス語に訳しています。日本のアンソロジーなら、「サーカス」や「汚れつちまつた悲しみに」「含羞」が入らないということはまずないのですが」

「彼なりの読み方だな。他の翻訳アンソロジーでは、64年のペンギン・ブックス版『日本の詩歌』に入ったのは、「いちじくの葉（夏の午前よ、いちじくの葉よ）」「冷たい夜」「正午（丸ビル風景）」の3篇だけ。72年にタトルから出た『日本現代詩アンソロジー』に、僕の詩は1篇も入っていない。高村光太郎、萩原朔太郎、室生犀星から竹中郁まではいっているのになあ」
「あなたはタトルの編集者によほど嫌われたんですね。ペンギン版編集者の好みも徹底してます。未完詩篇の「いちじくの葉」が同タイトルで2篇あるなんて、日本の愛読者だってほとんどの人が知らないでしょう」
「アンソニー・スウェイトが編集にかかわっていたらしい。「冷たい夜」第1連の英語訳はこうだ。

On a winter night
My heart is sad
Sad for no reason
My heart is rusty, purple.」

「少々そっけないけど、このほうが子供っぽい調子を払拭していて、あなたの詩の核心がより見えてくるかもしれません。Sad for no reason という英訳は素敵ですね。また、アリューの読みもずいぶん日本の読者の傾向とはちがっています。彼は『山羊の歌』と『在りし日の歌』にかんするあなた自身の作品選択にまで若干の異をとなえています」

「ああ、『中原中也—その政治性』って論文だな。あれには樋口覚の批判もあるが」

「でもアリューが高く評価する「(ダック　ドック　ダクン)」「屠殺所」「夜寒の都会」「(秋の夜に)」「(僕達の記憶力は鈍いから)」「地極の天使」「(支那といふのは、吊鐘の中に這入つてゐる蛇のやうなもの)」と、すでに訳出した「朝鮮女」「蜻蛉に寄す」などを中心とした中也詩選が刊行されたら、あなたの詩人としてのイメージはかなり変わってくるはずです」

「〈秋の夜に、／僕は僕が破裂する夢を見て目が醒めた。／／人類の背後には、はや暗雲が密集してゐる／多くの人はまだそのことに気が付かぬ〉ではじまる作品「(秋の夜に)」もあるからね。僕を論じる連中は、泰子や小林との恋愛沙汰については必要以上にうるさく語るけど、世界戦争を不吉に暗示するこうした詩とか、満州事変を題材にしたものとかには、さっぱり目がいっていないのだ」

「確かにそのとおりなんですが、でもいちばんの原因は、あなた自身の作品選択の仕方や、あなたの不幸を語りつつ甘ったるい詩人像を世にひろめたお友だち連中の言動にあるのではないですか。あげくのはてが、あの女の子みたいな写真です」

「はじめに言っておいたけど、あの写真もふくめ僕や大岡の戦略がうまくいったからこそ、〈中原中也〉はこうしてメジャーな詩人になったのだ」

「まあいいでしょう。あなたが死後これほど有名になったおかげで、お母さんは亡くなるまで大忙しだったとか。あなたの生家は大賑わい。中也詣でのたくさんの人たちの参詣に応じてきたそうです」

「あれで母も結構よろこんでやってたんだよ。この肝やき息子が超有名人になったんだから」

「卒論を書く学生だけでなく、中也詩に振りつけしたモダンバレーの舞踊家。中也詩朗読の会のご一行。中也詩を描く絵画展、などなどの連中。中也を唱う書道展覧というのもあると思郎さんがお書きになっています」

「僕の詩に作曲した歌も多いそうだね。あの頃は諸井三郎が「朝の歌」や「臨終」に、内海誓一郎が「帰郷」や「失せし希望」に作曲して歌ってくれたものだが」

「最近は、もっともっとたくさんあるようですよ。私の知ってるのだけでも、友川かずきとか曲馬館とか同志社大学のグリークラブとか多種多様です。福島泰樹の短歌熱唱コンサートというのもありますし。福島のCDに入っている、末弟伊藤拾郎さんの「朝の歌」ハーモニカ演奏も胸にしみます」

「友川かずきの歌はいい。母はあいつのことを、〈中也の再来だ〉といったそうだ」

「思郎さんも友川さんをかわいがられておられたそうです。友川の第2詩集『朝の骨』なんて、タイトルだけからも中也詩との類縁を感じさせます。すべてに過剰でありつづけようとするあの姿勢も、あなたにそっくり。

ウタが
叫びに近づいていくのではなく
叫びが
ウタに似て行くのだ
（友川かずき「故郷に参加しない者」）

というフレーズが、彼の歌の質をいいあてていますね。過剰といえば、『じゃがたら』の江戸アケミにもぜひ歌ってほしかったです」

「彼も30代で死んじゃったんだね」

「江戸アケミの、〈今は「内なる自分の声」を聞くことを忘れている時代だ。人間には言葉で作られていない内なる声があると思うんだよ。それを外に出すことを恐れているし、俺自身、恐れているのかもしれないけど、それがもっと出てくるようにしたいね〉なんてせりふは、まるであなたが語っているみたい」

「僕の詩を江戸アケミのバンドのノリにのせてほしかったな」

「劇画では、曽根富美子の『含羞―我が友中原中也』が、研究者たちの中也論よりずっと鋭く、書くことに生を賭けた青年たちの切なさと深い恍惚をとらえています。詩人であることを徹底して選びつづけ、〈魂だけにつりあげられて、体半分になったままこの世の果てにいる〉ように生きたあなたの生の感触。あなたの本質をよく理解しながら、自分は他者の意識を分析することによってしか生きることのできない、つまり詩人の資質をついにもちえなかった小林秀雄の悲しみと悔しさ。そういったものがよく描出されています」

「文学者より、ロックや劇画をやっている若者たちのほうが感性を〈身一点〉にとことん凝縮していける時代なのかね」

「それでも、あなたの体現した生命の熾烈さ、凝集と放心、これを基点としてことばの表現に向かう詩人たちは、きっと絶えることがないと思いますよ」

＊主要参考文献
・『中原中也全集』（角川書店）、中原思郎『中原中也ノート』（審美社）、大岡昇平『中原中也』（角川書店）、太田静一『中原中也─愛憎の告白』（自由現代社）『中原中也詩における小林秀雄像』（桜楓社）『中原中也の詩と生活』（鳥影社）、イヴ＝マリ・アリュー『日本詩を読む』（白水社）、『The Penguin Book of Japanese Verse』（PENGUIN BOOKS）、『Anthology of MODERN JAPANESE POETRY』（Tuttle）、友川かずき『俺の裡で鳴り止まない詩（ＣＤ）』（ベルウッド）詩集『朝の骨』（無名舎出版）、福島泰樹『短歌絶叫／中原中也（ＣＤ）』（東芝ＥＭＩ）、江戸アケミ『それから─

江戸アケミ詩集』（思潮社）『君と踊りあかそう日の出を見るまで（ＣＤ）』（ＢＭＧビクターなど）、
曽根富美子『含羞―我が友中原中也』（講談社）

吉本隆明――虚無と方法

1

吉本隆明が20代半ばで書いた3篇の詩論のなかでまず注目をひくのは、戦後まもなく遠山啓の講義に出会ったときの感動を綴った「詩と科学との問題」（1949年2月）、とりわけ冒頭部分である。遠山啓は、日本の数学史に大きな業績を残した数学者であるが、当時はいまだ新進気鋭の研究者として東京工業大学に赴任したばかりであった。遠山自身の回想によると吉本の受けた講義は、戦時中、工場動員されて授業に飢えていた学生たちの自発的な希望に応じてはじめた特別講義で、単位もない、いわば自主講座のようなものであったという。

この講義では、非ユークリッド幾何学やカントールの集合論について語られた。「詩と科学との問題」のなかで吉本は、「あの〈量子論の数学的基礎〉なる講義は僕に異様な興奮を強いた。最早動かすものもありはしないと思はれた僕の虚無が光輝をあげた殆ど唯一度の瞬間であった」と、その衝撃の大きさを熱っぽく述べている。

1979年に遠山啓が亡くなった時の追悼文のなかでは、「遠山さんは詰襟の国民服を黒か紺に染めたような粗末な服を着ていた。講義の内容は量子化された物質粒子の挙動を描写するために必要な数学的な背景と概念をはっきり与えようとするものであった。私ははじめて集合・群・体・イデヤアル・ヒルベルト空間・演算子などの概念に接して、びっくりし」「むさぼるようにして知的な飢えを充たしていった」(「西日のあたる教場の記憶」、79年11月)と、より詳細に当時の様子や内容を書いている。「心は決定的な衝撃をこの講義からうけとっていた。むしろ敗戦のあとにもう一度生きてみようかという微光のようなものを遠山さんの講義からうけとっていた」と。

数学の講義を聴いて「虚無が光輝をあげ」るほどの、そして「もう一度生きてみようか」というほどの感動を受けることは極めてまれな事例であろう。また、そういう体験をした場合、ふつうはみずからが数学者を志すのではないかと思うが、吉本の場合はちがった。集合の定義によって、「僕は数学という純粋科学の領域に〈直観〉と〈思惟〉とが導入される様を判っきりと知った。思考の野を急に拡大されて戸惑いしたが、やがてそれは僕が応用の場から純粋理論の場へ歩み寄る門出の誘いであった」と当時を振り返る。この評論のタイトルが「詩と科学との問題」となっていることをもういちど確認しておきたい。結果的に吉本は、集合論から受けた衝撃をもとに詩に向き合う方法論の独自的な確立に向けて1歩を踏み出した。それはおそらく、それまで日本の詩史において誰ひとり考えつかなかったほど独創的な方法であった。

量的因子の論理的演算に依存してきた古典数学は、領域と領域との間の作用の学に変革された。対象の質は問題ではなく、「対象と対象との間の関係」だけが主題となったと、吉本は指摘する。固定的なものとしてではなく、関係性としてとらえる。詩の領域も例外ではないと。

このテーマがより掘り下げられるのが、「方法的思想の一問題」（49年11月）である。「反ヴァレリー論」というサブタイトルをつけられたこの詩論も、他の2篇同様、屈折に屈折を重ねる論理展開のため要約が困難だが、ヴァレリーの「知性による虚無の抑制、酷使」や「理性による行為の適度な抑制、制御」を強く否定する主旨のものだ。ここでは虚無を論理的にのみ処理しようとするところでヴァレリーを嫌悪し、あくまで倫理的に対峙すべきだというのが吉本の姿勢であり、ヴァレリーとは対照的にパスカルが称揚される。

『パンセ』から吉本が読み取ったのは、実在を綜合して法則を得、その法則を実験によって検証する精神と肉体の方法であり、「あらゆる事象は相互に関連しつつ、すべてに連結している」という、うつくしい原理である。この原理は、すべての実在を関係性としてとらえるという、集合論から学んだ内容と重なり合う。こうして吉本は、みずから独自の方法を確実に獲得していった。その自信のゆえなのか、パスカルだけでなく、ダ・ヴィンチ、デカルト、ポオ、マラルメなどを挙げたうえでの、「普遍文学」という不思議な概念も、登場させる。

科学の方法の最も本質的な部分は、すべての対象を可分である限りの微細な本体論的単位に分割し、それら等質的なものの不規則な反応を、一つの作用として考究するところにある。然るに対象は、これを微細な本体論的単位の基本反応の一次的結合として解するとき、或る不確定性の制限を免れないのである。即ち懸かる本体論的単位は共軛なる二量において因果律的論理という科学の主要な方法の範囲を逸脱するのである。(中略)僕達は普遍文学の方法を意識作用の領域において幾分かこれらの場合に類推して作像することが出来るように思われる。

ここで吉本は、科学者たち(=数学者たち)の方法に憧憬の念を抱き、それを文学へと導入する夢を抱いた。「文学の科学」とでもいうべき夢を。この夢を血肉化したのが、のちの『言語にとって美とはなにか』であろうと私はわずかに類推する。〈発見は何ものでもない、困難は発見したものを血肉化するにある〉と「テスト氏」の言葉を引きつつヴァレリーと訣別したことのいちばんの意義は、多分ここにあった。

2

くりかえしとなるが、遠山啓から直接講義を受けたのは、吉本が敗戦直後の不安と焦燥のさなかにあった1945年の出来事である。初期詩篇を読むかぎり、この時期の作品の多くは死の影や孤独感、哀しみや空虚な想いでおおわれている。詩論として「詩と科学との問題」や「方法的思想の一問題」を書き上げた49年にあっても詩のなかではなお、「寂しいかな／すべての思考はぼくにおいてネガティヴである」（「一九四五年冬」）といった出口の見えない暗さのなかに沈んでいた。ところが、後年（60年）になって発表された長詩「時のなかの死」の「一九五〇年の「ノート」から」には、

虚無は何も生むことをしない　僕はこれを熟知するためにどんなに長く滞つてゐただらう　僕は再び出発する　何かを為すために　この世には為すに値する何物もないやうに為すに値しない何物もない　それで僕は何かを為せばよいのだと考へる

と、虚無の克服と再出発への明瞭な意思が散文詩形式で綴られている。詩人としての吉本に

大きな転機をもたらした日付も50年12月である。もちろんいくつか複雑に絡み合った要因はあるにせよ、これらの事実を踏まえ、私は49年に書き上げられた3篇の詩論の内容に再出発への重要な契機をみる。ここで吉本のつかんだ〈方法〉は、詩論の面だけでなく、生活態度から詩的表現に至るまでのさまざまな局面で吉本に大きな自信をあたえた。したがって「普遍文学」という不思議な言葉は、何かある決定的なものを把握したという確信と高揚感のなかで発せられているのだ。

前記ふたつの詩論のあいだに書かれた「ラムボオ若しくはカール・マルクスの方法」(49年8月)も、その後の吉本の軌跡をたどるためには必読の論である。ここで吉本は、自分のうちには詩人のラムボオと思想家のマルクスが「同在」しているという。

あらゆる思想は虚無を脱出する所に始まるのかもしれない。だが虚無の場からする抵抗の終る所に宿命の理論はやむのである。宿命の理論のやむ所に、芸術の思想もまた終るのである。斯かる芸術の本来的意味は、マルクスの所謂唯物史観なるものの本質的原理と激突する。この激突の意味の解析のうちに、僕はあらゆる詩的思想と非詩思想との一般的逆立の形式を明らかにしたいのだ。 (Ⅳ)

この引用の仕方からも分かるように、私は49〜50年における吉本の核心的タームとして「虚無」という概念をあえて意識的に抽出している。虚無が光輝をはなった遠山啓の講義との出会い、虚無を知性（＝論理）で抑圧、制御してしまうヴァレリーとの訣別、そして虚無を脱出する所に思想が始まるということでの指摘。吉本のいう「方法」とは、虚無から能動的に脱出・出発するための切実な方法である。それゆえこの方法は、吉本にとって、思想とも行為とも重なり合う、鋭くて重い、絶対的とも受けとれる方法である。

遠山啓の数学講義とりわけ集合論における〈直感〉と〈思惟〉についての吉本の感激ぶりを想い出してみよう。詩人ランボオと思想家マルクスとが吉本のなかでは同時に存在するという、いっけん奇異にみえるかもしれない思考のかたちも、数学講義で集合論をむさぼるように聴いた内容が源にある。追悼文の後半で吉本がふれている「ある数とか図形とか事実の概念とかの集合があって、その集合が任意の〈理念〉によって関係づけられているならば、それは〈構造〉と呼ぶことができる」という重要な認識も、遠山から学びとったものであった。したがって初期詩論を遠山の数学基礎理論とつき合わせていくのは、吉本隆明の展開過程をたどるための興味深い作業となろう。

ただし私としては、「僕は明瞭な二元論者だ」（「詩と科学との問題」）という断言を記憶にとどめておくだけで充分である。ランボオとマルクスのみならず、意識と実在、思想と実践、詩と非詩というように、さまざまなレベルの事象をふたつの極に分けて突き合わせ総合的な把握に至ろうとするのが吉本の手にした方法の具体なのだ。吉本は2項対立的方法を「逆立」（矛盾と発展）と名づけた。対象を切断し個別の要素に解体しつつ直感的な〈理念〉によって総合し再構成していくこの方法は、変化や運動を含んだ対象を構造的にとらえる時に抜群の力を発揮する。これ以後の吉本は、この3篇の詩論を書き抜くことで得た方法を駆使し、まったく独自の世界を構築していくことになった。

それにしても、「普遍文学」とは何か。いまだ謎は残る。夢想はあくまで夢想だ。ほぼ10年後（61年）に創刊した『試行』誌上で吉本は『言語にとって美とはなにか』の連載を開始し、4年の歳月をついやしてこれを完成させる。この力業の成否について、私は語るに足るだけの言葉を持ち得ない。「普遍文学」の具体性が理解不能だったとほとんど同程度に、「言語にとって美とはなにか」という初期設定の仕方も理解不能である。芸術にとっては、「なにか」ではなく「いかに」こそが重要な課題ではないか。そして、「言語にとって」ではなく「私たちにとって」の芸術とは何かが問われるべきではないか。

そしてこれは私がかなり後年になって思い当たったのだが、そもそも2項対立的な方法によって芸術論を構築することにはあまりにも限界があった。詩において吉本は、「風と光と影の量をわたしは自らの獲てきた風景の三要素と考へてきたのでわたしの構成した思考の起点としていつもそれらの相対的な増減を用ひねばならないと思つた」(「固有時との対話」)と書いているし、またおなじ作品のなかには、私を魅了してやまなかった次のような箇所がある。

　けれどわたしがX軸の方向から街々へはいつてゆくと　記憶はあたかもY軸の方向から蘇つてくるのであつた　それで脳髄はいつも確かな像を結ぶにはいたらなかつた　忘却という容易い未来にしたがふためにわたしは上昇または下降の方向としてZ軸のほうへ歩み去つたとひとびとは考へてくれてよい

　ここで世界の感受の仕方は、X軸とY軸の2項的な交差に加えてZ軸という第3項が想定されている。X軸を空間、Y軸を時間とすれば、Z軸は「上昇─下降」であるから、もうひとつ異質な要素がここに加えられる。

　まえに引用した「風景の三要素」の場合は、「光と影」に「風」が付け加えられていた。『言語にとって』には、〈指示表出〉と〈自己表出〉という2項対立的に対して、第3項のZ軸が加えられるべきであった。このことの欠如が、芸術論としては、読めば読むほど平板な、索漠たる感情しかもたらさない、いちばんの理由であろう。詩を読み味わうとき、この論は何ひとつ深い眺望をもたらしてくれないのだ。

吉本隆明が尊敬してやまなかった遠山啓は『無限と連続』（52年）のなかで、「数学者が〈全数学が一つになった〉と現在完了の形で叫びうる日は永遠にこないだろう」と述べ、「〈一つの数学〉を祝福した瞬間、彼はファウストのように墓場に運び去られるであろう」と戒めた。〈一つ〉とは〈普遍〉とおなじことを意味すると私は思う。師・遠山啓が「ファウスト」ということばにこめたこの重い戒めが、熱に浮かされたように「普遍文学」を目指す吉本の心情に、果たしてどれほど届いていたのだろうか。

ともあれ、判然としないタイトルと展開にとまどいつつも、当時、『試行』での連載を断続的に読みながら、直感的につかみとったイメージの体系的、絶対的な対象化に向かい渾身の力をふりしぼって挑みつづける吉本の構想力と姿勢と情熱は、学生の私にとってとてもまぶしかった。どこか生きる元気をあたえてくれた。若き日の集合論との出会いを契機としたひとりの文学者の、虚無からの確固とした脱出の意思とそのための粘り強い実践をそこに感じたのだろうと、その成果とは別に、今にして思う。

清水昶——清水・黒田論争

1

　１９７８年４月発行の『磁場』14号に、清水昶は、「病む夢への旅」という評論を発表する。これは、「黒田喜夫への手紙」というかたちをとって、黒田の評論・対談集『自然と行為』（77年）を批判したものである。

　もっとも早い時期に清水昶の詩を高く評価したのが黒田喜夫であり、清水もまた黒田の、詩から思想にわたる苦闘的営為に深い共感を表明した文章をいくつも書いていたから、この批判はいかにも唐突にみえた。『自然と行為』所収のものもふくめ、清水と黒田はしばしば対談をおこなっており、多少の誇張的表現を用いれば、ふたりはあたかも師弟関係にあるかのようにさえ、私などにはみえていた（ただ、清水が石原吉郎にたいしても熱烈なオマージュをささげていたのは、ひどく不愉快であった。70年代の初期に、私と同年代の詩人たちが同人誌などに発表する詩人論には、どういうわけか、鮎川信夫と石原吉郎と黒田喜夫が多かった。それらの詩人論のほとんどは、詩人論というよりは、人生論のようなものだったように記憶しているが、なかには、清水昶のようにこの3人のうちの複数の詩人を信奉する者もいて、明確な理由はなかったが、私はなんとなく許せないような気がしていた)。

したがって、よくあるような、両者が半ば了解ずみの内容をやりとりする往復書簡の類として読みはじめたのだが、こうした先入観にもかかわらず、中身はかなり基底的なところでの黒田批判であった。そして、この清水の批判にたいして、黒田の反論がほとんど感情的なほど激烈なものであったために、この両者のやりとりは、清水・黒田論争として一挙にエスカレートするのである。

しかし、いまになって当時の詩誌などをめくってみると、ここにいたるには、すくなくとも清水の方にはそれなりのプロセスがあったようである。たとえば、これより約1年前には、『現代詩手帖』77年2月号の黒田喜夫特集に、清水は「呪文の家から」という、ほとんどエッセイのような散文詩を寄せている。

黒田喜夫は自己を一人の癩者とみたてて

疎外の極致を生きようとする　しかし幻想の癩者を生かしめる「絶望さえも拒絶しつづける生のもつ絶望」をなおも支える巨大な沈黙の風土のエネルギーとは何だろう　あらゆる論理が沈黙する場所だれの心の中にもあるそんな場所を抱き込みつつ　そとがわから新しい思想を組むことはできないものか　唯物的な疎外論では捉えきれぬナショナルな実存の問題……

たとえば「私」を産み生かしめているものは自然を底にした類的社会だ　だが近代を生きる者たちは　しばしば原初から「私」が「私」を生かしめているかのような錯覚に陥った　黒田喜夫は「私」

を類として語る数少ない思想詩人だが類
もまた総ぐるみ階級的物質的くびきに呪
縛されて在ることを発想の根幹としたた
め　階級の器のうちがわでのみくるしげ
にみずからの民の風土の精神をまわさざ
るをえなくなったのではなかったか

（第5、6連）

この作品を読み直すと、すでにこの時点で清水の黒田への批判は明示されていることがわかる。引用の前のいくつかの連で、「癩者の輝き」という黒田の文を読んだときの感動と、それによっておこされた「山河の風土の感覚」について語った清水は、しかし唯物論的な疎外論にとらわれた黒田の方法では、「風土のエネルギー」を思想の内部に組み込むことはできないと主張する。「階級的物質的くびき」の枠のなかで「民の風土の精神」をとらえることは不可能であると。そして次のように書く。

逆に民の風土の精神を器にして階級概念
を構成したらどうだろう　不安定な「も

の」に支えられた階級は絶えず流動を繰
りかえすが　わたしたちを産み生かしめ
る風土の精神は絶対であるはずだ

（第7連）

清水・黒田論争より一年ほどあとに「徹底討論マルクスは死んだか」「マルクスを葬送する」といった座談会がおこなわれ、マルクス葬送派なるものがジャーナリズムを賑わせたことをおもうと、ここで疎外論を否定する清水もなかなか時代の気流に敏感である。

しかし、いくら読んでも清水の主張はわかりづらい。「風土の精神」と「階級概念」とを対にして並べ、前者を絶対的なもの、後者を流動的なものと規定したうえで、黒田の方法とは逆に風土の精神を器にして階級概念を構成すべきだと言ってみたところで、これらの用語を清水自身がどうとらえ自己の思想のなかにどう位置づけているかが不明であれば、読者には理解のしようもない。もちろん、散文詩という形式をとっているかぎりそういう限界は当然生じてくるといえよう。「病む夢への旅」は、したがってこうしたエッセイ風散文詩での、いわばラフスケッチからの全面的な展開として書かれたということになる。『磁場』誌上における清水の黒田批判は、したがって決して唐突なものではなく、清水にとってはそれなりに以前からあたためられていたモチーフであったのであろう。

この評論のはじめで、まず清水は、黒田の『自然と行為』のなかの次のような部分を引用する。

全くのところ、例えば「日本」という観念や日本的感性の自己同一性といった言いかたをすれば、それは古代についての学の問題ではなく、日本近代の具体、固有な表われの核となる問題なわけですね。現在の象徴天皇制が日本近代の総過程の、反転した戦後の国家独占覇権の具象、固有な相貌であるように、……あるいは、それは断続し、反転しつつつながる核の問題なわけですね。その日本的感性の虚構の自己同一性の成立が、日本近代の成立の内実そのものだろうし、それが日本列島上の生活民の始源的な対自然のかたちに自己同一的に基づいているという虚構が、それを固有に成立させているんだろうと思うんです。まず、それを虚偽と見るのがこの際の自分の視点ですし、それを貫くことがテーマですね。つまり、現在の日帝内の近代化の危機的爛熟、壊滅形に反するのが、日本的自然あるいは日本的感性の自己同一性なのではなく、それを現にかたちあらしめ、歴史弁証内で押し進めてきたのが、本質的には民衆の対自然のいとなみの奪取と統合以来の、その虚構のアイデンティティなんだということですね。なんとかその日本的感性の自己同一性の虚構を突き崩そうということなんです。大急ぎで、できるだけね。

（「滅亡の歌」正津勉との対談）

この黒田の発言も私にはわかりづらいが、しかし、それは主として表現上のわかりづらさであって、概念構成は比較的はっきりしているようにおもえる。黒田によると、日本近代は、「日本的感性の虚構の自己同一性」として成立した。「虚構」あるいは「虚偽」という言葉がここでのキーワードであろう。では、日本的感性は何にたいして虚構なのか。「日本列島上の生活民の始源的な対自然のかたち」にたいして虚構であり、虚偽である。その具体的なあらわれのひとつが、天皇制である。

「日本」という観念や、日本的感性、日本的美意識といったフィクションによって天皇制は成立した。つまり、民衆による対自然のいとなみが「奪取」され「統合」され、虚構化されてしまっただけでなく「現在の日帝内の近代の危機的爛熟、壊滅形」を押し進める原動力になっているのもまた、この「虚構のアイデンティティ」なのだということである。

真正な個人もしくは市民、人間という求め得ざりし範型の像や精神を現代に対応させようとするのではなく、市民人間真正な個人という近代範型の虚構（それは詩の自由という虚構でもある）そのものを、日本近代の仮装の個人・心境・自然観もろとも、近代の果てにむかって破砕しのりこえてゆこうとすること、これです。

（菅孝行との往復書簡）

したがって、その帰結は、「市民―人間真正な個人という近代範型の虚構」を破砕し、のりこえてゆくことを志向する。その契機はどこに求めうるか。

黒田は、菅との往復書簡の別のところで、詩は人間の生における「身体」の瞬時的な証しの行為、（擬自然と異和する）自然・身体の親和のめざされた全体性の夢と同義な証明の行為であると書く。この「身体」の瞬時の証し、あるいは〈全体性の夢〉こそが、支配国家の大系、擬自然を破砕し、収奪されている民衆の自然や身体の根源性へとむかう契機ともなる。

認識の対象を全身で深く鋭く掘り進んでいくような黒田喜夫の文章を、こまかなニュアンスは切り落として私なりに要約すると、だいたいこういうことになる。それにたいして清水はどのような批判を対置したか。

日本近代の国家成立のプロセスは、民衆への上からの支配層の錯誤にみちた権力のしめつけと、民衆自身の権力であるナショナリズムの下からの発現といった奇妙な二重権力の葛藤の内に現在にまで至っていると思うのです。

（「病む夢への旅」）

清水はこのような表現によってなにを意図しているのか。虚構・虚偽であると黒田によって全否定された民衆の自然のいとなみを救済するということである。そのために彼は、日本的感性の虚構の自己同一性として否定された日本の近代を、「支配層」と「民衆」との対立の構図としてとらえ、後者においてその肯定的な面を突き出そうと試みる。「不変の民衆の精神」、あるいは攻撃的ナショナリズムの「論理」、そして正統な「自己権力」と。

こういう表現によって清水は民衆の現存を救済し、かつ日本の近代を全否定としてではなく両義的なものとしてとらえようとする。たとえば、日本支配層の「反解放」のたたかいは、民衆自身のナショナリズムを独自に顕在化させたことも忘れてはならない、というように。なぜかといえば、根こそぎ収奪され国家へと統合された民衆の自然や身体にとって「身体」の瞬時の証しや〈全体性の夢〉がいかにして可能となるのかが、黒田喜夫の論において清水には理解しがたいから。

黒田は、「全体性の夢」、「瞬時の証しの行為」として詩の契機をとらえようとする。それはいわば否定に否定を重ねていった果ての肯定への逆転といったおもむきをもっているのだが、論理的には明快と言いがたい。とはいえ、ここをつかまえ論理と感性と想像力を限界までひき絞らないかぎり、読者の目にうつるのは、否定に否定を重ねていこうとする黒田の執拗な意志だけということになる。そして、こうした否定的な意志や認識だけでは民衆は救われないと考える清水は、黒田の『自然と行為』から次のような箇所を引用する。

われわれの擬自然の時空の内の親和にまがわない異物的存在とは、じつに千年以上も前から、必ずそれは非人・非人間とよばれてきたものでしたが、ところで「非人・非人間」とは、ここではまた私にある民衆の身体と同義であり、民衆の根源であるとともに奪われてありめざめされるもの、その肢態の現出によって真正な個人という虚構に対して輝やかされるものなのであり、ついに、「非人間」の存在により「人間」であるものの根源的な両義性に達することで、「非人間と人間」という疎外の成立ちそのものを「身体」へと破砕実現すべき、われわれの主体否定の主体であるものなのです。（「菅孝行との往復書簡」）

この文章を引用しながら清水は、それでは「非人間」が人間に向うための感性の基盤は何なのかと黒田に反問する。「非人間」を輝かす「自己権力」の内実は何なのかと。たしかに、「非人・非人間」が「主体否定の主体」であるとする黒田の思考はわかりづらい。実は、私はこの論争がはじまった頃には、それ以前のように黒田喜夫の書いたものをたんねんにフォローするという意欲をいくぶん失っていた。というのも、黒田の言説になにか過渡的な印象を感じたからである。たとえば、ここでの「非人・非人間」という言葉にしても、歴史的実在としての「非人」という存在なのか、それとも黒田の思想として位置づけられたメタファーなのか、といったことが発表当時はつかまえにくかった。もちろん、どちらかに確定せよなどということではない。菅孝行へのこの書簡をみても、黒田が両義的な意味で用いていることはたしかである。そこに黒田の論の厚みや衝迫力もあるのだが、しかし、語の抽象度とでもいうべきものが読者にとって明瞭でないだけ論は主観の内域にとどまる。アイヌ文化や南島文化についての言及についても同じようなことが言えるだろう。こうした点についての清水の批判は、黒田の弱い面をたしかについている。こういった具体性への言及は、それゆえ黒田が自己の思想射程を延ばしていくための、あるいはより補強するためのプロセスとしてよびこまれたものではないかという気持が私にはあって、いずれそのうちに黒田の論がひとつの結節点に達したときに、まとめて読みかえしてみようなどと思っていたのであった。

ただ、清水がここで黒田喜夫に投げかけている問いは、私の疑問とは本質的にちがう。「非人間」が人間に向うための感性の基盤は何なのかという問いは、この問い自身が黒田のモチーフのひとつと重なりあっているのであって、いわばこの問いかけは黒田が全身をよじるようにして「全体性の夢」や「瞬時な証の行為」という表現で非人間から人間へと反転する契機を探っているその苦闘をそばでながめながら、あなたはそこでなにを探しているのですかと問うようなものではあるまいか。黒田の怒りも無理はない。

72年に出版された評論集『負性と奪回』のなかで吉本隆明の『共同幻想論』にふれ、「共同幻想の中で、顚倒して生きている者自体が、どういうようにその実存において、それを逆にひっくり返すような主体形成ができるのか、その契機はどこか」（米村敏人との対談）と黒田はみずからのモチーフを語っている。このモチーフはこののち、『彼岸と主体』や『一人の彼方へ』で渾身の力をこめて展開されているが、すでに『負性と奪回』の短い文章のなかでもくりかえし言及されているのである。

たとえば、民話によくみられる変身譚について書いた「変身・負性の実現」で、人間がなにか絶体絶命の理由で異態へと変身するのは、解放か解体かのものすさまじい内的な体験なのだと黒田はいう。そして、〈にんげんは鳥になれないこと、にんげんは蛇にはなれないこと、他の何ものにもなれないこと、その絶対に断ち切られている或る断絶を、断念を、不能を、「なれない」ことを、それ故にこそそれが生きられた現われにほかならない〉というとき、あるいはそれを「変幻」と題するみずからの詩の結末に託すとき、すでにここには清水の問いに照応するものが感じとれはしないか。

湧く呪詞のひびきが紙片から聴こえてきた
すると呪縛はとける

おれはみるみるふくれあがる
伝説の内から身をおこし
一人の見知らぬ百姓となって歩きだす
背中に数百年来のおもい夢を背負い
鳥からにんげんが
蛇からにんげんが
樹からにんげんが
水からにんげんが
生まれるように還り
ながい列となって歩きだす

それにしても、と清水はさらに言うだろうか。このように鳥や蛇や樹や水から「にんげん」が還ってくるというイメージは、黒田がみずからいうごとく「自己仮構の水準」のものであり、いまだ生きられたイメージではなく、眺められた存在にすぎないのではないか。人間あらざるものに変身せざるをえなかったものの「にんげん」に還ってくる「感性の基盤は何なのか」と。この問いにたいして、もういちど黒田の「変身・負性の実現」から引用してみる。

「物」の意識がいま通念であるように、人間回復もいま通念なのだが、私たちに、退行的安息たる変身を破る変身と通念の人間回復を破る〈人間奪回〉は、その間の脈絡ある因果を絶ちきる意識において探られる筈だ。その回復しがたい強烈な「負性」の意識化の打撃による死者・他者（狂気を生きること）への相関を探ることが、自己意識の解体、現代《いま》に日常的に在る「棒になった男」「壁になった男」、ネジに、虫に、石に、遂にはどうしようもなくもう一度「にんげんになった男」の奪回の探究方法だろうと思われる。「負性」の「実現」は決して人間解放の鏡ではないだろう。しかし、「蛇」であることによってだけ「にんげん」であり得るという狂気を生きることの、明瞭な虚構化、思想化による民話的変身の安息打破は、負性の全体性への探究として、人間奪回の通念の鏡の激しい打破となるといわなければならない。

ほぼ結論部分である。まわりくどくみえるかも知れないが（それは黒田がむきあう対象に強いられてもいるはずである）、人間解放への道筋が、まず「負性の全体性」への探求としてのべられているところを重く受けとめるべきであろう。清水の詰問めいた問いは、『負性と奪回』のなかでくりかえし語られる黒田喜夫のこうした認識をよくのみこんだうえでのものとは受けとりがたい。

この評論集は、清水が黒田を批判する6年前に出版された。清水昶詩集『少年』への好意的な書評もふくまれているから、清水が読まなかったはずはない。さらに黒田は、米村との対談のなかで語っていたモチーフを具体的に展開した長編評論『彼岸と主体』をほとんど同時期に刊行している。清水の黒田批判は、当然こうした黒田の思想をおさえた論でなければならないだろう。しかし、「病む夢への旅」での批判対象は、『自然と行為』のなかのいくつかの発言にかぎられていて、黒田の認識の根底までとどいていない。

〈では「日本的な自然」観を内部から突き崩すという「主体否定の否定」を支えるものは何なのでしょう。それもまた実体のある日本的な感性だと思うのですが『自然と行為』の中では、どうもさだかにその姿がみえてきません〉、などという文章は、『負性と奪回』や『彼岸と主体』を読んだものの目には、いかにもそらぞらしくうつる。私には、ここのあたりが長いあいだ疑問であった。なぜ清水は、はじめて自分を好意的に評価してくれた黒田の思想にたいして、これほど不親切な読み方しかしないのかと。しかし、清水には清水なりの切実なモチーフがあったにちがいない。あらためて、彼の黒田批判を読みかえしながら感じたのは、当時の清水がかかえていた切実さにとって黒田の思想など何ほどのものでもなかったのではないかということである。

2

すでに指摘したように、清水昶にとっての黒田批判の目的は、現存する民衆の肯定あるいは救出ということである。黒田喜夫は、民衆の自然・身体は収奪されているとして「日本近代の仮装の個人・心境・自然観」を否定する。しかし、現存する民衆を、そして民衆の「近代」を否定すべきではないと清水は考える。「日本近代の農民の姿は、資本制社会の物質的な圧力の中を懸命に生きつつ、日本的なナショナリティへの親和をバネとして、いま在るのだと思います」という清水は、自身の論のあちこちで民衆の「自己権力」が発揮された具体例をあげている。たとえばそれは、このようなものである。

①近代日本の民衆は戦中も戦後も天皇制の下で非転向を貫き通した。

②民衆は天皇の強権や資本家の政治的思惑によって戦争をたたかったのではない。

③日本支配層の「反解放」のたたかいに、民衆自身のナショなリズムを独自に顕在化させた。

④アメリカがベトナム戦争を止めたのは、アメリカ民衆の「近代」が成熟したからである。

これらはいずれも、「民衆自身の権力」すなわちナショナリズムの発現の具体例である。

うーん、とうなってしまう読者もいるだろう（私はうなった、なんどもうなった）。①はいくら読み直しても意味不明。私にはどういうことかわからない。②と③は、そういうことも多少は言えるだろうが、大筋においてはまちがい。④は、民衆の範囲をアジアの民衆というところにまで拡大すればほぼ妥当かも知れない、といった感想をもったが、いずれにせよ、こういう独自な主張を読者に納得させるためには、ぼうだいな論証の積み重ねが必要となるであろう。

清水のこうした文章において、具体と抽象のレベルが黒田のそれよりさらに混乱しているが、しかしここまでくると、もはや論というよりは「ご託宣」とでもよぶべきではないか。おそらくは、ある夜、突然に「日本的自然」のまばゆい光がこの詩人の脳髄に宿り、そのありがたい力によって、民衆にまつわるさまざまな歴史上の出来事の意味が、すみずみまで照らし出されたというのがことの真相であろう。もし、そうであれば、全能の光に照らし出された歴史の真実にどうして論証などといった知識人の小賢しい方法が必要であろうか、われの言葉こそ先験的に真実そのものであるぞよ、ということになる。すなわち「風土の精神は絶対であるはずだ」（「呪文の家」）と。

しかし、すでに見てきたように、私たちは黒田喜夫の著書を読むことによって、「日本的自然」というのは、自然の疎外態にすぎないのだという認識を注入されてしまっている。この認識を飲みこんでしまったために、私たちの眼は「日本的自然」のまばゆい光にくらんでしまわないのである。また「絶対であるはずだ」とご託宣を下されても、つい、本当にそうだろうかと疑問を抱いてしまうのである。これでは、まるで民衆の魂を守ってくれる神とそれを近代の負性として攻撃しようとする悪魔とのたたかいみたいだが、私たちの論争というのはこのように、たいていは神と悪魔とのたたかいに似てくる。

黒田さんの発想では支配のがわに根こそぎ収奪され、非人間化されている民衆が本当の人間になるために社会変革を成すというふうになりますが、それでは、いま生きつつあるわたしたちの身体に宿る本能とか資質といった意識をめざめさせる「自然」とは、いったい何なのでしょう。いまさらマルクスをもちだすこともないのですが「人間は直接的には自然存在である」それも意識を持った自然存在です。人間は資本制社会に物質的に収奪され一個のモノのように扱われているにもかかわらず、そういう社会からの全的な疎外を最終的に許さないものは現にあるわたしたちの身体に宿る「自然」なのだと思うのです。わたしたちひとりひとりが現に生き、そして生きながらにして非人間化されているとしたならば、みずからを支える精神の主体も喪失しているはずであり、そのような主体喪失の状態で瞬時にして夢としての「自然」に詩があらわれるわけがないのです。夢としての「自然」に詩がたどりつくのは人間が本能のように現実に「自然」をみずからの身体の中に孕んでいるからであり、その夢とは現実の「自然」そのものであると思います。

黒田の論とのバランス上、長い引用になったが、しかし、「病む夢への旅」のなかで、私はこの部分がいちばん好きだ。黒田の〈思想〉にたいする清水の切実な〈心情〉がここにはよくのべられている。黒田の認識では、現存の民衆はついに救われることがない。こうした知識人の特権的発想を排して、いま現に生きつつある民衆と民衆の精神を肯定的なものと結びつけ、救出することの方が大切なはずだ、と清水は考える。このモチーフの心情的な切実さだけはよくわかる。

肯定的なものとはなにか。それは、「自己権力」としてのナショナリズムであり、「日本的自然」という生への親和力である。清水にとって、そうした肯定的なものは現にある民衆の身体に宿っているのであり、エネルギーの根源ともなっている。すでに彼は書いていた。民衆自身の「自己権力」である「日本的自然」を底にしたナショナリズムのエネルギーにこそ変革の主体があると。

私はここで、彼がこれより10年前に回想的に口にした「世なおしの発想」という言葉を思い出す。かつての清水は、左翼として「世なおし」に参加した。こんどは、右翼として「社会変革」を夢みる。もちろん彼は、自分が右翼であるとはひとことも名乗ってはいない。しかし、私の貧しい常識では、ナショナリティを基盤として社会の変革や革命を志向する者をさして右翼とよぶ。多くの場合、彼らの思想は国家主義と表裏一体であった。だが、左翼にだってアナーキストもいれば、スターリニストもいる。純正右翼のような存在を想定すれば、清水昶がここでのべていることは、彼らの主張とぴったり重なりあってしまうであろう。いうまでもなく、左翼だの右翼だのといった名称などはどうでもいい。こだわっているのは清水自身である。

わたしは正統な左翼ナショナリストの出現を期待しているのかも知れない　おだやかな喜びや悲しみが渦巻いている巷がそのまま「国」になるような夢への賭だ
そこに熱狂はいらない　だから詩もおだやかな生の根拠を求めるために熱狂的に書き継がれてしかるべきなのである

（「呪文の家」最終連）

清水は学生時代に「インター」を歌ったことがなかったのか、国境を超え民族を超えるのが左翼的本質であって、国境も民族も超えようとしないのがスターリニストの特徴のひとつじゃないのか、などと学生論議みたいなことはいわない。左翼とか右翼とかといった言葉が失効して、すでに久しいのだ。しかし、それでは、なぜ清水昶は、「正統な左翼ナショナリスト」などといった奇妙な言葉をつくりあげてまで、「左翼」にこだわるのか。「正統な右翼ナショナリスト」を名乗ったところで、だれが清水をファシストや国家主義者と取りちがえたりするものか。黒田でさえ反論のなかで、〈あなたに「民族主義者、国家主義者という大それたレッテルを貼ったりなどはしていない」〉と言っているくらいなのだ。

おかしなこだわりが読者をとまどわせ、黒田をより激怒させた。そして、純正右翼ナショナリストのつづる言葉として読んでこそ、ここに私が引用した清水の文は人々の胸にしみこむ。〈加害の目〉とか〈攻撃的なナショナリズムの「論理」〉などと口にするわりには、清水の文章は民衆的でないし、社会変革のエネルギーも感じとれないのが残念であるが、それはまた別の問題であろう。私たちは、ひとまずは素直に清水の到達した（してしまった）あらたな心境に大いなる祝福をおくればよいのだ。

私は、「求道の詩」という詩論で清水が用いている言葉を、「魂のふるさと」「喪失の青春」「世なおしの発想」「貧しい言葉」「意味ある世界」（への希求）という図式に並べてみた。初期の詩にみられる彼の〈不幸〉はこの図式のなかから生まれてきた。だがいまやこの図式は、〈生きる親和力〉にむかって大きく修正（改善）された。たとえば、「魂のふるさと」＝「日本的自然（独特な人情）」、「世なおしの発想」＝「民衆のエネルギー」「ナショナリズムの正統な権力」（への志向）というように。かつての詩論で清水が書きつづった転向の「物語」は、ここで最終的な場所に落ち着いたのだ。

ふりかえってみれば、黒田が激怒することもなかった。観念的な革命思想にとり憑かれた学生運動活動家が挫折し、転向したのち、中年にさしかかって日本的自然や民衆の生活それ自体に先験的かつ絶対的な価値を見出すようになるというのは、これまたきわめてありふれた「物語」である。というより、私たちの周囲にはそれぞれもっともらしい「物語」をうちに抱えこんだ転向者たちがひしめいて、価値ある「生活」の持続にいそしんでいる。

戸坂潤は、「日本主義・東洋主義乃至アジア主義・其他々々と呼ばれる取り止めのない一つの感情のようなものが、現在の日本の生活を支配しているように見える」という言葉で、「ニッポン・イデオロギー」への批判をはじめている。戸坂がこの論文をふくむ『日本イデオロギー論』を出版したのはとおく戦前の１９３５年のことだったが、こうした亡霊が70年代の中頃からまた顕著に現れはじめたことの象徴的な出来事として黒田・清水論争は記憶されるかも知れない。ただ、清水がことさら注目を浴びたのは、意識してか無意識からかはわからないが、結果的には、こともあろうに師匠格とみられていた黒田喜夫を批判するという、一種のパフォーマンスとして「日本的自然」（戸坂潤が主として批判したのは「日本精神」なるものだったが、名称はちがってもこれらふたつはほとんど同じしろものである）への思い入れを主張してのけたからだ。もしこれを意識的にやってのけたのだとすると、ある意味で卓抜な戦略であるといわなければならないが、それはともかくこうして彼は詩壇における永久非転向のポジションを確保することになった。

このパフォーマンスに生まじめにつきあわされた黒田喜夫については、気の毒というよりほかはない。けれども、〈生きる親和力〉の獲得へむけたこの過程で、清水昶自身が支払わなければならなかった詩的代償もまた大きかったのである。

Ⅲ

マガジン的

詩集『疾走の終り』の詩人支路遺耕治は、60年代の半ばから大阪の地で詩誌『他人の街』などを創刊、ビートジェネレーションの影響を受けて長大な作品を発表しつづけた詩人である。

私たちのような世代のものにとっては、彼の活動を抜きにして詩を振り返ることは出来ない。60年代に活躍していた若手の詩人といえば、天沢退二郎や菅谷規矩雄ら『凶区』の詩人たちが目立つ。けれども彼らより年下の私などがもっとも共感を持って読みふけったのは、むしろ支路遺たちの作品だった。だが、作品だけでなく鋭利な詩論によっても詩の状況を切り開いていった天沢や菅谷と対照的に、詩のことばをあくまでも〈肉体〉として生き続けた支路遺は、とうてい詩のイデオローグにはなれなかったし、なろうともしなかった。そして60年代の終焉と歩調を合わせるかのように、いったん沈黙してしまったのである。

支路遺より2歳年上で、41歳で夭折した山本陽子という詩人がいる。60年代から70年代半ばにかけて徹底した言語ラジカリズムをつらぬいた山本を、後に絓秀実は、「意味を逃れようとする言葉、空隙、読点等は、スクリーンにきらめく光の粒子のようなもの」であり、「読むことの不可能な詩作品に対して、その不可能を読むことこそ詩的な感性である」と指摘しつつ「日本の近・現代詩史が持ちえた最大の詩人（の、少なくとも一人）である」と高く評価した。渡辺元彦や田川紀久雄の尽力によって全集（全4巻、漉林書房）が刊行されたのは、その評価に見合うものだろう。

この全集を編集した渡辺は、山本の「遥かする、するするながらⅢ」について、「［主体‐対象］的自己の解体は、この激しいプラズマのような韻流場でこうして徹底的に実現され、そうして同時的に最後の痕跡たる意味もこのようにして爆破されたのである」と解題・解説に書いている。この視点からすると、「日本」などという限定をとりはらって、世界の近・現代詩史において最大のというべきだろう。しかし生前には、ほとんど評価されることがなかった。

支路遺と山本との共通点のひとつは、ほとんど詩論を書かなかったことである。詩人が詩論を書くことの陥穽を直感的に悟っていた。またふたりとも多作で、洗練さや凝縮性、読者受けするテクニックとも無縁であった。彼らが詩壇ジャーナリズムであまり取り上げられなかった理由はほかにもあるだろう（とくに山本の場合は、本人のほうで商業誌への掲載を拒否したという事情もある）。しかしながら、『凶区』の詩人たちよりも、むしろ支路遺や山本の詩的営為こそが、40年代に生をうけた私たちの詩意識を支えていたのだと、今になって思いあたる。

支路遺耕治やこれも故人となった恵口烝明らが刊行していた詩誌『他人の街』を、彼らは「リトル・マガジン」と称していた。たかが数人のメンバーによる薄い詩誌を「マガジン」と呼んだ意識のうちには、狭く閉じた同人誌としてではなく、彼らの住んでいた〈おおさか〉という土地での開かれた詩の場を形成しようとする意志がこめられていたはずだ。

時代も雰囲気もまったくちがうが、今日、詩的な〈場〉を形成している詩誌のひとつは、Poetry Magazineと表示された『トビヲ』である。この詩誌では、毎号「マガジン」であるためのいろいろな努力が続けられている。ある号では、「なつやすみの読書感想文」と銘打って書評を特集。「現代詩向上委員会」では、「官能（エロティック）に挑戦！」し、さらに女性同人3名の「漫画喫茶体験レポート」を掲載するなど企画が盛りだくさんだ。かつて同人の日録が巻末に載せられて人気を呼んだ『囚区』と共通する編集傾向がある。

こうした、涙ぐましいまでの努力によって（ただ楽しんでいるだけかもしれないが）、読者の眼前に浮かび上がってくるのは、東京という大都市（〈おおさか〉も大都市ではあったがそれとは異質の）における30代詩人たちの日常的で等身大的な姿であり（ただしほんとうの日常でも、等身大そのものでもなく仮構されたものだが）、どうしても知識人的な匂いが充満してしまった『囚区』とちがい、大学生のサークル的なノリであるところが、いかにも現代っぽい。

川口晴美の散文詩「天気雨」。起床して、台風のニュースを報じているテレビを眺め、身支度をし、駅で女友だちと待ち合わせていっしょに海を見に行くといった日常のひとこまを、「横たわったまま手を伸ばして窓を開けると湿った空気が雪崩れ込んできて瞬く間に二の腕から首筋にまでざあっと鳥肌がたつ」とむだのない文体でたどる。

具体的な生理感覚、とくに「汗ばむ」「濡れる」「粟立っていく」「舐めてみたくなる」「肌は胸のところで触れあった」というような、湿ったものへの鋭敏な感覚が展開の指標となっていて、それはテレビのなかの大雨の映像や駅のハンバーガーショップで飲むコーヒーといった「液体」とも重なり合い、作品の統一感を際立たせている。直接は描かれないが、目的地が丘の向こうの〈海〉であり、その「世界の果ての断崖に似た輝きが私たちにもうその先はないと告げる。そこで私は私の卵を殺すのだ。ていねいにひとつ残らず」という危うい想いを「私」が抱えていることにもそれはしぜんにつながっていく。

執拗に身体感覚を表出しても、けっしてそれに淫してはいない。全身が汗ばみながら、「うまく呼吸のできない躰は遠い」「私はくしゃみをする。乳首がかたく尖っている。寒いのだろうか。それとも生理が近いせいなのか。私にはわからない。遠い躰」と、自己の身体への距離感もくりかえし書き込まれている。自己からの自己の身体への遠さ。ここに川口の作品がもつ現在的な意味がある。

水越聡美の書評「『ボーイハント』――乾く昼と不眠の夜」は、「男」「乾き」「人称」と抽出した項目を手がかりとして、川口晴美を内在的に読み込んでいる。川口の作品では、限りない「乾き」と束の間の「濡れ」、そして「眠り」と「不眠」が交差し循環して2重螺旋の構造になっているという水越の指摘は、先にここでみた新作「天気雨」を読むときも参考になるし、『ボーイハント』の「わたし」が、〈実は女でも男でもなく、乾いている昼と眠れない夜を抱えながら生きていく人間であり（そして渇きと不眠はけっして満たされない）、『ボーイハント』は痛々しいまでのいさぎよい決意で孤独を引き受けてゆく、一人きりの複数の「わたし」へと捧げられた詩集なのだ〉という結論も説得力がある。

『トビヲ』と同じように、北川透と山本哲也が編集する『九』も多種多様な連載コラムや招待作品などが巧みに組み合わされていて、気楽に読んでたのしめるマガジン的な内容となっている。北川の連載時評「死んだ巨樹の根っこのようなもの」は、米英両国によるミサイル攻撃を取りあげ、湾岸戦争とどうちがうのかと問う。

湾岸戦争に触発されて書かれた戦争詩が露出させたものは、戦争ではなくたんなる空虚であり、詩人が立ちうる位相は、個人的な悪意やいかがわしさ、不真面目さ以外にはない、それのみが絶対正義の主張に回収されることを拒むと前置きした上で北川は、米英のイラク攻撃が湾岸戦争を上回る規模をもっているのに、マスコミが戦争とは呼ばず〈攻撃〉や〈作戦〉と呼んだ不合理を衝く。

北川の正論に、多くの読者は強く同意せざるを得まい。それが当然である。ただ私はどちらかというと、おなじ『九』のなかに並んでいる連載コラム、たとえば「生きているのか死んでいるのか分からない状態」を描くのがうまかった漫画家の岡崎京子について書く二沓ようこの「はかたがめ煮」やRPGの「ドラクエ」や「ファイナルファンタジー」について生き生きと語る渡辺玄英の「『ロールプレイングゲーム』にときめきを」などの語りに、私たちの生きているこの時間と濃厚にクロスするマガジン的な感触をおぼえてしまう。こう感じてしまうことじたい、北川透の文脈でいえば湾岸戦争以来（いや本当は日露戦争以来だと思うが）、私たち日本人が〈鬼畜〉になってしまっているということの捩じれたあらわれに他ならない。ただ、政治権力やマスメディアの中枢を奪取しない限り、捩じれは戻らない。

エッセイや軽いノリの座談会によって、『フットスタンプ』もマガジン的な雰囲気をもつ。「おまえが焼け爛れて枯れたひまわりの首を／いくつもいくつも丹念にもぎながら発する声よりも／ことばが昨日の夢の切れ端を載せて歪んだ列で／さきに行こうとするんだ」と書く池田敏晴の「ことばがさきに行くんだ」がおもしろかった。

雰囲気が正反対の、つまり軽くないのが『COAL・SACK』。ぎっしりと作品がつめこまれ、エッセイや批評、連載評論と読み応えがある。鈴木比佐雄の評論「戦後詩の流星と流民」で鈴木は、「自らの土壌を確認しつつ、そこを相対化する他者の視線を自らに課し、異質な他者の突き詰めた試みに呼応していく」のが詩人だと論を始める。この「他者の視線」を内包した思考こそが、日本人にいちばん欠けたものであると私も思うから、同感である。鈴木はさらに、『若い荒地』を書いた田村隆一が、中桐雅夫の「ナチス詩人」礼賛記事を意識的に隠蔽し、しかし詩人の良心から、代わりに掲載した鮎川信夫の日記に真実の手がかりを忍ばせたのではないかと推測している。ふだんの田村に詩的な「良心」などあったかどうかは疑わしいが、「詩人の良心」という言葉でいえば、田村が鮎川や中桐の作品に詩人としての違和感をもっていたことは確かだと別な点から私も思う。『荒地』の詩人たちについて考えるときに、たんに戦後のみならず戦前・戦中の活動の流れをも視野に入れた考察が必要であることも鈴木の言うとおりである。

鈴木はさらに、鮎川や中桐に対して独自に彼らの限界を突破する道を探り続けたのが田村であったと両者のちがいを強調し、田村の詩も『荒地』という枠組みを取り払って読まれるべきだという。この指摘にもまったく異論がない。私が『田村隆一——断絶へのまなざし』(82年)で書いたことのモチーフのひとつも、田村と鮎川の詩人としての異質さということであった。「鮎川は、最後の帝国主義者です」というある座談での冗談めいた田村のことばが事の核心を射ている。もちろんここでの「帝国主義者」という用語に政治的な意味のないことは留意しなければならないが。

けれども、『荒地』の詩人たちの孕む問題点についての鋭い指摘が、後半では『列島』の詩人たちへのほとんどまるごとの肯定的な評価へと反転していくプロセスはよく理解できない。この評論は「戦後詩と内在批評」という連載の一部ということなので、おそらくここにいたるまでのいくつかの過程はあるのだろうが、すくなくとも『荒地』の個々の詩人たちに向けたきびしい視線は、『列島』の個々の詩人たちにも向けられるべきであろう。

このことにかんしていえば、『関西文学』での「詩時評」で倉橋健一は、〈半世紀を詩史的にたどるのに、『列島』『荒地』というふうな、あいかわらずのグループを基幹とした発想でこと足りるか〉と指摘し、「そこにみる単性ロマンチシズムにたいする、賛美主義者のめくるめくあこがれにたいする、ある種のもどかしさを感じとる」と論じている。詩史をグループでたどるなという倉橋の批判は、鈴木の『荒地』に対する視線と重なる。ここで倉橋は、『荒地』の同人が個々でちがっているように、『列島』のメンバーもまたいろいろで、詩的認識に強弱があるといっているのだから、鈴木には『荒地』に対峙すると同様の視線で、『列島』に対しても個々の詩人たちの固有の位相に向けた論を期待したい。

私はここで「マガジン」を、複数の記事が一定の編集方法のもとに同時掲載されているものすなわち雑誌の意味で使用してきた。しかしこの「マガジン」なる語は、銃器の好きなものであればまったく別な意味、すなわち銃器における弾倉とも受け取るだろう。発射するときに弾薬を保持していて、すでに装填されている弾薬が発射されたあと、自動的に供給されるためのもの。撃ち合いの途切れた隙にオートマティック（銃）の弾倉を素早く交換するシーンは、アクション映画の見せどころである。この弾倉がマガジンと呼ばれ、かつては火薬庫の意味で使われたこともあった。

この意味でのマガジンあるいは火薬庫を連想させるのが、個人詩誌の極北に徹する広瀬大志の『妖気』である。収められているのは広瀬の長詩「血まみれ砦」のみで、形態がひどく特異だ。宇野和幸の「LANDSCAPE OF MYMESIS」という強烈な絵に挟まれA４版20ページほどの詩篇が、製本されないままバインダーにいれられて差し出される。まるで京極夏彦の長編小説のシーンにも似て、荒れ果てた庭のなかに不気味に浮かび上がる廃屋の残骸。そこには「山犬切」とか「祝いを呪う／呪いを祝う」という既刊詩集のなかの詩句が書き込まれていたりもする。そうした宇野の絵に挟まれて広瀬の「血まみれ砦」は綴じられることなく存在する。読者がちょっと手を滑らせただけでバラバラと地上に落下してしまいそうなほど不安定な20数枚の紙片である詩篇。闇のように遠く近く、限りなく薄い場所。それが『妖気』である。

（吊るし続け）
行方不明の
（真夜中に）
居場所を探す
（悲しみの）
この砦に
（「はじめまして」）
笑顔を返す囲い
（切り離して歩かせてみろ）
獲物は遍歴の中身だ
（本当に持っているのか）
死は心を持っている
（蹂躙された泉のように）
我々は歩くたびに
（災厄をくべながら）
心に近づいていくだけだ

（「血まみれ砦」部分）

この作品が読者にあたえるいちばんの衝撃は、主－客としての読者と作品の、予定調和的な関係をいきなり揺すぶられる、というより破砕されることからくる。この点で広瀬は、すでに「［主体－対象］的自己の解体」を敢行した山本陽子とも類縁性をもつ。「血まみれ砦」のことばは、紙という〈薄い場所〉に納まることなく絶えず私たちを侵犯し、私たちのなかに「居場所」を探す。「吊るされ続け」るのも「吊るし続け」るのも、作品のことばであり、どうじにそのことばを目にする読者である。広瀬大志の詩を読むということは、肉眼に視えない惨劇や耳に聴こえない悲鳴によって底なしに薄い場所へ引き込まれつつ、バラバラと散らばり突き刺さって来ることばを、マシンガンによって連射されるまで全身へ浴び続けることなのだ。

詩を読むことで予定調和を不意打ちのように揺すぶられ、血まみれとなり、自己と作品のあいだに確固として存在していたはずの安全無害な遠近法を喪失してしまう恐怖。個人誌『妖気』は、固有に形成された詩の砦へと近づくものを否応なく引きずり込む磁力と深みと広がりをもつという点で、実は、おそろしいほど両義的な「マガジン」である。

余白、あるいは効率性

『今昔物語』に題材をとった武子和幸の「衣魚」（『白亜紀』１１１号）は、短い散文詩だが、芥川龍之介の短編を詩に凝縮したような鋭い切れ味がある。元の話では、ある若い僧が読経しようとするたびに、経のなかの3行だけはどうしても失念してしまう。何とか最後まで読経させてほしいと願っていると、夢のなかの老僧から、「おまえが前世で衣魚であった時に、お経のなかに入り込んでその三行を食べてしまった。だからそこだけは読めない」と言われる、かなり人を食った話だ。

最後は老僧の力によってめでたく終わるこの話を、武子は大きく逆転させる。まず、僧の読誦は、眠りのなかでおこなわせる。「そこに閉じ込まれている世界の幻を開示する」ために。すると、一幅の水墨画が現出し、読誦の声が画布を切り裂いていく。その裂け目から人間くさい集落の光景が見えてきて、僧は思わず声を呑み込んでしまう。

呑み込まれた一筋の読誦の道はそこでふ
と途切れ　その先は深く抉れた欠損の崖
地平に向かって空白が輝いている　典籍の
開示する世界に生きている男にとって　峰
にかかる織月ほどの欠損も墨の世界を脅か
す恐怖の根源だった　やがてさらに三行の
文がアルツハイマー氏の歯のない笑いの中
に消滅していくだろう。

（部分）

ことばが途切れた時、そこから空白が輝く。光が風景を呑み込み、僧は眠りから目覚める。『今昔物語』では、老僧の力によって読誦が可能となる。しかし武子の作品では、夢から覚めても救いは存在しない。

彼はただ魚のように身をくねらせて　ひた
すらこの世が生まれる前に置かれてあった

暗い典籍をむさぼり食っていた

ここではむしろ夢のなかでこそ「日々のなりわい」が見え、夢から覚めた世界では、「暗い典籍」（＝テクスト）の文字をむさぼり食い、みずから空白を拡げていくほか生きるすべはないのだ。もちろんここでの「典籍」を詩書に置き換えることもできる。テクストのことばをむさぼり食い、この世に虫喰い穴を拡げる。それは絶望的な行為である。だがことばによって「世界の幻」を現出させることで、現実の姿も見えてくる。「空白」から「墨の世界」へ、過去から現在へ、幻から現実へ、と無限に往還し続けるという徒労の行為。その持続に耐えるほかはない。対照的な読後感をもったのが、野村喜和夫の「観音、湧出、」（『HOTEL』34号）だ。

核のまわりを、分子がめぐって、
だれかさんの、
一睡の、夢のなか、
まんべんなく、摩耗、
まんべんなく、摩耗、
どうして私、こんなところにいるんだろう、

とか、曼荼羅ですねえ、
アオキの木の、
ヤブツバキの木の、
上つ枝をめぐり、
下つ枝をめぐり、
咲く曼殊沙華、
卒塔婆ベクトルの和や積、
淡い陽射しに梳かれて、
金環食のような、猫たちの柔毛
（部分）

「まんべんなく」→「摩耗」→「曼荼羅」→「曼殊沙華」などなど、ことばの流れがとても心地よいので、うっかりするとどこまでも引用してしまいそうになり我に返る。このあと間もなく、タイトルになっている「観音、湧出、／観音、湧出」という2行が来るのだが、「観音」や「湧出」を意味として重く受け止めて解釈する必要は、あえてないだろう。

夢と現実の間に深刻な断層を走らせる武子和幸とは対照的に、野村のこの作品では「一睡の夢」と「街」の路地の区別もよくは見えない。いや死者と生者の区別さえつかず、ことばはさやさやと「まんべんなく」浮遊し、散乱している。奇妙なまでに明るく、それでいてなぜか諦念にも満ちたようにあっけらかんとことばが動いていくので、かえって読む者の知覚に不吉な印象をあたえる。

武子の「衣魚」も野村の「観音、湧出」も、細かなところまで神経の行き届いた秀作である。1字の空白や読点の有無までおろそかにしては読めない。ただ、気になる点がある。どちらの作品も2段組で印刷されていることである。

物質的に言い表すなら、作品としての詩は、たいてい、長方形の（あるいは正方形の）白い（あるいは黄色やピンクの）紙の上に（あるいは板や壁の上に）、黒インク（あるいは青、赤、緑、紫のインクまたは塗料）で印刷された（あるいは手書きされた）ものである。

たいていの詩人は、白紙のページ（あるいはモニター）と向き合い、そこに文字を書きつけて（打ち込んで）いく。地面を釘で引っ掻いても、鑿で金属板に刻み込んでもかまわない。形式が行分けでも散文でもいい。まったく何でもいいのだ。とはいえ、はじめから1枚の白紙に（モニターに）、2段に渡って書こうとするだろうか。いやスペースが足りなければ2段に渡って書くことはありうるだろうが、私がいいたいのは、脳裏に浮かび上がってくる（あるいは指がついキーを押してしまった）文字を紙やモニターに定着させる際の視覚のもんだいである。

たとえば2段で印刷されている「観音、湧出、」の場合、書き出しの3行は1枚のページの

なかで、

街の、衣の、　　　　　　上つ枝をなし、
いちまい、下の、　　　　下つ枝をなし、
虹は、蛇だ、　　　　　　その石にかかる

となる。実際にはもっと両者の詩行は離れてはいるが、それにしてもまさか上下の視覚的な照応関係まで計算して書かれたわけではあるまい。しかし読者には、上下別々の詩行が同時に視えてしまうのである。

詩人のなかには、たとえば『暗射』の佐々木美帆のように、ページ全体にことばを幾筋にも走らせて、結合したり分離したりして、動的なインスタレーションのように1篇を構成する詩人もいる。

あるいは森鷗外の『うた日記』の冒頭は、

情は刹那を　　命にて
きえて跡なき　　ものなれど

記念に詩をぞ　残すなる（「自題」）

と書き始められていて多少は似ていないわけでもない。ただ、鴎外には1行を3段に分けた作品もあり、空けの文字配置は充分に意識されている。野村の作品にそうした意図が感じられない以上、おそらくはただたんに行数の多い作品なので2段に組まれたのだろう。

私が組み方にこだわるのは、とくに行分け詩の場合、文字という黒い痕跡とページ余白の白との配置関係が視覚的に重要だと思うからである。「あの白い紙は、黒い魂をもった活字と活字のお互いが、それぞれ最高の組み合わせ方を持って何処かに隠れようとしている「鬼ごっこ」の秘密の場所です」（埴谷雄高）。些細なこだわりのようにみえるかもしれない。しかし、アンソロジーならともかく、個人詩集で2段組の詩集はほとんど見たことがないし、武子や野村もこれらの作品を詩集に収めるときには、1段組にするであろう。余白を大切にするはずだ。なぜ詩誌では2段で済ませてしまうのか。

若松丈太郎の「村境の森の巨きな神人」（『宇宙塵』2号）は、5つの連からなる行分け詩。第2連を2字下げ、情景をあらわす散文詩形の第4連だけは12字下げで組まれている。しかし2段組みであるため、行の並びがガタガタになった。この作品の前後に掲載されている作品が、きれいな1段であるところを見ると、この詩誌でも見開き2ページに納まらない作品は2段組み、という原則があるのだろう。同人誌における印刷費用分担の公平さという観点からすると、こうした処理について理解できないわけではないのだが、しかし経済効率だけで2段組みにしてしまうのは、少し（いや大いに）かなしい。詩の雑誌など、はじめからどうやっても経済効率とは相容れない存在である。2段組みでいくばくかの印刷費を節約してみて、それでどれほどの効果があるのだろうか。詩と読者の関係は、本来、いちどかぎりの出会いなのだ。

その点で、武田肇の編輯する『GANYMEDE』16号は、経済効率への配慮などまったく放棄してしまったのか、豪華そのものだ。雑誌としてのスタイルからして左右を狭めたA5変形、小口を裁断しないフランス装、クリーム色の上質紙というように、凝りに凝った300ページに近い詩誌。雑誌というよりはほとんど1冊のアンソロジーに似た印象を受ける。行の字数が多く、片仮名や漢字それに英語まで添え字に使用した吉増剛造の「〝残しておきたい〟、《蛇籠の木、……》」のような、記憶と現在、死んでいるものと生きているもの、などが渾然一体となって魅惑的なことばの時空を現出せしめている作品が、美麗な作りの詩誌だからこそよく生きてくる。

とうてい再現しがたく残念だが、旧字・旧仮名で書かれた武田の長編詩「既視の庭、または whipping boy」も、見開き2ページという長方形の白い広がりを、詩のかけがえのない場所として明確に意識したうえで書かれている。whipping boy とは、王子の身代わりとなって鞭打たれる学友、一般的にいうとスケープゴードのことらしい。詩人の〈既視の庭〉のなかで、この鞭は不意に跳ね返る木の枝の動きと同期し、少年たちの足取り、足音（フットステップ）となり、太腿の、輝く残像となる。写真の「薄片」から夏の陽が裂けていく。

イメージの動きのエロティックな感触。繊細なことばの韻きやリズム。空白や行替えだけでなく、活字のサイズまで計算した文字のレイアウト。そうしたものが生み出す総体を味わうには、『GANIMEDE』そのものの誌面を視るしか、そして読むしかない。「藁の繊維に／少量のミツマタ、コウゾの繊維をまぜて／漉いた／この繊維から既に文字が出たがつてゐるのがぼくには分かつた／この文字の音、草の音／を、ぼくの軀に聴かせてあげたかつた」というように、いつだって作品と読者の関係は、今ここでのたったいちど限りの貴重な出会いとしてある。再会など、まず覚束ないと決めて読むべきだ。

形態がやや正方形に近い古根真知子の個人詩誌『コレクシオン』3号の、「推移」という作品。

ささえきれない
余白
狙うものは

指先から逃れる
ことばの
破片

こうして余白とことばの関係がまず提示される。白いページのなかで文字（＝ことば）が静かに美しく動いていく。連載評論「ことばのおくの扉3」で古根は、詩を書くものが無意識に抱く「ひそやかな意向」を指摘した上で、「詩を書き終えるとは、いつも彼方にあって限りのない漠としたものを、作品という全体のうちに表現し終えることであり、このとき、表現された曖昧さは、全体としての意味を内包する熱せられたイメージとして、夢のように全体から浮かび上がってくる」と書いて、詩が書かれる内発的なプロセスと展開を、明晰に対象化しようと試みている。

作品の「声」

声が聴こえてくる。何人かのおばあちゃんたちの声が。にぎやかに交わされるその会話によると、「あそこ」では今も「いろんな匂い」がしているらしく、その匂いをおばあちゃんたちは嫌がっている。

あそこじゃ今も
いろんな匂いがしているかしら
ごはん炊くでしょ
みそ汁つくるでしょ　あー、お魚
あたし　生魚にはとうとう触れなかった
どーしてもだめ、

（中略）
生きものは死んだらあっという間に腐る
ちゃあんと腐るの　なんだって
（渋谷美代子「反故」前半部、『蛇蝎』56号）

食事の匂い、赤ン坊の乳臭さ、草や土のような自然そのものの匂い。つまりそれは生の証となる匂いといっていいいが、それを年老いた女性たちは、どこか楽しげにはしゃぎながら、しかし嫌悪している。

おそらく「あそこ」とは、私たちが生きている現世のことだろう。この声は、すでに死んで「あそこ」にはいない女たちの声だ。「死んだらあっという間に腐る」はずの女たちが、腐らずに、あるいは腐ったまま、こうして勝手なお喋りをしている。

両手に買い物袋なんかぶら下げて
ぼんやり
信号待ちをしていると
ふっとにぎやかな声が聞こえたような気がして
思わず空を見上げてしまう

（中略）

いつか
わたしが反故にした
（陳腐な思いつきが嫌だった）
宇宙船「シルバー星」の
ゲンキなおばあちゃんたち！

たしかに　けらけら
——あいかわらずの
わたしの声もまざってて

（後半部）

日常のふとした空隙の瞬間に、空の向こうから宇宙船に乗ったゲンキなおばあちゃんたちの声を聴く。自分が反故にした物語の人物たちだから、正確には「聞こえたような気が」する。もちろん「宇宙船」とは、死んでしまっても完全には死ねない老女たちが身を寄せ合っている場である。大きなあるいはいくつかの棺桶を想像してもよい。

ここで「反故」というタイトルはいくつものニュアンスを帯びている。女たちの声のなかに、

「あいかわらずの／わたしの声」もまざっているとしめくくるところがこの作品の絶妙なところである。というのも、この最終行をよんだ後で初めから読み直したとき、「反故」という作品は発話者自身の生の意味を、あるいは生の場を問う、きわめておそろしい質を秘めたものに変貌してしまうからである。

さらに興味深く思われるのは、「反故」という作品における「声」の在り処である。ここでは複数の声が交錯している。「どーしてもだめ、」「なんたって赤ン坊だわね」「わかるう?」「こないだも聞きましたよ」といった話しことば。ここからは、確かに、にぎやかなお喋りに興じる老女たちの会話が「わたし」も加わって彷彿と浮かんでくる。では、この作品を作者が実際に朗読したらどうだろうか。ここで交錯する「声」が、私たちの肉声を通じて、より生き生きと響いてくるだろうか。

詩におけることばと朗読されたことばは、おなじ「ことば」ではあってもまったく別のもので、「文字」と「声」のあいだには深々とした断層が走っている。作者自身が朗読しようと、複数の読み手が老女たちに扮してリアルに語ろうが、エクリチュールとしての「反故」を読んだときに読み手に聴こえる〈声〉とは一致しえない。肉声とは本質的にちがうのである。

長嶋南子「からす」(『すてむ』14号)での「声」はどうか。

男には二番目の妻がいる
二十六年間連れ添っている
おかあ　おかあと呼んでいる
寝たきりでひとりの昼間
誰もいない部屋で呼んでいる

呼ぶ声が
二番目の妻のからだに染みついてしまった
仕事先で働いていると
どこからか呼ぶ声が聞こえてくる
おかあ　おかあと呼ぶ声が聞こえる
仕事の手をふっと止めて空をみあげる
またからすが鳴いているなと思う

寝たきりで何もできない男にとって、「二番目の妻」の名を呼ぶほかに、生きる方法はない。「おかあ　おかあ」と呼び続けるその哀れな声を、呼ばれ続けるほうの妻は、どうしようもなく、カラスの鳴き声として聞いてしまう。グロテスクなユーモアというべきこの作品で、作者の腕のみせどころは、「おかあ　おかあ」と妻を呼び続ける声が、男の声でありながらカラスの「カア　カア」としても読者に受けとられうるかどうかということだが、私にはこの多層の声が聴こえてくる。しかしこの多層の声も肉声では嘘くさくなってしまうだろう。

声と文字の断層について、立木早「鳥の場所まで」（『鰐組』167号）はこのように書く。

鳥のことを覚えているか
昔
たくさんの鳥がいて
たくさんのことばをしゃべって
そして
黙り込んで墜ちた
切られた声をつないでも
今のあのことばにしかならなかった
けーんけーんけーんけーん
くっくっくっくっ

ばうばうばう
こうして文字にしても
鳥の声にはならない
（部分）

ここから感じとれるのは、声と文字とのあいだに存在する決定的な齟齬である。かつて鳥たちの歌い、しゃべった「たくさんのことば」、身体を耳にしてそのことばを聴こうとしても、もはや聴くことはできない。いくらその声を文字に起こしても「鳥の声」にはならない。
時野慶子「Inner Light」（『螺蔓』12号）を読んでみよう。

Inner Light
光の息
Inner Light
光の呼吸
Inner Light
光の息吹

天降《あも》る　ひかり　ひとつ
　天飛《あまと》ぶ　ひかり　ひとつ
　　わたしたち
光より生まれ
　光に還ってゆく
命の　息の霊《いち》の　じゅんかんが
　天球をまわし
（中略）
　天降《あも》ーる　光
　　amour　光
　母《おも》の　光
天飛《あまと》ぶ　光
（後略）

タイトルの Inner Light は、たとえば「内なる光」でも「インナーライト」でもしっくりこない。あくまでも Inner Light であることで、次行におかれた「光の　息」や「光の　呼吸」

「光の　息吹」と、ことばの像や響きが呼応し合い、重なり合う。この作品で生み出されている内的な〈声〉は、表記による特殊な効果と分かちがたい。とりわけ、「命の　息《い》の霊《ち》のじゅんかんが」では、「命」と「息《い》の霊《ち》」とが、「天降《あも》ーる　光／amour　光」では、「いのち」「あもーる／アムール」と響き合っている。「あもーる」は、ア・モール mort すなわち「死」、「アムール」amour は、「愛」を意味し、視覚と聴覚、文字と声が思いがけないかたちで出会い、交錯し合って、微妙な効果を醸し出している。

　文字と声にかんして柏木麻里は、「人称の渦へ」（『明空』3号）のなかで、「語りと文字の出あいの文学」として『平家物語』をとらえたうえで、

> 語りと文字の出あいとは、単純に朗読に結びつくものではない。海綿に含まれた水が、さまざまな穴から染みだすような、声、語り、話者、聴き手、文字、言葉、それらの交叉しあったもの。自在に入れ替わる、ゆるやかに混濁した人称、それが混ざりあいながら動いていく、運んでいく大きな渦。ここには、時を超えて、言葉をたよりに経巡っている「わたし」たちがいる。その循環のなかで、生のほうへうまれたり、死のほうへ出ていったりする「わたし」たち。ここに含まれる「わたし」の重層的な出あいの場について、いましばらく考えてみたいと思う。

と書いている。語りと文字について、感性と思考とが一体となって動いていく見事な文章である。柏木のこの繊細な考察を受け止めたうえで、これまで引用してきた渋谷美代子、長嶋南子、立木早、時野慶子らの作品をあらためて読み返したとき、それぞれの作品はさらにあらたな輝きをみせるだろう。

そして、もうひとつの強烈な声。広瀬大志の長編詩「メルトダウン紀」(『妖気』)から響き、立ち昇り、一切を貫通する強靭で悲痛な声を私たちは聴く。

何かが何かを収穫する秩序の
健全性によりかかりながら
燃え落ちる地場への喝采を
溶け広がる痛みへの祝杯を
かつてなぶり殺された獣たちの声に
いまだ私は絶滅すべき未来を負えない
(結果の原因が過去にはないことを)

(部分)

このように、「結果の原因が過去にない」と認識した瞬間、私たちにはもはや絶望することしか残ってはいない。この長大な作品の最後は、「悲しみ」も「痛み」も「言葉」も「妖気」という詩誌も、「広瀬大志」という名の詩人も、「詩」そのものも、あらゆるものすべてが「メルトダウンメルトダウン……」という呪文のようなことばの渦に埋め尽くされて終わる。「結果の原因が過去にはない」とは、まさしく戦慄的な詩句であり、その戦慄を広瀬は奔流のような文字=声によって体現してしまった。

人類最期の決定的な〈声〉と言うべき「メルトダウン紀」のあとで、「恒村史郎　往復書簡」(『九』18号)を読むと、「文学と共同体」などの主題をめぐって、千々和久幸、北川透、山本哲也の問いに対する恒村の応答は、つねに決定的な事態に向き合うことからの回避を示しているもどかしさを感じてならなかった。

音楽評論であるが、和田司の連載「33回転の精神史」(『饗宴』20号)での「トスカニーニ2」で、オペラに「複数の声と声」を称揚する浅田彰の浅薄さを、「多くの登場人物を必要とするからといって、それによってオペラの多声性が保証される訳でもない」と切って捨てる論理の冴えは見事だ。和田のもつ果敢な批評精神と論理性、平明な文章力。これに匹敵する詩論がもっとほしい。

＊この後、和田は、『「共同幻想論」批判ノート』（私家版、２００６）を刊行する。それをより展開させた和田の『吉本隆明『共同幻想論』を解体する――穴倉の中の欲望』（２０１２年、明石書店）とともに私が目にするかぎり最も鋭利で誠実な吉本隆明批判の書である。音楽関係では、『変貌する演奏神話』（春秋社）がある。

不在と往還

『Thyrse』6号は、澁沢孝輔の追悼号。多くの詩人たちが追悼の詩や文章を寄せている。なかでも、田中清光の「弔歌」、生涯にわたる朋友が亡き詩人に捧げたこの作品は、たんなる追悼の質を超えて、詩人という存在への思惟を誘ってやまない。

うをう　うをう　うをう　うをう
叫びにならぬ呻きが　わたしのはらわたを引き裂いて走る
とつぜんこの世から姿を消してしまったあなたよ。

と綴り、さらに「Wuou Wuou Wuou Wuou」と呻き声を連ねるのが、詩作において端正なスタイルを特徴とする田中清光であるがゆえに、「この世に残る者の方は　あなたの不在によって、現存という戯れにも似た束の間の生に気づかされる」と書きとめられた死者への切ない想いは、いっそう惻々と胸に迫る。

他にも、飯島耕一、財部鳥子など心に残る追悼文は多かったが、なかでも教え子であったらしい田母神顯二郎の、「先生も、先生と過ごした私の人生の一時期も、もう二度とは帰ってこない。だが、何一つ失われたわけではないのだ」という一節がとりわけ印象的であった。

この美しい文章を勝手にこちらへ引き寄せさせてもらうと、死によってもなにひとつ失われることのないのが、いやむしろその死によってすべてがより鮮明に現出してくるものこそが、詩人という存在ではあるまいか。その意味でも、「澁沢孝輔」は、私たちによってこれからよりくまなく読まれなければならない。

不在をモチーフにした作品では、里中智沙の「百合・めぐる水」（『GANYMEDE』14号）もいい。ガラスの花瓶に生けられた花弁が、水のめぐりにしたがってゆっくり開いていく様子を追いながら、「あなたの不在」を反芻する。開花とともに、葉がかすかに黄ばんだりうっすらと香りが褪せていくありさままでもが微細にとらえられ、その凋落の像は、水ではなく栄養剤や酸素に浸されながら死んでいった「あなた」の最期の姿と重なるのだが、しかしまた花弁を開かせる水の力、そして水を吸い上げる生命の力こそが「わたし」を、悲しみへの拘泥から「外界のひかり」へと連れ出す。

有田忠郎の2作品、「夏を送る挽歌」（『同時代』5号）、「セザンヌの案内人」（『乾河』24号）は、生と死とが微妙に移り変わる様相をとらえる。

夏の回路がどこかで切れて
声という声がボロ布のように
木の枝に吊るされている、蝉の形でしがみつく
ゆうひは灰を撒きながら、宙空を転がってゆく

（「夏を送る挽歌」部分）

こちらは具体的な死者ではなく、季節や時間に関する形而上的な主題を扱っているが、近頃の詩には稀なほどの品格を感じさせる。

死をモチーフとした作品が目につくなか、『ガーレージランド』10号に、瀬沼孝彰という名前をみつけた。執筆者住所の欄にも記載がある。瀬沼はすでに亡くなったはずだから、おそらくは遺作であろう。その「コンクリートの日々」という作品は、連載小説の2回目。「飯田橋、新宿篇」というタイトルで、作者と等身大に見える主人公が夜の路地を、漂流するように歩き回ったり、恋人や男たちと会っては何となく話を交わしたりする日常がたんたんと綴られる。形態的には小説であるが、かつて瀬沼の詩を読んだ時と、ほとんどおなじ印象を受けた。

やっと、身を置くことができる暗闇に蹲っていると、このまま闇の襞に消えていってしまうように思える。崩れた人々の夢の背中に。

こうした箇所など、瀬沼の詩としてすこしも違和感がない。いやむしろ、この詩人が詩においては潔く省略してしまったディテールや書ききれなかったものも、ここからは感じとることができる。同誌、八木幹夫「詩集『凍えた耳』が出るまでのこと」で紹介されている「夜の風鈴」とくらべて読んでみてると、その同質性がわかるだろう。

瀬沼の作品には、よく固有名が登場した。職場の同僚とか、ちょっとした知り合いといったひとの名が。この作品にも、「塚田君」や「中谷さん」「霧子さん」といった名前が出てくる。実際にはいちども肉声を聴いたことがないのに、まるで瀬沼孝彰本人から発せられた〈声〉であるかのように響いてくるのだ。このようにして私たち読者は、すでに不在となっている〈あなた〉と出会う。

さらに、三井喬子の連作「睡蓮の沼」「水仙の墓所」「つまみ細工の／紫陽花の／群落の」（『部分』6号）は、亡き母への複雑な感情と絡み合うようにして書かれている。

揺れる日、火、死体を焼く炎、死んでしまったお母さん。つまらないから、わたくしはガラスの牢獄の鍵をゆらゆら。人喰い鬼などいる筈がない。こんな沼地の午後だもの、人喰い鬼などいるわけがない。お母さん、ここから出ても良いでしょうか。

（「睡蓮の沼」部分）

大きな葉を水面に浮かべるだけで、根茎は水面下に没している睡蓮。おそらくはある強迫観念の場であるその沼からの、脱出あるいは逃亡がモチーフである。だが後半部分の、「お母さん、わたしは多分あなたの大事なものを無くしました。ごめんなさいお母さん。ごめんなさい」という詩句は、やや異様な感じをあたえる。こうした罪の意識は、どこからくるのだろう。「娘よ、とても残念だ」とはじまる次の「水仙の墓所」という作品は、死んだ母からの視点から書かれていて、「娘よ／居なくなったことを／捨てられたとは言わないが／風は風だ／どこまでも風だ」とあるから、この罪の意識は、母を捨てた罪悪感からくるのか。ところが3作目「つまみ細工の／紫陽花の／群落の」には、

わたしのお母さん　わたしだけのお母さん
あなたがわたしを捨てたように
時が取り落とした関係性を
わたしには拾うすべがない

とある。いったい相手を捨てたのは娘なのか、それとも母親のほうなのか。心理劇として読むと私には不可解な要素が多い。にもかかわらず娘と母とのあいだの、まさしく「巧妙な拷問」でありどうじにそれが「許されざる交歓」でもある濃密な情念の交錯は、読むものを魅惑し、呪縛する。深く、暗いものを水面下に隠した睡蓮。ナルキッソス、すなわち自己愛の別名をもつ水仙の花。すべての記憶を濡らす、雨には不可分な紫陽花と、3種類の花のイメージ特性が連作のそれぞれによく生かされている。

同誌には、城戸朱理が「選んだ故郷」「薄紙の光」の2篇を寄稿している。いずれも連作「千の名前」に属する作品で、このところの城戸の旺盛な詩作ぶりには目を瞠るものがある。『GANYMEDE』14号に「青い廃墟」を、『関西文学』10号に「夜の名前」を、吉田一穂の生誕百年を記念して北海道古平町で刊行された『北斗の印—吉田一穂』には「結氷期」を、という具合だ。

たとえば「夭折」という小さな形式のことなど
考えていた。
さえわたるような痛みをなだめて
白い錠剤を噛み
砕け散った鏡のような夜に。
今なら私にも分かるだろう、
音楽は言葉のように。すると
海は立ち上がる。
静かに壊れていくものを
何と呼んだらいいのか考えていた、
終わりのない夜に。

（「薄紙の光」部分）

この連作は、まだ読み込み難いところが私にはある。だが、「青い廃墟」に付したコメントによると、妻ともども交通事故で重傷を負ったというきわめて痛ましい体験が執筆の背後にあるという。

とするなら、「その名はすぐさま裂けて／新たな千の名前となるだろう」（「青い廃墟」）と書かれるとき、その背後にあるのは、実は、詩人自身の身体が裂けたという切実きわまりない体験なのであり、私たちはここに2重の動きを感じとらなければならない。すなわち無数に裂け、分化していく動きと、多様なひとつとして接合され恢復に向かう動きとを。名前を呼ぶものと呼ばれるもの、夢見るものと夢見られるもの、死と生とを。そうしたものの輻輳してゆきかう場が、ことばの書きつけられる薄い場所－作品なのだ。ここには、「壊れる」ことの不安に満ちた感受とどうじに、それと逆の運動方向として、「呼ぶ」というアクティブな行為へ向かう姿勢がはっきりと示されている。そのことが読むものにとっての、何よりの救いである。

個人誌『ぷあぞん』8号での松尾真由美の2作品も、こうした分裂／接合と類似した2重の動きをみせる。

近づいては遠ざかる波の音をかかえながら
反照のように私の領域はゆらぎ
変容する痕跡をしたたかにたどり
あらたに記憶をぬりかえ
乖離をのがれ　封印をかさねていく

（「あざやかな擦り傷　彼方へ」部分）

仮構された「あなた」と、記述する「私」という基本的な構図のなかでことばが表出されていくのだが、両者の関係性はいつも不安定に揺動し、波の音に表徴される接近と乖離という2重の動きをもつ。それゆえ絶えず「私の領域」はゆらぐ。「あなた」の存在は時として不確かなものとなり、記憶さえも変容を重ねる。

だから
足許の方位を
掘りおこす指先の先端から
ひそかに挑発の種子をはぐくむ
やさしい時空の彼方に誘われ
記述のうちに発光するひとすじの吐息を追い
くずれる均衡をかざし中空をただよい
あなたとの接点をさぐっていく
（「同」）

しかしながら、不安定に揺動するということは、逆にいえば、加速や停止を含む多様で可変的な運動性をもつということでもある。仮構した「あなた」に向けて「私」が情動的に開いていくこと、指先の先端から挑発の種子をはぐくむこと。それが記述のうちに発光する吐息を追うという行為と重なり合うとき、作品は、身体性と記述性とが接合されたことばの運動として、生成変化する。

松尾は、『BIDS』6号にも、「儚い憧憬は消失のさざめきにもつれる」というタイトルで散文詩を発表しているが、こちらの行分け詩のほうが速度感の変化のつけ方においてより自在となったように感じられる。

八木忠栄の「銀座を渡る」(『いちばん寒い場所』28号)は、不思議な作品である。作品主体は、京橋川から尾張町へと「銀座」を横断する。

これから何が始まるというのか
誰が何を始めるというのか
わからないはわからない
煉瓦の舗道にパンがにおう
柳がおどる
碧く碧くおどる

泣け泣け、みどりちゃん
柳が風の背すじをこすりたてる
風が悲鳴をあげれば
柳がとびあがる
四丁目から五丁目へ

描かれている風物から判断すると、ここはおそらく戦前の銀座らしく、資生堂や千疋屋あたりを、丸髷を結い煙草を銜えた娘たちが歩いていたり、勝鬨橋がふたつに割れて立ち上がったり、なぜか3階の窓辺で啄木がしょんぼりしていたりする風景のなかを、この記述する主体は（詩人は？）、軽快な足取りで歩いていく。最近の八木の作品になじみのないこともあり、これを読んだだけでは何も断定できないのだが、この作品もまた、可変的な場所と時間に向けて開かれた横断運動を、生き生きと現出させている。「泣け泣け、みどりちゃん」というひびきがとても魅力的だ。

『潮流詩派』177号では、内山加代による台灣詩の翻訳連載、今回はアン・ドヒョンを論じる佐川亜紀の韓国詩人論、多数の詩書を紹介する書評欄と多彩な編集力が目を引く。なかでも出海渓也が連載「『列島』に至る流れ」で貴重な証言をいくつもしている。とくに、詩誌『列島』に影響をあたえた、「具体的なものを分析していって、抽象的なものに到達し、さらにそれを綜合して、ふたたび具体的なものに至る」という花田清輝のアヴァンギャルド・リアリズム論について、花田本人の手によるイメージ図が紹介されている。さまざまな対立物を、複数の焦点をおくことによって対立するまま統一しようと企てるこの楕円図は、ほとんど永久運動の可能性を夢想させていつまでも見飽きない。

〈他者〉化

愛敬浩一は、連載時評「詩のふちで」のなかで、詩人たちが「不可避のもんだい」にぶつかっていないと批判し、次のようにいう。

現代詩が〝閉じられている〟とするならば、それは、不可避のもんだいにぶつかる手前の、気分のところでさまよっているからであると思う。それが、何らかの気分や雰囲気であるかぎり、互いにそれを壊さないようにふるまい、そういう気分や雰囲気を共にする者たちが、ただ群れるだけのことだろう。

（『鰐組』１６６号）

愛敬はどちらかといえば詩論を念頭に書いているようだが、詩作品においても事態は何ら変わらない。いやむしろより顕著だ。毎月毎月たくさんの詩誌が発行され、作者の人生感慨がことばになって夥しく並ぶ。定年退職後の日常雑感や海外旅行の想い出なども多い。『詩論の周辺』での池田實も、「相も変わらずの素朴実在論を払拭できず、だらだらとした日常描写を超えることができない作品が多くの同人詩誌の誌面に溢れている」現状を批判し、「あらゆる客観は一挙に与えられないで、必ず現出を通じて与えられるのである。従って体験によって訂正される可能性のある客観は、体験に対して相対的な存在になる」というフッサールの考え方を紹介している。

「気分や雰囲気」で書かれた作品を頭から否定するわけではない。他者からどう見られようと、まったく無価値な人生など存在しないとおなじように、読者の目にいかに凡庸と映ろうが、書かれ発表されたものはすべて何らかの意味をもっている。最低限、その作品を書き発表することによって書き手がなにがしかの充実感を得るだけで充分に存在価値はある。それを偉そうな顔で貶める権利はだれにもない。

そのことを前提としたうえで、愛敬や池田の指摘がやはり核心をついていると思うのは、「気分や雰囲気を共にする者たちが、ただ群れるだけ」の詩誌が多いからである。大小さまざまな詩の組織や、古くからある大所帯の詩誌(『結社』とでもよぶべきか)に群れ集う詩人たち。彼らが「不可避のもんだい」や独自の詩観へのこだわりによって結び合っているとはとうてい思えない。自分は「詩人である」のだという根拠のない思い込み、あるいは何となく詩らしい

「気分や雰囲気」以外に、共通項として何があるだろう。こうした詩誌の集合体としての「現代詩」たる場が、外部（他者）から相手にされなくなるのはむしろ当然のことだ。

講演録「西脇順三郎と瀧口修造」のなかで鶴岡善久は、「詩人が本質的に詩人であるかどうかということを確かめるのに一番いいのは、その詩人が大きな権力、あるいは大きな圧迫、そういうものに出会ったときに、一体どういう姿勢をとるかということで決まる」として、戦争中に完全な沈黙を守った西脇とぎりぎりの抵抗をした瀧口を比較しながら語っている。「気分や雰囲気を共にする」だけでは大きな権力に抵抗するどころか、まるごと呑みこまれてしまうのは明らかである。その瀧口修造さえ、飯島耕一の『冬の幻』によると「春とともに――若鷲のみ魂に捧ぐ」という詩を書いていたという。

私が『鰐組』という詩誌に新鮮さを感じるのは、固定した同人組織を作らず（と見える）、号毎に参加を募って発行しているからかもしれない。『鰐組』の誌面は、その都度、作品と作品が組み合う緊張した場となり、それが外部の読者にも伝わってくる。すぐれた例として同誌の村島正浩「卯波」をあげてみよう。「番ふ」というシリーズの「其の三」である。

交差点の真っ直中で、女と微かに海の匂いのするほうへと顔を向け、車の流れの遥か先の海岸を探るような目つきになった女を、更に強く抱きすくめると、続けて耳元で言葉を押し込むように、ゴッホって画家が耳切り落としたんだってさ、知ってた、素敵じゃない、ねえ聞いているの、あんたの耳欲しいな、その耳で海の音いっぱい聞いてみたいな、女は耳を軽く噛みながら言う。

（第2連、部分）

ここで描出されているのは、気分や雰囲気とは対極的な、発話の主体とはいったん切れた〈場面〉である。なぜか饒舌に話続ける「女」の相手、いっしょに海を見たり、抱きすくめたりする「男」に作者をあてはめて読むことが出来ないわけではない。けれどもこの作品が読者にあたえる強度は、男と女の情景が発話主体と感情的には切断されて、言い換えると〈他者〉化されて提示されたところにある。もちろんこの切断は、一方的に近い女の語りかけという聴覚的心像をも含め生々しく情景化されることによって、より複雑なかたちで発話主体の意識、無意識と関係し合ってはいる。だが、いったん主体と切れることによって情景はそれじたいで自己展開し、緊迫感を強めているのだ。

立木早詩集『北川・碇屋』を論じた「言葉の冒険」において村島に、「対象物と向き合って凝視し、その間の沈黙と緊張に耐え続ける中ではじめて言葉が自ら動き出すのを待つ」と評しているが、この指摘は、村島自身の詩の方法とも関連している。

もう少し平明な例として、下前幸一の「台湾点景」をみよう。

中元前野竜山境内に
石の太陽が光線を投げていた
台北下町の情景とよく似た老人が
僕を見ていた
白い忘却の
境内に落ちた影
石の台座に腰を下ろして
消し炭の感情をまさぐる
焼けたマグネットー——
焦げ付いた汚れをTシャツで拭うと
一九九八の文字が読みとれたのだ

（第2連、部分）

台湾旅行という実体験をもとにしたのであろうこの長詩では、部分的にありきたりの感慨めいた詩句が散見されはする。しかし全体的には、「できれば見ないままで過ごしたかった」「見知らぬ街」について、できるかぎり先入観を排して対象化しようとする姿勢によくつらぬかれている。この風景は、「不可解な視野のたわみ」として眼前にあり、「僕」はただ脅えや不安の気持ちで立ち竦むことしか出来ないのだが、にもかかわらず、未知の場所であるこの街を、絶えずことばを通じて作品に表出することによって想像力の運動となりえている。あるいは原かずみの「やわらかな眼」。

どうしてと問うこともできないままに
折り重なる死者の前を
少年が歩いていく
黄色いセーター
スーパーの袋なんかぶらさげて
(中略)
ねぇ君
家族は皆無事なの?
コソボってどんな町だった?
新聞の黄色いセーターの少年に
わたしははなしかける

そしておそりおそる尋ねる
何を見てきたかって
そのやわらかな眼で

（部分）

この作者も、日常のなかに入り込んでくる死者や戦争について、気分や雰囲気で語るのではなく、感受される等身大の像として作品に投射させる。写真のなかのコソボの少年に、感情や観念を排して直接ふれようとする。外国の街や死体の近くを歩く少年などではなく、もっと身近な他者をモチーフとした場合でもおなじことがいえる。

県境の森で父が薪をひろっている
頬被りの手拭いをさらに軍帽で被い
鼻水をすすりながら薪をひろっている
破れ外套を初冬の風がなぶっている
父は深く腰を折り
森の奥まで薪をあつめにゆく
荒家の庭に私が停まっている

冬の陽はとうに落ちて
森への小道はもうみえない

（小松和子「落日」、第1連）

第2連以後がやや説明的になるところは惜しまれるが、夢を書いたこの部分だけでも、父を像として対象化せざるをえなかったこの作者の必然性は、充分に感じとることが出来る。

また、渋谷聡が描き出しているのは、生まれたての赤ん坊である。

妻の羊水から陸にあがってきた「蘭」はただ今両生類。四つ脚動物への変容を目指し、
日々乳を飲み脱糞をし泣き続ける。陸にあがる前は魚だった。母体の心音を聴き、静かに
泳いでいた。今でも沐浴のときはおだやかな顔になって眼を閉じる。一瞬、魚に還る。

（部分）

日常のよくある情景をモチーフとしながら、書く過程で想像的な客体化がなされている。そのとき、作者と対象（赤ん坊）とはひとつの飛躍によっていったん切れ、魚や両棲類のイメージと2重化してからもういちど結びつく。ここにもまた想像的な運動による生き生きとした像の形成過程が視られるのだ。

それではモチーフじたいが想像的なものを起点としている場合はどうか。

さがった目尻とあがりすぎの口角
頬には晴れやかに丸い紅
ぺらりと薄い板に貼りついている顔が
猫背になって歩くたびに
胸の前で揺れる
軽い音をたてる
こんにちは
こんにちは
わたしです
よろしく
顔のない首の上には
好かれたいとか気にいられたいとか
よこしまな心がまっすぐにのびている
こんにちは

(立野雅代「ある日の顔」、第2連)

この作品の冒頭は、「今日いちにち／首から顔をぶら下げて歩いた」とはじまる。首と身体とが分離した（想像的な）光景が、きわめてさりげなく、自然なものとして像化されている。自己を他者化したときの、像と発話主体との距離の取り方が絶妙なのである。そして、さりげなく自然であることによって、概念化できない存在感覚のイメージ化に成功している。

こうしたいくつかの作品をつらぬいている特徴を説明する批評的な論理、そうしたものを提示する用意が今の私にあるわけではないし、その気もない。ただ、愛敬浩一の指摘する「気分や雰囲気」に取り込まれていない作品例をあげることによって、「閉じられている」状態からもっと広いものに向かう方向性として、何らかの手がかりをつかみたいと思うだけだ。

北爪満喜の「未知へ歩き出す姿勢」で、「詩のなかには言葉になってあらわれ顔をのぞかせている木がある。私のみている木とは違うところが、言葉の木をきっかけに見えてくる」という言葉が、ここでの私の視点とクロスしているかもしれない。松本真希や辻和人の詩について語ったこのエッセイを北爪は、次のように結ぶ。

ここからはじめて違った場所へ。未知へ。未知と歩くのは緊張するけれど明るい軽さがある。危険もあるけれど、どこかへいってしまった世界ではなくて、ここ、未知と繋がっているここで言葉を生きてみたい。生きてみなければ、わからない。歩き出す姿勢に入ってみよう。

北爪のいう「未知」を、これまでの文脈における「他者」におきかえてみる。経験や時間や空間の束縛の外へ、あらたな領野へと歩き出すことこそが「言葉」を生きるということだ。

消費の形態

詩を読むということ。それは、いまだ名づけえぬことばと向かい合い、ことばによって読み手の身心を開いていくことにほかならない。読むことによって私たちは、詩のことばの流れと衝突したり、連結し接続したりする。それが至上の快楽であることも、苦痛であることも、何の感興もわかないこともある。すぐれた詩に向き合ったとき、たとえ快楽と苦痛とが綯い交ぜになったとしても、読むことで私たちはそれまでとはちがった私たちへと生成変化する。

だが、読者にとっての「真に愛するもの」であるとするなら、読むという行為にはもっと単純直截な言い方がある。すなわち食べること、あるいは消費すること。たとえば、早坂類は、食べるという行為についてこのように書く。

祈りにも似た姿勢で

食べる、
鼻を、
頬を、
肩を、
強い手を。

〈魂を
食べるのならば
魂を奪う必要がある〉

剥がし、壊し、
解き放ち、
護り、
いっそう抱き、
いただき、
生き、

生き返し、
やがて魂ごと
返してゆく
その、良さ。

（「愛するものを食べること」）

愛するあまり、たとえば母親が幼児に向かって、ある時には恋人が目の前の相手に向かって、「あなたを食べてしまいたい」というとき、それはほんとうに子どもや恋人をわが身の内界に深く取り込んでしまいたい欲望に駆り立てられているのだ（実際に、焼き肉にして「まったりした味」を味わったものさえいる）。「愛するものを食べること」、それは早坂が書いているように、「祈りにも似た姿勢」で行われる。そして私たちは詩を、「剥がし、壊し／解き放ち、／護り、／いっそう抱き／いただき、／生き、／生き返し／やがて魂ごと／返してゆく」ようなやり方で読む。吉田隶平の「おにぎり」も、おなじようなモチーフで書かれている。

薄いはなびらを開くように
包んであったラップをめくって
君がおにぎりを頬張る

おにぎりは嚙み砕かれ喉を通り消化されて君になる
体はすべて食べたもので出来ているのだから
君の瞳も乳房も唇も
その声も仕草も
おにぎりが形をかえるのだ。

（第1連）

いくぶん強引な読み替えになるのを承知の上で、嚙み砕かれ喉を通り消化される「おにぎり」を詩であると受け取ってみよう。「君の瞳も乳房も唇も／その声も仕草も／〈詩〉が形をかえるのだ」というように。この場合には、「楽しみながら食べるというよりもむさぼり食らうほうが、平らげた食物の内界に深く入り込むことは間違いない」（ベンヤミン）かもしれない。詩の読者は、詩のことばによって生成変化し、そのことによって現在の自己という存在がある。食べるということを、消費に置き換えてもいい。詩をどう生み出すかという問題と同等かそれ以上に、どう食べるか、どう消費するかということも重要な問題なのだ。食べられない、あるいは消費されない詩は、うち捨てられた食べ物とおなじようにむなしい。

詩について、「消費」ということばを使用することに抵抗感をおぼえるひとたちには、〈恋愛の「消費」が歯止めも繕いもなしに確認されつづけるとき、そこに生起する輝かしくも稀有なるものが「豊かさ」である。それは「美」に等しい〉(『恋愛のディスクール・断章』)というロラン・バルトの一節でも引用しておこう。

もちろんここで私は、恋人が愛するひとに触れる行為と、読者が詩のことばに触れる行為とを、ほとんど同質のものとして見ている。なぜなら、おなじ書物でバルトがいうように「言語とは肌なのだ」から。詩は、もっともっと愛され、愛撫され、食べられ、消費されなければならない。ただし、まったく別な形態の「仕草」もある。

私はたぶん
腐っていくだろう
このまま
なににもならずに
(中略)
もう
失えない

廃校になった

小学校の校庭に
集まっているのはおとなたち
もう汚れていくよ

それでも
たんじょうび
（中略）
眠りにつく太陽が
この世の色を塗りかえていく

鉄棒の色を
バスケットボールの色を
いない子どものはずむ息づかいを

（樋口えみこ「たんじょうび」部分）

樋口は、この作品を倉尾勉に送った。送られた側が、テーマに拘束されることはない。ただし、送ってくれた作品のなかから選んだ1行を自分の詩に必ず入れるというルールがある。かくして、倉尾は、「空を渡る」という作品を書いた。

桜の季節はとうに終わって
いない子どものはずむ息づかいを
知っている校庭の隅の
バスケットボールの
ゴールに向かって
もう、子どもたちが
とびあがることもない午後

（第2連）

傍線部が樋口の作品から選んだ1行である。倉尾は「空を渡る」という作品を斎藤マキに送り、斎藤は倉尾の作品から1行を入れた作品を筏丸けいこに、筏丸は山田隆昭に、というように次々と送られ、8人目の長田大生で終了となった。つまり8カ月かかっている。この悠長さを見ると、連歌に似ていてすこしちがう。場を共有して即興的に付けていく連歌とちがい、前の作品をゆっくりと咀嚼し、慎重にそのうちの1行を選んだうえで次の作品が書かれる。ひとりひとりの作品は咀嚼されてから、慎重に1行が選ばれ、それを活かして次の作品が書かれる。次の詩人に作品は充分に「消費」されるわけである。この「詩のレター」は、書かれた作品が必ず十全に消費される＝食べられるための興味深い試みである。

詩の作者にとって、自己の作品は手早く読み捨てられてほしくない。私の独断的な感覚でいうと、詩はゆっくりとかみしめ、情報を吸収するために書かれる記事や、物語が展開していく流れに乗らなければならない小説などより3倍以上は時間をかけて読まれるのがのぞましい。詩とは要約不可能であり、全体よりむしろ1行や1語のほうが大切な場合もある。詩を読む速度は不均一である。

藤井貞和の「索隠」（「索引」ではない）は、このことを意識して書かれている。

あ、
青、
青い、
青葉！
青葉義塾？

秋！
足？
Asseduction！
い、
言え！
（中略）
水着、
見つける！
も、
もう、
わたし、
ワンピース、
を？

五十音順に恣意的な単語が並べられているだけのように見え、意味的には何が何だかわけがわからない。ただし、ページの下方に、いずれも10数行の短い作品がふたつ、長方形のわくに囲まれている。

青葉。
索引の「あ」の部の、
早い段階で、
すこし検索する。
ないと思う。
思うだけで、
ほんとうには、
書けたかもしれないのに。
見つけると消す「青葉」。

（「青葉——あ」部分）

上方に印刷された「索隠」から語をもってきて作品にしたのか、枠内の作品の語を「索隠」として〈登録〉したのかの判別はつかない。英単語のように見える asseduction は、どうやら「汗だく」の意味らしい。とすると、「索隠」なるものと2篇の短詩を含めた相互の全体で、作者はことば遊びをたのしんでいるのか。

ここで詩は、はじめから詩のかたちではあらわれない。詩でないものと詩のようなものとの境界を往還しながら、まるで偶然そこに誕生したかのように「詩」を提示して見せる。もし作者がいるとしたら、その往還の過程のなかに（検索のかげに）こそいるのである。読者は、「索隠」という作品を、いぶかしげにゆっくりと眺め、時間をかけて消費する。この作品の意図は読む時間を遅延させることにある。読むことにおけるこの意図的なる遅延こそ、藤井貞和がここで戦略としたところではないだろうか。

詩における遅延とは、読者が急ぎ足で通り過ぎてしまうことなく、ゆっくりとことばを読み込み、読者の内部で作品を充分に「消費」していくことであるが、そうした消費の果てにひとつの論理的な場が形成されるとき、詩論が成立する。こうして、城戸朱理の稲川方人論「近代を前にたたずむとき」が書かれる。

かつて私たちの詩的感受性を震撼させた詩集『償われた者の伝記のために』の詩人について城戸は、〈むしろ「開かれてあること」を拒否し、その途絶を生きるところから自らの詩を生成させていった。そして、この精神と実作の矛盾は、稲川方人の詩に、戦後詩の解体を通して、戦後詩の理念の危機そのものを延命させるという両義的でありながら、その実質としては再帰的な特徴を刻印することになる〉と見る。この認識は正しい。

稲川が戦後詩を含む近代性を解体する契機を見出せないでいる、という城戸朱理の稲川批判は峻烈かつ正確だ。ただしそれは、戦後詩の解体の果てに、だれひとり明確なパースペクティブを提示できないでいる現在、ひとまわり下の世代からこれだけ厳しく真剣な批判を突きつけられるほど、稲川方人という存在が大きいということでもある。稲川があるインタビューで、柄谷行人の仕事について、〈一貫して「回帰」と「帰属」に対する強い批判の意志が持続していたと僕は思うし、現在の仕事に至るまで一貫して回帰線だけは引かなかった。僕はそれに影響を受けました〉と語っていることもここにつけ加えておきたい。

城戸朱理には、『パウンド詩集』訳編の仕事があるが、あらたにエズラ・パウンド『ペリゴール近郊』を訳出している。翻訳もまた、異国語を読み、咀嚼し、独自に消費した結果として、あるいはそれらの同時作用として行われる。

『ペリゴール近郊』は、巨大なテクスト「詩篇《キャントーズ》」に先立つ特異な作品で、舞台は中世フランス。この時代に特有な宮廷恋愛詩のかたちをとりながら、実は政治的なモチーフも込められているという形式も内容もきわめて手の込んだ作品で、中世や騎士と時代的にも地理的にも無縁で宮廷恋愛Amour coutoisなど存在しようもなかったアメリカ生まれの詩人パウンドにとって、時代や国境など無意味なものであったことがわかる。城戸朱理のパウンドへの取り組みは、ここ数年の「戦後詩」批判や稲川方人論などと並行してなされているが、このふたつの仕事は、実は連関していると私には思われる。

「闘争」の領域

『現代詩手帖』１９９９年９月号での座談会「詩はどこへ行くか」で守中高明は、歌人《うたびと》の末裔というべき詩人たちが国歌の法制化に「言語的に抵抗する」というモチーフを共有できるか否かという問いを発している。それに対する他の出席者たち（野村喜和夫、城戸朱理、川端隆之）の反応にはそれぞれ少しずつ違いがあり、そのずれが興味深かった。

同人詩誌において、君が代問題はどのように表現されているか。「日の丸と君が代について」（『ポエームＴＡＭＡ』）での池田實は、ナショナルなアイデンティティをさらに強化する道具として合法的に強制されていくものととらえ、国旗や国歌への幻想がシニシズムによって浸透していくのではないかと危惧している。「戦前どのようにその象徴性を悪用されたか、そしていまだに思想的にも精神的にも清算されていない事実を知りながら、自己の存在の全てを象徴するアイデンティティを国家としての君が代や国旗としての日の丸に依拠することが当然のように思うのはこのようなシニシズムが意識下で心地よいと感じているからかもしれない」と。あらゆる国歌は、所属する共同体の強化のために、ひとつの歌をみんなで歌いみんなで聴くことを目的として作られる。この視点からすると、よく耳にする、国民の総意にもとづいた国歌の制定をなどという提案は、さらにきわめて反動的である。

身体感覚が大きく変容している現在、サンプリングやリミックスで育った若い世代にとって、陰鬱で古色蒼然とした国家のための歌の強制は苦痛以外のなにものでもないであろうし、法制化によって権力と身体との軋みはむしろ決定的なものになっていく、はずであった。実際には、そうなっていないし、若い世代も空気のように慣れ親しんでいくようではあるが、それに抗い、この軋みをこそ悪しきシニシズムによって覆い隠すことなく微細にとらえ、先鋭に押し広げ、言語化していくべきだ。

この問題をテーマやモチーフとした作品は、あちこちの詩誌で見られる。いちがいに批判しようという気持ちはないのだが、多くは詩としてひどくものたりない。危惧感や反発の表明に作品として自足しているからだ。法制化を歓迎する多くのものたちの意識も、変容しつつある存在感覚との軋みも、とらえられていない、ひたすら自己の反対感情をなぞったり反映したりしたものがことばとして発せられている。それらは、既知の感情の自己確認にすぎない。

冒頭でふれた座談会での、「言語的に抵抗する」という守中高明の発言は、法制化への反対や嫌悪の情をモチーフとして作品を書くということとは別なことをおそらく意味している。この発言の前提となる守中のことばでいえば、「たんなる反映論でなしに、状況の核にどうしたらことばが触れるか」、どのように「別の言語的場面を切り開く」か、ということだ。しかし残念ながら、この座談会においても、詩誌の状況においても、「言語的に抵抗する」様相は、鮮明には見えてこない。

そうしたなかで瞠目させられたのは、篠原資明、小林信之らによる『天門』創刊号である。篠原による詩集『摘み分け源氏』後にはじまった超絶短詩シリーズ『編み分け小倉百首』では、たとえば柿本人麻呂の「あしひきの山鳥の尾の垂り尾の長々し夜を独りかも寝む」が、まず提示され次のように変形される。

あ　詩碑
き　野
や　魔獲りの斧師だ
リオの汝が名が書を　　ひ
鳥かもね　む

篠原独特の言語ゲーム規則にしたがって作られているこの作品は、はじめに提示される人麻呂の和歌をまったく異質な行分け詩に変換してしまう。読者は、いったん「独りかも寝む」という詩句に収斂していくきわめて情緒的な伝統世界に身をおきながら、次の瞬間その感性が篠原の変換した行分け詩によってバラバラに解体されてしまうという稀な体験をする。おなじように、「秋の田の」は天智天皇の、「春過ぎて」は持統天皇の和歌を、それじたいではナンセンスにもみえる行分け詩に変換する。

こういう作品をおもしろいと感じるか、ただの言葉遊びだと一蹴するかは、読者の自由であるのだが、作者の主観的な意図の有無にかかわらず、篠原の試みが、たとえば国歌の法制化といった問題に対する「言語的な抵抗」のひとつの形態であると私は受け止める。

和歌とは唱和する歌、合わせて唱える歌の意であり、共同体的な一体化と切り離せない。「君が代は千代に八千代にさざれ石の巌となりて苔のむすまで」という「和歌」が、篠原個人のゲーム規則にしたがって行分け詩に変換されることを想像してみるがよい。そのとき、唱和すべき「君が代」の歌詞にはいくつもの亀裂が走り、意味も韻律も徹底的に解体され、ついには唱和不可能な、予測も不可能な作品へと変容してしまうだろう。これもまたすぐれて言語的な抵抗の、ひとつの形態であるはずだ。

法的強制とは、国家権力のゲーム規則にもとづく力と考えることが出来る。それに対して、まったく個的に生み出した規則の個別な実践によって対抗すること。かつて、詩集『サイ遊記』のあとがきに、「ぼくにとってかけがえのない喪の作業が秘められている」と記した篠原の作品を、言語的な闘争形態を切り開く成果として、私は高く評価したい。

小林信之の「キャベツの芯について、または純粋性の擁護」も読みごたえのある詩論であった。小林のいう「純粋性」とは、経験の仮構された形式、あるいは経験の生起する出来事そのものの別名のことである。

むしろ空虚な芯としての貧しい「わたし」に通底するときはじめて、外へと多言語的、多層的に開かれ、外部の諸契機をつなぐ靭帯のような「わたし」が生起するといわねばなるまい。わたしとはキャベツの皮をのぞきさったときのこされる空虚な一点、しかも他者と世界へと開かれた針の穴ほどの一点でしかない。にもかかわらずそれは、世界の多様な相貌をたばね、繋ぎとめていく不断の運動として世界の統一をささえている。なるほどこの空虚な一点へとむかう求心的な動きを詩とよぶならば、詩とは自閉に似ている。しかし同時に、真に自閉をへることなしに「わたし」が開かれることはないともいえるのではあるまいか。

みずからの空虚さから目をそらし、国民や民族といった共同的概念のなかへ自己投企することによって己の強さを幻想するのがファッシズムの原基であるとするなら、その対極に位相するであろう小林の「弱さの思考」もまた、私たちの「闘争」とともにある。

『九』19号では、海外詩特集のフランス篇として、クロード・ロワイエ＝ジョルヌー「継起のうちにある物語」を鈴村和成が訳出。

彼のか弱さが壁に触れる
　　――
それから背中を地面に当てて
道は視線のうちに停止する
　　――
それなのか
それとも譲歩する体なのか
　　――
きみに光はまかせる消してくれ

（部分）

このように1行あるいは数行が断ち切られては続いていく長詩なので引用部分だけではわかりづらいが、切れ切れな詩句の断続のなかから「か弱さ」の物語が立ち上がってくる。

翻訳詩といえば、ミシェル・ドゥギーの悲歌「尽きることのないものへ」(與謝野文子訳『Mignon bis』2号)も読みごたえがある。

有馬敲と藤井雅人の翻訳詩誌『海陸風』7号では、ミャンマーのアウント・マウン「さかえないもの」、ルクセンブルグのモミ・モリナ「不可分の土」など貴重な作品を読むことができる。多言語の詩に身を開き、さらにはみずからの詩をも他国へ差し出すこと。全き他者のまなざしに晒されはじめて日本の詩人たちは、国歌・国旗が法制化(強制化)されたことの本質的な意味がわかってくるのかもしれない。翻訳も、ある角度からは、闘争領域のひとつなのだ。

志摩欣哉の個人誌『DEKUNOBO』7号は、支路遺耕治(川井清澄)の追悼特集。60—70年代の支路遺について志摩が詳しく書いているほかに、中上哲夫や安宅夏夫の文章も熱く読ませるが、とりわけ、

私の知っていた頃の支路遺耕治は世界中の苦痛をすべて背負って生きているかの様であった。都会の底の闇に向かって吠え続け抉りだす様に書き破壊的に生きていた。そしてやはりひたすら疾り続けていた。

と熱っぽく語るセンナヨオコのエッセイ「それでもいつも撲ち続けていた墓標」が、支路遺耕治の詩的活動とその背景となった時代の様子とをありありと伝えてくれる。とりわけ、「世界中の苦痛をすべて背負って」というところに、あの時代の詩人たちにおける最低綱領をみる。「世界」ということばを詩人たちが実質的に使えなくなり、やがてこのことばが意識からも消えたときに、闘争の領域は溶解し、日本の詩の頽落が始まったのではないか。

かつてリトル・マガジンと称して支路遺やセンナらが大阪で刊行していた詩誌『他人の街』の発散していた、「自らの墓標を刻み続け」(センナ)るがごとき破壊的、破滅的、戦闘的な雰囲気とくらべると、その後の世代の若手詩人たちが集まった『ウルトラ』は、一見はるかに明るくスマートである。しかし作品としてはどうか。木澤あすかの「小詩集」から。

霧わたる叙述の迷宮を
澄んだ悲鳴が満たしてゆく
(略)
わずかな希いのもとに
残る息ほどに究きつめた純理だけが

それゆえに生きられる場処

（「空墓」部分）

あるいは坂輪綾子の「水琴窟」。

足幅くらいの高いところを歩いていると
体の両脇は透けていく
前から歩いてくる女のひとはかならず年上で
死ねという言葉を
口をあまりうごかさずに
私ひとりにあてた電話のように

（部分）

松元泰介「叢のなかで」。

やがて草を薙ぎ倒して驟雨がくるだろう
車輪は呆けたように転がり
サラ地では骨組みのまま朽ちている

二台の自転車　（最終連）

それぞれ特徴はちがう。だからひとくくりにすることは不可能だし、どれも水準を超えた秀作だとは思う。しかしあえていえば、どの作品も読後感が暗い。支路遺耕治やセンナヨウコのそれは、ある突き抜けた存在の放つ、いくぶん甘美な暗さだった。私にとって詩の魅力はそういうものであった。木澤や坂輪、松元の作品から感じられる暗さは、どこに突き抜けようもない、中途半端に宙づりされているようなもやもやとした暗さなのだ。

和合亮一の「二千年のエセ兄弟」は、そうした暗さを吹き飛ばすほどの力で詩語にドライブがかけられ、詩行は駆動し、爽快なエネルギーを発散している。だが、ゆっくり再読していくと、実は、底流での暗い絶望感とことばをドライブさせていく力とが激しくせめぎ合っていることがわかる。和合の詩的力量がそれを露骨には感じさせないのだ。その和合にしても、エッセイ「逆海老詩論2／無感覚な行へ」では、

無感覚な日常の行方。
この感触を自家中毒的にこれからも味わい続け、この無気力な時間の行方を「未来」であると認識してしまう事が、無意識のうちに平然と私たちには許されているのである。

（中略）

私たちは、もはや、ひたすら様々な、「未来」へと向かってベクトルを発してきたという事実と事後だけを受け渡され、継いでゆくしかないのか。

と文章を閉じざるをえない。「事実と事後」だけしか彼らにはない。ほんとうにそうかどうかは別として、そう感じていることだけは事実で、この詩誌を覆う閉塞感は痛ましいかぎりだ。支路遺の時代には、状況が気に入らなければ敷石を剥がして「世界」に投げつけるといった行為があたりまえに行われていた。今は、天皇を讃える歌を歌うことの強制化が法で定められる状況になっても、膨大な情報がただぐるぐると虚しく循環していくだけで、反対集会が開かれることさえ稀だ。「世界」という概念がなくなった。闘争の領域がおどろくほど狭められている。しかもかんじんの詩的言語においてさえ、闘争のかたちはほとんど見えてこない。『ウルトラ』の若い詩人たちのもつ内にこもった暗さは、むしろ時代への感度のよさを示すあらわれと評価するしかない。

闘争の気概を現在においてなお維持しているのが、『沖縄クィクィ通信』の石川為丸である。矢口哲男の、「突っぱらかった自己主張がないから、伝わってくるものが、ふっくらとあたたかい」といった詩時評に対して、そういった詩行は、「われわれが生き暮らすゴツゴツとした現在、つまり「外気」というものに対峙することを避けて、彼の言う「やわらかい」抽象された過去に逃れようとする退行的な精神」であり、「読み手のそういう精神に迎合するように書かれた詩行」である、ときびしく批判する。自己主張をもたず、「ふっくらとあたたかい」ように見えるだけの作品を過大にもちあげる風潮は、沖縄のみならず全国に蔓延している。石川の批判は、直接的には沖縄地方紙の時評者に向けられているが、実は、きわめて普遍的な状況に対して放たれているのだ。

煙が見えたら

詩誌『かばりあ』62号、土井喜久枝の作品から。

あいつも　逃げた
おまえも　逃げた
みんな　　逃げた

都会へ　行った
東京へ　行った
黙って　行った

それでシャモになれたのかい
だれも
アイヌと言わなかったのかい

だけど
おまえは帰って来た
どこさ行っても
アイヌはアイヌだったと――

それで
やっぱり
故郷がいいと――

でも　一度だけ
私も
逃げてみたかったのだ

（「忘却」）

『かばりあ』の62号では土井喜久枝の特集を組んでいて、のびやかなことばが感受したものにかたちをあたえている。ことばと意識の乖離といったややこしい問題とはかかわりなく、詩を書くものとしては、ことばと自己の断絶をあまり意識しないですむ、詩人としては幸福な時期にいま土井はあるように思う。

けれども、〈幸福な時期〉にあるのはあくまでも詩人としての土井喜久枝であって、この作品に見るように〈民族差別〉を詩の主題にすえなければならない、現実のなかの土井喜久枝ではない。そして、このような主題を扱った作品に向かって、〈シャモ〉である私たちに、いったいどのような発言が可能だろうか。

私たちは、更科源蔵を読み、藤本英夫を読み、新谷行や太田竜や竹中労を読み、三好文夫や澤田誠一や小笠原克を読むかもしれない。彼らの書いたものは、それぞれ私たちに〈アイヌ問題〉への無知さかげんを教えてくれ、あるいは彼らのこの問題に向き合う誠実さとそれゆえの苦悩を伝えてくれるだろう。小中高での公教育において、この問題についてのどんな事実も教えられることがなく、また実生活においても土井のような境遇に置かれた人たちとまったく接する機会がなかったものにとって、それはたいへんに貴重なものだ。彼らの著作によって、私の視野に、すこしずつではあるが何かが見えてきたといってよいだろう。

だが一方で、彼らの書いたものに接するたびに、あなた方の言うことはわかるが、だからどうなんだ、それでどうなんだという理由のない居心地のわるさを抑えることができない。もちろんこんな子どもじみた違和感や反発が、みずからの無力さによるものであることは自明であるが、それでもなお、そのように感じてしまう。たとえば船山馨は、澤田誠一の小説『斧と楡のひつぎ』の帯文にこういう推薦文を書く。

加害者が被害者の苦悩を描くことには、殆んど致命的な困難が伴なう。基底に横たわる偽善の壁を超えなければならないからである。（原文改行）これはその不可能に近い困難に体当たりをして、われわれの被害者である被抑圧民族の存在の意義に肉迫した稀有の作品である。（後略）

澤田誠一の『斧と楡のひつぎ』は、アイヌの言語学者である知里真志保をモデルにして書くという困難なテーマによく取り組んでいると思うし、小説に対する作品批評はここでの私の任ではない。ただ、船山のこの一文は、鋭い棘のように私のどこかにひっかかってくる。

船山はここで、「われわれの被害者である被抑圧民族の存在の意義」と書いている。つまり船山もふくめて私たち〈シャモ〉は加害者であり、知里に代表されるアイヌは被害者であると。

事実として異論はない。船山の加害者／被害者という表現も善意から発せられたものであろう。そのことに私は疑いをもたない。それでもしかし、船山がみずからの存在をどれほど〈加害者〉としてとらえているのかと考えると、ここでもまた私にはいいようのない居心地のわるさを感じてしまう。

アイヌ、在日、被差別部落。こうした問題に私たちが沈黙の殻へと閉じこもってしまうのは、みずからを〈加害者〉と自覚するみちすじが、ほんとうにはよく見えていないせいではあるまいか。すべての差別問題を、〈加害者―被害者〉の2項対立として図式化し、被害者に同情し加害者を弾劾するという姿勢から何が解決してきたであろう。こうした同情や弾劾に内実はあるのだろうか。何よりも問題なのは、そういう2項対立において見るもの自身がどういう位置にいるのかということだが、たとえば船山がみずからを心底から〈加害者〉としてとらえているのなら、〈被害者〉との関係性において、いったい何をなしえているのか。「基底に横たわっている偽善の壁」というのは、的確な表現ではある。だが偽善の壁を船山自身はどう越えようとしているのか。『斧と楡のひつぎ』の作者である澤田誠一ひとりにその責を負わせようとするのか。推薦文にこれ以上あれこれ言うのは酷である。しかしそれにしても船山の言は、浅く、軽い。しかもそのことに無自覚である。

個人的なことになるのだが、私の祖父は19世紀の末、徳島県から開拓民として集団で渡道、砂川に入植した。どういう理由があれ、結果としては先住民族にとっての侵略的な行為であることは確かである。当時、大量にやって来た開拓者たちによってそれまでの生活がすっかり壊されたのだから、犯罪的な行為と言ってよい。これは立場を入れ替えてみれば、誰でも分かることである。

その犯罪的な過去から現在の〈シャモ〉も、決して自由ではない。札幌に建てられた「北海道百年記念塔」なるものはその罪を上塗りした恥の象徴である。山本多助がいうように「侵略の塔」としてこの塔は立っている。宮崎県にある紀元貳千六百年を記念した「八紘一宇の塔」を下手に真似たような塔である。日本人の多くが、戦前戦中に中国や朝鮮で犯した罪を認めないように、北海道開拓者の末裔がみずからの行為を反省せずに居直った負のシンボルとして、百年記念塔はある。

ただし、船山に代表されるような、心情的に固定化された加害／被害という閉鎖回路も解きほぐすべきである。というのも、差別は民族問題だけに存在するのではない。私たちは、身障者、セクシズム、ルッキズムなどにおけるさまざまな差別の発生をかかえて生活している。共有すべき座標軸として、あらゆる差別体制の根底にひそむ構造に視線をむけなければならない。さまざまな社会的な関係性において、ある点では差別され、ある点では差別して生きている。この入り組んだ差別と被差別の関係を加害者―被害者という関係に固定化することは問題の隠蔽につながりかねない。

必要なことは、個々人の生活領域での固有の差別問題に固執することであり、どうじに、それらの差別をつらぬいて、あらゆる差別のみえない中心軸として存在する構造を解体する視点を手放さないことである。そこからこそ共有すべき座標軸が設定されなければならない。

そうしたなかで、利害の構造に組み込まれた文化人たちとはちがった方向から若いひとたちが、鮮烈な自己表現をもちつつある。鳩沢佐美夫についてはすでに多くの人が語っているが、「『アイヌ』なる状況」(『亜鉛』19号)の佐々木昌雄、「アイヌと〈日本〉の中で名のるとき」(『北方文藝』73年6月号)の平村芳美、詩集『一九七三年ある日ある時に』の戸塚美波子、あるいは彼らが拠点とするタブロイド紙『アヌタリアイヌ(我ら人間)』。そしてここに紹介する土井喜久枝たちは、これまでの閉鎖的な回路をつき破る固有の表現を獲得しつつあるように思われる。

ツラムキリクル(親友)

ビン　ビーン　ビンビン　ビューン
ビン

悲しげに
ビン　ビビーン　ビン
ビン　ビビューン　ビン
目を伏せて
ビンビンビン　ビューン
初めてあった人なのに
ビン　ビューン　ビン　ビューン
私が教えてあげた調べ
心をこめて

ビン　ビーン　ビン
　ビュ－ン　ビン　ビン

嬉しくなり
光は回る

ビンビン　ビューン
　ビューン　ビンビン

これはおそらくムックリというアイヌが伝統として受け継ぐ口琴の音を表記し、ほとんどその音だけで1篇の作品としている。この大胆さが強みだ。あるいは、

いつの日も逃げた
愛の言葉にとりまかれていた日々は
憎みながら走る日々に変わったのに

（「ひとりだち」部分）

いっしゅん
雨の音
鋭く雨粒が地面を鋭く掘りはじめた

（「雨となる」部分）

「回る」「走る」「掘る」というように、動きのあるのが、アクティブで未来に向けた変化を感じさせる。そして私は、次の作品がいちばん好きだ。

再会の時近く

あの白い丘に
煙が見えたら走り出そう

木木はうなり声をあげ
電線は鳴りながらゆれる

痛みは

今は爪先だけのものではない

うさぎの足跡もなく
どこの人のか見知らぬ靴跡をふんで行く

肩からさげた
サラニップが重い

それよりも冬の空よりも
いっそう重い弧独なる心

木々は白い煙をあげ
電線はむちのよう

あの丘に――

おお　あの丘に煙が見えた
私は走る

さしあたって私たちは、自己の生活空間に浸透している差別構造を、自己のことばとして対象化していくことからはじめるほかはない。そのとき、〈あの白い丘に／煙が見えたら走りだそう〉という決意、そして〈あの丘に煙が見えた／私は走る〉という土井の行為は、さまざまな意味で読むものを勇気づける。

付記：この項の初出は『北方文藝』73年10月号の「詩時評」であり、この時から約50年が経過している。ここでその若々しい活動ぶりにふれた諸氏のうち、佐々木昌雄は根源的な問題の在り処を深く考察する評論集『幻視する〈アイヌ〉』をまとめ、土橋（旧姓平村）芳美は、長編叙事詩『痛みのペンリウクー囚われのアイヌ人骨』や柔軟な視点からアイヌという存在を描いた小説集『揺らぐ大地』などを上梓している。

『歴程』という謎

おくればせながら詩誌『歴程』４６０号を読む機会があった。高橋順子「二月の函」、芦田みゆき「移行する緑彩における9つの出来事」（連載の一部らしい）、岡安恒武小詩集の計5篇で、巻頭の「二月の函」には、「清水康雄氏を悼む」というサブタイトルがつけられ、末尾に「清水康雄氏、一九九九年二月二十一日死去、六十七歳」と註が記されていて作者の高橋順子氏（以下、私なりの考えで詩誌『歴程』関係者に関しては敬称を略すことなく表記する）が旅先から青土社なる出版社に電話を入れ、そこの社員で「青土社のおかあさん」といわれる依田喜代氏によって「青土社の父たる」社長の清水康雄氏が亡くなったことを知り、即座に追悼詩を書いたということもわかるのだが、ここで興味深いのはいちおう註が入り内容的にも事情がだいたい了解できるように書かれているとはいえ、青土社なる出版社や清水康雄氏なる人物について読者がある程度の知識をもっていることが前提とされていることで、清水氏が『歴程』の同人で、この号が「清水康雄氏追悼特集」であれば何の不思議もないのだけれども、しかし追悼特集でもないのに独立した作品として巻頭に据えられている理由としては、作者も編集者も暗黙の裡に了解されている事柄を読者にとっても自明のものとして作品が書かれ、掲載され、読まれているゆえんであり、私は清水氏が詩誌『歴程』の同人であったのか否かを知る由もないし、おそらくちがうのではないかと何の根拠もなく想像もするのだが、にもかかわらず清水氏についての人物像は同人たちのあいだで広汎に共有されているのではないかとは思う。

大いなる経験に自分を明晰に対処させるため
意識が濁るのを嫌い
あなたは痛み止めの薬を拒否したという
（第3連、部分）

清水氏が痛み止めの薬を拒否したということも、報道からの知識ではなくもっと直接的な伝聞たぶん「青土社のおかあさん」からでも聞いたのであろうが、こういうエピソードを感動的に共有しうるのが『歴程』の同人や読者たちであろうし、ゆうに百名に迫るほど多数の詩人たちの共同体たる『歴程』こそ、清水康雄氏のような知識人（なのだろう）への追悼詩を掲載するに足る最適の場なのである。また岡安恒武小詩集は、「カレー饂飩をとる夜」「雪」「土壇場」

の3篇よりなる。

昔。
父がどぶ池の向こうの家に住む。
ダンサーあがりの若い女のもとに。
夜な夜なかよいつめたとき。
母のしたように。
徘徊に出かけるほか。
どうにもならぬ。
いまのぼくなのだ。

（「土壇場」第3連）

ここで「父」「母」とは、作者の父と母、「どうにもならぬ／いまのぼく」とは、作者自身の境遇を指すと読むほかはないし、「ダンサーあがり」といった表現には気が滅入るが（ダンスホールのダンサーが賤業と見做された時代が戦後の一時期にあったたし、ここではそうした女性を否定的に言っていると思われる）、人生の陰影を感じさせるけれども作者の人生をまったく知らない読者よりもいくぶんかでも知っていたり面識のある読者のほうがこの詩の「ぼくを取り巻く土壇場」の様子を深く感じとれるだろうから、その意味でこの作品も『歴程』同人の共同体が作る絆のなかでこそ生きてくるだろうし、この月刊詩誌を編集しているのが野村喜和夫氏であることも興味深く、私のみるかぎり現代詩を代表するすぐれた詩人のひとりである野村氏の、たとえば「さまざまな冒頭の姿、ためらいの跡、不意の跳躍、寄り道、脱線、修正、行きつ戻りつの揺れ、核心にみちた歩み、息の乱れ、不安の足踏み、他人の足跡、轍の上の同意、痙攣的な小径の連なり――それらが詩篇だ」（「反復彷徨」）といった果敢な詩句を私はこよなく愛し、こうした詩句や、入沢康夫論などをはじめとするラディカルな詩論とここに見える詩誌『歴程』の編集傾向とはほとんど繋がりがないように見えても、野村氏をしてこのような背理を許容するに足る不可思議な魅力が『歴程』にはあるにちがいなく、その魅力を私のようにこの共同体の外部にいるものはほんとうは分からず、また分からないがゆえになおさら魅力であり深い謎なのである。

私個人としては、この詩誌に思い入れをすべき理由があり、というのも私は小学生に入った頃から、父の書棚の奥にあった『歴程詩集』を見て育ったし、これは「昭和十六年」に山雅房という出版社から刊行された箱入り大判の豪華本で、背に「紀元貳千六百年版」と大きく印刷してあって、まだ幼少の頃から私がこの詩集をしっかりと目に焼き付けていたのはこの「紀元貳千六百年」というこれまた謎めいた数字のせいで、「昭和十六年」が西暦では１９４１年にあたるというくらいの計算は小学生の私にもできたのだが、年号とも西暦ともちがう「貳千六百年」という目くるめく時空の表示は『歴程詩集』という活字と一体になって私の脳裏を蔽ったのであり、年号とも西暦ともちがう「紀元」が、神武天皇即位とかの年を元年と定めたいわゆる「皇紀」であること知るにはそれから数年を要したのであるが、もう少し育ってから私はおそるおそる実際に『歴程詩集』を手に取って収録された作品を眺め、逸見猶吉や草野心平、伊藤新吉だけでなく、高村光太郎、尾形亀之助や金子光晴、小野十三郎、中原中也、高橋新吉、吉田一穂など、さまざまな詩人たちが参加していて、今にして思うと皇紀貳千六百年という時点での力量ある中堅・新鋭詩人たちによる、増殖するネットワークのような人間関係のようなものが形成されていたのであろうかと想像できないわけでもないし、その質は皇紀貳千年の末裔である現在の『歴程』誌にも繋がっているのだろうか。

『歴程』４６０号に「同時代批評」を連載する近藤洋太氏は「半世紀培った反権力」というタイトルで『突破者』について書いていて、これはヤクザの組長の息子として生まれ大学では民青のゲバルト部隊を指揮し、卒業後は週刊誌の記者をしたり家業の建物解体業を継いだりなぜかグリコ森永事件の「キツネ目の男」だと疑われたりしながら、さまざまなかたちで先鋭な社会批判を行ってきた宮崎学（22年死去）の自伝的な著作であるが、よりによって近藤氏が「もう群れるのはよそう。どこまでゆけるかわからないが、ともかく一人で行こう」と単独者として生きる決意をしるしている宮崎学を、増殖するネットワーク集団のひとりである詩人として次のような共感を示すことはおどろきである。

彼はヤクザを根絶することで、より邪悪なものが跋扈する社会、「清潔なファシズム」社会の到来を予見している。この洞察の深さは、幼いころから、身に染みつき培われてきた筋金入りの反権力の魂ゆえだろう。

自身の体験を振り返り、連合赤軍事件に関して、「まかり間違えば、自分も連座していたかもしれない」と綴る近藤氏はあくまで「全共闘世代」のひとりとして宮崎学の「反権力の魂」に共感をもったのであろうが、どこかで近藤氏は、かつて自分は「世界同時革命」いう妄想に浸されていたとも書いていたので、世界一国同時革命というブントの綱領にブント赤軍派の森恒夫たちが固執していたならば、日本共産党から出てきた革命左派（＝民族左派）との野合による新党結成もなかったという視点を私はもつから、「世界同時革命」の妄想に浸されているかぎり近藤氏が連合赤軍事件に連座することは絶対になかったと断言できるが、しかし氏は、自分があと10年若かったらオウム真理教に入信したかもしれないとも言っていたので、それについてもおどろくほかはなく、鋭敏な魂をもつ詩人というものはかくもいろいろと感化されやすいのかと感心した記憶もあり、にもかかわらず氏は深い洞察力をもって、「見方をかえれば、あの全共闘運動もまた一種のボランティアだった」とも語っていて、全共闘とオウム真理教とボランティアと今度はヤクザと、ふつうは決してまじわらないように見える異質な要素を一身に引き受けていく果敢な反権力の塊を『歴程』的とよぶのは少し短絡的すぎるかもしれないのだが、一見するとたいへんな矛盾にみちた多様なる要素を灼熱した溶岩のようにひとつに溶かし込むこうした混然一体の器こそ、逸見猶吉や草野心平の頃からこの詩誌のもつ大きな魅力のひとつであったろうし、編集者個人の詩論の幅より『歴程』そのものの幅のほうがはるかに大きいから、1945年8月や1968年5月など、「紀元貳千六百年」という神話的なパースペクティブのなかではゴミのようなものだと、こんな印象をもってしまうのが詩的ネットワーク集団『歴程』の発散する不可思議な魅力と謎だ。

Ⅳ

定点詩書

1 「夢」を拒否する

連続シンポジウム「詩と歴史の切り結ぶ場所で」（『現代詩手帖』、2000）では、「現代詩の現在とこれからのヴィジョン」について野村喜和夫、城戸朱理、守中高明、永原孝道、野沢啓の5名が討議している。様々なことが指摘され語られていて、たいへん啓発された。ただし多くのシンポジウムに共通する特徴として、各自の発言は多様に交錯するが、それらは明確な焦点を結ぶことがない。「詩と歴史の切り結ぶ場所」がはっきり見えてこない。それぞれの発言にはいくつものずれがあるのだから、互いにもっと挑発しあったならより白熱した読み物になったであろう。闘争がなければいまこの場で闘争を作りだしてしまおうといった無茶な時代はとうにおわり、詩人たちを含めてだれもがとても理性的になったのだという世代的な感慨をあらためて抱いた。といっても、ここで私の言いたいのはそんなことではない。だれもが詩の状況についてとてもつらそうに発言しているということである。

寡黙なのではない。各自がおどろくほど博識かつ雄弁なのに、全体から受ける印象はつらそうに見える。このことが私には何よりも興味深かった。発言の内容よりもむしろこうした雰囲気こそ、詩のおかれた現在の状況をよく体現している。しかし詩について語ることが本当につらければ、発言をはじめから拒否している。何らかの享楽なしに詩への関与（産出であろうと分析であろうと）はありえない。

詩を書くこと、詩を読むこと、詩について語ること。これらはすべてある種の享楽にそって行われる。どんな激しい痛苦が作品に内在されていても、外見がどんなにつらそうに見えたとしても、詩を書き、詩を語るという行為そのものは本質的に享楽の変形であり、読む行為についても同様である。享楽の強度においてこそ、何らかのテクスト産出が可能になる。

たとえば岩木誠一郎の『夕方の耳』（ミッドナイト・プレス）。ここにも、詩を書くことでつつましいけれど確かな享楽を見いだす詩人がいる。享楽というのが言い過ぎなら慰藉といってもよい。

雪の降るゆうぐれ

高台を走るバスに乗って
海辺の小さな町を眺めてみたい
そこには遠い日のわたしがいて
やわらかな耳で
世界に触れようとしているだろう
裸電球の光がつくる影におびえて
今にも泣きだしそうな顔をしているだろう
まだ発せられないことばや
たてられていない物音のうえに
ひっそりと雪は降りつもり
少しずつ
灯りをともした家がふえてゆくころ
ガラス細工のように記憶も透きとおる

（「夕方の耳」）

岩木の作品は、現在を生きるこの場所とはどこか別な時間や遠い場所との、あるいは夢との往還によって成り立っている。「雪の降るゆうぐれ」の時間に「高台を走るバス」に乗っている現在のわたし。「海辺の小さな町」にいる「遠い日」のわたし。生きていることにかすかな異和を感じ、自己の意識が自己の身体から遠い。ここには日常のさりげないディテールが過不足なく書き込まれている。「やわらかな耳で／世界に触れようとしている」とか、「まだ発せられないことばや／たてられていない物音のうえに／ひっそりと雪は降りつもり」といったイメージは、凡庸な詩人には決して書けない。

福島敦子の『草の便り』（私家版）は「アメリカセンダングサ」から「風草（もうひとつの名はミチシバ）」まで、野の草々をタイトルとした17篇。

狂ったように信じたあとは。
激しく求めて。
うなだれて。
姫女苑の花がぼうぼうと揺れていて。
その中をわたしはただ。
生まれる前から乗っていた列車で運ばれていくだけ。

（「姫女苑」）

岩木の「バス」「遠い日」と福島の「列車」「生まれる前」。これは明らかに相似的な関係にあって、どちらも現在のこの場や時間から乖離する感覚で書かれている。ただし福島の作品はいくぶん不安定であり、岩木の作品がはっきりと2元的なかたちで成立しているのに比べると、少しだけ均衡が崩れている。「あなた」との対的な関係として表出されているせいだろう。身をゆだね、ひたすら遠くへ「運ばれていく」だけでは、元の場へ再び着地可能かどうかわからないのだから。

きわめて平明な表現に終始するこの詩集が読む者を強くひきつけるのは、恋愛感情をモチーフとしながら、実は、そのずっと深層に無意識的な死への想念を抱え込んでいるからではあるまいか。想像力における自死願望（ここでは「心中」としてあらわれている）は決して退行的なものではなく、むしろ遠さを徹底させることにより、至福といってもよい原初的瞬間を取り戻すための鮮烈な方法なのだ。

岩木誠一郎や福島敦子の作品とはまったくちがう表現の質をもっていながら、大下さなえの『夢網』（思潮社）もまた、自己からの遠さを主要なモチーフとしている。たとえば「するりと、剥がされてゆく夢、だれのものでもない身体が、／踏み切りの向こうで、ひりひりと点滅する、」（「寒天」）「眠りは凪いで、／遠い枝に引っかかっている」（「ガラス」）「記憶はいつもうしろから奪われ、／声も身体もなくなってゆく／どこにも、いることはできない。」（「陽炎」）というように。

ここでも意識と身体の同一性を失いかけている点では共通している。ただし、岩木が現在のこの場所と別な場所との2元的な往還において、福島が対幻想的な情念の放出において、それぞれ作品を成立させているのに対し、大下の場合、たとえ「あなた」が見えたとしても、そのような2元性はすでに失われている。というより、はじめからない。

糸がうすく透け、
かたむいたあなたが沈んでゆく、
夢はまっさおに透き通り、
打ち寄せる骨のかけら、
ほつれた見知らぬ目、
浮かびたいと思うのに、
何度でも底にからめられてしまう、
爪を切る音がする、
だれもいない廊下をさまよい、
影が蛇口みたいにひねられる、
汗の匂いが広がり、

ガラスの向こうの瞳のなかで、
目を開くことができない、
(「陽炎」)

行末には必ず読点(まれに句点)が打たれ、1行1行をはっきり確認するようなリズムでことばは展開する。行から行へとわたる直接的な因果性もかなり断ち切られている。引用部の1行目「糸がうすく透け、」から6行目「浮かびたいと思うのに、」まですべてが独立したイメージの表出であり、相互的な因果関係をもっていない。にもかかわらず、まったく断片的な併置ではなく、ある統一感をもって感じられる。それはなぜか。大きな理由は、どの行も身体感覚の表出であるということ。骨が打ち寄せられたり、目がほつれたり、影が蛇口のようにひねられたり、ガラスの向こうに瞳があったりといった、木下の次々に繰り出す奇妙な光景が、現実と隔絶しているようでありながら、どこかで私たちの身体感覚と微妙に呼応し合っているために統一感をもつのだ。

もう少しいえば、ここに書かれている光景こそ、身体感覚としての〈現実〉といえる。『夢網』のほとんどの作品は、句点ではなくて読点でおわっているために、詩集全体が意識と身体をめぐる1篇の長大な作品として読むことが可能である。読者は、この作品から自己同一性がばらばらになるような奇妙な感覚をおぼえるのだが、むしろそれは私たちの身体感覚の方が、先験的な概念によってあらかじめ自己拘束を受けているせいである。

泣き声が響き、
何度も何度も、
神経がうすく引き剥がされる、
あなたは厚みを失って、
層になってぶれている、

（「床下」）

こういう詩句は何かあるもののメタファーではなく、木下さなえにとっての、そして私たちにとっての現実そのものだ。生まれて以来、私たちが形成し、あるいは形成させられてきた心身の秩序。セルフ・ディシプリン。その習慣的な枠を取り払ったむき出しの場において、はじめてこうした作品が生成する。「わたし」と「あなた」と「わたしたち」について、曖昧で不安定な関係性がそのままここでとらえられている。

意識と身体をめぐる規律を白紙に戻しながら作品を生成させようとするのは、現代詩のひとつの傾向である。ただ、岩木の詩集にも感じたことだが、この詩集に不満をおぼえるのは、作品への夢の導入である。「夢網」とは聞きなれないことばだ。夢が一面に張りめぐらされていること、つまり夢のネット（ワーク）という意味なのか。あるいは、夢と現実がまだら模様に混じりあっている状態のことか。詩と夢とをアナロジーする詩人や批評家の存在を知らないわけではない。また、「夢、それは荒涼たる空間のうちにうがたれ、混沌のうちに砕け散り、喧騒のうちで炸裂し、もはや息も絶え絶えの獣のように死の網に捕らえられている実存なのである」といったフーコー的な夢の定立を否定するわけでもない。むしろこうした視点から作品を夢のアナロジーとして読み込んでしまうほうが納得はさせやすいだろう。

しかしながら夢とは、睡眠時におけることばを介在させない幻覚体験のことだ。それに反して、詩はあくまでも覚醒時におけることばの享楽体験である。当然のことながら、夢は詩でなく、詩は夢でない。作品に導入された途端に、夢は詩にとって外在的な装置となってしまう。うがたれ、砕け散り、炸裂するのは、夢ではなくて、絶対に詩（＝ことば）そのものでなければならないと、私自身も作品のなかで何度も「夢」ということばを使っているのを棚に上げつつ、この機会に言っておきたい。このことにさえこだわらなければ、身体感覚の零地点から波動のようにことばを生成していくすぐれた詩集であることは確かだ。

木澤あすか『破鏡』（思潮社）では、たとえば「そこに／みずからさえもいないという／黒絹のような無為のさなか／文字だけの静謐が／ひとりを歌い／わずかな希いのもとにわたしに／なにかを讃えるようにしておとずれる……」（「空墓」）といった詩句を充分に享楽できる。

戦後詩をよく読み込んでいることが詩集の隅々から感じ取れ、その点からも今後の可能性が期待される詩人である。ただ、先人の作品を読み込むことは大切であるが、若い世代として戦後詩的な表現や枠組みへの警戒が必要だし、古語への偏愛も、もう少し巧妙に処理すべきだ。

野木京子『枝と砂』（思潮社）は、『銀の惑星その水棲者たち』（矢立出版）から5年ぶりの詩集。

どの土地も
風がすこし違っていて
ただわたしが
透き通る茎のようになると
風のなかに棲むほそい小さな、たくさんの
あふれるように声がおりてくるので
わたしもわたしを指先から砕いて、散らす

（「土の粒子、すり抜けるように」）

風や水や空や砂への微細な感覚がよくとらえられている。さまざまな自然の物象や町々のなにげない佇まいまで、やさしい視線が届き、対象と多様に触れ合うことによって表出主体も

「ほそい小さな、たくさんの／あふれるような声」によって、「指先から砕いて、散らす」ように変容していく。こうした部分に野木京子の、詩人としてのかけがえない資質を感じる。

詩としてのスケールの大きさや完成度の凄さでは、宗左近の『透明の蕊の蕊』（思潮社）が圧倒的に群を抜いている。

　花は不透明
　　でも　わたしが見つめているとき
　花は透明

　　　宇宙が見える

　わたしは不透明
　　でも　花から見つめられているとき
　わたしは透明

（「青い空」）

部分的な引用ではまったくもどかしい。ほんのいくつかの平明なことばがつつましく配置されているだけなのに、読む瞬間ごとに高圧電流のごときことばの発するエネルギーが激しく生み出され、読者は異次元へと放り出される。その不思議な体験は、ほとんど魔術的なものといってよい。詩などという狭いジャンルを超え、日本語の力が生み出した高度な達成として、ふだん詩を読まない一般の読者へも差し出されるべき詩集だ。生きるためにことばが必要であるとするなら、このようなことばである。

2 逸脱すること、破片であること

武田肇の新詩集『ある古國、ある古童』（銅林社）は、序詩と14の章よりなる長編詩。カバー見返しの著者名と並んで「I saw thee, boy, one summer's day」、中扉の裏には「枝がはね返った」と印刷され、この詩集のモチーフを簡潔に提示する。はね返る木の枝のイメージは少年のしなやかな脚に重なる。夏の少年たちの《脚の韻き》、フットステップ（足踏み、足音）。男子中学生の裸の太腿。脚は小文字yの視覚的な「レッグ・ライン」であり、宙をとぶ曲げられたスプーンでもあり、ある時はダブル・オベリスク（方尖柱）へと変化する。

木の枝は、はね返るだけでなく、突然に裂ける。裂けていく動き、裂いていく力。詩集のサブタイトルが、「Bithynian boy of Hadrian」であり（ビティニアは小アジアの古い国の名。この国名はthy すなわちthigh 太股、をかかえこむ）、ローマ皇帝ハドリアンのナイル河で死んだ侍童についての記述も補注にあるから、タイトルの「古童」とはもちろんそうした少年を意味する。裂くもの、棒とは「棒状の孤獨」つまり男根。この作品のなかの、小部屋に取り残された少年にとっては、建物全体さえも建つ物（＝勃つもの）だ。次のような詩行に、少年愛の様子はきわめて詳細かつ具体的に読み取れるだろう。

階段と廊下、戸や床、天井や壁など組まれ建て込まれ圍ひこまれ締めつけられ壓縮されふさがれ集められ整調され摩擦しあふもの全てが、今や一分の狂ひもなく少年の内部に入り込み貫入しようと殺到する、みよ。かれの足首を攫む手は（ソレガナニデアルニセヨ）その震慄の歓喜を鬱然たる構造物全體（の闇の部分）へ枝状に傳達してゐる。それはあちこちに不和、あつれき、衝突を生じ、最後の絶叫的解放の瞬間がくるまで運動をつづけてやまない。

（第2章）

この詩集を成立させているのは、枝がはね返ることを起点とし、少年の脚の筋肉の動き、肉が裂けること、そして「絶叫的解放の瞬間」にまで至る、ことばの喚起するイメージのさまざまな連動であり、詩人の言を借りると「碎動」である。言語の錯乱と振動が引き起こす歓喜を作品全体へと拡げ、作品の「あちこちに不和、あつれき、衝突を生じ、最後の絶叫的解放の瞬間がくるまで運動をつづけてやまない」ことばたち。

詩集後半に出てくる「まらるめノ鏡ノ城」や『途上の「書物」』という詩句を見るまでもなく、言語とその働きについて、マラルメを想起させるほどすみずみまでよく考え抜かれている。ページを開くと、右ページ下には散文による補註が続き、左ページ下には片仮名まじりの詩が横組みに印刷されていて、それぞれが複雑に連動し合い組み合って一冊の詩集（＝書物）を形成する。補註のなかでは、父親のオートバイの後ろに跨がる少年の姿が反復されるが、これなどツァイ・ミンリャンによる映画『河』の一場面を彷彿とさせる。（『河』では息子のオートバイの後ろに父が跨がるという点でこの詩集と異なっているが、この父はゲイで、しかも最後に衝撃的な父子相姦シーンがある。）

古童とは鼓動をも意味しよう。心臓の律動的な動き。暗い深みにひそむものが、何かに触発されて動きだすこと。木の枝が跳ねるようにふるえ動くこと。「浸透し、逸脱し、踏み（こえ）、犯し、そむき、／（微笑のやうに）すぐ消え、ほろびうつろひ、一點へと飛び、光線を透し、うっとりとさせ／生まれ變らせ、（海王星よりも）外方へ、變質し、横切る」ような、複雑で微細なことばの運動がここにある。

井上尚美『骨干し』(書肆青樹社)も、吊橋、雪の情景、靴など、まず具体的な像をきちっと造形した上で、像にまつわるドラマを織り上げる。どの作品も、対象へのゆるぎない凝視が読むものにつたわってきて、緊迫感がある。

中国大陸北部の黄土高原に生まれた風は
気のとおくなるような歳月をかけて
堆積された黄土を吹きあげて
その時……
風のみち筋を少しばかり迂回させて
こちらは〈瞬きするほどの歳月の堆積〉なのだけれど
その中に埋没した土饅頭たちの砂粒も
搦めとって日本にやってくる
国境をもたない風にしてみれば
まるで小さな溝のような日本海を鳥のように渡って
私の庭にも黄色い風を吹かすのだ

(「黄色い風」)

中国から日本に吹いてくる黄土風に、作者の意識や感性を充分にぐぐらせているので、イメージに厚みがある。作者が想像をめぐらせているのは「土饅頭」(土を盛り上げた簡単な墓だと註がついている)をめぐる物語である。この墓に、かつての戦争で日本人たちが中国に置き去りにした子供たちを想う、「私たちが海の向こうに置き去りにしてしまった幼いものたちのたましいが/黄色い風の中でひらひら舞っている」という詩句がこの作品のテーマをなしている。一読、感動的であるが疑問も感じる。こうした「感動」をそのままで肯定してみても、どこか居心地のわるさを感じてしまう。日本と中国、現在と過去。その関係はこの作品で感動的にイメージ化されているほど簡明なものではないからだ。

だから現在の像から過去の物語へというパターンに嵌まってしまわない作品の方に秀作がある。たとえば表題作の「骨干し」では、秋の黄色い日射しに包まれ、空気の「さらさらと鳴る」なかで母親の骨壺をとり出すと、溢れる水に群青色の空が映り、それを透して骨がひしめき合っている。後半で物語へと流れそうな部分はあるが、対象への凝視が最後まで持続してぶれることがない。むしろこちらの方を評価したい。

対照的なのが、北川透の『黄果論』(砂子屋書房)。北川も世界を凝視している。けれどもそれが作品として明確な全体像を結ぶことはない。

いつどこでその小さな黄の　ふるえは止まるのか　教えて欲しい　黄の中心は燃えているのか　凍っているのか　誰にも分からないが　細い殺意は紙の眼を射通し　しろいやみのなかに隠れ金属質の摩擦に耐えている　教えてくれ　いつどこでそのインィンとふるえふまえる　ピンのいのちは途絶えるのか　いったい黄にはどのような理由があって　誰の心臓を狙っているのか　すべての問いは問いの縁から崩れていき

（「ふるえふるえる、ピン」）

この詩集にも「黄」の色が遍在している。タイトルが『黄果論』だから当然のこととはいえ、「黄色い猿」「黄色いサクランボ」「黄色いキリスト」をはじめ、「聖なる黄」「浮遊する綿毛状の黄」「黄色交配」「黄の帝」「黄色い肌の帝国」と無数の「黄」があふれ、しかし「黄」が表象するものはすこしも明らかにならない。「黄果」という文字から読者はすぐに「黄禍」という文字を連想するだろう。「黄果論」という語は裏側に「黄禍論」を抱え込んでいる。といっても、ここでかつての黄禍論やそれへの批判が直接的に展開されているわけではない。

黄にあこがれ、黄の鎖で誇らかに繋がっているきみたちを、もっともらしい理屈をつけて非難する馬鹿者は、たとえ帝王であろうと、革命の戦士であろうと、黄色い縄で縛り上げ、黄色い紙で作った三角帽子をかぶせ、それに「こいつは豚」とか、「某はどぶ鼠」とか書いて街中を引き回せ、とMは怒りに震えて語った。

（「複数のM」）

ここでの「M」は、毛沢東の頭文字Mのようだが、ほかの部分では松本智津夫（麻原彰晃）を連想させる（麻原を音読みするとマー・ゲンとなりイニシャルはやはりMである）。他の作品には、松下昇ではないかと思わせるMも登場する。だが、この詩集において、「黄」とは何か、「M」とは誰かなどと問うことはまったく無意味なのだ。Mが毛沢東であろうと麻原であろうと、他の人物であろうと、あるいはそのすべてであろうとかまわない。ここで詩人がやろうとしているのは、決して単一の像に還元できないものとして、世界と世界にかかわる一切を触知しようとすることなのだから。

そもそも〈世界〉とは見えるものなのか、そして私たちにとって何かを見るということは果して可能なのか。先に井上尚美における凝視に一定の評価をあたえながらこのようにいうのは矛盾をきたしていると受け取られるかもしれない。だが私は、凝視の姿勢に耐えることは何ものかでありうるとして、凝視した結果の〈像〉そのものにさして意味があるとは思わない。はっきりと見えるかたちで世界は存在しない。いや見えるということばじたいがどこか胡散くさい。この詩集で北川のとった方法は、凝視しつつ何も見ないことだ。肉眼で見たものをいくら記述してみても、それは決して〈世界〉には行き着かない。「凡庸な物語」や「雑な抽象」をきっぱりと拒否するならば。

個々の私たちはすでに、黄色い砂嵐のなかの「無数の破片」つまりは黄色い砂粒のような存在にすぎない。そういう認識を徹底しないかぎり、これからも「複数のM」たちのような存在がこの社会から消えることはないだろう。肉眼で見ることを拒否し、複数の、無数の「わたし」が全身に感じる無数の「痒み」を掻きまくるように、複数の感官とこすれあって生じたものへの記述を持続するとき、そこにやがて泛び上がってくる、単一の像に収斂することのない了解不可能な拡がり、それを仮に〈世界〉と呼ぶ。そのようなかたちでこの詩集は私たちのまえにある。

この詩集のなかの「黄」は無数の砕片としてさまざまに変化していく。「黄変米」から「黄果」まで。それだけでも詩として充分に堪能させられる。ただ、作品によっては論理的すぎる展開が気になった。欲張りな読者としては、毒々しい果汁が滴り落ちるほどの放逸さによって、また「凡庸な物語」のみならず作品の展開プロセスそのものが論理から逸脱することによって、読むことじたいが激しく裏切られることを期待したい。
ドニーズ・ジャレの訳詩で知られる鈴木孝の『泥の光』(思潮社)でも黄砂が吹く。生誕から現在に至るまでの時間をたんねんに辿り、縦糸に具体的な自己史とさまざまな社会的事件を、横糸にランボーの『地獄の季節』をベースとした精神的な遍歴を、それぞれ織り込んで厚みのある長編詩となっている。ただし頻出する「地獄」「狂乱」「魂」「天使」「悪魔」「永遠」といった語をすんなりと受け止めることができない読者にとっては、読み解くのにかなり難渋する。

黄砂が吹く…
俺の肌の色の砂嵐が吹く…
俺の目に俺の口に俺の耳に、入り込める穴という穴から黄砂が容赦なく吹き込んでくる…
(中略)
この黄砂嵐は何なのか…
経文を背負った黄色肌した悪霊たちの吐く懺悔の吐息なのか…
俺はどのような悪霊に誘われてここまで来てしまったのか…
(第5章)

ここで、「この黄砂嵐は何なのか」と問いのかたちをとっても、「黄砂」という語の拡がりはすでに書かれた時点で作者によって一義的に確定されてしまっている。「悪霊」などの語についても同様である。大冊であるにもかかわらず、大きな拡がりをあまり感じさせないのはこのためである。

林政子の『さくら』（思潮社）には、宇宙感覚を凝縮した奥行きのある世界が開かれている。

雪が
あのように
軽やかに
舞えるのは

わたくし　というものを
放してきたからでしょう
空のおくに

（「音もなく」）

さりげなく書かれるたった7行の短詩が散文ではとうてい表現できないものをあっさりと表

現してしまう詩というジャンルの不思議さにおどろかされる。

「心臓も肝臓も売り買いする／この荒寥　殺伐たる／生きがたい世を／いかが　おすごしですか」（ごきぶり）という「ごあいさつ」ではじまる比留間一成『博物界だより』（土曜美術出版販売）のほどよいユーモアにも好感がもてた。詩を書くことを心からたのしんでいるのがいい。

成田ちる、荒川純子、南川優子、奥野雅子による『しろつめくさの恋』（PICO）は、与謝野晶子の歌集『みだれ髪』から好みの作品を引き、想をえた恋愛詩集。伝統的な短歌形式にジャンルとしては遙か後発の現代詩が挑む、といった肩肘張ったところはまったくみられない。それがこの詩集を気軽に読ませる理由でもあり、またやや ものたりない点ともなっている。「その日より魂にわかれし我れむくろ美しと見ば人にとぶらへ」と歌った晶子の短歌が、イメージ群を垂直に圧縮して美を生み出しているのに対し、南川優子の詩「いじけたムクロを遙か離れて」ではひたすら水平的な展開をもつ。このあたりの歌と詩のちがいをもうすこし先鋭的に際立たせ、現代詩成立の契機を問うほどの問題意識をみせてほしかった。

金子光晴、尾島庄太郎共著の遺稿による『イェイツの詩を読む』（思潮社）は、野中涼の編集により、ふたりの死後20年以上たってから日の目をみた。代表的な作品50篇について、イェイツ専門家である尾島が訳詩と注解を行ったうえで、個々の作品について金子と対談するという3部構成。イェイツの詩の魅力が翻訳によってどれほど伝わるかということについて、私はかなり懐疑的である。だが、道化の姿に詩人の自己像を託した作品「鈴つき帽子」にひそむマゾヒズムについて尾島の指摘を受け、「しかし、マゾヒスティックな道化にもなれない恋人は本当の恋人じゃない。絶望と戦って、高慢をくじかれる。謙虚になる。相手を一個の独立したりっぱな人格として見るようになる」と金子が応じていくところなど、対象とする作品とそれを語る自己の恋愛体験とが渾然とまじりあい、興味がつきない。イェイツの詩への理解が深まるだけでなく、詩を自分の興味や体験や感性にひきつけてどのような姿勢で読み込み、肉薄していくかという、詩の読解方法への示唆もあたえてくれる。

訳詩といえば、佐川亜紀が長らく詩誌『潮流詩派』に連載していた韓国詩人論が、『韓国現代詩小論集』（土曜美術出版販売）としてまとまった。私たちの韓国詩理解は、李箱、金芝河や高銀などごくわずかの詩人に偏っているだけでなく、詩史的な流れの理解においてもまったく不充分である。この論集では、「新世代」「確立期」「草創期」の3つに分けて韓国詩人を熱く論じている。

とくに、同時代詩人というべき中堅・若手の詩人たち20名の手際よい紹介が貴重だ。ベストセラーになった『三十歳、宴は終わった』が話題の崔泳美など、興味を持ちつつもまとめて読む機会はこれまでなかった。崔のほかに蔣正一、河鐘五、韓成禮といった個性的な詩人たちの紹介がある。この論集を承けて、個々の詩人たちの詩集をまるごと翻訳出版するような企画があらわれることを期待したい。

3　年月に耐えたことばたち

思いがけず感動的な詩集に出会った。谷敬の遺稿詩集『光、そして崖』（津軽書房）である。1960年前後の作品を中心に、詩とエッセイが収められた300ページの大冊だが、どの作品にも清新で細やかな言語感覚が息づいている。

そのときぼくは速力であった
アゴをひいた力であり　街の流れであった
開いたり閉じたりしながら仕事が待っていた
道にはツルハシが置いてあり
ランプは青だった
・・衝撃がきた
世界が前のめりにとび去り
ガラスと青空がはじき合って砕けた

回転しながら投げだされた　ぼくの前で
ゆっくりと空がその位置を変えた

（「交通事故」）

最初期の作品。交通事故の体験を素材としながら、ここには感情の濁りがない。自身の体験を冷静に見つめる、もうひとつの清明な視線。日常的な事件が、主体と世界との予期しない衝突という存在論的な次元へと転位する。それを可能としたのが作品に内在するもうひとつの目とでもいうべき客観的な視線である。

やがて　風がながれて
救急車の呼び声がむかえにきた
そのときだった
ぼくがひとびとに答えようとしたので
今度は命の奥のほうで
ふかぶかと最後の衝撃がきた
……そして問いがきた

（同）

最終3行の意味するところをわかりやすく説明することはむずかしい。「最後の衝撃」と「問い」の意味について詩人は寡黙である。この問いは事故に出会い生命が危機にさらされることによってもたらされた。そして生命よりもさらに大きなものを、ここで詩人は見つめている。谷敬は、長らく『詩組織』という詩誌に所属し、いわゆる社会派の詩人とみられてきた。初期の作品には、60年安保闘争に触発された作品が何篇かあり、70年代にはみずからの会社の倒産体験を扱った「倒産法」という興味深い連作もある。詩人の目はつねに自己と社会との接点から離れることはない。けれども、この詩人が生涯をかけて追求したのは、社会の表層的な事象ではなく、世界と自己とのより根源的な関係の在り処であろう。

わたしはここに存在しているのだから確かに「在る」ことは間違いないらしい。しかしそれはかたちではなくて、回転する存在感のようなものらしい。ここは球形の内部のようなものなのだろうか。粘膜には、やはり血の匂いが混ざり合っている。どこまでも暗く、曲がりくねって細くつづいている管の内壁に沿って流れていく。壁にぶつかりそうになり壁を押しのけながら、管の内部を回転しながら転がっていく。……どうやらわたしは不整脈の内部にまぎれ込んでしまったらしい。

（「壁についての断章」）

世界のなかでの自己の存在のありようを問うこの作品は、作者の死によりここで未完におわっている。50年代末より90年代まで、この詩人の追い詰めていたテーマがかくもいっかん性をもっていたことに驚かざるをえない。今まで私はこの詩人の作品について何も知らなかった。その死後はじめて、発表作品のほぼ全容をまとめて目にしえたことは思いがけない喜びである。岡田兆功の『譚その他』（審美社）もまた年月のもたらす風化に抗い、屹立してきた詩集である。私の手許に、『岡田兆功詩集』がある。72年におなじ出版社から選詩集として刊行されたもので、ひとまわり版が小さく、厚さも半分ほどだが、装幀も内容も雰囲気はきわめてよく似ている。「ある緊縛だけが、あやうくみちを辿らせ、高度をきざんで身を搬ぶ」（「胸乳」）ごとき詩法。このストイックな強度が、岡田の詩作を歳月による風化から隔絶させた。

なんにも見ないことで
僅かに彼は知っている
世界を
知っていることにして

僅かに生きている
なにものをもだから捉えない
ただ捉える夢をみる
まるで
自分の内臓をのぞきこむように

（「彼は」）

世界とかかわる姿勢において、岡田は谷敬と対照的だ。谷が世界をあるがままのものとして認め、それに可能なかぎり正面からかかわろうという姿勢をもっていたのに対し、「こちら側・ここに放り出されて／わたしは在るしかないだろう」（「ひときれ」）というネガティブな認識をもって、つまり岡田はいわば負の関係性として世界をとらえる。。もちろん、こちら側と向こう側との関係は、ネガとポジのように容易に反転するものとしてある。反転を用意するのは記述の方法である。死者のようなかたちで詩人が放り出された「ここ」は、ひたすらな内在的思考の動きによって、世界ならざる世界すなわち〈異界〉と化す。岡田の詩の根底にあるのは、空虚としての生に耐えながら厳密なことばの操作を通じて「ある言い難い領域」の向こうに到達しようとする詩的な情念である。

宗左近『鑑賞百人一首』（深夜叢書社）は、学習参考書あるいは教養書とまちがえられそうな書名であるが、これはまぎれもなく詩集である。それも、とびきり新鮮な現代詩だ。

各見開きの右ページに「小倉百人一首」の和歌と大意、簡潔な評釈、そして作者に関するコメントが付され、左ページには現代詩訳がある。百一首の和歌すべてにわたって101篇の詩を書く宗の産出力には感嘆せざるをえない。73年の初版から詩の2篇を新訳に、55首を改訳したという。これもまた、長い年月にわたるたんねんな仕事である。

現代詩訳とはいえ、すべて宗左近独自のオリジナル作品として受けとめた方がよい。たとえば、「今はただ　思ひ絶えなむ　とばかりを　人づてならでいふよしもがな」（左京太夫道雅）という一首。禁じられた恋の苦しみのなかから身をよじるようにして発せられたこの歌につけられる宗左近の詩は、「あなたがいる／人々がいる／わたしがいる／燃えているものは燃えていて／あなたがいる／人々がいる／わたしがいない／わたしを燃しているものは燃していて／あなたがいる　いるあなたに／人々がいる　いる人々のために／わたしがいない」と始まる。

恋の相手に別れの言葉さえ直接は告げることのできない立場におかれた男の煩悶を、宗は独特の語法で執拗に表現している。けれども、ここで強く感じるのはそれだけではない。どのように身悶えしようと、和歌では57577という定型律の器に回収せざるをえない情念の苦しみを、詩では定型にこだわることなく、思うがままに反復し、ずらし、交差させることによって、その燃焼に見合うだけ充分に展開し、さらにそれを超えてしまうことさえ可能だということを、この作品は示している。

宗はここで、初学者とともに型通り百人一首を鑑賞するかにみせながら（実際、そうはしているのであるが）、和歌的なるものの限界を超えて、詩のことばの可能性をどこまでも展開する。宗のタームを一部借用すると、雅びの制度に対する縄文的生命力の突出とでもなろうか。ここに定型をすてた現代詩のもつ定型を超える可能性を見ないかぎり、この書があらたに復刊される意味は理解しえないだろう。

渡辺斉『わが席・幻影』（錫言社）は、80〜88年にかけて書かれたもの。ほぼ全篇にわたって、「定刻出勤」「社員食堂」「宴会」「退社」「退職」といったタイトルで職場風景への嫌悪や怒り、呪詛に近い思いが綴られる。

ドアを開けると必ず悲鳴が起こる
始業時刻が嫌でたまらないのだ
誰かの怨念が天井のあたりを這い
室内は見とおしがきかない
床をコンピュータの回路が横切り
白髪の男が机に泣き伏している

書類はじっとり湿っぽい
キャビネに入っているのは忠告ではない
人をおとしめるための朱肉を
もう一つ追加する
鋏の片刃がはげしく光っている

（「不透明な事務室について」）

ここに描き出された光景はほとんど劇画に近いほど誇張されていて、とうてい現実に見えるものではありえない。にもかかわらず、ドアを開けた途端に悲鳴が起こり、怨念が天井を這いまわり、初老の男が机に泣き伏し、事務鋏が不気味な殺意に光るといったこの光景には、重すぎるほどのリアリティがある。

銀行員時代を振り返った渡辺は、「私に詩がなかったら、私の心は死に、あの砂漠の旅を無事に終えることはできなかっただろう」（あとがき）としるしているが、サラリーマンでもある詩人が、詩という武器を手にして企業社会を生き抜いた記録がこの詩集だといえる。死ないためには戦わなければならない。この戦いは、認識—理論—意志—実践といった社会公認の形態とは無縁に行われる。理性を擬した公認形態の表現は、出口のない閉鎖回路として多様な戦いのスタイルをひとつの秩序に押し込め、結局は圧殺してしまうからだ。劇画に近いアナーキーな記述スタイルをどこまでも持続することによってこそ、渡辺の詩はよく〈現実〉に拮抗し企業人としての旅を終わらせた。
山口謙二郎の『明日の何処』（highmoonoon）ではどうか。

師走の火傷の足の甲の腐りはじめの皮膚
剥がし千切りつ老人の夢の行方定まらぬ
妄想心地よく睡魔訪れる免許証更新のべ
ンチに早う穴覗けと冬のアッパーカット
見事にきめた偏執視力係官なみだ目に見
やる穴に欠け○印夥しく点滅し答えに窮
する風情……
（「更新」）

身体の覚束なくなった老人が、運転免許証の更新にでかけ、次々と係官に翻弄されていくありさまがデフォルメされて描かれている。改行をせず、ここでもほとんどコミック調の記述はそれなりにたのしめる。平凡きわまりない日常の断面が、不自然に誇張されて記述されることによりふしぎな情動性を帯びてくるのだ。

布村真理『ドリーム・チャイルド』（紫陽社）からは、現在を生きるものの不安定な心情、とりとめない時間にひたすらゆられている意識が伝わってくる。

目眩の青
垂直に切り立つ時の青を見上げた
次もまた夏だといいのに
そう話しあって
丈夫なグリーンアスパラを
バターで炒めて何本も食べた

（「パーマネントブルー」）

行き先のみえない恋人たちが、真夏の青い空を見つめたあとで、炒めたグリーンアスパラを食べるというこの部分は秀逸。ただ、詩集全体の読後感はややものたりない。もうすこし表現の強度がほしい。

4　絶えざる始まり

宗左近による39冊目の詩集『宙宇』（思潮社）。数多くの詩集のなかに、宗の詩集は他を圧してくっきりと屹立している。スケールの大きさの相違があまりにも歴然としていて、他の詩集といっしょに並べることなど、とんでもなく不遜な行為だと思えるほどだ。はしゃぎまわる子供たちのなかに、ひとりだけ大人が混じっていたとしたら、だれだって同次元にならべて感想をのべることをためらってしまうだろう。

と言いつつ、やはりここで『宙宇』にふれざるをえないのは、宗左近の詩の世界がひとつの完成に向かうことを示す画期的な詩集であるためだ。むろん完成などということばも、宗の詩にはまったく似合わない。そうしたマイナーな概念と無縁なまま、傍目には天衣無縫ともみえる産出力をみせるところに、この詩人の途方もないスケールの大きさがあった。そのことを前提としたうえで、ここには、詩人みずからが「五十数年かけて書いた黙示録」という、現実を包含しつつそれを超える異次元的な世界が出現している。戦争末期に世を去った「親友四名と母」との対話というかたちをとり、「本書を書くための年月が、わたしの戦後でした」（覚書）と述べるこの詩集は、宗左近の長い詩的営為の総決算である。

何がわたしを生んだのだろうか
わたしはそれを知るのを喜ばない

たぶんわたしは無から出てきた
けれど無は生む意志などもちはしない

そしてなぜ　いつまでも無は無で
あり続けることができなかったのか

無はおのれを殺したに違いない
おのれを否定しない無は無でありえない

すなわち始めに自死があった
無は血を噴いた　それが光である

ただし　無は消えることがない　つまり
自死はまた自死する　その自死は連続する

そしてその連続こそが有である　したがって
有は無の様態であるにすぎない

しかし　様態であることに様態は堪えられない
そこで　実態であることを夢みるほかはない

おお　わたしとは　神とは
その夢みられた実態であるにすぎない

（「虹」、前半部）

詩集は、神、司祭、巫女、長老、死者それぞれのモノローグというかたちの9部構成をとる。引用した部分「虹」は、神が語る「始源」のなかの作品である。神が語るなど、ギリシャ悲劇ならともかく現代詩では荒唐無稽としかいいえない。しかしこの場合はちがう。宗左近の詩における神は、たんなる宗教的な神ではない。私たち人間や肉眼でみえる自然を超えたもの。そうした超自然の根源的な始まりを形象化するために設定された存在である。「おお　わたしとは　神とは／その夢みられた実態であるにすぎない」と。

ただし、ここでの「始源」が、普遍的な意味での神話のもつ特権化された本質と無縁であるということは充分に注意しておかなければならない。たとえばエドワード・サイードは、『始まりの現象』において、始源（origin）と始まり（begining）とを峻別する。前者は聖的、神話的、特権的であり、後者は俗的、人間が作り出すもの、不断に再検証されるものだという。おなじく「始源」ということばを使っているのでまぎらわしいのだが（サイードの「始源」は、むしろ「起源」と訳したほうがわかりやすい）、あとでふれるように、『宙宇』における始源は、あくまでも想像力とことばによって生み出されつつあるものであり、「夢みられた実態」という微妙な表現ながら実態そのものとは明瞭に区別されている。サイードの用語でいう「始まり」（begining）こそが、宗の詩での「始源」にあたる。

無の否定の連続としての、つまり無の様態としての有。だが、「様態」とは、みかけとしての、不確実な判断から推定される存在のありようにすぎない。そしてそのことに堪えられないから、実態として絶対的な存在としての神が夢みられる。ないもの＝無から、あるもの＝有が生成する。このあたりは、抽象的な思考の軌跡であるというよりは、ほとんど言語と論理のアクロバットに近い印象を受けるのだが、しかしこの重要な部分を欠いて『宙宇』の作品世界はありえない。なぜならば、死者たちへの鎮魂を全うするためには、有と無の相剋から生み出された魂のおさまる場をあらたに創ってやるべきだと詩人は思っているのだから。それこそがこの世に生き残った詩人の真になすべき行為であると。

これまでも宗左近は、戦争の死者たちへの鎮魂をテーマとしてきた。けれどもたとえば有名な長編詩『炎える母』を読んだときの強烈な印象はどこからくるのか。「母よ　炎えつきることのないあなたの／そのことのために　わたしが／炎えつきてしまいますように」（「祈り（B）」）のごとく、鎮魂に向けて発したことばが、詩人の内部へとはげしく逆流してしまう様相の凄まじさのゆえではなかったか。『炎える母』が、きわめて突出した詩集であることはいうまでもない。ただ、こうした詩集群のあたえる感銘は、死者たちへの鎮魂とはすこしちがったものであった。「魂とは何ですか。神の分身です。したがって、神の全身に帰ろうとして絶えず闇のなかをさまよいます」（覚書）という認識が詩人におとずれたとき、はじめて死者そのものの鎮魂が可能になったといえよう。とはいえ、

ここ　黒は黒でないから
　　　白は白でないのです
ここ　死者は死者でないから
　　　生者は生者でないのです

そしてもともと
　生者は生者でなくなるのが本望でしたから
もういつまでも　死者は死者ではないのです
あはははははは

（「ここ」死者笑う）

といった部分での「あはははははは」という、死者の発するなまなましい哄笑の響きに、詩人のかかえる深いニヒリズムの痕跡をも感じてしまう。

宗左近独特の詩法について、かつて岩成達也や野村喜和夫が、キアスム（交差的配列語法）のもつ重要な意味を指摘した。キアスムは「否定性を倒錯へと、あるいは擬態としての無限へと展開してゆく」（野村「キアスムの果て」）と。引用部分でわかるように、この詩集においても野村らの指摘する意味でのキアスムは縦横に駆使されており、それによって力動的に生み出されていく言語の律動的空間こそ、絶えざる豊穣な差異、すなわち「始まり」となっている。なぜ宗左近においてこれほど徹底したキアスムが可能になったのかといえば、ほとんど体質化したかなり特殊なリズム感覚によるものではないかと思う。幼い日、母にくりかえし聞かされた和讃の記憶について宗はどこかで語っていた。あくまでも推測にすぎないのだが、幼児期に刻み込まれたこのリズム感覚こそ、偏執的ともいえるキアスムを生み出す、宗の詩のもっとも原初的な場を形成しているように思われる。

春成素子『貝殻、耳のための』（七月堂）の諸作品は、ひたすら美へと向けられている。

ローマのテラスには
貝殻が無数にとびたっている
そこには切り取られた耳が
絹に包まれてうっとりとまどろんでいる

耳たちは聴くのだ
強度な静寂
沈黙のざわめき

（「La haine de la musique—L' hommage a P.Quignard」）

音楽であるなら美は疑いなく現前する。すべての生けるものの耳に。それじしんがあたかも生ける肉体であるかのように、まったく直接的に。耳は瞼のようには閉じることができない。だからたとえばパスカル・キニャールの小説には、音楽を愛しつつも強く憎む人物が登場する。

ほとんど怨恨のごとく。

詩人は、自力で閉じることのできない耳を切り取ってローマのテラスに置く。貝殻のような耳。聴覚神経を失った螺旋形のこの耳が聴くのは「強度の静寂」であり、「沈黙のわめき」だ。音ではなく文字を選びとるとは、そういう痛みに耐えることだ。この詩集から読者が感じるのは、沈黙の奥から聴こえてくる音のない音楽であり、音楽への詩人のなお強い愛である。

中村文昭編『現代詩研究（明治篇）』（ノーサイド企画室）は、えこし文庫版詩歌アンソロジーの第1巻。大正篇、昭和篇、現代篇も刊行の予定だという。明治初年の賛美歌・民権歌・新体詩・訳詩集『於母影』にはじまって、中西梅花・宮崎湖處子から末年の白秋・露風・啄木まで20人あまりの詩人たちの作品がおさめられている。１段組なので読みやすい。編者の中村文昭は、緒言で次ように興味深い詩論を展開している。

西欧の近代詩は、近代 modern という概念と切り離すことができない。ヨーロッパの詩人たちは、それぞれの地域の固有で特殊な民族性、精神性をもつ各々の国語と対決し、離脱して、グローバルスタンダードとしての「個人の自由と平等を実現する世界語（ランボオ）」を詩として実現しようとした。

ところが、日本人にとっての新体詩とは、ヤマトコトバとよばれる美的、情緒的な宗教的心情と接合した叙情詩のことであって、叙事詩は傍系に追いやられた。これが西欧近代詩との大きな相違である。なぜこのようなことになったのか。「以心伝心というコトバがあるが、日本語とは、発語、表出以前に共同体的な意味に根を張る了解がなされてのみ個人として発語可能な国語なのである」と中村は指摘する。

中村は、たとえば「花」という語を例にとる。「日本人なら、〈花〉と言えば、、それが〈サクラ〉とか〈ウメ〉という共同体一般の了解をもっている」と。ランボオにみられるごとく、西欧の近代詩人が自国語の指示性にもたれず、地域、民族、文化、宗教といった各々の宿命と運命にあらがって普遍的な個人の創造を果たそうとしたのに対して、日本の詩人たちは、口語自由詩というスタイルを作り上げた高村光太郎や萩原朔太郎でさえ、日本語の情緒的な共同体性（指示表出性）を断種できているとはいえない。

以上かいつまんで中村文昭の新体詩（近代詩）論を紹介してみた。編者の視点がこれほど明快に打ち出されているアンソロジーもめずらしい。そして中村の指摘する「日本語の情緒的な共同体性」は、戦後詩においても払拭されているとは到底いえないし、私のみるところ、むしろいっそう隠微なかたちで偏在している。そういう意味でも、このシリーズ現代篇の編集において、編者の視点がどのように生かされていくのかを期待したい。

ストレートに接続するわけではないが、現代詩文庫（思潮社）の『鈴木漠詩集』。個々の詩集や審美社版『鈴木漠詩集』（正・続）をもっていない読者には、ここでの必読を強くすすめたい。最初期から現在に至る精緻比類のない作品群以外に、詩論も収録されているのが貴重。とりわけ、塚本邦雄の『樹映交換』について書かれた「押韻の木陰で」におけるソネット論が白眉。この詩人が、詩論の書き手としても一流であることがわかる。塚本邦雄、清水哲男の鈴木漠論もたいへん力のこもった好論で、この詩人の特質をよく浮き彫りにしている。

5　世界のなかで書く

渋谷美代子『天地無用』（蛇蠍舎）。

夜毎の夢でわたしはしょっちゅう
ヘンなものになるのだった
鬼燈…霊魂（ただぐにょぐにょとおしあいへしあい蚯蚓
みたいにかたまって）…孵化しかかった鮭の卵…血のつ
いた刀…えとせとら
なかでも深い水の中
から必死に空へ向かっていた

莢えんどうのつるだった
日はなつかしい（まだ　けっこうウブで）

（「転転」）

鬼燈や、蚯蚓みたいな霊魂、孵化しかかった鮭の卵、血のついた刀。更年期寸前の女性が夢のなかでこういう像に憑依する情景は無気味だが、ある時期の渋谷は、飽くことなくこういう詩を書いていた。そこには書かざるをえない必然があったのだろう。

　だが現在の渋谷は、深い水中から空へ必死に伸びていく「莢えんどうのつる」についても同時に記す。しきりに夢の体験を書いていた頃の渋谷は、蚯蚓や鮭の卵の生々しさについては書いても、こうした向日的イメージは書かなかった。それは詩を書くという行為への、ひとつの価値判断であったはずだ。ところが今、かつては気恥ずかしかったかもしれないイメージについても、こうしてこだわりなく書いてしまう。そこに私は、歳月を経ることによってこの詩人が獲得したある自在さをみる。

　この作品が、「そういえば昔／北向きの流しの窓の下に植えたえんどうは／丈ばかり呆れるほどに伸びたけれどいっこうに花をつけなかったなあ…／なんて　よろばい／よろばい滓のようなヒト／のこころで想ってた」と締めくくられるとき、水中に沈んでいたみじめな存在が何とかして光の方へ向かおうとする必死な行為のけなげさやいじらしさまでが、くっきりと奥行きをもった場のなかで像として立ち上げられ、さらに相対化されていくありさまを私たちは感じとる。

昔々の生家を想わせる縁側には
季節のわからない光りがたまり
中ほどに　大きな蛇が一匹
鎌首をもたげて　とぐろ
をほどこうとしていた
夢から覚め　日
を経るほどに蛇はますます妖しく　あざやかに
ずずっ　ずずっ
と脳裏をすべってゆくのだが
はじめて　わたしに
姿を見せたあの蛇
は今も私の裡にいるのだろうか
それとも何処かへ去ろうとしているのか

というおかしな考えにとりつかれ
真昼
目をあけていても　縁側
がぼおっと見えるようになった
（そろそろ生理も上がろうとしていた

（「縁側」）

いかにも性的な（性的すぎる）蛇のイメージが、この詩人の手にかかると、何気ない日常のなかに、当然あるべきものであるかのように存在している。いつ読んでもそこがすごい。たんに像として性的なイメージを現出させることが目的なのではない。「あの蛇は／今も私の裡にいるのだろうか／それとも何処かへ去ろうとしているのか」と、問い返され、原初的な像をより広い時間と空間のなかへと解き放ち、相対化するまなざしがはたらいているのだ。

向日的な萊えんどうや性的な蛇を見つめ、相対化していくことで、ことばによってしか存在しえないある場、ある時空がこの詩集では生み出され、そこでは、同世代の女性たちの小集会が開かれていたり、死んだ知人たちがいたり、子供たちの遊ぶ公園があったり、コンクリートの柱に「たすけてくれ」という赤い文字が殴り書きされていたり、何にもない故郷の風景が広がっていたりする。おそらくは実際に体験したことや夢で見たこととは微妙に異なっているであろうこれらの事物や情景が、詩集のなかには確固として存在している。詩を書くことによって渋谷が果たしているのは、再現的な行為ではない。いかに強烈な記憶や夢を核としようが、書くことによってはじめて形成されるもうひとつの時空、あるいは詩人じたいもそこから締め出されてしまう外在的な詩空間なのである。

いっけんこれとは対極的なかたちを見せていながら、松尾真由美の『密約・オブリガード』(思潮社)も、究極的には同様の質をもっている。

真夜中のみずみずしい花火にやぶれて
しなる鞭の痕跡をなぞる手つきで
私たちはとおい傷口を舐めあい
充たされぬ想いを濃密に味わうのだ
終わらない遺書をしたため
まずは切断をめぐり
もろもろの糸をからめ
しどけない枷を
あらたに養う

(「あるいは終わらない問いへの告発」)

渋谷がある情景を視覚的に構成して提示するのに対して、松尾真由美の作品は、静止的な枠組をもとうとしない。行と行を繋いでいるのは、「しなる」「なぞる」「舐めあい」「味わう」「したため」「めぐり」「からめ」「養う」と続く動詞の働きである。書く主体は、無際限ともみえるこうした行為の連鎖においてみずからを持続させる。語が大きく飛躍したり完全に断絶したりする場合でも、読者が作品からはじき出されることはない。次々に溢出する動詞的機能の遂行によって、読者の意識が作品言語の動きと同調して持続するからである。これがスムースに遂行されているのは、松尾の身体感覚がきわめて鋭敏なためであろう。ひとつひとつの詩句のなかには、感傷的なものや体験や感情の生の表出としかみえないものも混在しているのだが、そういう部分をも含めて、作品言語は絶えず未知であることに向けて稼働していく。

すでに誰のものでもない
この振動体において
なお穏やかに
抱かれる安息は
零れていく

悲しい詰問の
裏側にある
（「同」）

重要なことは、生々しい身体感覚の導きによって、詩句をずらしたりほどいたりし続けながらも、それが書く主体の体験や感情の再現へも、整合性をもった枠組へも収斂していかないということだ。松尾の作品においては、ふたつの質をもった事柄が同時に進行している。まず「終わらない」ほど、身体性に基づく言語の運動をあくことなく持続させること。しかしそれは一方で、出来合いのコンテクストを容赦なく分裂させ、打ち砕く運動でなければならない。しかしそれその、錯乱に接近するほどの2重なる運動、それは「すでに誰のものでもない／この振動体」としかいいえないものなのだが、この運動とともに、私たちはここでも、書くという孤独な行為によってはじめて開かれるもうひとつの時空、ひとつの外在性を見出す。

ほとんど間を置くことなく刊行された日和聡子の『びるま』『唐子木』の2冊（ともに自家版）は、どちらもふしぎな詩集である。『びるま』から引用してみよう。

猿投げの会に誘われたもので
一度 行つてみようと

そういうはなしになつた。

九月の大猿会の折には、
くなが会長という人が
長袖長ずぼんでがんばつた。
立派なお姿であつたと
そう会誌に書いてあつた。

にわかに掻き曇つた空が
猿産みたちを喜ばし
橙色の腹時計が
宙に浮かんで
逃げまくる。

次回の猿投げの会までには
猿を百匹産んで来るようにと

帰り際　口を酸っぱくして言われたが
どのようにすると
そのように出来るのか
夕食の食卓で
額をくっつけ合わせせんばかりに
相談している

（「猿投会参夜」）

まるでだれもが知っている自明な事柄であるかのように「猿投げの会」という名詞が登場する。どういうものなのか読者はまるで分からない。「大猿会」も「猿産み」も「橙色の腹時計」も、いったい何のことなのだろう。会長が「長袖長ずぼん」でがんばるのがなぜ立派なのか。空が掻き曇るとどうして猿産みたちが喜び、橙色の腹時計が宙に浮かんで逃げまくるのか。そんな事情をあらかじめ知っている読者がいるとは想像し難い。

他の作品には、「浦亀使い」「投石大臣」「狭室」「犬師」「墓見師」「売道」「猫猿」ということばや、「ぞくならいそん　でんきないら」という「恨み言」や「じゃもいそんは　ひめそんだけらに」という「連呼」があったりする。まったく理解不能というほかはない。だがそれでは、読者の知らない語や言い回しが続出し、訳が分からないという理由でこの詩集は読むに値しないのか。そんなことはない。

ある作品に対して、分かるとか分からないとかいった判断を下すとはどういうことか。読者が、作品における言表の主体と書く主体（＝作者）とを重ね合わせ、さらに書かれた内容と自分の生きているあるいは知っている世界とを照応させ、前者がうまく後者へと還元できた場合に、分かったという気持ちになる。渋谷美代子の作品では、縁側に蛇がとぐろを巻いている光景があたかも現実のものであるかのように書かれている。読者は縁側も蛇も自分が知っている存在であるから、この作品を分からないとはいわない。いやほんとうは、なぜ縁側に蛇がいるのか分からないのだが、それについては幻想とか妄想という文学的約束ごとで納得する。縁側の蛇は、実在のものでは無論ない。幻想や妄想をことばに置き換えたものでもない。実際には、言語が何者にも還元できない生な実体そのものとして堅固に存在していると感じさせるからこそ詩なのだ。渋谷が書き手として巧妙なのは、還元できないものをあたかも還元できるかのように錯覚させてしまうところにある。

そのような読者の錯覚を潔癖に封じ込めてしまいたい時にはどうしたらよいのか。作品世界の言表と読者の体感している世界との照応や還元作業が不可能であるとあらかじめ告知すればよい。日和聡子が「猿投げの会」と書いた途端に、読者は照応や還元の作業を放棄するだろう。そんなものはこの世界に存在していないことが即座に分かるのだから。あるいはこれを「ボーリングの会」と読み替えてみる読者もいるかもしれないが、もちろんそうした試みは挫折するしかない。すなわち言表がいかなるメタファーを形成することをも注意深く拒絶しつつ、この世の秩序とは別なことばの空間を織りなすことこそ、おそらくこの詩人にとって詩を書くことの意味なのだ。ただし、なぜこのような書き方をするかという手掛かりになる痕跡をあからさまに残している部分は僅かだがある。「五年前の日記」の一節と称する内容を「不気味です」という一行で締めくくったあと、次のように作品は閉じられるのだ。

それはわたしなのでしょうが
そしてあの人だったのでしょうが
そのあいだの空間というものが
どこへあつたものだつたやら
わけのわからないものになつてしまつた。

それが二年前。
いまここにあるのは
誰なんでせうね。

（「日談」）

5年前の日記に記録された「わたし」が現在の自分である確証はどこにもない。とすると、ここでこうして書いている「わたし」とはいったい誰なのか。おそろしいことに、それは永久に不明なのである。何ものにも還元することができない。そのおそろしさを知ったゆえにこそ、私たちは書きつづけ、そして読みつづける。

北川朱美の『死んでなお生きる詩人』(思潮社)は、瀬沼孝彰、氷見敦子、征矢泰子、本多利通ら夭折した詩人たちをはじめとする13人の生涯と作品をコンパクトに紹介する。永塚幸司、谷澤辿のように私にとって未知の詩人や佐藤泰志のような小説家も入っていて興味深い。どの詩人に対しても北川が深い思い入れをもって書いているということが、よく伝わってくる。これだけの筆力をもっているのだから、このなかのひとりでもよい、生涯を細かく辿った1冊の評伝のかたちでも読んでみたい。

宗左近『私の死生観』(新潮社)では、自分を「列外人間」とみなすこの詩人が、詩を書く根拠をさまざまな視点から平易に語っていて、近刊詩集を繙く羅針盤になるだろう。戦争によって親しいものを幾人も失った宗が、「もっともらしい社交服、喪服に身を固めて、通夜や葬式に参列するのは、人間と神に対する侮辱である」と語ることばは、詩人を自称しながらその実は社交に忙しい私たちの俗物性を痛烈に撃つ。

小池昌代のエッセイ集『屋上への誘惑』（岩波書店）にも唸らされた。肩の力を抜いた平易な文章で身辺雑記をさりげなく綴っているにもかかわらず、どの1節にも、独特の感受性が光っている。借りものの視点や表現が一切ない。自分が感じとったことだけで文章を綴るのは、かんたんに見えてほんとうに難しい。だが、書くとはこういうことなのだ。

アンヌ・ストリューヴ＝ドゥボー編『フランス現代詩アンソロジー』（思潮社）。フランスの現代詩がまとまって紹介されるのは久しぶりのことである。すでに紹介されているボヌフォワやドブザンスキーなどの有名詩人は省いて、もうすこし若手の詩人をふやしてほしかったという気もするが、原文を掲げて対訳の形式をとっているのは、フランス語の感触にふれえてありがたい。

6 作品のなかを吹く風

田中勲『砂をめぐる声の肖像』（あざみ書房）が読者に難解な印象をあたえるのは、日常体験には還元しようもない喩が多用されているからだ。あるいはタイトルにおける、砂と声と肖像。この3つの名詞は、通常何の関連性も持っていない。田中はそれをこのように結び付ける。

美しい月が登れば
一斉に泣く砂の慟哭が、耳から離れないばかりか
段丘の音叉が区切るわたしたちの
かぼそい心を伝える通信のバリヤーを破壊してまで
砂の一粒残らず亡くすことがどうして出来よう。すでにわたしたちは
たぶん砂のようなもの
砂と泪で国境を越える流浪歌のようなものだから。

（「消えてゆくものの肖像」）

このとき読者は、喩の中身を正確に理解しなくても、「砂をめぐる声」を耳にすることができる。砂に埋もれ、自身も砂と化す私たち。果てしのない砂と泪の、慟哭にも似た流浪歌。それを確かに聴きとることができる。さらに田中は、「声」を「肖像」として表出しようとする。耳で聴くべきものを目でも見ようとする無謀な企て。この詩集のもつ難解さの根源には、憑かれたように、肉眼では不可視である未知の状態に向かってことばとともに突き進む無謀さがある。しかし、「秋の扉」とか「絵筆の足」といった奇怪な喩の意味にさえこだわらず読み進むなら、瞬時に私たちは、自分がどのようにも還元不可能なことばの時空のただなかに存在していることに気づく。

町は至るところが刑場に変わる
結露の不安をかきたてて
玄関に誰かを佇ませては異界へと誘う（気がして、
底の割れた手口のような硝子戸に
こうして背を向けながら
それでも圧倒的に異界からの的となっている（気がして、

日々、背表紙のように色あせて行く
壁の染みが懐かしいひとを造形しながら、

（「結露」）

深夜の玄関に誰かが佇む雰囲気を感じたのをきっかけとして、あたりは変容していく。町中のあらゆる場は刑場に。壁の染みは懐かしい記憶のかたちに。変哲もない住居は異界と接する場に。その変容のなかにいて、私たちは理由のない不安に戦いている。砂と声と肖像、つまり触覚、聴覚、視覚の強度において、「一瞬のうちに生成し一瞬のうちに消滅する」（「水の家」）私たちの世界そのものに、ことばで触れること。作品を、生成と消滅を体現したことばの状況そのものと化すこと。明日の不安と昨日の懐かしさを同時に現在の瞬間として生き抜くこと。田中勲の詩を読むことは、触覚と聴覚と視覚を動員しながら、記憶と不安のせめぎ合う現在の時空を生きることだ。ここで詩の困難さは、生きることの困難さと重なる。

一方、國中治『金色の青い魚』(土曜美術出版販売)の解説で一色真理は、「一見やさしい言葉で書かれていながら、読み解こうとすると極めて難解な印象を与える」と指摘している。國中は、「自分が海を見ている/ということを意識しすぎて/海を見ることに集中できない/海の前では/自分がいては」(「海の前では」)と書く。対象を見る時に、自己意識が見ることの邪魔をしているというのだ。

それらを見ているのは私ではない
僕じゃないし俺でもない　そんな
どこまで遡っても正体の掴めない貧しい個性ではなく
名づけようとする高揚から覚めた平凡な
しかし確かな眼だ

(「金色の青い魚」)

自己意識を取り払った「確かな眼」の見た日常が、この詩集では具体的なイメージで描かれている。記憶の階段がなだれ落ち、親密な路はもはや戻って来ることがない。色のない自動車が逆さに漂いながら痙攣し、「あの人」が来ても、声が聞こえず顔も見えない。あやふやな「私」という存在は、そうした状態をさまざまな事物とともに漂う。どこにもカタルシスを見出せない現在の時間。そこで生きることのとりとめなさを、國中はことばにしている。

星野徹『祭その他』（思潮社）は、端正な文体で綴られた散文詩集。対象に向かう眼差しがきわめて厳密に固定されている。

見放ける限り洗い立ての緑滴る絨緞　そこに振り撒かれた赤　白
黄　紫の豆粉ほどの祭壇　しなやかで靭い指を伸べて祭壇を摘む
彼女　そうよ　豆粒ほどでも一輪一輪はイエス様に捧げられる祭
壇だから
（「祭」6）

祭壇を飾るために森近くの川辺で花を摘む少女の像がまず提示される。まもなくその少女は川へ転落する。オフィーリアのように、仰臥の姿勢の胸へ手籠を載せたまま。

けれどけれどオフィーリアだって　同じ花々に救われることがな

かったとは言い切れないと遅蒔きながら思い至ったとき 死者の
目差の不気味な淵から浮かびあがる気泡 直ぐにも弾けそうな気
泡ほどの願望に何故か引き寄せられるわたしに気づいた

（同）

ジョン・ミレー「オフィーリア」への讃として書かれたというこの作品は、偶然の死に遭遇した少女が、みずから死を主体的に引き受けることでおわる。そこに、「たおやかな決意」と「いまわの際の充溢」を見る詩人が、この少女の姿に自己の思いを強く投影しているのはいうまでもあるまい。ここには神話的な背景として、ギリシャ神話に登場する女神デメーテル母娘の物語がある。生命の復活の象徴としての夜の密儀。そのイメージが少女の姿と2重写しになる。少女の死を凝視するこの作品が「祭」というタイトルをもつのは死と復活の祭を背景にもつゆえであろう。

雛人形をモチーフとした「祭2」においても、人形という美しい、けれどあくまでも無機質な少女が災厄や穢れを一身に負って流されていく姿に、「わたし」の幻を凝視する。生と死の狭間をさまざまな形象によって見つめる、緊張度の高い詩集である。

たかぎたかよし『夜に触わる』（編集工房ノア）は、庭、空、雨、樹木、花など身辺の風景に、日常と「その向こう」との境界を見る。

切りもなく散る花片が
土に留まれないで
奇怪な足跡のようなぬかるみに落ち
それでも五弁のデザインを見せる
捨てられたキャラメルの包み紙と一緒に
知覚の向こうへの
素裸でする祈りのような跳躍を聞いたことがある

（「黒を白と言いくるめて」）

境界線に見えてくるのは眩い光のなかの暗い闇、泥濘まみれの花片、空に浮かぶ死顔のような月など。詩人の視線はつねに死者とともにあり、だが自身はもちろんこちら側で生きている。眠りのなかで、「この世に反り返る骨の音」を聞いたり、不眠の夜を過ごしたりしながら、生と死の触れ合う痕跡を写し取る。細かな神経がよく行き届いた、繊細なモノクロームの版画のようだ。

松岡政則『ぼくから離れていく言葉』（澪標）のなかでは、川が流れ、野原が広がる。巨樹が聳え、無垢な笑い声が走る。自然が手放しで賛美されているわけではない。故郷の懐かしい

「ムラ」は、「地名さえも地図から消されてしまう日」まで断固として捨て続けるべき否定的な存在である。それと対照的に、「都市のノイズ」のなかで「電脳の闇」のなかを歩くような現在の生活。

この詩集のなかには「野分の風」が吹いていて、内向的で息苦しい詩を読んできたものにとっては、この風がこころよい。詩にとっての解放感は、直接的な叫びをあげることよりも、このように野原が広がり、風が吹くところに生じるのではないか。あるいは意味を固定しようもない身体的行為への耽溺を思わず「べろ」と名づけてしまう衝動的な発語において。次のような部分にも、松岡の望む詩のかたちが明確に表現されている。

つい加減を越えて用紙が裂ける
喩の
裂ける音がする
(ほんとうはうす青いヨモギのような喩が欲しかったんだ)

(「発熱する喩」)

岡田響の『愛餐』(朱薗舎)は、ほとんど無防備なほどの詩への没入による、不思議な「相聞歌」として書かれている。

きみの存在について何を論うことなどあろうか　射程圏内に入る
死の火焔へと自ら距離をちじめ
死にいたらしめる不可視の誘惑を見のがさぬためにも　さらに鋭
敏にさらに残忍ににじり寄るのだ
数千羽の鳥の群れを凝視することの恍惚にむかって　きみはきみ
自身の視線をほろぼさなければならぬ

（「天の繭玉」）

10篇ずつ5部に分けられ、すなわち50篇あるすべての作品が4連14行のソネットで書かれている。韻は踏まず、各行は長い。およそ40音から50音。1行ごとに短歌を読むような雰囲気があるのだが、5／7の音数律に引き寄せられることは注意深く拒まれている。ソネットという形式のみならず、詩語や文体も古いといえば古い。仮名遣いがぶれたり、意味なく古語を用いている箇所もある。だが、こうした欠点にもかかわらず、この詩集には強烈な魅力を感じさせるものがある。

その理由が、書くことにみずから酩酊しきっているせいなのか、「精神の極北」としての詩の存在に微塵も疑いをもたないせいなのか、「世界が壊れたとしてもわたしは言葉を選ぶ」と断言する激しい矜持のせいなのか、私には判断がつかない。だが、「きみの魂よ　必ず自らの源流を姦さねばならぬ」「数千羽の鳥の群れを凝視することの恍惚にむかって　きみはきみ自身の視線をほろぼさなければならぬ」といった詩句から感受される、根源への「遡航」や、凝視することの恍惚に向けて自己を否定する詩的情念の強度は、多くの賢しらな詩集を色あせたものに見せてしまう。

谷川俊太郎との共著で、短詩の各篇が御神籤のようにばらばらになる不思議な詩集『気晴らし神籤』を刊行したことのあるクリス・モズデルの『世界中を揺るがせろ』（思潮社）は、今度も新鮮な形態の詩集。

1ページに1行ずつ、「恐れることは何もない」「指先の触覚のすべてで攻撃しろ」「生死にかかわる問題として攻撃せよ」といったフレーズが英語の原詩と寺田理栄の翻訳とで印刷され、吉川壽一がそのなかの一字を大きく書に描くという、詩と書のコラボレーション。ラフな詩句だ勝手気ままに配列されているようにみえながら、ページをめくるにつれて立ち昇ってくるのは、ある強靱な力をもつ気流の勢いであり、これまた多くの詩集のなかでひときわ生気を放っている。

「詩論の現在」3部作の完結編として刊行された北川透『詩的スクランブルへ・言葉に望みを託すということ』（思潮社）は、ここ数年間に書かれた時評や書評、エッセイ、北京での滞在日記などからなり、時評の多くは野村喜和夫と城戸朱理によって編まれた『討議戦後詩』への批判にあてられている。批判の論拠は、「詩史観のイデオロギー的な性格、その党派性、ポストモダニズム、あるいはテクスト論から借りてこられた怪しげな知識のつぎはぎ、いつか通ったモダニズムの当世風反復」というところにあって、こうした批判のひとつひとつを粘着力のある文章で突きつけていく。多くは説得力のある批判なのだが、しかしここでの北川の批評態度は、ある種のリゴリズムに陥っているのではないか。

野村と城戸の『討議戦後詩』は、戦後詩的な規範のあたえる抑圧性から私たちの詩の現在をいかに解き放つかという企図の下に編まれたものであり、本書でも明言している「硬直した戦後詩の規範を解体する論理を展開すること」を課題のひとつとする北川の問題意識と、発想の源は重なり合っている。仮にこの批判のすべてが正鵠を射ているとしたところで、『討議戦後詩』のもつ初発の価値は揺らぐことがない。

北川は強く批判するが、冒頭に吉岡実をすえたことも、戦後詩的な抑圧を解体する戦略としては卓抜な発想であった。根底的な批判は、北川の方でも戦後詩の規範を解体する論理をアクティブな柱として立ち上げることによってのみ可能となる。

北川が挑発的ともいえる批判を繰り返す原因のひとつには、「吉本隆明や『試行』が体現していたものを、無視したというより徹底的に回避したところで成立」しているということへの強い苛立ちがある。私もまた、吉本の『戦後詩史論』や北川の『荒地論』とどのように噛み合っているのか、あるいはどこまでいっても噛み合いようがないのかといったことを、もっとクリアに見てはみたい。だが、吉本の詩史観などとの接続をいったん切ったところで『討議戦後詩』は成立しているのだから、この点はやや無理な注文である。

どうしても論争的な部分に目がいってしまうが、本書の読みどころは、むしろ詩人たちの現在的な営為に対するていねいな読解と批評にある。世評高かった辻征夫『俳諧辻詩集』への「俳句が歌舞伎の舞台をなぞっているだけで、それ自体がことばへの批評性を持たない」という鋭利な批判、瀬尾育生『DEEP PURPLE』への「この〈わたし〉のとらえどころのない薄気味悪さ」、長谷部奈美江『もしくは、リンドバーグの畑』への「物語や散文的な秩序への悪意」、藤井貞和『「静かの海」石、その韻き』への「もはやどのような主格も潰されて、他者に憑かざるをえない〈個〉の場所に依拠している」といったそれぞれの指摘、さらに宮城隆尋、和合亮一、松浦寿輝、吉増剛造、福間健二、小池昌代らへの評言は対象の核心を射抜いていて見事である。

7　必敗の姿勢

騒人ということばを年配の知人からおしえてもらった。屈原の詩「離騒」に始まる「騒」という韻文の一体があり、悲憤の気に満ちた詩賦を作る多感な詩人や、心に憂いを抱いている人を騒人と呼ぶのだという。八方破れのスタイルで書き始められる飯島耕一『浦伝い　詩型を旅する』(思潮社)を読むと、この騒人ということばがさらに身近に感じられる。フランスや日本でのさまざまな海岸への旅。多くは鄙びた所か、大物浦のように歌舞伎の出し物で滅びの舞台になっている土地。だから「浦伝い」は「裏伝い」であるかのように響き、そこに憂いが共鳴する。「もっともっと　無念の/もっともっと狂気の/もっともっと　大柄の//最後の大碇を　かつぎあげ/渦巻く波の大物の/千尋の底にざんぶりと/沈む場面がみたかった」(「渡海屋　大物浦」)と。

詩人はおどろくほど多様な時と場を移動する。歴史的な出来事や古典からの引用、個人的な記憶等が縦横に織り込まれ、詩型も自由詩から定型・押韻(的な部分もある)詩、さらに散文詩までの自由奔放さ。以前には押韻定型詩の必要性を主張したこともあったはずなのに、かつての自論にこだわりはしない。「奥州安達原」では、雪が降りしきるなかで祭文を語る猿之助の姿が二、二六事件の反乱軍兵士たちと2重写しになり、おなじ年に起きた事件ということで阿部定が安倍貞任と並べられ(「さだ」と「さだとう」)、かとおもうと去来の句を引用しつつフランス西北端に移動し、ジャック・プレヴェールの作中人物が登場するといった具合。「おじや」というよりはまるで鍋物（ブイヤベース？）のような詩集であり、たっぷりと投げ込まれた中身がおいしい。

この詩集の核には、ルネ・シャールの『薔薇の木の棒』に出てくるサバンと名乗る男の存在がある。岩山で暮らすサバンは、狼が来たら町に知らせるという条件を課される。「この男は覇気と／喜劇的状況にもかかわらず／人間の中で最も心静かでない男だった」（「藤白」）。なぜなら、狼がやって来れば即座に食い殺されてしまうのだから。

このサバンは
詩人という者の
真の姿をして
いる
ではないか

狼どもに立ち向かい
必敗の
姿勢でいる　サバン

心静かでない
サバン　　　　　　　　　　　　　　　　　　　　　　　　　　　　　（同）

覇気と喜劇的状況、このふたつをみずからの身に引き受ける気概があるからこそ、詩人自身も緊張の糸が切れそうで、決して切れない。真の「騒人」による詩なのだ。もうひとつ。カトリックへの入信を勧められ、アンドレ・ブルトンにわるいという理由で入信しなかったと冒頭の作品に書かれている。超越的な価値の体系に対して、まったく孤独で無力な詩の岩山にあくまでもとどまろうとする「必敗の姿勢」へ固執をみせているのが、この詩集のいちばんよいところだ。

倉橋健一『異刻抄』（思潮社）も、緊張感の張りつめた詩集。

若いマガモの一羽が
黄昏時の水辺を離れると
他の群と合流して
新しい採餌場を目指していった

解禁漁区になだれ込むかも知れない
一抹の不安は
照明旧鉄塔のボルトになっているわたしの心身を
鮮やかに震わせる
その一段うえには
ハヤブサの出撃地があり
ときに翼を閉じて砲弾のスピードで
水辺のヨシハラを襲う
残酷な目捷も経験する

（「冷えた月」）

かつてこの詩人もまた、行為の敗北を予兆として嗅ぎとることの意味をどこかで語っていた。黄昏時から夜半にかけての不安に充ちた水辺の光景を描いて凡百の情景詩と異なっているのは、静止的なところがまったくなく、すべてが動的な契機を孕んでいる点だ。若いマガモが夕暮れの水辺を飛び立ち、他の群と合流して新しい採餌場を目指す。その上空にはハヤブサがいて、いつ残酷な襲撃があるのか分からない。不安感や緊張感が明示的にではなく詩語相互の関係性のなかから生み出されている。

飯島耕一の詩が、読むものを絶えず内部へ内部へと抱え込んでいくのと逆に、ここには外へはじき出される逆ベクトルのもつ力を感じてしまう。なぜか。うまくはいえないが、詩語における喩性というべき質とそれはかかわっていると思う。「マガモ」「水辺のヨシハラ」「採餌場」「禁漁区」「ハヤブサ」といった語は、状況の喩として使われていて、マガモは真鴨でなく、ハヤブサも隼ではない。この詩の受容は、詩人の想像的な予兆にそって生み出されてきた動きにすんなり同調できるか、異和を感じるかどうかによって異なる。このことをもっと鮮明に示しているのは、「照明旧鉄塔のボルトになっているわたし」という詩句である。マガモたちの状況を不安に凝視している「ボルトのわたし」。なぜ「わたし」は鉄塔のボルトであるのか。あるいはボルトであらねばならないのか。こうした前提条件をまず突きつけることによって、この詩集は読者を峻別している。

対照的なのが村田正夫『轟沈とゴルフ』（潮流詩派）。かつて村田は詩作のポイントを3点あげた。すなわち「何をかいたか」、「どうかいたか」、「何故かいたか」である。表題作「轟沈とゴルフ」では、真珠湾攻撃の「九軍神」と実習船えひめ丸事件、それに事件の報告を受けてもゴルフに興じていた元首相の醜態が平明かつ軽妙に語られる。この作品を書いた理由は「日米安保の正体」や「元総理の醜態」への「なんてこった」と嘆かざるをえない嘆きと怒りにある。苦い笑いを誘うユーモアが貴重。

村田の詩は読者を峻別しない。ただし、作品は出来事の後、すなわち事後に書かれている。読者のすでに知っている事柄だから、村田ほどの見識やことばの技術をもたない詩人がおなじような素材で書いてもこうは巧くいかない。倉橋健一の場合には予兆すなわち事前をとらえようとしていて、晦渋さはそこからきている。

倉田良成『六角橋ストリート・ブルース』（私家版）では、ジャズからクラシックにいたるさまざまな音楽と谷川雁の詩行とが実に効果的に使われている。

「おれも世界もこうして暮れてゆくのだ」

説明することのできない鋭い抽象の矢は

少年の日を越え、青年の日をつらぬき、老境の夢となって死のむこう側へ飛び続ける

海に近い街できみと暮らす私の耳で絶えず鳴る、ひそかな蕩しの音楽のように

（「シナトラが死んだ」）

海に近い夕暮れの街。危険な空洞に似た日々を過ぎた詩人は、愛する「きみ」と寄り添い、死に向かう残された生をひっそりと過ごす。やがて来るであろう世界の終わりを予感しながら。そのゆるやかな時間と、手で触知できる範囲の生の場を、スローなブルースを語るような調子

で詩人は静かに語る。私的な事柄を、負荷のないことばで語る。その深部には谷川雁の引用詩句における、「おれ」と「世界」との対位的意識が埋められ、ジョン・レノンを聴いて青春を送ったものの世代的な刻印がくっきりと見えている。

そして、『荒川洋治全詩集』(思潮社)を通読してまず感じたのは、初期詩集としてよくひと括りにされる『娼婦論』(71年)と『水駅』(75年)とのあいだの決定的ともいえる相違である。『娼婦論』は、「方法の午後、ひとは、視えるものを視ることはできない」(「キルギス錐情」)という有名な1行からはじまる。だがこの全詩集によって、初版では「石。石。石。この高原には石が咲きみだれている。どれも遺跡だ」(「タシュケント昂情」)と始まっていることを知った。このちがいは大きいのではないか。「遺跡がほんとうなのか、それともひとびとがほんとうなのか」と自問自答したあと、黒衣の娼婦に「あなたはどこからもきていない」といわれた「わたし」がひとりで火をおこし、

風は風を超え
ひとは類をのみほし

という比類なく強靱な2行で閉じられる「タシュケント昂情」こそ、視ることの認識論とし

て書かれている「キルギス錐情」よりも初期荒川詩のよさが凝縮している。『娼婦論』に遍在しているのは、夥しい死のイメージである。多少の残滓をとどめているにせよ、『水駅』ではそれがほとんど姿を消す。代わりに現れるのが、いうまでもなく官能的な水のイメージだ。とりわけ前半に頻出するのは、「美しい」という形容詞である。

2冊の詩集のあいだには4年間という歳月のへだたりがあるのだから、変化はむしろ当然といえる。両者の相違をよく示すのが、『水駅』冒頭に置かれた「二色の果皮をむきつづけ、錆びる水にむきつづけ、わたしたちはどこまでも復員する」（「水駅」）という詩行だ。「復員」とは、戦場より平時に帰還することである。いかなる戦場からか。もちろん、硝煙と死臭の状況を背景とした『娼婦論』の世界からである。

復員した荒川は、あらゆる技巧をこらして美しく歌い、詩壇はこぞってこの歌声にうっとり聴き入る。けれども詩壇のオルフェになることが詩人の目的ではなかった。第3詩集『鎮西』（78年）には、弘安の役より1年後に、かつての戦いの様子を描けと命じられた絵師が登場する。「平時のかぜをつきまぜながら、ひとつなぎの描出をつなげていく」（「問道づたい」）絵師たち。だが「日がたてば、しかし画趣も凍り、工夫もわすれてくる」（同）。そう。だれもがやがて、血生臭い戦いのあった事実さえ忘れてしまうだろう。

そうした流れに逆らい、この詩人は詩壇の狭い場所を突き抜けてなお「どこまでも」復員し続けた。「七〇年代という帰属の意識をかなぐり棄てて、八〇年代詩人と目される人民のなかへ」（「アイ・キューの淵より」傍点引用者）と。そして現在もなお復員し続けている。「さあ、みんな／くりかえすまでもないが／真芯を生きてはならぬ／生きては、ならぬ／守ってもらう（！・）」（「広尾の広尾」）と呼びかけながら。30年間にわたる詩業を収めたこの『全詩集』は、復員を続行することが、「真芯を生きてはならぬ」という倫理的な姿勢をつらぬく新たな戦いとなるという逆説的な軌跡を、私たち読者に明らかにしている。

ところが私たちの周囲は、「真芯」を目指す詩人であふれている。まさおか・たろうのエッセイ集『おりおりのたけ／鹿死不択音』（紙鳶社）では、無意味な詩碑建立や詩人賞の安易な乱立、行政機関との目に余る癒着といった問題について平易な語り口で具体的に綴られている。多くは共感のもてる批判であり、現状はさらにひどい。

野村喜和夫の詩論集『二十一世紀ポエジー計画』（思潮社）の冒頭に、「彷徨う木・詩のトポスを求めて」というタイトルの、木を称揚する講演記録がある。枝は迷路のようだし、冬の裸木は黙示録的で、まるで有限のなかに無限をみているようだと。けれども木には移動の自由がない。ハイデッガー的な原郷性、詩的大地性と結びつき、民族的なものやファシズムとの類縁性もある。そこであえて撞着語法的な「彷徨う木」のイメージを想い描き、移動しながら変容していく詩的言語やさらに身体的プロセスにまで展開していく。本書全体の序文的な役割を担った興味深い文章である。論理の一貫性よりも、あえて自己撞着的な危険を冒してまで詩的想像力に身をゆだねようとする詩人の姿勢がよくわかる。

だがもっと興味深かったのは、これを読みおわって何気なく表紙の写真を見直すと、まさしく草原のような荒涼とした台地に数本の木がつっ立っているではないか。私の目にはどう見てもただ淋しげに立っているだけで可動的な力を持つような感じは少しもしない。真面目なのかユーモアなのか判断がつかないのだが、ともかくこういうことをぬくぬくとやってしまうところに、この詩人の特徴がよくあらわれている。

北川透による『討議・戦後詩』批判への応答「われわれはむしろ蕩尽について語ろう」のなかで野村は、「目的や理念の実効性に向けて行われる思考や実践は、やがて疲労という名の終焉を迎える」という。野村において決定的に欠けているのは、「警察的知への志向」（絓秀美）と批評言語によって相手に勝利することへの欲望である。「詩人とは勝利を失う立場をとる人間だ」（サルトル）ということはだれでも知っているはずだ。にもかかわらず、いざ批評を書きはじめると、ある詩人は「勝利だよ、勝利だよ」と不気味に呟き、ある詩人はひたすら論争相手に勝つことしか眼中になくなってしまう。

本書には、時評や書評、対談、詩人論など90年代後半に書かれた詩論のほとんどすべてが収められていて、21世紀の詩を展望するためのさまざまな示唆を受け取ることができる。絶えず多様な言語現象に身を晒しながらそれを素早く感性の網の目のなかに繰り込み、名づけ、再配列しながら、網の目じたいを柔軟かつ不断に広げ、転移・変容させつづけ、しかも固定した批評原理の形成は注意深く避ける。勝利を決して目指すことなく、言語的にそれじたいがひとつの作品でもある批評。本書の価値は、それを可能とした融通無碍ともみえるしなやかな文体にも多くを負っている。

秋吉台国際芸術村日仏現代詩共同翻訳セミナー編訳のジャン＝ジャック・ヴィトン『夏の旅』、アンヌ・ポルチュガル『世にも簡素な装い』（ともに思潮社）の2冊の成果も刺激的だ。とりわけ、世界の果てまで行きつこうとする旅への欲望と、「言葉を読む」抽象的な詩の旅とを重ね合わせた長編詩『夏の旅』は、詩を読む歓びを満喫させてくれる。

8 まず切実さをこそ

強い印象を受けたのは、貞久秀紀『石はどこから人であるか』（思潮社）。貞久は、つねに読むものの日常感覚を揺すぶる、奇妙なユーモアのあふれる詩を書く詩人であるが、この詩集にはこれまでの作品に比べて少し異質なものを感じた。

夜中
ふと目覚めて
充足ということばが浮かんでくる
ふとんの中の足は
どこにあるのかわからない
それはいったい
何本であるのか
うごかしてみてはじめて
二本だった
とわかる

（「竹」）

充足という語の「足」は、ふつう身体部分の指示から離れ、満たすとか充分にあるという意味で使用されている。貞久はここから強引に「足」という名称だけを切り離してしまう。しかも自分の足がどこにあるのか、何本あるのかということも、実際に足を動かしたり灯をつけてみなければわからないと書く。このあたりの異常なこだわりようが、ユーモラスでかつどこか気味わるい。自分の足がどこに存在し何本あるのかとなどいうことは、私たちにとってまったく自明の事柄である。そうした身体感覚の無意識状態に対して、この詩人は執拗な攻撃をかける。以前の作品も読むものの日常感覚を奇妙なかたちで揺すぶる詩であったが、さらっとした明るさがあった。この詩集では、私たちのなかに澱のようにこびりついている自明性をばらばらに解体し、白紙還元してしまうことをめざしている。

そこには、「一人でありながら離ればなれにほぐれてあり、ざあと風が吹いて葉やら枝やら虫やら塵やら土埃やらがひとつところに吹き寄せられたところにかろうじて、私のようなものがもやもやと縁取りのない体としてあらわれていた」(「父」)という、詩人自身においてすでにとりとめもないものである身体感覚があり、そこを原点として「竹」のような作品が書かれている。自己の身体を統御する原点を白紙に戻そうとする試みとして、意識と物とのあいだの遠近感さえも喪失させるこの詩集から私は、存在の秩序へのしたたかな悪意を受け取った。ここでの悪意とは、もちろん賞賛の言葉である。

高柳誠『夢々忘るる勿れ』(書肆山田)。中扉のタイトルに続けて「Memento somnii!」とある。序詩以外は散文詩で、いずれも日常的な論理を超えた世界を仮構しているのだがどこかで日常感覚と通底しているような、奇妙にねじれた印象を受ける。あらゆる既成の文字が解読不能な非文字に置き換えられていく町。命令的な関係でしか存在しない変数のごとき兄。一本のロープを渡りつづけて一生をすごす父。垂直の眠りを求めてあらゆる努力をする別な父。ヤモりに変身する詩人T氏。空を飛ぶツル男たち。現実の論理からすると理解不能な存在が、緻密な文体で形象化されている。

父はむしろ、木と同化して己れを標本とすることで、記憶そのものと化す試みに自らを賭けたのだ。その黙示を読み取る者は、私を措いては他にいないのだ。／（中略）Kの乳首は、他のすべての存在を遠くに押しやって、己れの存在を誇示する。父の像をつとめて掻き消そうとしながら、私は、傾いていく夕陽の中に宙吊りにされた自分を見ている……。

（「父の木化」）

受苦として生の果てに沈黙の木と化すことを選んだ父と、その父を背負って終わりのない旅を続ける私。こうした姿には世界の不条理に対する究極的な抗いのかたちがある。重たい手応えを感じさせる詩集だ。ただ、なぜ〈夢の集積〉のかたちをとらなければならないのか。たしかに夢はここに描かれている内容と相似でもある、ひとつの超越的な経験であろう。しかしいかなる夢であれ、ひとたび記述されるや否や、それは夢の剥製つまり原初の夢とはまったく別なものへと変質してしまう。詩には、夢による裏づけなど不要ではないか。

吉田文憲『原子野』（砂子屋書房）は、うつくしい痛みにみちみちた詩集である。臆面もなくうつくしいと呼ばわるほか、私にことばはない。

空に
また
ちさ、とよんだ——ちさ、ちぶさ——
ゆめの生まれるあたり
ことばは音となって声となってうたとなって空をめぐり
ひかりはいたみとなって還ってくる
ちさ、
はるじょおんの咲き乱れる野原に立って
あなたは
そこにいるのにそこにいない

（「ちさ」）

この詩集では読み進むにつれ一種の消尽点にも似た場が形成されていき、どんな批評言語もそこで無化されてしまう。それを嫌うならはじめから接近をやめるほかはない。だからここに喚び込まれるのは批評ではなく、注釈の言語だ。つまり他者を必要としないことばの世界。貞久秀紀の詩のように読むものの身体感覚を逆撫ですることも、高柳誠の詩のように歪な生の露呈を通して世界の不条理に否応なく向き合わされることもない。私たちはここに息づいている上質な抒情にただ耽溺すればよいのだ。ただし、なぜこれほど疑問詞が繰り返し連ねられているのかが、途中から気になって仕方がなかった。些細なことといえばいえる。だが、嫋々と疑問詞を連ねていく、果てることのない語り口の背後にこそ、この詩の着地点をめぐる問題が隠されているように思われてならない。

読むことによって元気をあたえてくれるのは、小笠原信の長編詩集『遊べ、蕩児』(編集工房ノア)。タイトルどおり、この世に生きているかぎりはただ「遊べ」とどこまでも読者をアジりまくる。「僕は、この世に、遊びにきた」というフレーズを基調として、最後までこの軽快なリズムは失調しない。

ぼく達は　遊んだ、
遊びに遊んだ　一番あそんだ
朝から晩まで　起きるやいなや
遊んだ　寝ても覚めても　夢の中でも

遊んだ　晴れても曇っても　電光の下でも
あそんだ、
嵐の中でも　木枯らしの時でも
帰る所があっても無くても
光の中でも　闇の中でも
あそんだ、
空の中でも　水中でも
土の中でも　藁の中でも
虫になり　鳥になり　鬼になり　修羅にもなって

（「2」あそばなければ）

子供時代から、死後にいたるまで、「蕩児」をキーワードとして「遊べ」という語がさまざまに変奏される。蕩児は、投児であり、逃児や瞳児、豚児でもある。ここには、軽快なリズムとはうらはらに、「蕩児よ、／蕩児とは、むしろ、遊ぼうとして　遊べなかった者のことではないのか？」という苦い内省の翳もひそんでいて、作品は厚みをもっている。発想の軸はいうまでもなく「遊びをせんとや生まれけむ　戯れせんとや生まれけむ　遊ぶ子どもの声聞けば我が身さえこそ動がるれ」と歌われた『梁塵秘抄』に拠っているが、あちこちに谷川俊太郎、宮沢賢治、田村隆一から尾崎放哉、果ては『平家物語』にいたるさまざまな作品の本歌取りが、シニカルなユーモアを作り出している。とりわけ、

「あそぼ」
この声を
道標として
気配の舟に乗り
あの岸へ、

（「13」むかし蕩児　漂う）

という終章は入沢康夫の詩句を連想させる。あとがきによると、この長編詩の構成じたいが入沢の『わが出雲・わが鎮魂』の大きな影響を受けているという。ともかく、元気をあたえてくれる詩集を読むのはたのしい。とどうじに、「あそぶ」ということばの拡がりや深度も感じさせる。

田中宏輔『ふわおちよおれしあ』（自家版）は、片面印刷A４版で２００ページを超える大部な詩集。引用を方法的に徹底させた作品が目をひく。

でも、
そこへ行けば、
森は
わたしに
失ってしまったものを思い出させてくれる。
それはよく知っているものだった。

（「ジャンヌとロリータの物語。」）

冒頭の長詩の部分。ここでは省略したが、各詩句の下にはすべて出典がしるされている。ゲーテ『ファウスト』、ハイネ『森の寂寞』、フェンテス『脱皮』、エリオット『寺院の殺人』、ガルシア＝マルケス『族長の秋』。かつて相互テクスト性という概念にもとづいて引用を方法とする作品が流行したことがある。すなわち先行するテクストを新たな意味構造と交錯させたり連繫させたりすることによって、もうひとつ多面的なテクストを生成しようという試みである。「ジャンヌとロリータの物語。」では、この試みが徹底した厳密さをもって遂行されている。しかも、ジャンヌとは歴史上の人物であるジャンヌ・ダルクのことであり、ロリータはナボコフの小説に出てくる少女であるから、歴史上の人物と架空の少女という次元を異とするものが併存している。

このテクストには、パゾリーニやリア王に加えイエス・キリストまで登場して錯綜をきわめる。だが、引用の厳密さを徹底させることによって作者みずからが別な箇所で述べているように、「過去の作品と共鳴し、さらに多義的な、あるいは多層的な解釈」(「引用について。」)をもたらす。

引用の手法を用いていない「ロミオとハムレット。」。実はゲイであったロミオがジュリエットとの結婚式を目前にしながらハムレットに一目惚れしてしまい、「オフィーリア」やそれぞれの両親をも巻き込んだ大騒ぎになる展開で、シェークスピアのパロディ詩として抜群におもしろい。こうした換骨奪胎はたんなる思いつきによるものではなく、切実なモチーフが作品の深部に込められていることがはっきりと感じ取れる。その切実さをよりストレートに表現した散文詩も含め、質量ともに重量感のある詩集となっている。

おもしろいといえば、甲田四郎『陣場金次郎洋品店の夏』(ワニ・プロダクション)は、初老をむかえた自営業夫婦の日常を軽妙に描いて秀逸。

冬の風景は鯨幕のようだ
たとえば着膨れたキタキツネが
飢えて樹木の根元を伝い歩く

その樹木はアルツハイマーの脳髄のように痩せている
私たちはそんな風景に向かうのだ。
これヨーシ、これヨーシ
準備したものを挙げていくと
準備していないものが増えてきて
ウッと吐き気がした
いままでにこんなことはなかった

（「これヨーシ」）

老年の感慨を語った作品はさまざまな詩人によっていやというほど書かれている。だが、鯨幕に似た「冬の風景」を、「いままでこんなことはなかった」はずの未知の時間としてとらえ、それを再現的に語るのではなく、たとえば「吐き気」ということばで冬の時間そのものの呼吸を刻み込むこの詩集のような作品はまれである。

山本十四尾『舞雪』（書肆青樹社）も、初老の詩人の目が振り返った生の苦難の行程がたんたんとつづられている。甲田四郎もそうだが、感情的にならず、きちんと細部に目を行き届かせているところがいい。荒川純子『ステップアップ』（思潮社）も、都会にひとり生きる女性の息づかいをリアルに刻む。ひとつの装置のなかにあったり、マニュアル用例集であったり、ロープにくくりつけられた旗であったりする日常と、ふとその状態から解放される瞬間とを落ちついたリズムでとらえている。

堀部泰子『空ノ木』（思潮社）は、非詩的な夾雑物を篩にかけて取り除いていき、詩が生成する純粋な瞬間を詩行に封じ込める。

花が　うっとり　壊しています

水甕　の

空を

（「咲く」）

たった3行だけの簡潔なことばが大きなイメージを作り、しかも決して静的ではない美的なダイナミズムを生み出している。

佐渡山豊『空っぽな空から』（思潮社）には少しおどろいた。若いときに耳にした南島のフォーク歌手は、私の記憶のなかでは、肉体の底辺から声を絞り出し、激しく、叩きつけるように歌っていたはずである。この詩集を読んでも、同名のアルバムを聴いても、ずいぶんやさしい歌いぶりになった。

どんな街にも雲は流れ
どんな空にも鳥は飛ぶという
それでも翼は私を離れ
もどるすべなく　ただ遠ざかる
だから近くへ　もっと近くへ
嗚呼　真実が　遠くに見えるまで

（「もっと近くへ」）

流れる時のなかにいて、しかしきっちりとさまざまな事象を見続ける姿勢を保持すること。それのみが変化と変節を分かつ。「焼き討ち通り」や「ノーモア　レイン」には、変わったように見えながら少しも変わらない想いを抱えた佐渡山豊という詩人がいた。

9　祈ること、突き破ること

高貝弘也『再生する光』（思潮社）は、この詩人のこれまでの詩集とおなじく、ページにノンブルがない。作品の切れ目に白紙のページが何枚も挟み込まれ、目次や奥付は別刷り。別個に書かれた10数篇の作品が、ひとつの作品に編み上げられた。

……もう一息だよ
ただ離れるように　撥ねている
光が　言葉を生む

かたちが別れて行く、心の傍で
あなたは祈っている
ただ共の祈りを
祈っている

（「再生する光」）

明滅するように、ひっそりとことばを連ね、かすかに姿を現し、静かに消えていく寡黙なことばの群れ。そこにはいつも「息」と「光」が見え隠れしている。息とは生けるものの行為であり、光とは死者の闇の向こうから見えてくるものだ。いや、ほんとうにそうなのだろうか。息とは束の間の繊い声を残してすぐさま無に帰っていく存在であり、光とは闇の内部からことばを再生する契機となるものではないのか。

高貝の作品を、闇と光、生と死、存在と非存在といった単純な2分法に当てはめて読むことはできない。ノンブルが排除された白い闇のなかで、つまり数や順序といったあらわな秩序を拒否しつつ、ここで実現されているのは、あたかも対極であるかのごとく見えてているもの同士の、生成的な交流と相互転換である。生は死と、死は生と容易に入れ代わり、あるいは見分けがたく重なり合う。そうした微細な揺動のあえかな顕現にこそ、鏤骨のことばを書き付け、余白にさえ細心の注意を払って1冊の詩集へと編み上げていく意味がある。

この詩集は、高貝のこれまでのものと比べるとやや平明さをました印象を受けた。詩行のすべての力を清澄な「ただ共の祈り」へと向けているからであろうか。読後、私たちをとりまく風景は一変して視える。このような切実さも持たず浮薄なことばを書き連らね、群れ集って軽薄に声を撒き散らす多くの詩人たちは呪われよ、心から呪われよ、と私は思う。

切実さということでいえば、尾崎幹夫『くちうつし』（暴徒社）も強烈だ。『しんでが一匹』もすぐれた詩集であったが、こちらの方がさらに迫力がある。

骨に尿道管がぶらさがる
酸素や
点滴の管がからむ
肋骨で囲われた胸のなかに
空があり
鳥が飛ぶ
羽のおおきな音がひびくと
骨は
きしみ
父は呻く
呻くたびに　空のどこから生まれるのか
あわいいろの
生きているしるしの痰を吐く

（「ぼくは故郷へ飛んで」）

高貝とは対照的に、ひとつひとつのことばの持つ輪郭がはっきりしている。その点で両者は抽象画と具象画にも似た決定的な相違があるのだが、しかし尾崎の場合も像がすべて現実と対応し合っているというわけではない。現実は「解読すべき」ものでありながら、ついに解読しようのないものとして不気味に広がっていて、解読の不可能性そのものが像の強度として表出されている。

法橋太郎『魂の書　わが魂の不具』（思潮社）は、「魂の書」10数篇と「もうひとつの記録」である長詩「わが魂の不具」より構成され、すべてが「おれ」あるいは「わたし」のモノローグに終始する散文詩。魂、ちから、いのち、愛、生、詩神といった語が頻出し、歌いあげるようなリズムが文体を先へ先へと刻み込んでいく。いかにもナイーブにみえる語が多いので、あるいは後半にダイナミックな転換がなされるのかと予想しつつ読んだ。しかし、「魂の不具。本当の自分はいま在る自分ではないという疑念が起こるとき、おれはもう一度すべてを分別なき壺に容れる」といった叙述はあっても、前半と後半とで詩的な変容がほとんど感じられない。何かあいまいな気持ちを解決できないまま読みおえたのだが、ことばの明示性を超えたある力強いメッセージが鳴り響いていることだけは忘れがたい。読むものに不思議なエネルギーをあたえてくれる。

海埜今日子『季碑』（思潮社）の聞きなれないタイトルから喚起されるのは、過ぎて行く時間とそれを記憶するために掘り刻まれた文字のイメージ。このやや古めかしい雰囲気が私にはなじみづらい。だが、作品にはとても感心させられた。

あるいは欲望。喉のむこうで、苦いような、吸われたいような、ふるえがとどまる。眠りに開かれたかれ、瞬間の眼前に手をかけるかれ、とてもさわりたい、とても受けわたしたかったのだ。生まれようとする声のおもさ、わたしはわずかに口づける。

（「季碑　邂逅」）

どの作品においても、あるいは激しく、あるいは自虐的に、加虐的に、欲望や欠損が、傷を負った痛みが、傷つけることの痛みが、繊細に表出される。感情や記憶を安易に仮託したりすることは決してない。たとえ部分的にそう試みたとしても、そこからはすぐ逸脱してしまい、欲望や欠損とともに、ただひたすらことばが生成する現場を生きる。生起することばを生々しく生きる。それによって到来するもの。季節をひらき、自己を外へさらす。そうした行為の持続に耐えることによって、あらかじめ失われていたものの痕跡にふれる。

川口晴美『EXIT.』（ふらんす堂）の際立った特徴は、「世界」ということばのもつ現在的な質にある。このように世界が視野いっぱいに広がっていく詩集はめずらしい。綿密に身体感覚が描き込まれているのに、「わたし」は世界の片隅でいつもひとり冷え冷えとしている。「ダブル／ダブル」のように、「わたしは死んでしまった。わたしは汚物だった」と、死んだ瞬間から書きはじめられる作品があるほどだ。別な作品では、世界のなかを薄く広がったまま漂う。「ふいにわたしの肌に触れる記憶の指があらわれる（略）。そこからわたしは流れ出てしまうだろう匂いのように体温のように知らないコトバのように薄く広がって。漂う」（「残酷な肌」）と。どこまでもクールで、安易に自虐的な感情のなかへ落ち込んだりはしない。そしてまた、いくら記述を続けても世界はついに見慣れたものとして対象化されることがなく、「わたし」の旅する異国の感触とおなじように、あくまでも未知のままのっぺりと広がっている。孤独に横たわる「わたし」と無機的に広がる「世界」をめぐる、いつ果てるともない記述。出口はあるようで、いまだない。けれども、読み進むにつれ、冷え冷えとした詩行の肌のすぐ下に、うっすらと血の滲んでいるのが見える。

新井豊美『切断と接続』（思潮社）における「世界」は、川口晴美のものとは異質である。

とはいえ春の巡りは朗らかに青い空が
生よりほかの何かを意味することはなく
すると世界は不死なのか不死なのだろうかその内側は
すべて外側にあらわれているとおり

灰の中からあらたないちにちが生き延びる
かさぶたが剥がれるようにきつくまかれた包帯が
ほどかれてゆく春の回復期
（「まだ到着していない」）

ここで私たちは、海埜や川口とは異なるかたちで表出されたことばと向き合っている。春をモチーフとして書き継がれた作品において、春はたんに巡る季節を意味するものではない。世界もまた外部ではなく、生や死、内側や外側といった、表出主体のかかえる観念とかかわっている。海埜や川口にとっての世界が、自己との関係性を失った外部であったのに対して、新井の場合は、観念や幻想をくぐらせた後に表出されたものである。だから、具体的な春の情景の描出と各語にこめられた観念のはたらきとがある種の2重性をもって展開している様相にふれていかなければ、作品を読んだことにはならない。

この書き方を、古い書法とみるか表現の成熟とみるかは、判断のむずかしいところである。しかし「ひとつの影をねむらせて木は燃えている／蕉との群れが舞いおりる広場で／アカシアの並木がいっせいに炎上する」とはじまる、夏をテーマとした「音楽」や「切断と接続」「季節のために」では、イメージと観念がより緊密に噛み合って、傑作ということばにふさわしい見事な達成をなしとげている。「わたしが水辺にゆくのはそこが／つねに　すこしずつ生まれ

出る場所だから だ／流れに向かってわたしは腕を振る／春だよ！」（「切断と接続」）と、切断された季節の再接続が希求される。

清水鱗造『ボブディランの干物』（開扇堂）からは、詩語が安易に観念性を帯びてしまうことを避けようとする潔癖な姿勢がうかがえる。96年6月から01年2月まで、「週刊詩」と名づけてホームページで公開した作品を収めた、2段組み200ページの大部なもの。詩を彼岸化することなく、日常のただなかで生み出し置き据えていこうという戦略を感じる。たとえば次のような作品は、喩の機能を通じて「本」と「小鳥」とが入れ替えられることによって成立している。

本は小鳥のようにぼくの部屋に入ってくる
そんなに本を読むぼくじゃないけど
小鳥はたちまち　むくろになる

（「服喪」）

語そのものへの過剰な思い入れがない。この作品だけでなく、どの作品においても、視線の位置を変えたり、置き換えやずらし、局部的な拡大や縮小などの多彩な方法を通して、ふだんは何の変哲もなく見えているごく日常的な物事が思いがけない姿を見せ、不思議に変容していく。それがこの詩人にとっての詩なのだ。

篠原資明『愛のかたち』(七月堂)は、篠原独特の、詩集ごとに定めた「ゲームの規則」にもとづく作品集。今回は、「二つの行の音を、ゆるやかな意味でそろえる」というもの。たとえば、「狼」という題では「お　お噛み/お　御上」、「義経」では「静/死ずか」といった具合である。ただの語呂合わせではないかと思われる作品もないではないが、ほとんど馬鹿馬鹿しさに接近するまでの可笑しさもまたこの言語ゲームのもくろみの範疇にある。清水にせよ篠原にせよ、それぞれ独自の方法によって詩語の意味的な肥大化を食い止め、表現のひとりよがりや読者との馴れ合いを削ぎ落とそうとしている。

逆に、岡島弘子『つゆ玉になる前のことについて』(思潮社)は、日常のこまかな事柄を凝視し、詩的な喩として取り出す。清水や篠原の方法に比較するときわめて正攻法の書き方に見える。凝視し、問い返す過程で、平凡な事象であるはずのものが時おり日常からふっと逸れて、反=日常とでもいうべきイメージを形成していく。

小池昌代『夜明け前十分』(思潮社)も日常的な題材を平易なことばで詩にしている。小池の視線のなかで、ふだん見慣れた靴や林檎やボール、木や鳥が、今まで見ることのできなかった姿を鮮やかに見せてくる。物象を凝視する視線の力、平易なことばでそれを書きと留め、コンパクトな作品に凝縮していく詩的な能力。そのすごさには感嘆するほかない。どの作品も、すでに古典的といっていいほどの完成度を持ちえている。ただ、わがままな私は、詩のなかでもっと破壊的なベクトルを浴びることを希求している自分を感じた。

泉谷明『ひとひとり』（路上社）では、詩人自身のことだけが書かれている。「あなた」も頻繁に登場はする。だが書かれているのは「あなた」がどういうひとであるかといったことではなく、詩人が「あなた」をどう思い、どういう態度をとるかということだけである。自分勝手といえば勝手なのだが、しかしここから読者が感じるのは何かとても広々とした場に連れ出され、のびのびと自由に歩き回っているような感覚である。

神谷光信『評伝・和田徹三』（沖積舎）。「形而上詩への道」というサブタイトルで和田徹三の生涯と詩的活動を辿ったもの。神谷はすでに、鷲巣繁男についての重厚な評伝も上梓している。ここでは和田の生涯を縦糸に、百田宗治、吉田一穂、北園克衛、西脇順三郎らとの交流、『椎の木』や『日本未来派』などを経て詩誌『灣』の創刊に至るまでの足跡などが詳細に跡づけられている。杉本春生、澤村光博、鷲巣繁男、星野徹、青木はるみ、永田耕衣などとの関係も興味深く、終生、北海道の地にあり詩人として弧絶していたとの印象が強い和田にあっても、こうした詩人たちとの交流から詩的な滋養を吸収していったことがよくわかる。

その和田徹三が『灣』誌上に連載し遺稿となった詩論「現代詩と佛教思想」に全集未収録の短文を加えて刊行されたのが、『現代詩と佛教思想』（沖積舎）。神谷光信の行き届いた解説と和田の詩集『永遠・わが唯識論』のドイツ語訳出版の事情を語った子息倶幸氏の後書きが付された。いずれもこれまで単行本未収録のもので、現代詩や仏教思想になじみのうすい読者を、和田徹三によって切り開かれた形而上詩の世界へ導くための貴重な案内書となっている。高橋新吉や村岡空をはじめ、鈴木漠、田中清光、長谷川龍生らの作品を仏教思想の視点から読み解く方法は和田独特のものである。

10 廃墟と照り返し

山本哲也『一篇の詩を書いてしまうと』（思潮社）は、つねに時代を敏感な触手でとらえ、柔軟で強靭なことばへと鍛え上げてきた詩人の久々の詩集。

ここにいてもいいですか。わたしがここから動かなかったのは、
わたしが壊れていたから。砕かれた鏡のように顔が失われ、その
あとから手と足がべつべつの速度で冷えていった。目印もない、
わたしはもう無数の破片だった。

（「人質」）

すでに「わたし」はわたしでない。「ニンゲン」は壊れ、倒れながら歩いている。顔は失われ、手足がべつべつに冷えていき、もう「わたし」はだれでもない。目印もないただ無数の破片。ここにはかつて信じられたはずの革命への想いはない。いや暮らしだってほんとうは何ら実体のないものなのかもしれない。山本は、現在を流れるなまなましい時間のディテールにていねいに触れていく。無数の破片にそっと触れていく。どんなことばにせよ、1点へと凝縮していく可能性はさしあたって今はない。

半世紀もまえに谷川雁が述べたごとく、「瞬間の王」はつかのまの幻影と消え、もはやどこにも見当たらない。けれども山本は、ばらばらな破片になってしまった私たちの、さまざまな細部にデリケートに触れていく。1行の詩と世界とが釣り合う夢を追うのではなく、壊れて苦痛にあえぐものらを、やさしく撫でるように、ひたすら、触れていく行為。

無償のものでしかないその行為を、しかしあたうるかぎり持続することこそが大切なのだと山本は言いたげである。「消失のための契機も／一瞬の惨劇も／ゆるやかな傾斜をすべりおち／悲鳴のようなもの、あえぎのようなもの／それらが、わたしの空洞をみたした」(「丘」)と、おそらくはかすかな声でしかない「悲鳴のようなもの」や「あえぎのようなもの」に耳を澄まし、全身で聴きとる。みずからのことばでそれにかたちをあたえる。山本はそのようにして詩へと接近していく。

ところで、阿部恭久は『メイドの飛脚』（私家版）のはじめに、「二〇〇〇－二〇〇一」とあえてしるす。

日の出、
日の入り、

はげしい

偶然によっては
ヒトは家と庭にあり

橋上の星に　宵の明るさ…

世界観は茶の間のバンゴハンを欠かさない
（「旧惑星にて」）

この詩人にとっても、世界とはばらばらな諸相をいい加減に寄せ集めただけの、まったく統一を欠いた偶然的なものにすぎない。「存命」という作品では、この世界がまるで日付と気温だけで成立しているみたいに、「ソウル一四度、一九度……」と世界15都市の予想最低最高気温がひたすら書き連ねられる。そしてそんな「旧惑星」にも、日は昇り日は沈み、ヴェルディは没しモーツァルトが生まれ、2000年はまたたくまに2001年となって、すべての些事とともにこの世はいたって平穏な顔つきで過ぎていく。「明日といって今日だ／／旧惑星での／わき返りしずまり反る日ゝ／／ヒトはせめて個人をする」（つづく）と。「（つづく）」という皮肉なタイトルの作品で詩集を閉じるところに、けっして終わりもせず変わりもせず、どこまでも続いていくであろう私たちの世界へ向き合う、シニカルな姿勢がよくあらわれている。

嶋岡晨『弔砲』（獏の会）は、日本では数少ないユーモア詩集。破調のままどこかへ突き抜けていくような力強さがいい。

しっかり束ねて……
と　詩人まがいのわたしは　うったえる
でないと　すぐばらばらになる
白いネギのような骨ぼね
さまざまな傾斜の情念たち

あらしのあとの稲穂のような
黄金色にみだれた生のかたち

（「Parodie」）

もちろん「私を束ねないで……」という茨木のり子の詩がなければ成立しない作品ではあるが、先行作品をひっくり返しただけのおかしみを超えて、読むものに強く迫ってくる認識力や批判力の厚みを感じさせる。ネガティヴに自己を保守するのではなく、知的に凝視した果てに獲得された攻撃性がある。コクトー、シュペルヴィエル、啄木などを下敷きとした作品以外にもおもしろいものが多い。

より破調をきわめているのが小峰慎也『偉い』（私家版）。巻頭作品を全文引用してみよう。

谷川俊太郎
が前ＴＶで
「なんでも詩的に見えるんです。
ことばを待っているんじゃない」
とかいって
「さあ、これからが始まり。愛戯の快楽を

たっぷり教えてあげる……貴女のアヌスに……。」
とはいわなかった。
（「始まり」）

谷川俊太郎というだれでも思い浮かべることのできる詩人の像を立ち上げ、無造作にそれを打ち壊してしまう詩的な暴力性。私たちがほんとうに壊れた存在であるなら、ともかくも攻撃的になるほかはない。「決めた／九時ならば／なんとかなる／あの九時だ／九時／から暴力をふるう／決めた」（「剛田」）といった作品における過激なことばの強度が群れを抜いている。渋谷聡『切る』（近代文芸社）も爽快。

桃太郎侍の顔色がいい。目つきもいい。きらきらしている。以前の顔色と目つきとは違っていた。どうしてよくなったのかを尋ねた。切ったからなのだそうだ。隣のことは切ったとのこと。切ってしまえよそんなこと、前向きな人生だよ、とも言っていた。
（「切る」）

読者は、「隣の人間を斬った」のが「前向きな人生だよ」という断言にびっくりする。ただし、小峰が「谷川俊太郎」のＴＶ発言を持ち出し、思い切り転調させてから投げ出すように作品を終えたのに対して、「桃太郎侍」と会話を交わす出だしで驚かせたあと、渋谷は「整理整頓」のため日常の「どうでもいい」ことを切るといういたって良識的な方向に行ってしまう。「隣のことは切った」とは、たんに隣人関係を絶ったというだけのこと。「休日は穏やかに過ごそう。その他のことは切る。ぶった切る」と常識的に終わる。第1連だけですっきりと終えてしまった方が衝撃力はあった。

青山かつ子の『あかり売り』（花神社）は、1篇1篇ほとんど息をつめるような気持ちで読んだ。どの作品も、幻視する力によって異界を作り上げている。「およばれ」で描かれる、藤の花をまぶした「水色のごはん」をさしだす叔母のイメージ。病気がちで、「ときどき梁から逆さに吊り下がる／髪が　磨きぬかれた床にとどき／床をつたって／病がぬけていく」という叔母。

ほのかな甘味をかみしめながら
藤棚をみる
ちいさくなった
たくさんの叔母がゆれる

このようにして、いま甘味をかみしめている藤の花房と無数の小さな叔母の姿とが重なり合って揺れ、日常的なイメージの裂け目からおそろしい深淵が見えてくる。その深淵は、日常と区分されうるものではない。ここで日常と異界とは判別しがたく重なり合っていて、読むものはそこに戦慄する。

丸山乃里子『真夜中の鳥』（潮流社）も、赤トンボ、雀、蝶、雀、馬、クジラなど、動物への変身譚が多い。たんなるメタモルフォーシスではなく、2重性を帯びた存在を幻視した結果としてこれらの変身はある。「弟は光を背負って／闇の兄へ向かって氷塊を落とす／汗が氷塊へ小さな穴を開ける／氷室の底で兄は少しずつ氷と化してゆく」と氷のイメージで光と闇、生と死のドラマが劇的に形象化される巻頭の作品「氷室」が秀逸。

辻井喬『わたつみ』（思潮社）と馬淵庚介『拾遺夕照國愚草』（編集工房ノア）は、いずれも定本詩集。『群青・わが黙示』『南冥・旅の終り』『わたつみ・しあわせな日日』の既刊3冊に詩論「詩が滅びる時」を加えた『わたつみ』については、いずれふれる機会があるかもしれない。ただ私は、辻井が別な著書のなかで、みずからも参加した60年安保闘争を「安保騒動」と記述していることに多少のこだわりがある。「私たちは並外れたバイタリティーで既成左翼の批判に精を出し、神話を打ち砕き、行動した。また、日本現代史最大の大衆的政治運動を伐り開く役目をも担った」と書き遺した当時のブント書記長島成郎の『ブント私史』を読んだばかりの余韻のせいか、60年安保闘争を「騒動」と見做す視点から書かれた詩的クロニクルであると一挙に裁断してしまいたい思いをふりはらって、より冷静に検討するためには、今少し時間を要する。

馬淵の『拾遺夕照國愚草』は、『古都蘭燈』『洛外幻想』『落日考』などの既刊詩集に改稿を重ね、新作を加えて再構成し、あらためて重厚な1冊にまとめ直したもの。前半が「西都邑細露地」「花折鄙のわかれ」「稚杉のおち瀬」などの散文を、後半に行分け詩をおさめる。旧仮名、旧字表記、さらには漢語や古語を縦横に駆使した擬古文で書かれている。

めんないちどりの布染めて、つらなりゆく松の樹列を、僮らの迸しる落日は葉がくれに赫赫と沁む、空のけしきに散つてゐた。御蔵山から梟が渡つてくる樹列の梢、ほのかなりしゆふべの風も、遙かな水系に消えいる。

（「落流花の鹽瀬」）

こうした自然の情景、あるいはひと時代まえの京都下町の息づかい。そうしたものが見事に彫琢されたことばで綴られていく。自然の美を賛美することにも、古都の町並みの雰囲気を偲ぶことにも、少年の日の切ない心情を追体験することにも、実のところ馬淵の意図はない。

「めんないちどりの布染めて」という書き出しによって、読むものは馬淵によって周到に選ばれ時間をかけて彫琢されたことばの世界へといっきに拉致される。読者は、作品に対峙するのではなく、迷路めいた言語世界のただなかで呆然と佇んでしまう。ゆいいつそれこそがこの詩集（＝書物）を体験することなのであろう。

行分け詩のなかに、「空は星／いまぼくの／うしなひつつあるものが／ひたすら／さんさんと／降るのであつた」（「空のあかり」）という象徴的な詩句がある。この詩集のなかでは、「うしなひつつあるもの」が「さんさんと／降る」のだ。書名にしるされた「夕照」とは、夕陽の照り返しのことである。この書物の奥深い核心部分に孤独な死の翳がそっと埋め込まれているとしても、それはあくまでも照り返しとしてのみ感受しうる。

ジャック・レダ（堀江敏幸訳）の散文詩集『パリの廃墟』（みすず書房）も読むものを忘我状態へと導く。

ならば私に必要なのはなんなのか。それは、といえばチュイルリー公園から出てくる時の、あのぞくっとするような感触だ。その刹那、自分が目にしている、神秘のオベリスクをむんずと掴んでいるのがもはや太陽とはよべないことすらわからずに、バラ色の

巨大な塊のなかで身体がうごかなくなってしまうのである、恍惚
とも恐怖ともつかないなにものかによって。

（「焼けつくような　フランボワーズに近いバラ色の」）

レダは、パリの郊外をあるいは田舎をあくことなく動き、大気の振動に触れ、濃密な太陽を全身で感じ取る。高層建築や灰色の倉庫や石炭の塊や紙の束、石油缶などが視界を覆うパリは、かつてのよき都パリではないのだが、そのような現代的変容をレダは肯定も否定もせず、ひたすらなめるように、変容しつつある都市の襞々に触れていく。この詩人をして絶えず歩き回らせる起因に生への絶望や孤独感があるとしても、どこまでも続く記述を通じて「ぞくっとする感触」や「恍惚とも恐怖ともつかないなにものか」は確実に伝わってくる。それを日本語で味わうことを可能にした堀江敏幸の翻訳も見事だ。

小島きみ子の詩論集『思考のパサージュ』（エウメニデス社）は、詩的言語が発現する様相に対し誠実な態度で肉薄していて好感がもてる。ただし小島の発想の根源にある「ことば＝いのち」という前提は、もうすこし論理として構築してほしかった。小島は詩集『Dying Summer』（エウニメデス社）も刊行し、旺盛な活動力をみせている。

95歳で亡くなった間野捷魯が、死の直前まで書きつづけたエッセイ集『静夜抄』（本多企画）

では、戦前の詩誌や詩人たちについての話題も多いが、詩人の視線はあくまでも現在をみつめている。中桐雅夫の「戦いと飢えで死ぬ人間がいる間は／おれは絶対風雅の道をゆかぬ」を引用して、「風雅の道」と堕した現代詩や「大衆の文学」としての短歌や俳句を、「遊び」であり自分の追求してきた文学とは「別次元」のものだと断じる姿勢が瑞々しい。

11　詩はだれが書いているのか

高橋睦郎『恢復期』（書肆山田）。恢復とは、失っていたものを取り戻すこと。ふつうは「回復」と書くところをあえて「恢復」と表記するこの詩人は、月や星の咒力の恢復のために、場としての闇が必要だと書いたことがある。闇を凝視することによる月の光の恢復。意識の闇の自覚においてこそ、現実を夢幻に変える月光の咒力が顕現すると。これを詩論の核心として、今回の詩集での「地下鉄のオルペウス」にまでつながる。「光は地上にはない／地中深い　冷たい闇にしかない／それが私たちの信仰箇条」（11）というように。闇の冷たさを歌いながら、ここには不思議と親和的な空気が漂っている。初期の作品と比較したときの、この微妙な変化がとても興味深い。冒頭の作品「恢復期」では、病み上がりの詩人が、裏庭の物干しに広げられたシャツやトランクスの「白い形代」を、椅子にぐったりとうずくまったまま見ている光景が描かれる。

いま自分にはかたちがなくなっている
かたちを引き受けてくれた形代が
明るい風に鳴りつづけて　乾いていく
それが時間　それが癒えていくこと
と　熱のある人はぼんやり考えている

シャツやトランクスで広がる「形代」と、病んでかたちのなくなった「自分」。以前ならはげしく相剋しあったであろう有と無が、ここではおだやかに親和し、融和している。それが「時間」であり、それが「癒えていく」ことだと詩人はいう。かつてそのすぐれた詩人論のなかで澤村光博は、「罪こそ、人間における時間にほかならない」という詩人自身のことばを引いて、高橋睦郎における時間の持続への拒否、を指摘した（「高橋睦郎の世界」）。澤村のいうごとく、初期の作品にいわば絶対弁証法ともいうべき凄絶な生と死の力学をみることは容易であろう。しかしこの近作では、ひたすらな否定を通じて瞬間的なポエジーを顕現させるというより、光と闇、生と死は、相剋しつつもどこかやさしく融和している。たとえばＨＩＶを患って死の床にいる友人について書いた作品。

与えられた薬を忠実に服みながら
それでも確実に血を薄くしながら
彼は不思議な光に輝いている
血が薄まる分だけ　愛が増える
そのうち　愛でいっぱいになるだろう

（「愛が満ちる」）

確実に近づいてくる死と闇への予感はあるとしても、それはかつてのように生や光をきわだたせるだけの存在ではない。生と死、光と闇は対立しつつ、どうじに親和している。それはつまり時間の持続を潔癖に拒否してしまうのではなく、きびしく凝視しながらなおそれに寄り添って生きていくということだ。祝詞に始まり長歌、旋頭歌から謡曲、隆達節、常磐津、小唄などの、古体詩歌の諸形式で書いた作品を収録する『倣古抄』（邑心文庫）も上梓していて、死者たちの残した言語形式との格闘を通じて、その声を聴きとろうという試みも感銘深い。

谷内修三『逆さまの花』（象形文字編集室）は、外部の事物を見すえた詩集。それもただ漠然と何かを見るのではなく、ひとつの事物、たとえばそれが木であれ、ドアであれ、眼鏡ケースであれ、ターゲットに定めた何かあるものを凝視し、感情を排して記述する。

夕方の光が入ってきた。
扉の方まで這っていき、そこから立ち上がろうとしている。
壁を伝って引き返し、
小さな絵を、その額のガラスを光らせる。
再び四角い窓から逃げていく。
シーツを染めた色も失われ、
皺の陰が深くなる時間になってしまった。

（「夕方の光」全）

人気のない部屋が夕陽で照らされ、すこしずつ暗くなっていく静かな情景。書かれている内容はただそれだけだ。このどこが詩であるのかと訊かれると、理由を説明するのはむずかしい。ひとつだけ言えることは、ここには省略されてしまったものがあるということ。それは何か。このような情景を見た（はずの）主体である。「夕方の光が入ってきた」ことを認識した主体。それがこの作品にはいっさい書かれていない。私は（が）見た、といったたぐいの記述を潔癖に排除し、（中性的な）視覚に写った「夕方の光」の変化だけをことばにしていく。主体が排除されているのだから、夕陽への俗な感情移入も起こりようがない。

この作品にモチーフというべきものがあるとするなら、それは記述から認識主体を排除することによって、できるだけ主観を排したかたちで事物を、あるいは他者を記述し、ことばと認識対象との関係そのものをクリアに浮かび上がらせるということだろう。そこで成立した作品(夕方の光についての記述)が必ず詩であるという保証はない。しかしすくなくとも主観の手垢にまみれたことばの群れと隔絶した記述がなされているかぎり、ことばはそれじたいあらたなかたちで存在する。それは、凡百の作品よりずっと詩に近い質をもったものにちがいない。

それゆえきわめて戦略的に詩が書き進められていることに感心した。先に私は、認識主体を排除している、と書いた。しかし完全に排除してしまったなら見るという行為そのものが成り立たなくなる。「夕方の光が入ってきた」「皺の陰が深くなる」と書くとき、主体がそれを認識しているからこそ、そのように書くことができる。省かれたこの主体は、シーツを染めた色が何色であるのかも、皺の陰がどのくらい深くなったのかも、ちゃんと認識している。まるでカメラ・アイのごとく、そこから感情を横溢させないというストイックな態度を保持しているだけだ。とすると、場面の切り取り方や視線の位置も含め、ここにはさりげなく見せかけながら実は隠された作為がある。

認識主体は排除されているのではなく隠蔽されているというべきなのだ。光が、「立ち上がろうとしている」とか「逃げていく」という記述も認識主体に依拠するものである。とすると、こうした入り組んだ関係を暗示することにこそ、モチーフがあるのだろうか。『逆さまの花』という詩集は、詩の成立についてさまざまなことを考えさせてくれる。だが詩とは、あるいは詩を書く行為、詩を読む行為とは、もっと出鱈目で、もっともっと解放感に満ちあふれたものでいいのではないかという気も一方ではする。

対極的に、大門太『ひらかなからひ』（蛇蠍舎）は、すべて仮名書きの1行詩。冒頭、「あなぐらに　いきをひそめて　あなぐらむ」とあるが、平仮名という「やまと」の「あやしきもじ」は多義性を生み出すことができる。回文になった詩集タイトルも、「平仮名から火／平仮名辛い」と2重に読めるのだ。「ゆうひをば　つきをさかなにのみほせり」の「ゆうひ」は、谷内修三の「夕方の光」の対極にあって、正確さへの厳密な志向とは逆のほとんど出鱈目と見紛うほどの壮大なヴィジョンを見せる。

このヴィジョンがどこに根拠をもつかといえば、こちらは詩的主体の飛び抜けた強靱さなのだ。「えいえんは　かげぼうしにも　やどるべし」「われもまた　いっこのうちゅう　ぎんがなり」と、なみの詩人ならばとうてい使えない「永遠」や「宇宙」といったことばを軽々と表出することが出来るのも、「そこにたち　そこにたおれて　くちぬべし」と言い切ることのできる主体の強靱さと、そして壮絶な覚悟とがあるからである。

ふつぎょうや　いしきもちたる　ふしあわせ

当然のことながらこうした大門太の詩は、永遠や宇宙だけで成り立つわけではない。人間が意識を持ったことじたいに、根源的な不幸を見ているのであり、この「ふしあわせ」を見据えながら、ことばによってそれをいかに反転させるかという力業に彼の詩的営為のすべてがかかっている。この時代にはまったく稀有ともいえる、英雄的な詩人である。

篠原資明『言霊ほぐし』（五柳書院）は、篠原の創案による超絶短詩にエッセイ風の解説を添えたもの。超絶短詩とは、ひとつの語句を、間投詞とそれ以外の言葉とに分割する詩形で、知的技巧と感性的な直接性の配合に特色があるのだという。教養が、「虚うよう」になり、消費が、「詩よ　うひ」になったりするありさまを目にするのは、ともかくおもしろい。「くすぐることによって、言葉をほぐし、心をほぐす」との効能書きもさることながら、「超絶短詩を構想し、日々、実践し、享受する当の本人にとっては、日本に生まれてよかったと思うのは、いまやそれだけになりつつある」という、冗談とも本音ともつかない述懐がとてもいい。

林嗣夫『春の庭で』（ふたば工房）では、どの作品も、「薄日の射す浅い春だった」というようにごく日常的な情景からはじまるのだが、詩行はすぐ夢や妄想の迷路のなかに入っていく。

日常に対する微細な異和をかかえ、過去の記憶に呼び戻され、幻影にとらわれ、わけもなくもがきながら、やはり思いは日常に帰還してくる。その往還の様相が林にとっての詩なのだ。

長谷部奈美江の『The Unknown Lovers』（・ミッドナイト・プレス）になると、もはや日常と夢や妄想とは見分けがつかない。現実にはとうていありえないはずの異様な光景が、次から次へとあたりまえのように生起する。

死体を運び出そうとして
隣の死体の手と手が触れて
ごめんなさいといってしまって先輩が笑った
笑われてから死体だと思ったけれど
さむくなった
運び出した死体はワゴン車に乗って
家族のもとへ帰っていき
残された死体の方が解剖に回された
もう一度あの手が触れる
と思うとさむさがとれない

（「手」）

手に対して執拗にこだわるのは、主体にとって、死者と生者との区別が明瞭にはなされていないからである。だからこそ「あの手が触れる」というように、まるで死んだ人間にも意思があるかのように感じてしまうのだ。この詩集には、死や死体や殺人が満ち満ちている。殺された妻を少年が抱いていたり、息子が鴨居にぶら下がっていたり、いきなり灯油をかけられ焼き殺されたりする。そしてそうした出来事そのものには、どのような意味もこめられてはいない。異常な事件でありながら、起床したり食事をするといった、日常的な振る舞いとほとんど等価な出来事であるようにみえる。死者は生者と同次元の場に存在して、当然のようにモノローグをつづける。心理や感情による詩行の展開をあらかじめ禁じた上で、異質なものたち、すなわち「見知らぬ恋人たち」の奇妙な出会いの場がやすやすと演じられ、詩が成立する。

友澤蓉子『微風のくぼみ』（緑鯨社）でも、夢と日常は渾然と混じり合って区別がつかない。けれども、「夕陽よ琥珀となれ／遙かな森の記憶ともなれ／／億年の蚊とんぼが樹脂の柩に眠っていたように／すると夕陽は美しく不可避な夜へ伏せた」（「未来的な一日」）と、どこまでも軽やかな明るさが持続されていくところに、稀有な才能をもったこの詩人の身上がある。

小舞まりの『るっぴんるっぴん』（アドバン）というかわった詩集タイトルは、雨つぶが屋根に触れる音だという。あきれるほど素直な表現で、類型的なところも目につく。にもかかわらず、どのページをめくっても読むものに安らかな解放感をあたえてくれる。友澤蓉子や小舞まりに、大上段に振りかぶった姿勢は微塵もみえないのだが、その作品は、ことばによってしか触れえないもの、つまり詩に確実に触れさせてくれる。

坂井のぶこ『きたうらさんの　ぽとす』（漉林書房）も、平易なことばと表現で零細工場の人々、知的障害者や中国人の女性労働者などをとらえている。ひとつまちがうと読むに耐えないものになりそうなテーマなのに、対象への憑依の強度によってよくそれを免れている。

田中宏輔『みんな、きみのことが好きだった。』（開扇堂）は、第3詩集『陽の埋葬』、第4詩集『ふわおちよおれしあ』（いずれも私家版）などから再編集したもの。「詩を書くということは、愚かなことであろう。さらに、詩集を出して世に問うということは、よりいっそう愚かなことであろう。しかし、その愚かなことを成すことによってしか救われない魂があるのである」という後書きのことばにも深く共感できるものがあった。

ところで、安藤元雄『フーガの技法』（思潮社）の冒頭におかれた同名の短いエッセイは、もちろんバッハの有名な曲について書かれたもの。この曲の主題はたった4小節の記号にすぎないのに、それが変形され、転回され、拡大されたり縮小されたりしながら無限にそれじたいをくりひろげていく。その事実に安藤は感嘆する。もちろんそれは、音ではなくことばによって詩人がこうした作品を書くのはいかにして可能かという問いにつながっていき、簡潔ながら詩が成立する根源的な場に向けられたまなざしをくっきりと浮き彫りにしている。
フォーレの歌曲と原詩の関係を綿密に分析したり、プルーストにあたえた音楽の影響について論じたりしても、やはり最終的には詩の成立のもんだいに収斂していく。ヴィヨン、ポー、ボードレール、ランボー、プレヴェールなど外国の詩人たちだけでなく、北原白秋をはじめとして、萩原朔太郎、中原中也、立原道造といった近代日本の詩人たちもきちんと論じられ、とりわけマチネ・ポエティックや蕪村の和詩についての綿密周到な論及は必読もの。「シュペルヴィエルを翻訳する堀口大學」では、日本での受容状態について述べてから、堀口との同時代的な関係について、原詩を引きながらていねいに跡づけていく。堀口への評価がもっと高くてもよいと考えている私は、とりわけ興味深く読んだ。すぐれた詩論集が乏しくなってしまったなかで、詩人たちだけでなく、一般読者にも広く読まれるべき価値をもっていて、私たちの必読書といえる。

（詩書月評『現代詩手帖』２００１年より）

生滅する、世界の、記述、の私たち

歓びや共感と同時に、それとおなじくらいの切なさや苦さをもたらす詩集がある。読むことによって、詩的な営為に向き合う姿勢そのものが問われる。あとがきに「深い穴から見ると、真昼の青空にも星が見えるそうだ」という画家香月泰男の言葉を書き込む、河津聖恵『青の太陽』(思潮社)。

真昼の天頂を　透明な流れ星がよぎっていく
歴史の果てで眠っていた世界は目覚め
冷たい数秒を分泌し　やがてまたあおあおと黙っていく
かすかな誤謬を正すように
蟻の穴である私の真上で　青の太陽が穴の形にしんとしずまる

(「青の太陽」)

巣穴から見上げられた真昼の太陽の青さ。「蟻の穴である私」は幻視する。あるいは夢見ようとする。冷たい数秒を分泌するだけの「世界」。太陽の青と地中の穴。がらんどうな私。読み進めるにつれて、この穴がいまだ未完成であるということを読者は知らされる。深々とした安住の地はない。追い打ちをかけるように、最終連では「コトバの残骸」をささげ持った、さまよえる私が地上を這いずりまわり、穴を見つけて覗きはじめる。穴である私。這いずりまわり、やがて遠ざかっていく「四つ足のイキモノ」である私。私は分裂している。作者だけでなく、作品を読む自分自身が世界をどう見つめ、どういう態度で対峙しているのかが問われてきて、これまでの自分でいることができない。

あるいは、詩集の冒頭におかれた作品「空色の武器」。おそらく作者には意識されていると思うが、黒田喜夫詩集の『地中の武器』（62年）において、敗北した革命家たちが地中に埋めるのは、「重い虚妄の武器」であった。別の部分では「手製の銃器」と表現され、少なくとも革命のために用意された武器であるという認識は当時の読者に共有された。スターリニズムに牽引されたかつての革命運動がいかに虚妄なものであったとしても、武器という言葉のもつ意味そのものは明確だ。

河津の場合も、作中に「引き金」という言葉があるので、銃器ではあるのだが、しかし何のための武器なのか。やはり革命のための武器なのであろうか。不意にもたらされた、不定型の武器。撃つべき「モノクロームの人かげ」とは何者なのか。ここで武器という語は、まるで何かの欠落のようにあり、その欠落を埋めるように、いくつもの喩が繰り出されてくる。「ぐにゃぐにゃした貂のように」「忘れられた死者のマフラーのように」「赤ん坊のように」「泣くようにスライム状に」と。これらの喩は、武器の目的や形態を明らかにするものではない。武器という語をこそきっかけとして、喚び入れられた。うらぎられ、「内側から撲られて笑うように笑っている」という最終行に、想いのすべてを込めながら。

私たちの世界は、黒田喜夫が「地中の武器」を発表した時代から遠くへと来てしまった。河津は、「世界」という語を繰り返し提示し、「DUBLIN BAGDAD KABUL TOKYO」「シンジュク　ニューヨーク　カンダハル　トルファン」「ヒロシマ　パリ　エルサレム　アデン」と地名を挙げながら、世界のイメージや感触を掴もうとする。だが、「世界」も「sekai」も、今は具体的に見えてはこない。そして、世界が見えない以上、どうして武器の重さがわかるだろうか。ぐにゃぐにゃし、死者のマフラーみたいで、赤ん坊のようで、スライム状のもの。これが河津の提示した武器の形状だ。よくわからない。結局、「世界」や「武器」という語は、私たちにおける世界の不分明さや武器の不在をこそ突きつけてくるのだ。

そしてこの事態は同時に反転する。それでは、あなたにとって世界とは、武器とはどういうものか。『青の太陽』は、こうした問いを読者である私（たち）に突きつける。「梔子の夜」で、詩人は朽ちていく夜の廃園を凝視し、「深い戦いのあとの硝煙」の匂いを夢見るようにかぎながら、他者（＝隣地）へと感性を寄り添わせていく。そのほとんど官能的なまでの耽溺ぶりに、「空色の武器」などでの自虐性とはべつな面を感じて、救われた思いがする。ともあれ、世界とそれに対峙する穴である私（もちろん相互に変化する）という構図は、際立っている。世界を必死に見据えようとする卒直さを受けとめたい。

長編散文詩『砂の歌』（思潮社）での福田武人は、もはや世界を、「在るもの」としては見ようとしない。すべては砂である。それを前提として、その自明さのなかで書きつづける。風景を、身体を、ここで否定し、廃棄し、消尽しつくそうとする。決して何ものかを名指すことなく、ひたすら消去していこうとする言語的な運動。それがついひとつの律動を形成してしまうことにも警戒心を怠らず、ましてや「制度化された網の目状の地所を穿ちその一部を汚損」することが詩であるといった楽天的な錯誤からも遠く醒め、どのような幻想をも廃棄しつつ、光でもなく、闇でもなく、どのような標もない砂地の白のなかを言葉によって彷徨すること。その痕跡としての詩集。

このようにいえば、何となく了解できたような気もするが、しかし言葉でも概念でもふれることのできない場を、絶対に〈制度〉を形成しないかたちで動き続けようとする福田の作品を、ほかならぬこちら側の「言語」で言い当てることは不可能であろう。それに、もっともらしく無限の彷徨とか絶えざる痕跡とかと語るこれまでの言説の多くが、ただ言ってみたにすぎないしろものだということを、私たちはうんざりするほど充分に知っている。そのような言説と福田の実践とを混同するわけにはいかない。

私は、『砂の歌』に、河津聖恵の作品と通底するものを感じる。それはあながち、両者とも「蟻が這っている」イメージが共通だからではない。河津が世界と対峙していたことに引き比べるなら、福田の対峙しているのは言葉が囲い込まれていかない、あたうかぎり無機的な記述に徹する永久運動としての詩そのものであろう。それもまた観念として構築されたものではないか、などと言ってはいけない。「僕固有の記号を信じながら、僕は信じることの草の囁きだけを聴こうとしてきた」と書く詩人に、また「あなた」というやや唐突とも思える語の最終的な現出と砂の「歌」にも、すべてのその孤独な営為にも、私は共感を覚える。

河津聖恵や福田武人の次には、植田理佳の詩集『0』(緑鯨社)をおいてみたい。

神さま
ここは寒い
神さま

遊びは苦い
いつもいつも
地震　塩の生　血まみれの子供
（「酒歌」）

「0」は、ゼロであり、あとがき代わりの「へびと私」に書かれている作者のことばを借りると、穴（またしても）であり、指輪であり、UFOで、卵だ。だが私の想像によるなら、まず意識されているのはポーリーヌ・レアージュの『O嬢の物語』である。ただし快楽を喪失したO嬢の物語。寒い場所で、苦い遊びを反復する、かつての血まみれの子供。これはゼロである詩人によって書かれた稀有の詩集だ。

私はいつも裸だったが、傷つくことはなかった。と彼は言った。私は卵から産まれた子供。だから臍がない。母は知らない。父もいない。養母は鴉だったのでよく食われかけていた。私に皮膚はない。これは皮膚ではない、膜だ。肉は薄く、内臓は少ない。骨だけが見事で、男だが性器はない。養母が食べてしまった。私は脱ぐのが不得意だ。と彼は言った。もともと裸なので、どこまで脱いだら良いのかがわからない。もちろんこれは仕事だが、人は何が好きなのか。肉なのか内臓か。血か。骨の動きか。私は見世物だが、好んではいない。悲しくもないが

（「ゼロ」、冒頭）

「四つ足のイキモノ」であり、「蟻の穴」であった河津、奇形として形骸として散乱し退却し、死を反復しながら「無いこと」それ自体を記述する福田。ここで書いている、私とは、僕とは、いったいだれか。植田の場合は、さらに奇妙だ。私たちは、植田の記述からいかなる生き物を想像したらよいのか。再構成しようとすれば、だれもが途方に暮れるだろう。後半でこの私は、ショウ・ステージに出るのだ。赤い照明を浴びながら、雄鶏に膜を剥がされ、自分で自分の肉を脱ぐ。身体の主要な諸パーツである肺や腸や肝臓を外し、輪郭を形成している頭蓋や肋骨を外し、最後は身体の破片となって舞台を下りる。クマやトラが、それを食べる。

究極的ともいえるグロテスクな光景である。けれども、あらかじめすべてが失われてゼロとしてかろうじて存在する記述の主体（植田であり、しかし植田そのものではない）に、肺や肝臓が、頭蓋や肋骨があるのかといえば、おそらくそれらは無としてしかないのだ。だから同じショウに出る雄鶏の恋人についても、「ない彼は私たちを酔わせる。血と肉と内臓の破片となった彼は、匂いと色を持ち驚きに満ちて虚しい。彼は自身を笑う。性も死もないのだと。永遠に

いつも0。常に戻るそのないものをどう失えばいいのか」と記述される。この血なまぐさいスペクタクルを読者は、「酒歌」での、苦い遊びを繰り返し、いつも血まみれであった子供の像を想起しながらすみずみまでしっかりと受けとめなければなるまい。

詩集の最後におさめられた散文詩「子供」連作は、反リアルな独特のストーリーをそれぞれそなえ、まるでSF短編小説（たとえば残酷なレイ・ブラッドベリー）のような作品である。カモでありハトでもあるような母と子（I）。死後に廃墟の建物から街を見下ろしている私（II）。この私は、すでに死んでいながら作品のなかでまた何度か繰り返し死ぬのだが、最後は子供に足首をふれられ、その部分から砂と化していく。作風はまったくちがうのだが、福田の『砂の歌』との共通性は、こういうところにもある。

SF的な作風といえば、「UFO」という作品がある。イカと蛇と禿鷲に似た顔かたちの宇宙人に拉致された「私」は、異星の地（ここも『デューン』のごとき、あるいは『砂の歌』のごとき砂の世界だ）で、その宇宙人と結婚する。15人の奇妙な子供を生むが、やがて宇宙人は理由もなく姿を消し、私と子供たちが残される。「私」の子供たちは、皮膚と内臓と肉が絶えず変化しつづけ、タコに似た子供がだんだんキリンに似てきたり、クラゲに似た子が羽のある水中のサルになったりする。

ここで、あるいはUFOは詩を生む契機、宇宙人の夫は言語、子供たちは作者によって生み出され、それぞれ独自に生成しつづける詩作品と受け取ることも可能だ。植田理佳という詩人にとって、書く主体とは何か。私は永遠にいつもゼロだ、そんなものはない、というだろう。しかしまた、正視不可能なほど不気味に生み出され、増殖し続けるものとして、記述する主体は無数にある、ということも可能なのだ。

野村喜和夫の長篇詩『街の衣のいちまい下の虹は蛇だ』(思潮社)になると、記述主体は「彼」「私」「わたくし」「ぼく」「私たち」「わたしたち」というように、はじめから複数である。その相違に応じて「叙事片」「女α」「ヒメ」「クロニクル片」と複数のテクストが起動し、同時的に動いていく。たとえばこの長編においてもっとも主導的な役割を果たす「彼」が登場するテクスト(「叙事片」)では、「要するに彼は、ひき逃げをしたか、/でなければしたと思い込み、だしぬけに逃亡をはじめた、」と書き起こされる(「要するに」という説話的モードを記憶されたい)。焦燥感に駆り立てられた彼は、逃走しようと街のなかをでたらめに車を走らせ、信号に苛立ったり、渋滞に巻き込まれたり、一方通行路に迷い込んだりする。これは冥府めぐりのパロディだろう。

一方、「私」のテクスト(「ヒメ」)では、街路を歩きながら、パレードに出会ってエクスタシーを感じたり、男にさるぐつわをかまされ、梱包用ナイロンで縛られてファックされたことを想い出し、また縛られたいなどと思いながら夕暮れを彷徨う。なぜか、この女からも『O嬢の物語』的なヒロインの匂いが立ち昇るのだが、読み進めるに連れて、彼女の名前が菜穂子であり、いたぶった男が、ほかならぬ「彼」であることもわかってきて、複数のテクストがさまざまに錯綜し、交錯する。

「クロニクル片」では、レインボー暦という架空の年代にそって、擬古文をまじえ、荒唐無稽な出来事について「私たち」というやや客観的な人称が断続的な記述を続ける。奇妙な詩集タイトルそのものが、反復、変形されるのは「呪文」のパート。

街の、衣の、
いちまい、下の、
虹は、蛇だ、

街の、衣の、
いちまい、(meta)の、
蛇は、虹だ、

呪文なのだから意味など考える必要はないが、テクスト「女α」に、「女を可能なかぎり複雑にしてゆくと街が得られる」とあるから、街とは女の隠喩なのかもしれない。あるいはその逆なのか。街から幾重にも衣裳を剥いでいけば、女に、いや虹や蛇（またしても！）になるということか。虹という文字は、蛇という文字の変形したもの。虹とは空をつらぬく蛇だ。虹は詩人を地獄に落とすもの。だから、「彼」の逃亡は冥府めぐりとなる。蛇（ジャ）からナジャが出てくるし（とするとやはりこの「彼」は、詩人なのだろう）、ヒメの「ヒ」も蛇という文字の右部分のつくりに含まれている。文字の一部分が人物（ナジャやヒメ）を生む。こうして、文字形や発音や記述におけるさまざまなレベルで起こる、分裂と断片化、衝突、交錯。

私はこれまでずっと野村喜和夫の詩がわからなかった。いやわかるわからないというよりも、こちらのエネルギーが続かずに、最後まで読み通すことができなかった。ところが２００ページをはるかに超えるこの長篇詩だけは、はじまりから最後の「コーダ／大コーダ」まで一気に、それもわくわくしながらおもしろく読んでしまったのだ。

全体は朦朧としているが、いちおう独立した複数の人称、街＝都市という具体的な場の設定、年代記という時間軸、「問題はもはや逃げおおせるかどうかではなく、／ただ走行しつづけることが唯一の時間の形式」（叙事片）であるような記述意識、などが単一主体による記述に終始する一般的な長篇詩とは異なり、絶えず流動し生成するきわめてポップな作品を立ち上げている。この力強さ。たとえば舞城王太郎の小説とともに書店の棚に並んでいても遜色ない詩集＝

書物が、わが現代詩のジャンルから生み出された。

渡辺玄英の『火曜日になったら戦争に行く』（思潮社）。「ケータイでメールを送ります／「西の空をごらんなさい　きれいな虹がかかっています／虹の上を　たくさんのわたなべが渡っていくかのようです」／これをきみの記憶装置に保存してください」と書かれた渡辺の作品もまた、虹の文脈で読み解かれるのにふさわしい詩だ。

金太中『わがふるさとは湖南の地』（思潮社）は、清澄な叙情をベースとし、「わたし」「おれ」「ぼくら」といった一人称はおそらく記述の主体と重なり合っている。ただし年齢的にも、かなり差がある。叙情的な作風も、前記の詩集群とは一見まったく対照的だ。しかし、はたしてそういう位置づけでいいのだろうか。別冊として抄録された若き日の詩集『囚われの街』（54年）に、「おれ」が東京の真ん中を歩き回るという作品がある。

……………のしあがってくる街路が
おれを　阻もうとも
疾走してくる自動車が
おれを遮ろうとも
あるく

あるく
おれたちは…………

（「あるく」）

一人称単数の「おれ」が、最終行では複数の「おれたち」になっていることに注目しよう。「おれ」の彷徨がここでは野村喜和夫の長篇詩の彼（＝詩人）の地獄下りと遠く呼応しあっているようにみえることにも。野村の「彼」は、ひき逃げをしたか、あるいはひき逃げしたと思い込んで車で走り回るのだが、金の場合はどうか。

「海峡」という作品には、黄色い血を流し、引き裂かれ手足がはげしく乱舞するという強烈な詩句がある。これは50年に勃発した「朝鮮戦争」での死者たちのイメージである。在日である金太中にとって、海峡の向こうにある朝鮮半島こそ本来、自分の存在すべき土地であった。そこでいま熾烈な戦闘が続けられ、しかも片方には米軍だけでなく米軍の補給基地として日本が大きくかかわっている。身体を引き裂かれているのは同胞である戦争の死者たち。しかし、ほかならぬ日本に生まれ育ってその酷たらしさを凝視している詩人の意識も、またはげしく引き裂かれている。

いきなり　おれは　奴の両足をつかんで

ふたつに　ひきちぎってやった　（「蓋」）

きわめて加虐的な「ひきちぎって」やろうとする感情と、いま引きちぎられている自己の意識とは、おなじものの両面だ。生まれながら故郷と引き裂かれ、故郷のひとびとは戦争で傷つけあっている。しかも、読み進めていくことによって愛する息子とやがて死別したことが明らかにされる。永遠にとりもどしえない別れ、絶対的な引き裂かれ。河津聖恵、福田武人、植田理佳、野村喜和夫といった詩人における記述主体の分裂と金太中における引き裂かれ方とでは、かたちも性質もややちがう。だが、まったく別なものでない。両者は、別にしてまたひとつのものなのだ。

記述する「私たち」は、いかなるかたちであれ、引き裂かれた「私たち」を記述するという行為において、あるものを負い続けなければならない。そのことを今あえて私は、詩の倫理と呼ぼう。詩の倫理に耐えながら、いつか「存在したものへの　いとおしさ！」（金太中「別離」）にふれることを思い描くことができれば、それこそが詩の内包する希望の現れではあるまいか。

（年間展望、『現代詩手帖』２００５年12月号より）

支配の言説と詩のことば

1　支配――流通の言説

2023年4月13日の朝、Jアラートが発出された。午前7時55分、とつぜんスマホの警報音がなりひびき、「ミサイル発射。ミサイル発射。北朝鮮から発射されたミサイルが北海道に落下するとみられます。北海道においては直ちに建物の中や地下に退避して下さい」という男の声が繰り返された。報道によると「北海道周辺」となっていたようだが、そのときの私には「北海道」としか耳に入らなかった。

ミサイルがこの地に落下する。瞬間、爆発の光景が脳裏に浮かんだ。世界が終わる。だがその後、7時26分に発射されたものだと伝えられ、揺らいだ気持ちは平常に引き戻された。「北朝鮮」から発射されたミサイルは、約10分で日本上空を通過する。30分まえに発射されたのなら、とっくに着弾し、爆発しているはずだ。誰もがそう判断したのであろう。あわてて行動するものは、私の周囲にはいなかった。実際にミサイルが着弾してしまったら、対処する方法はない。しばらくして「北海道とその周辺への落下の可能性なくなる」との訂正情報が出された。それでも、札幌市営地下鉄55、000人、JR北海道でも100、000人に影響は及んだ。

あるサイトの情報によると、午前7時26分に防衛省が「北朝鮮から弾道ミサイルの可能性のあるもの発射」と発表（実際には7時22分に探知）。それを承けた政府が「北海道周辺を対象にJアラートで情報発信」したのは、29分あとの7時55分。続けて56分に、「エムネットで情報発信〈北海道周辺に落下とみられる〉」した。つまり警報での、「北朝鮮から発射されたミサイルが北海道に落下するとみられます」というアナウンスは、発せられた時点ではもはや事実と照応性のない、虚偽の警報だ。政治的にのみ意味がある。人々の脳裏に、「ミサイルが落下する」というイメージが刻み込まれ、戦争への危機感を増幅させるという点で、防衛費増大を目論む政府にとって、政治的効果をもつと判断された。

5月31日には、予告を受けていた軍事偵察衛星の打ち上げがあったがこれを日本のマスコミは「北朝鮮、沖縄県の方向に弾道ミサイル発射」と報じ、現地ではサイレンが鳴り響いた。打ち上げは失敗で、黄海に墜ちた。3月には、日本の打ち上げたH3ロケットが、フィリピン沖に落ちたばかりだし、ともに2段目ロケットの異常あるいは点火失敗が原因である。日本も

「北朝鮮」も、同じようなことをしているのだ。

権力にとって真偽そのものは問題でない。ただならぬ形態を通じてアナウンスされた言説が〈真実〉である。今日、〈真実〉は、それが何であったか、あるいは何が起きたかではなく、何を言ったか、新聞の見出しがどう書かれているかによる。すりかえられた〈真実〉は増幅され、大量に流通する。ミサイルはまさしく「落ちた」。その〈真実〉は人々の恐怖を煽り、戦争の回路に流し込む。H3型ロケットの発射失敗などなかったかのように。

こうして支配の言語は人々の行動を突き動かしてきた。富士山が、「信仰の対象と芸術の源泉」として世界文化遺産に登録されると、老若男女が押しかけて登山道は混雑状態となり、ゴミの山が残される。新型コロナウィルスがおそろしい感染症だと報道されると、先を争って正式な臨床試験の終わっていないワクチン接種に殺到する。ロシアがウクライナに侵攻すると、ロシアは悪、ウクライナは善と2元論的に決めつけ、演奏会では侵攻と何の関係もない19世紀ロシアの作曲家が忌避され、スポーツの国際大会からロシアの選手が排除される。

世界遺産という権威をもつ富士山は絶対的に価値ある存在であり、コロナワクチンは身体に安全かつ即効的な予防効果があり、ロシアという国家、ロシア人そのものが悪であり、ウクライナは善である。こうした言説をあなた方は疑わない。それが支配の言説であり、メディアが流通させる〈真実〉だ。メディアは、権力と大衆の欲することばを与えるサービス業となった。

たとえ事実とはちがっても「ミサイルが落ちる」という言説は、残像として流通する。偵察衛星は、弾道ミサイルとして報じられる。流通すれば目的は達せられるのだ。あなた方は、「戦争をしたい」「軍事費を増税してほしい」「何でも政府のやることには従う」羊たちであると。しかし流通する言説に同調したくない少数のものは、どうすればよいか。

ひとつはメディアの言説をひとつひとつ丹念に事実と照らし合わせ、その誤りや不正確さを糾していく正統的な方法である。まっとうなジャーナリストや社会学者たちはこの方向で努力する。

ライナー・マウスフェルトの『羊たちの沈黙は、なぜ続くのか?』（長谷川圭、鄭基成訳）が、マスメディアによる教化について、具体例をあげ綿密に分析している。マウスフェルトによると、メディアの目的は、「メディアを所有する者やメディアを経済的に支配する者たちの社会経済的ステータスを守ること」であり、その目的達成の手段が支配エリートの政治観を拡散することなので、当然ながら、どの事実を伝え、その事実をどう解釈すべきかを、メディアが決めてしまう。先にあげたいくつかの事象が、どれも支配エリートの目的に合致するものだということがよく理解できよう。メディアが報道しない出来事は、あなた方にとって存在しない事柄だ。この著作は、メディアが意図的に流通させる〈真実〉との具体的な闘い方をさまざまに示唆する。

2　詩のことばの方へ

まやかしの言説との闘い。それは持続されなければならない。ただし対抗的言説もまた、権力の言表装置へ組み込まれる危険性を免れないから、支配の回路に捕捉されない闘いは困難をきわめる。かつて『文学の記号学』でロラン・バルトが語ったごとく、「たとえ権力の外にある場所から語ったとしても、およそ言説には、権力（支配欲 libido dominandi）がひそんでいる」（花輪光訳）。どういう立場からであれ、言語活動そのものに権力性は刻み込まれ、その場合、私たちはみずからの権力性に気づかない。

このことをふまえ、ここでは権力―メディア―大衆という言説の流通形態とは対極的な回路でことばと対峙している詩人たちの例を見ていきたい。

詩人とは、言語に内在する権力性に敏感な存在をいう。すぐれた詩人は、流通することばを無視し、否定し、支配的な言説の罠を個的に突き抜ける。再現・表象ではなく、否定性と破砕の運動としての詩的な実践を行う。それゆえ難解だという非難を浴びることも多い。次に掲げるのは、クリハラ冉《ナミ》の連作のうちから、「雨8」という作品である。

たったね
かったね
う
ちてて
ちてたね
あ、　　う

あ、
あったかな
の　かたち
たいて
あい、　う

花ハハナ
耳ハハネ
いとしのち

におう
アンモナイト

（1—3連、『えこし通信』27号、23年4月）

タイトルと1連目のあいだに、「た、ひきしぼらひきしでかなしいかなしみたはつきはきまこのくさみしうさみさみこ」とサブタイトルのように1行がおかれている。意味はよくとれないが、文字数からみると短歌に近い。

一読すると、ここでの言表がこのままでは流通不可能であるように見える。「花」「耳」の2語以外の文字はすべて平仮名表記で、どこで切れたり繋がったりするのかも不明なまま進行する。1行目の「たったね」が、「立ったね」という意味だとして、2行目の「かったね」は「勝ったね」なのか、「買ったね」なのか「飼ったね」なのか「駆ったね」なのか判断がつかない。あるいは「たｔａ」音に対して、「かｋａ」音にずらしたのか。3行目以下の「う／ちて／ちてたね／あ、／う」となると、もはや日本語であるかどうかさえわからず、明瞭な意味は成立していない。

しかしこの作品のことばは、読者に強い印象を残す。なぜか。それはまず、リズムの特異さによる。「たったね」（4音）「かったね」（4音）「う」（1音）＋「ちてて」（3音）「ちてたね」（4音）というように4音を基調としている。伝統的な日本語のリズムは、和歌や俳句にみられるように5音と7音が根幹をなしていて、日本語の詩歌は、ここから逃れるのがむずかしい。この作品でも、2連目は5音が基調をなしている。しかし5音7音に吸引されない1連目における、特異なリズムの強度はこの作品全体をけん引するといってよい。

この作品が2語をのぞいて漢字を使っていないということも大きな特徴である。原則として漢字は意味に対応し仮名は音に対応する。支配の言表は、漢字を使用しなければ意味があいまいになりすぎて用をなさない。もし仮に漢字以前の、原=日本語というものを想定するなら、それは音だけの言語である。文字はない。仮名は、漢字の渡来以降につくられたが、音しか表わさないという点では、漢字よりも原=日本語に近い。

この作品からひびいてくる音は、それゆえ幼児の発語に似ている。初めてことばを発するとき、明確な単語としてではなく「う」「あ、」のような母音を主とした声になる。「たったね」も初めて立ち上がることが出来たときに、母親の（あるいは周囲のだれかの）口から出たことばかもしれない。「あい、」とは愛を意味するが、幼児の発した声のようにも受け取れる。

意味として、いちばんはっきりしているのは3連目の「花ハハナ／耳ハハネ／いとしのち／におう／アンモナイト」で、「ハナ」は鼻、「ハネ」は羽根、「いとしのち」は、愛しの血、と読むことが出来る。いずれも身体に関連している。また「アンモナイト」は、古代の化石であり、ここでの語句はすべて幼児あるいは原初を表徴している。

この作品に向き合うとき、読者は解釈（言い換え）する気持ちを捨てて感性を研ぎ澄ませ、ことばを五感で受容する。そうすると幼児と向き合う母親の姿が感じとれるはずだ。流通するメディア言語の対極に、こうした詩的言語の実践がある。

3　極北の言語

クリハラ冉《ナミ》の作品には、感性を研ぎ澄ませて向き合うと誰もが感じとれる原初的光景がある。だがこの地点からさらに遠く、ほとんど極北の言語世界に至った山本陽子という詩人がいた。よく誤解されるのだが、日活映画出身の女優とは同姓同名であるが、別人である。詩人の山本陽子は、1943年年東京生まれ。日本大学芸術学部映画科を中退し、詩誌『あぽりあ』に作品を発表する。77年、生前ゆいいつの詩集『青春―くらがり（1969…）』（吟遊社）を刊行したのち、84年8月、死去。89年より『山本陽子全集』（漉林書房）全4巻の刊行がはじまる。山本の作品のなかでも評価の高い長編詩篇「遥るかする、するするながら Ⅲ」を部分的に引用してみる。

遮ぎりなくししく／／果てしなくししく　　　　りりり、りりり、りりり

澄み、透おり、たんちょうじ、拠ち／／むくげ
　　すらり、／すらり、すらり、
透おりたんたん　　透おり、たん／ちょうじ敏ん透おり
むくむく／／とおる拠ち　するながら、
透おり、茫わ、茫わ／茫わ／／むすうし、先すらり／すらり／すらり／あわげ摩び
／たん透おり、
／たん、たん／細そめひらき、／、はなり、透おり／／まぶしげ／あわげ
　むすう摩び
察っとゆらき楽び透おりすらり、すらり、すらり　透おり先
おく、とおとどき／さりげなく／うつむきなく／透おり
敏ん／敏ん／びん／敏ん／むくむくげ、
ほおおーん／お、おーん／おおーん／ほおーん拠ちするながら

（『あぽりあ』8号（70年8月）、全集第2巻所収、原文は横書き）

意味として了解するのはむずかしい。行から行への繋がりも、「ちょうじ敏ん透おり」とか「とおる拠ち　するながら」「あわげ摩び／たん透おり」といった語群も日本語として理解不能

である。『山本陽子全集』を編集し全作品に詳細な解題・解説を付している渡辺元彦さえ解題の始めに、「この作品は一読しても分からない」と書いているほどである。隠喩や換喩といった普遍的な詩の技法や想像力の援用も遠く無視され、日本語のシンタックスそのものが根源的に脱臼されている。

この作品は、発表されると間もなく『現代詩手帖』(70年10月号)に転載されたが、同号の時評で藤井貞和は、〈これはすでに正常ではなく、感能力も減衰した内閉界の純粋な「倫理」のみが根拠となっているが、極限的なるものはやはり美しいとしか言いようがない。日本語の美しさのもんだいをかんがえさせる〉と、やや戸惑いをみせながら「極限的なるもの」という点では評価している。ただし山本の作品は、「内閉界」で展開されているわけではまったくない。むしろ内界的なものを限りなく破砕する音韻的な運動としてある。

意味的な脈絡を追わず、虚心にここでの「ことば」そのものに向き合うとこの作品が、ある音韻的な場を形成していることがわかる。引用部1行目の書き出し「遮ぎりなくしく//はてしなくしく」を読むとき、「遮ぎりなく+しく//」が「はてしなく+しく」と変奏されている。//は、息を継ぐ記号である。そのあと3字の空白(さらなる休止)のあとに「りりり、りりり、りりり」と反復される。この「り」は、「遮ぎり」の「り」と響き合う。「遮ぎりなく」は「はてしなく」に変化し、「しく」は両方の語尾で反復される。さらにいえば、この行の主調音となっているのは、「り」と「し」であり、母音的には「·i」音である。

こうした微妙繊細な音韻変化が作品に響きと動きをもたらし、断続的にいくつかの詩行の末尾におかれる「するながら」というフレーズは、作品を進める機動的な力となって、それによりさまざまな音と響き、振動のリズムが多様な楽音として聴こえてくる。これらの交錯や相接が数百行にわたって弱まることなく実践されているのである。秩序や有用性への意識も、内面という個体性をも捨象した、不断のうねりがここにある。

現代の詩についてバルトは、「言語の自然発生的に機能的な性質を破壊し、語彙的土台をしか存続せしめない。現代詩は、諸々の関係からはそれらの真理ではなくて、それらの動き、それらの音楽をしか保持しないのである。〈単語〉は、中空になった諸関係の線の上方で炸裂し、文法はその目的性を失って、正音調*となり、もはや〈単語〉を提示するために持続するための屈折にすぎないのだ」（『零度の文学』、森本和夫訳）と指摘した。

山本陽子の詩も、日本語という流通制度＝装置を無視し、逸脱し、離脱し、情緒や内面性とは無縁なものとしてある。数百行にわたる「遥るかする、するするながらⅢ」は、バルトのいう「言語の自然発生的な性質を破壊し」「（語彙的）関係の運動と音楽だけ」の複雑な波動を生成していて、「文法は目的性を失って正音調」となっている。たえざる隣接、反復、導入の運動によって、意味は内破され、不可解な場が発生し、果てなく拡散する。

山本の全作品を綿密に分析し、『〈するするながら詩〉のゆくへ』（澁林書房、88年）を上梓した渡辺元彦は、この作品に通常の言語の拡張と別異空間の形成を見て取り、「世界詩的重要性と世界詩的価値」を説いているのだが、「世界詩的」という表現は誇張と言えない。山本陽子の特異な詩は日本語の枠を超えた普遍に達している。それゆえ、「日本の近・現代詩史が持ちえた最大の詩人（の、少なくとも一人）」（絓秀実「『山本陽子全集』—光の粒子のように無意味な言葉」）と評価する批評家もいる。絓は、「不眠者の空隙」という別の山本陽子論（『詩的モダニティの舞台』、思潮社）で、「外界がありえない内界」という菅谷規矩雄のやや不用意な山本評に対して「内界のない外」を対置している。より正確にいえば、私にとっては、内界と外界を同時に行きかう粒子の運動であり、そこに境界線も区別もないというべきだ。

山本は、日本語の情緒や語感（とされているもの）を切断し拒否して、異語へと、そして異界へと突き抜ける。権力としての主語を抹消し、おしゃべりな内面を離脱し、詩のことばを絶えず外へと広げ続ける。散乱にも似た、連続と不連続の運動を「別異空間」に接続する。そこに権力＝主体の付け入る領域はない。この世界に在らざるを得ない混沌としたラビリンスの只中を、詩を書くことのみよって山本陽子は生き、41歳で夭折した。

4　マルスの歌声への異和として

存在する言語の制度を揺さぶる詩のことば。何ものとも対応せず、指示せず、暗示せず、始まりも終わりもなく生滅する極北の言語。

かつて石川淳によって、「マルスの歌」（1938年）という小説が書かれた。「歌が聞こえて来ると…」と、いきなり書き出されている。軍国歌謡曲「マルスの歌」の歌声が家々の隅まで吹きつけ、町中の樹木を枯らせ、「時代の傷口がそこにぱつくり割れはじけてゐた」。前年に「支那事変」（中国への侵略戦争を支配の言語ではこう表現する）が始まっていた。だれかれとなく「マルスの歌」を歌い、歌わないものは下をむいて照れくさそうにしている。食堂に入ってもこの歌がかけられようとしている。孤立した「わたし」がその光景にむかって「やめろ。」と叫ぶところでこの作品は終わる。支配の歌に対して「わたし」は、叫ぶしかなす術がない。この作品は発禁となった。今の私たちは、メディアの垂れ流す言説や「マルスの歌」にむかって「やめろ」と叫ぶことさえ出来ずに、マスクをして押し黙ったままだ。ヤジやプラカードさえ排除される時代なのだ。

『山本陽子全集』の「はしがき」で渡辺元彦は、山本が「言語の根底に触れ、その言語の現代における分裂と危機を、非常な深度で生きた稀有な詩人であった」としたうえで、全集刊行の目的を、「山本陽子の全貌をあらわにすることによって、わたしたちが空気のように吸ったり吐いたりしている言語文化、これを撃つことである。わたしたち一人一人が、自らの言語秩序を深く問い直すように、わたしたち自身を追いつめることである。このような意図の下に編纂される全集は、それゆえわたしたち自身にとって戦慄すべきものである。この戦慄に耐え、自らの言語をもっとも深く問い返した者のみが、やがて来る二一世紀の言語的実践を生き抜くことができるであろう」と結んでいる。

「はしがき」が書かれたのは、1989年12月。索引を含む全4巻が完結したのは、96年4月である。その後、21世紀をむかえて20数年が過ぎた。言語秩序を問い直せという渡辺の真摯な呼びかけにもかかわらず、言語=制度はますます上滑りに肥大し、悪化し、メディア的言説しか人々は受け容れなくなった。ミサイルは落ちなかったが、落ちたという言説は人々の脳裏に刻み込まれた。そこから「マルスの歌」への悪扇動へはわずかの距離しかない。

山本は、「沈黙の開示によって創じられた抽出の極限で、変貌の原理は動的なすべての過程の把握である自身を顛覆させるにいたるだろう」（「原覚　I」）とも書いて「顛覆」を予期しながら、というより強く目指しながら、「変貌の原理」に向けてことばを架け続けた。馴致も統御も流通も不可能な脱臼と散逸の運動によって、また原=言語の過剰な運動として、支配のコードとロジックをゼロ地点から破砕し、無化しようとした。そしてこのような詩的実践が、山本陽子という詩人の、みずからの存在をかけた、そして流通する偽の言語を完全に否定し粉砕するための、孤独な世界同時的＝永続闘争であったのだ。

世界を、じわじわと「マルスの歌」が蝕んでいる。あちらでもこちらでも、殺戮の煙が拡がっている。見えないロックダウンと警察的言説が日常的な自由を奪う様相のなかを、私たちは生きてきた。そして今また、個の生はたった1枚のカードへ幽閉されようとしている。私たちを取り巻く圧倒的な言説が、こうした現実を正当化し続けている。

けれども詩のことばは、わかりやすい言説の氾濫のなかで、ゆいいつ、世界に否定性と破断をもたらす。流通する言説に決して支配されない詩的言語の実践があるからこそ、私たちは完璧な支配を辛うじて免れる。どうじにまたそれは、支配の言説の破れ目から孤独に屹立するひとすじの希望でもあるのだ。

＊原文ではprosodie。意味を区別する高低のパターンを指すが、この文脈では〈規則的な（古典的な）韻律法にとらわれない音の響きの散乱〉といった意味に受け取っておく。

V

書評集

城戸朱理――『千の名前』

城戸朱理は、剛直な詩人である。詩集『非鉄』には、腐敗を必然とする生体の対極にある鉄や銅といった存在、金属や岩石への憧憬が見え隠れしているし、北上詩篇をふくむ『夷狄――バルバロイ』は、詩集名そのものが力への意志を顕現する。

あるいは、うつくしい水の詩集として読める『不來方抄』。ここに流れているのは生ぬるい水ではない。冷え冷えとした北方の水だ。

ところが城戸の新詩集『千の名前』は、「十字路で／魂が壊れる」（オクタビオ・パス）という詩句をエピグラフとし、作品「星の悲鳴」からはじまっている。不安、苦しみ、慰めと、剛直さとはほど遠い詩句が散見できる。「苦い水」「弱い獣」というように。

この詩集では鉄を憧憬しない。移動を夢想しない。冷たい水に身を晒さない。そんな必要はないのだ。耐えがたい苦痛のなかで、身体も心もすでに細かく裂けてしまっているのだから。このとき、詩人にとって可能なことは何か。「名づける」という行為である。

痛みに名前をあたえる。苦しさに名前をあたえる。星に、静けさに、不在に、名前をあたえる。千に裂け、辛うじて苦痛に耐えている詩人に出来るのは、「名づける」こと、ただそれだけだ。

名づけながら、詩人は絶えず「本当の名前」を希求する。あるときは、みえない亀裂にむかって叫ぶ。「名のれ、本当の名を」と。だが、それは可能なことなのか。アーシュラ・K・ル＝グインがすでに語っているごとく、「名前を知ることはすなわちそのものを知ること」である。苦痛の、存在の、名を知ること。だがもちろん、本当の名前など何処にもない。名前をあたえるという、祈りに近い行為があるだけだ。しかも名づけた瞬間から風化がはじまり、あらたな名もすぐさま裂けていく。千の苦痛、千の名前へと。

傷を負い、壊れたものが、名づけ、名前を呼ぶことによって、甦ろうとする詩。この詩集を読み進める読者に見えてくるのは、だからやはり、ことばの力である。ことばによって苦痛に祈りが、仮構された夢が、接合される。それもまたすぐに裂けていくものではあるが。

無数に分断されつつ、なお未知なるものへ接合しようとする果てない反復に耐える詩人は、やはりここでも剛直だ。

豹の心臓を薄く切り
焚火であぶっては
一千の世界に火を放つ
千の名前は燃え上がり
灰の千の名前は折り重なって
私にふさわしいものとなる

（「千の伝言」）

こうした鮮烈なイメージで詩集は閉じられる。成算のない戦いを持続すること。それは何よりも詩を書くもののモラリティに深くかかわる行為である。

（思潮社刊）

支倉隆子――『酸素31』

支倉隆子は、私が実際に会ったことのある、ごくごく少数の現代詩人のひとりである。詩誌や詩集で作品を目にする詩人たちとは、実際に会うどころか、遠くから姿を見たことさえほとんどない私にとって、何の必然もないまま、いちどならず、おぼろげな記憶ではたしか3度まで顔を合わせ、短い会話を交わし、なおかつ自作朗読さえ聴いてしまった私は、この個性的な詩人と何か浅からぬ因縁をもっているといえるのだろうか。

聞くところによると、支倉は私の卒業したのと同じ大学同じ学部の何年か先輩であり（学科はちがう）、かつては現在の私の住居とおなじ区内で生活していたこともあるとか。これではたしかに、何らかの縁があると言わないわけにはいかないだろう。

しかし私がこんなことを書いたとしても、支倉と私との因縁をことさら強調したいわけではない。むしろその逆だ。つまり私が出会って何ほどかの会話をしたり、自作詩の朗読を聴いたりした支倉隆子と詩集『酸素31』『すずふる』や『身空x』の詩人「支倉隆子」とはまったく別人だと思っているのだ。私の知っている支倉隆子と、同姓同名のこの詩人とは何の関係もない。どこにもつながりが見えない。だからこそおどろくのだ。詩集『酸素31』から任意に引いてみよう。

あをあをと、そのひとはそのひとを垂らし

（青いまま）

留守である　　　　　　　　　　　　　　（「青いまま、青いまま、青いまま」）

（半袖のまま）
（昼の月のように）
草のあいだから浮かび出たのが
そのひとでしたか
そのひと以前でしたか　　　　　　　　（「昼の月のように移動するだろう」）

留守であったり、草のあいだから浮かび出たりする「そのひと」はだれなのか。それは謎である。けれども支倉隆子の詩の魅力は、こうしてあざやかに見えたり隠れたりする「そのひと」の存在の不思議なリアリティによって生み出されている。

静かに死んだので
白い器よりも早く忘れられた
死者たちは
せりだして

夜の棚になる

（「おだまき草よ」）

ああ
西空はまだ明るく
（帆をおろしても）
まだ肌着をさがしている
素裸の
死んだばかりのひと
死んだばかりのひと

（「まだ肌着をさがしている」）

支倉の作品のなかに登場するひとたちのなかには、生者もいれば死者もいる。これから死ぬものも、すでに死んでしまったものもいる。静かに死んでいき、忘れ去られて「夜の棚」と化してしまった死者たち。ひとりで紐を垂らしている「さびしい人」。別の国の、別の言葉で招くひと。だが、ここに登場する「ひと」は、いったいいつからここに生きているのか、いつ死んだのか、今どこにいるのか。すべてがさだかでない。さだかでない存在が、しかし、明瞭な像として描き出されている。

わたしはわたしの隠れ家だろうか
朴の木の下にわたしの履物がぬぎすててあるわたしの留守
閉めわすれた引き出しから《内服薬》の青い文字がのぞいている
扁桃腺にも桃がひとつ含まれている
わたしはわたしを含むだろうか

（「呼吸法」）

それにしても、ここに頻出する「わたし」とは、いったいだれだろう。この作品を書いた詩人支倉隆子を指すのだろうか。日常を生きる生身の支倉隆子氏のことだろうか。こうした作品には、読むものを深く当惑させてしまう要素があるのだが、しかしもういちど詩句をゆっくり反復してみるならば、それが私たちの生のありようを、いや生のありようのどうしようもない不確定さを実に正確にとらえていることがわかる。

私の見た支倉隆子は、支倉隆子の「隠れ家」にすぎなかったのか。「留守」である彼女に私は出会ったのか。そしておなじことは私にもいえる。私という存在もまた、ひょっとして私が「隠れ家」にしている私かもしれず、いつだって「留守」にすぎない私なのかもしれない。

だから私は、私たちは、まだだれとも出会っていない。出会っていないからこそ、いないはずのひと、たとえば夏の花のような姉のまぼろしを幻視したり、知らない町で知らない職人と出会ったり、家のなかで見知らぬひとが何気なく昼餉を食べているのを目撃したりする。

私たちは、いつこの世から消えてしまうかわからず、だがある日またふっと菫色の目をして何気なくもどってくるかもしれない。時には物語のはずれで、少し狂ったひとを目撃するかもしれない。

本当はこの世でだれとも出会ってはいない、あるいは逆に、死者とさえ出会っているというおそろしい光景を、支倉隆子の詩は、夢魔的イメージを通じてくりかえし私にみせてくれる。それはどこまでもモノクロームの、無音の世界である。

（思潮社刊）

高貝弘也——『半世記』

1

高貝弘也の詩について語ろうとするとき、語ることによってポエジーが失われるとか、詩は散文形では語ることができないといった一般的な俗論とはまったく無関係な次元で、どうしようもなく辛いある場へと、語るもの自身が押しやられることをだれもが感じるにちがいない。

対象を言語化することが困難であるのは、詩に限ったことではないのであって、今ここの眼前の光景さえ、言語という手段ではほんの僅かな部分しかとらえることができない。報道文であれ、手紙文であれ、日記であれ、書かれたものは、計測可能な客観的（と称される）事実とはまったく不完全にしか重なり合わない。もともと、「ものは、それぞれがそれぞれかならずずれている」のであれば、言葉で表現されるすべては、見てきたような嘘である。それなのに、いくぶんかの一致点さえあれば、それで生活するための用は足りてしまう。

私はここで、高貝弘也の詩集『半世記』について何か的を射た指摘をしようとか、真実を語ろうとかいうような意思を微塵も持っていない。持ちようもない。だいいち、前詩集『再生する光』において戦慄をおぼえるほど私を感動させたのは、なによりも詩集の始まりと終わりあるいは作品と作品の間に挟まれた（挟んだ？）白いページの連なりなのである。

白紙の連なりに感動するとは何という不思議なことだろうと思いながら、しかしこの絶対的に白い闇のなかでかすかに浮かび消えていくものに、私はどうしようもなくうたれたのだった。もちろん、白紙が際立つのは、書かれた文字が存在するからである。

高貝弘也の詩を読むとは、読者がこの無限の白さのなかに孤独なまま佇むことである。そこでかすかなものに耳をかたむけることである。涯のない弱さを感受することである。そしてそれがすべてだ。

では、こうした白さのなかにぼんやりと佇む私たちは、何をすべきか。何もすべきではない。饒舌なものは口を噤め。したり顔は、すべてここより消えよ。

だがここに私は書いている。思いを裏切るように、こうして文字を書き込めば、白紙には、ただインクの染みが点々とついてくる。白さを穢していく。これは、どうにもたまらないことだ。書くこと語ることそのものへの怖れ、不安、嫌悪。限られた時間も区切られた場所もなく渺々と続く白さのなかで、ふとあらわれ、またどこかへ消えていくものと遭遇する体験をあたえてくれる一方で、それについて語るどんな言説をも無効にする場。それを高貝は生み出した。あるいは仕組んだ。

そう、おそらくは仕組んだのだ。たとえば、『中二階』(84年)における、具体と抽象が絡み合った精緻きわまりない造作を見よ。『深沼』(86年)における、インスタレーションと化した詩句の繊細な対置と連結を見よ。『敷き蘭』(87年)における前人未到ともいえる空白の在りようを見よ。『漂子』(91年)における文字の形姿に対する異常なまでの執着を見よ。作品は、仕組まれて生み出される。

しかしながら、おそらくは『再生する光』(01年)あたりからであろうか。組み立てられた装置が、惜しげもなく解体される。初期詩篇で固執された「窓」のイメージはすでになく、したがって外側と内側のしきりについても、ページだけではなく、奥付も別刷りになり、作品はこちら岸との繋留を解かれて空白の波間に漂う。『半世記』では逆に、付記や奥付だけでなく、高貝弘也の詩集としてはおどろくべきことに、詩的経歴さえしるされることになるが、それと引き換えのように、個々の作品を分かつタイトルが撤去されてしまい、すべての詩行は、始まりも終わりもなく、一冊の書物にほどかれて、ある。

分散しては　また、飛散する　書き留めることによって
そして新たに蝟集するものが　霜のように成長するものが

跳ぶために　また、退いている　呼ぶことによって
鵯よ、成熟してほしい

この部分は、同タイトルの連載テクスト（『投壜通信』24号、95年5月）では、次のように書かれていた。

分散してはまた、飛散する。そして新たに蝟集するものが。

霊的なものは必ず物質化する。霜のように生長する。存在しないものが呼ぶことによって、書き留めることによって存在しはじめている。心を継ぐために人は生きているのか。跳ぶために退いている、鴫よ。成熟してほしい。

95年に書かれ、04年には消し去られた詩句。たとえば、「存在しないものが」、呼ぶことによって、書き留めることによって、「存在しはじめている」ということ。こうした「言挙げ」は、必要がなくなった。詩集のなかにすでに遍在しているものを、あえてまた言う必要があろうか。たとえ95年の「半世記」に、〈詩論のために〉というサブタイトルが付されていようとも。

そして読者は、ふと我に返っては思うのではないだろうか。いったい自分がいまいる場所は何処なのだろうかと。そして予感する。「このまま流れていったら、かえってこられるかわからない」という不安とともに、終わりなき行方を。

確かに、個体性はほどかれ、果てのない白紙のなかへと溶解している。私自身という主体は分散し、飛散した。そのとき、「既に起こったこと」を書くことに、どんな意味があるのか。そうした行為は、既にない個体性をむなしく渇望することでしかありえない。そうではなく、私たちの望みは出逢うことだけだ。「文字ではない文字、声ではない声」と。柵や標ではなく、薄く剥がれている頁岩の表面にきらめく瞬間瞬間の光のようなもの。

しろい紙々が　さらさらさらさらと風に吹かれくる。
もう、さらさらと。……文字はなく。散らばった骨が
石に化わろうとして。

石化する骨。これは文字ではない。文字になりゆくものだ。かつては（「投壜通信」26号）、
このように書かれていた。

あなたは偶然、その石の表面に、こんな記述を見つける・・
〈私たちの求めているものは、自然と（いかなる意味におい
ても）同化する詩ではない。自然を新たな次元へ再生する詩
だ〉表面を、流れるように鏻が浮かぶ。文字のかたちはすで
に別れている。

高貝弘也において、詩と散文の識閾は、ほとんど判別しがたいのだが、前者を後者と比べて

みるなら、やはりここには、意味の露呈しかかった箇所が注意深く抹消されていることが見て取れよう。中心化へと向かう意味は断ち切られ、詩句はいたるところで断片となり、交差し合い、重なり合い、反復し、果てのない網状のテクストとして生成する。

2

あくまでも補遺として付け加えるなら、ここで実現されている数々の「出逢い」において、格別なものとして記憶に残るのは、火と水の邂逅である。赤く燃える火が、不気味に焼け爛れた煉瓦やおそらくはそれとかかわる「過ち」、さらに「自分が焼けても、あなたを守ろう」というパセティックな感情を喚起するのにするのに対して、緩やかに流れる水は、まず滴りとして、涙として零れ落ち、いつかまた耳朶のなかへと冷たく凍みてくることもあろう身体的、親和的なものであり、たゆたう波であり、まるで循環しているかのように絶えずテクストの至るところを流れている。

水の皮　波うち。面で欠けゆく、有明の月
……いま来る　という

●の文字が浮かんでいた。溢れ出す、縁
鬱陶しい種子が哭く。ああ　取り縋りたい藻ばかり

すでに新宮一成が指摘しているように（『汀のできごと』）、「字」は「子」を抱え込んでいる。「子」にかぶさる宀（冠）は、屋根の断面の形象であり、したがって「字」は、子を孕み、生み、慈しみ、育てるのである。ここで水は、流れ、解体し、人を死へと導くが、一方で生命の源ともなる両義的な存在である。

ところで、詩人は、「文字ではない文字、声ではない声」と書き記していた。「しろい息だけが、言葉をかたちないものへとかえるだろう」とも。

――殺さないで
呼びあう声は、木霊する　嗚咽している
縁で　あの隅で、際で

文字の源泉が涙の表皮であったように、声とは弱きものの嗚咽である。始めから、かすかな泣き声は聴こえていた。『半世記』という詩集が、読むものを異様なまでに惹きつけてしまう

理由のひとつがここにある。なぜこんなにも涙を零し、泣くのか。
生という「半世」と、死という「半世」をどうじに生きているもの、あるいは死んでいるもの。ふたつの「半世」は、折り返されることによってひとつとなる。一枚の紙片の裏とおもてのように。「その内がわの外がわは　広がり、／外がわの内がわが　また捲くれる」ように。「早く向こうに遣れば、早くかえってくる」ように。さらに、

あなたは、語りかけてくるこえに　振り返り
空の通い路　光り冴え冴えと、跳ね返るばかり

あやめもわかぬ　鋳
こえは、文字と対面するだろうか

あなたは行き暮れて、語りかけるこえを見ようと
目を凝らしている

（傍点は引用者）

疑問の形をとりながら、声はこうして文字と出逢う。生けるものがこうして死せるものと出

逢う。「一つひとつの　いのちでありながら、／大いなる包みのうちで」、震え、唱和し、離れながら、祈る。「ことばであって、ことばでない／こえであって、こえではない」ものが顕現する。ここに私たちが感じるのは、詩においてこそ初めて可能となる、ある種の歓びである。このとき、静かに雪が降りだしている。

（書肆山田刊）

吉増剛造――『燃えあがる映画小屋』

フィルムの回るカタカタカタカタカタという、なつかしい音の響き。さまざまな出会いに触発されて書き上げられていく詩篇、上映会での講演、映画をめぐる対談。吉増剛造という類まれな詩人によって書かれたこの本は、ありふれた映画論集とはまったくちがう。

亀井文夫監督が夕張炭坑を舞台に撮った『女ひとり大地を行く』を観たときの感動。そこから、「宇宙を、火の棒が、……」という詩が立ち上がっていく過程を詳細に語る部分は、とくにスリリングである。

土地と人との出会いから詩を生み出すこの詩人は、夕張炭坑の廃墟を歩き回り、落盤現場の立て看板に刻まれた「女坑夫」という言葉に衝撃を受ける。坑夫の付けるカンテラに一角獣を連想し、夕張の山の風景とその下に迷路のように掘られた坑道を見つめ、山のかたちから、寝そべっている女性の美しい身体を思い浮かべる。

この映画の原作が、松岡繁雄の長篇叙事詩「英（ひで）さん」であるという細部の事実にもきちんと目を行き届かせた上で、とても悲惨なことを主題にしているのに炭住街の窓辺には「灯の温かさ」があると語る。こうしたあたりに、吉増剛造という詩人の、繊細でやさしい感性の動きがよくあらわれている。

他にヴェトナムのトリン・T・ミンハ、ロシアのアレクサンドル・ソクーロフといった個性的な映画作家の作品に接しながら、そのすぐれた映像や音によって自己の感受性を絶えずあらたに組み替えていく。あるいは何気なく呼吸するような自然さで、自己を外部にひらいていく。そうしたみずみずしい精神によって、言葉と映画が思いがけない角度から交差する現場が明らかとなる。

読者はここで、いつしか文字が映像となり声を発するありさまを追体験するだろう。映画をつくるようにして書かれた本。こうして、1冊の本そのものが、ひとつの「映画小屋」であることを私たちは知るのだ。

（青土社刊）

尾崎寿一郎――『逸見猶吉・ウルトラマリンの世界』

昭和初年より戦中にかけて詩壇で活躍し、その後旧満洲国に渡って、敗戦直後の1946年に30代の若さで病没した詩人・逸見猶吉（本名大野四郎）に、「ウルトラマリン」と題する詩群がある。ウルトラマリンとは、光沢のある青い宝石の名称で、日本では瑠璃《るり》と呼ばれている。尾崎寿一郎は、「青天に歯を剥く雪原の狼」（吉田一穂）と評される逸見猶吉の特異な世界を、若いころから追究してきた。本書は、長年の研究の集大成である。

尾崎はまず、逸見の生涯を決定づけた、ふたつの事柄を明らかにする。ひとつは、1918年における2度の北海道旅行。とりわけ秋の根室に1か月も長期滞在した事実を、実地の調査で調べあげ、詩人との内面的なかかわりの重さを指摘する。

もうひとつは、田中正造の献身的な活動で知られる足尾銅山鉱毒事件。栃木県出身の逸見は、この事件とかかわりをもつ家系に生まれ、逸見という筆名も田中正造の支援者のひとり逸見斧吉の名に由来すると尾崎は推論する。本書の後半では、こうした裏付けにもとづいて逸見猶吉の詩が詳細に読み解かれていく。

孤高の詩人一穂をして、「最も新しい先鋭的な表現」と最大級の賛辞をあたえさせた逸見の詩は、造語がまじり難解なことでも定評があるのだが、尾崎は1行1語をていねいにたどり、わかりやすく解読していく。

渡満から敗戦直後の死にいたる最晩年に筆の及んでいないのが惜しまれるが、異端の詩人・逸見猶吉の全貌に迫った労作である。（私家版）

＊尾崎寿一郎には、この他に『逸見猶吉　火襤褸篇』（06年、漉林書房）、『詩人逸見猶吉』（11年）『ランボー追跡』（11年）、『「イリュミナシオン」解読』（15年）、『ランボーをめぐる諸説』（16年）、以上コールサック社、などの著作がある。

新妻博――『回想のフローラ』

新妻博がモダニストであることに、だれも異論はないだろう。だが、開拓の地である北海道でモダニストが論じられる機会はきわめてまれである。わずかに神谷忠孝が、「地方主義を標榜する北海道文学とは別に、世界的な視野から芸術の可能性を模索するモダニズムの方に可能性があることはたしかで、この分野の正当な位置づけが今後の重要な課題である」（「北海道におけるモダニズムの系譜」（村木雄一追悼文集『メカジキ・プリュニエは二度死ぬ』88年所収）と、視野の広さを示すくらいだ。同書には、千葉宣一も『新領土』と村木雄一」を寄稿し、北海道詩史を再検討する姿勢を見せていた。

千葉は北海道のモダニスト詩人として、外山定男、東郷克郎、木村茂雄、秦保二郎、村木雄一をあげ、神谷はそのほかに、外山卯三郎、吉田一穂、左川ちか、和田徹三、鷲巣繁男、阿部保、初期の小熊秀雄、川柳の田中五呂八をあげている。

私見によれば、吉田、和田、鷲巣は、たしかにモダニズムから詩に入ったが、やがてモダニズムとは微妙にずれたところで独自の世界を打ち立てた。視点を狭く設定すると、モダニズムからの転向者である。それに対して左川、村木、阿部は、モダニズムの方法をつらぬいた（ただしポオの翻訳者ではなく実作者としての阿部保の、晩年の作品について私はほとんど知らない。私にとってはずっと英文学の「阿部保教授」、であった）。

おなじく非転向のすぐれたモダニストに帯広の伊林俊延がいる。戦後まもなく活動をはじめ、個人詩誌『EN』で活動を続ける。個人的な好みや党派性を極力排して書かれた北海道詩史『北の詩人たちとその時代』（北海道新聞社、90年）のなかで永井浩が、戦後第一期詩人群のひとりとして取り上げ、詩集『残月抄』（54年）の1篇を紹介しているのだが、一般的にはあまり知られていない。

新妻博は、村木や伊林とならぶ数少ない非転向モダニストのひとりで、85年に北海道新聞社が編纂した『北海道文学大事典』にも93年に北海道詩人協会が上梓した『資料・北海道詩史』にも、なぜか伊林の項目はないが、新妻の項目はちゃんとある。これは、新妻が地方詩壇の仕事までもきちんとこなしてきたおかげだろう。北海道詩人協会のような組織に入り会長までつとめたりする俗気は、けれども新妻博の詩的領土からは見事に放逐されている。

時代によって詩法にぶれがないのも、詩に対するスタンスがしっかりしているためだ。モダニストがいだく詩論とは、春山行夫の「既に思惟されているものを思惟するはたらきと、いま だ思惟されていないものを思惟するはたらきとを区別せよ」(「ポエジイ論」)といった純粋詩の主張である。新妻の詩が難解にみえるとしたら、すでに誰かによって思惟された事柄や経験された感情をことばでなぞろうとはしないからだ。

凡庸な詩人たちは、周知の事柄、手垢にまみれた感情や感想を手持ちの単語に置き換えただけで、詩をつくり出したと思い込む。けれども、「既に思惟されているもの」ではなく、いまだ「思惟されていないもの」。既成の意味では解釈できない未知こそが詩である。持ち合わせの道具(=概念)で作品の意味をたどろうとしても無理である。春山に言わせると、「意味のない詩を書くことによってポエジイの純粋は実験される」(同)のだ。

鷲巣繁男について書いたなかで新妻は、鷲巣は自己の慰楽のために詩を書き詩を求めたのだと指摘し、「われわれの鑑賞という行為はそこまでで停止させてもいい(略)。そこを越えて

『理解』に意を傾け、こころを砕くことは徒労であると気付くことはもっとも近道の鶩巣の作品に対するわれわれの正当な理解となる」(『饗宴』30号)と述べている。詩を理解しようとしないことが詩の理解につながるという逆説がここにある。この逆説は、新妻自身の詩についても当てはまる。もちろん出来合いの意味がないことと言葉をでたらめに並べることとは別であり、詩の生成の場において必然的に起こりうる「意味の断絶」や「意味の縫合」にこだわるのはつまらないと新妻は言っているのだ。

春山行夫の詩論を引き合いに出したが、春山の主張は、ニュアンスこそちがえ、ほとんどのモダニズム詩人に共通の前提なのであり、新妻の作品がとくべつ春山の作品に似ているというわけではない。

新妻の作品には動植物の名前が頻繁に登場する。たとえば、「アマニユウの花は沼のほとりに/沸騰している/ノビタキのフルートがピッコロに替る」(「お葬式」冒頭部分)というように。私はすべての生物にまったく無知なので、アマニユウもノビタキも、具体的にイメージすることができない。だから、花が沸騰し、フルートがピッコロに変化する、としか受け取れない。これでは新妻の詩のよき理解者にはなれないだろう。

このエッセイ集『回想のフローラ』を読むと、新妻がいかに鳥や小動物、花をはじめとするさまざまな植物になれ親しんできたかが感得され、私のようなものは、新妻の詩の世界のマニュアル本として読むことができる。

最初に新妻博を非転向のモダニストと規定したが、この規定は正確ではなかったかもしれない。モダニズムが過去を破壊し現在時に執着するものであるとするなら、循環する時間としてのネイチャーとモダニズムとは、どこかで相いれないはずだ。だから、純粋詩論をいだくナチュラリストというように、この詩人を再規定すべきなのかもしれない。人事や歴史までをもネイチャーとして等距離に眺める姿勢は、ひとことでいえば粋である。ただし隠しようもない詩人の俗気をどう処理するかという課題が残る。これを放逐したりせずに、もっと大胆に詩の領土へ持ち込んでしまう方法もあるのではないか。こう意地わるく想像することは、私をとてもスリリングな気持ちにさせる。

（亜璃西社刊）

上野ちづこ――『黄金郷《エルドラド》』

俳句という〈定型の魔〉に、作る側から遭遇したことは1度もない。拉致されたこともない。なぜかくも多くのひとが定型の魔にとらわれるのか。なぜ俳人たちは、俳句形式を選択したのか。ここで私のいう俳句とは、いわゆる伝統俳句のことである。「定型」と「伝統」という枠を取り払ってしまうと、つまり1行詩に対するように接するなら、俳句の形姿をとっていても作品はずっと身近なものとなってくる。こんな句が印象深い。

叙事詩《エピック》が死んだ日にわたしらは旅に発つ

叙事詩とは、神話や英雄的な行為を韻文によって長々と荘重に物語ったものである。48年生まれ。全共闘世代として京大俳句会に属し、おそらくは京大闘争にもいかほどかのかかわりがあったであろう上野ちづこにとって「叙事詩が死んだ日」とは、闘争が力尽きて終わり、追い打ちをかけるように浅間山荘事件やリンチ殺人などのいわゆる連合赤軍にかかわるいくつもの出来事によって、新左翼運動の息の根が止められた日のことではないか。

この句が新鮮なのは、にもかかわらずからっとして明るく力強いことだ。作者にとって、こうした事件の露呈する以前から新左翼的な運動の限界などよく見えていただろうし、だからこそ暗い挫折のムードにとらわれることなく、むしろ「旅に発つ」日へと姿勢を前に保つことができたのだ。

愛咬の前後溶けゆく時間の端

時間が端から溶けていくイメージ。「愛咬」という私にはみなれないことばが、性愛の表象として鮮烈だ。「旅に発つ日」と「溶けゆく時間」とは、異質でありながら重なり合うものを感じさせる。

「嗚呼しかたがないわ」と囁くときの墜落

この句になると、あるいは川柳と見做されるかもしれない。おそらく伝統的な俳句結社では許されない表現であろう。けれども読者はここで確実に「墜落」を体験する。そして意識の墜落は、溶ける時間とつながる。

俳句にかぎらず、文学作品への向き合い方がここで問われるだろう。作品は、作者の思想や感情を読者に伝達するものではない。再現するものでもない。ことばが発せられる以前には存在しなかった何ものかが、ことばを発することによってはじめて生み出される。読者は、生み出されたその何かを、読む行為によってじかに体験する。これが私にとっての、書くことと読むことの意義である。

上野ちづこの句には、どれも動きがある。旅に発つ。時間が溶ける。愛咬する。墜落する。

目に見える動作としての動きというより、身体そのものがしなやかに変身するようなことばの動きだ。

風が身を抉ってわたしは一枚の帆

冬枯れの野に置く微熱する樹身

これもまた性愛の句として読めよう。男性という風（いずれ過ぎ去るもの）にわが身を激しく抉られても、女性である「わたし」という「帆」は、わたしを抉るものの力によってこそむしろ遠くまで帆走していく。たとえ寒い冬の野にひとり置き去りにされたとしても、自身は樹木のように発熱してすっくと立っている。こうして上野の句は、読むものを元気にする。

句集『黄金郷』が刊行されたのは1990年。刊行時すでに上野ちづこは句を作るのをやめ、「上野千鶴子」の本名で理論社会学やフェミニズム運動の分野で活動していた。『黄金郷』が最初にして最後の句集だというのは惜しまれる。（深夜叢書社刊）

大道寺将司――『友へ』

枯木立抜身のままでたじろがず

上野ちづこの「冬枯れの野に置く微熱する樹身」の句と比べてみると興味深い。上野の場合、寒い冬の野にあっても樹木は「微熱する」という様態でエロスの発現の方へ向かうのであるが、大道寺においては「たじろがず」と、凛なる静かな姿勢に収斂する。そのちがいはどこからくるのか。

上野とおなじ48年生まれである大道寺は、72年に少数の仲間たちと北大の北方文化研究施設や旭川の「風雪の群像」を爆破したのち、東アジア反日武装戦線「狼」を結成、本格的なテロ活動を開始する。とりわけ74年の三菱重工業本社の爆破は、死者8名、負傷者385名を出す大惨事を引き起こした。

75年5月に、「狼」をふくむ「大地の牙」「さそり」3部隊がいっせい逮捕され、87年3月に死刑判決が確定。当時、いつ処刑が執行されてふしぎではない過酷な状況下で句作をつづけていた。「抜身」のままの大道寺が私たちの想像が及ばないほど深い暗闇にむかって対峙している姿は、次のような句からもくっきりとうかびあがってくるだろう。

黙祷を終へて箸取る雑煮餅

春雷に死者たちの声重なれり

まならに死者の陰画や秋の暮

爆弾テロで死に追いやったひとたちの、声にならないうめき声、陰画としてしか視えないその姿。それらはいつだって鮮明に大道寺の耳や眼から離れない。たとえ「黙祷」しても、その重たさは少しも軽くならない。なりようもない。そのすべてに彼は、たじろがず向き合う。けれども、思想のため多くのひとびとを殺傷した自分もまた、死刑囚として国家が恣意に選定した日時に殺されていく状況下にあるのだから、暗闇は二重三重に深く、痛く、そして重い。

向日葵の裁ち切られても俯かず

断ち切られる向日葵の花は、死刑執行の日の自己の姿だ。だがここでも作者は、「俯かず」

という姿勢を維持する。切断される大輪の花首。信念を捨てることなく公然と頭を上げたままの垂直の姿勢。

信ずる思想のために行動し、結果的に無辜の多くのひとたちを殺傷してしまったひとりの革命家が、その行為を深く悔いつつ、しかし自己の抱いた信念の根源はゆらぐことなく、きっちりと顔をあげて世界＝権力と向き合っている。

序文を寄せた辺見庸氏は、「これらの作品世界には、心臓をじかにわしづかみにしてくるものがあり、いきなり眼を撃ってくる色あり、まならうらに閉じこめた謎めく風景あり、陰画と陽画が反転する悩乱の記憶もある」（「魂のありか」）と高く評価するとともに、「解説よりも、年譜よりも前に、まずもって彼の俳句に、できるならば、心を真っ新にして触れていただきたい」と訴えている。「死刑囚の作った俳句」という先入観をもって読まれるのではないかという危惧は、私ももっている。しかしここに、死刑囚である自己を凝視することによってはじめて到達した世界があることも否定しがたい。そのことが俳句だの詩だのといったジャンルを超え、日本の文学にかつて存在しえなかったものをもたらした。それもまた事実である。

凍蝶や監獄の壁越えられず

余寒なほ舎房に響く施錠音

壁を越えることのできない絶望を詠んでいるのではない。凍えながら、なおいくどとなく越えようとする意志が屹立しているのだ。処刑の日まで永遠に我が身を幽閉する舎房で、施錠の音にたじろぐのではない。よく対峙しようとする、息づまるまでの意思が屹立しているのだ。

ひでり身のうちの虚空に懸かる旱星

狼や見果てぬ夢を追ひ続け

死ぬまでずっと私は、大道寺将司のこのふたつの句を忘れないだろう。みずからの虚空に光るみえない星を凝視し、私もまた見果てぬ夢を捨てないだろう。

（ぱる出版刊）

＊大道寺将司には他に、『明けの星を見上げて―大道寺将司獄中書簡集』（84年）、『死刑確定中』（97年）、『鴉の目―大道寺将司句集』（07年）、『棺一基 大道寺将司全句集』（12年）、『残の月 大道寺将司全句集』（15年）などがある。２０１７年、獄中死。

宗左近――『いつも未来である始源』

詩は、超越者の手によってではなく、私たちとおなじ世界に生き、おなじ空気を呼吸している詩人の手によって書かれる。そしていかなることばも、この無惨な世界のなかで途方にくれている読者たちの、孤独な眼差しを通して読み取られていく。いや、〈私たち〉といってはいけない。あくまでも〈私〉に固執すべきであろう。私が眼差しによって占有し、私の領土となすもの。たとえば宗左近の近作詩集のなかの白。

占有したのは、ひたすら白いイメージだ。藤の花が白い。梅の花が白い。木蓮の花が白い。鷺という鳥の色が白い。絶え間なく降りつづく牡丹雪が白い。影が白い。夢が白い。春が白い。秋が白い。「宇宙の目」が白い。無が白い。赤いはずの血まで、理由もなく白い。

白、白、白……。無数の白。ルドルフ・シュタイナーによれば、白は魂的な像を表わすというが、宗左近の白はおそらくちがう。色彩を深く体験しているところはおなじでも、シュタイナーの霊や魂の像とはすこし異質な白だ。

たしかに、「宙宇の光源」が白以外の色彩でありうるとは思えない。空の青や夕映えの赤を後景に、「宇宙の目」は究極の一点で白いものとして存在する。

しかしたとえそうだとしても、本来は黒でしかありえない影が白く、まして鮮やかな赤でなければならない「返えり血」までが白いというのは、あまりにも異様な風景ではないか。

ここでの白とは脱色の結末であり、あらゆる色彩が剥落したあとの状態だ。何処から、何がいかに剥落したのか。それはわからない。わかる必要もない。私はただ、この世のあらゆる事象における不断の剥落を白い光景から感じる。事象が剥落しているのでも、私が剥落しているのでもなく、私と事象との、私と世界との関係が剥落しつづけている。それが果して占有によるものか、呼応によるものか、わからないまま。

どうやら私には、宗左近の詩集へ向ける私の眼差しが受け取った何ものかを、あらためてまた別なことばで反復することへの拒絶反応がある。その秘匿をさえ欲している。詩集冒頭の一句はこうだ。

深編笠ぜひ慾しい　春が来た

（「逆さ望遠鏡」）

深編笠は、人目を忍ぶために用いる。逆さ望遠鏡で見る存在、それは死者。見られることを避け、みずからはしっかりと見る。詩人のこうした姿勢もまた、世界を眼差しで占有するひと

つの方法にほかならない。それに私も倣おう。さらに、

深編笠抜げぬ　夕焼けの奥の闇

（「影を走る空」）

夕焼けが赤色だとして、その奥にある闇は何色なのか。確かに闇は黒い。しかしここではやはり「白」ではないだろうか。夕焼けの奥で闇が剥落しているとするならば。そして、この句がくる。

深編笠　抜ぎ棄てる　冬夕焼ける

（「光の祈り」）

かくて、詩集『いつも未来である始源』は成立した。春にひたすら見る人であった詩人は、冬の夕焼けを背景に、〈深編笠〉を脱ぎ棄てることによって、逆に、見られる人になった。だが、読者のひとりとしての私は、占有の姿勢を頑に解かない。この占有によって私の剥落感は更に増大し、見えない闇に共鳴し、いまなお刻々と絶望の白さを胸に刻む。

（芸林書房刊）

阿部嘉昭――『頬杖のつきかた』

汲めど尽きないゆたかさ。やわらかく、深々とした呼吸。歩行し、立ち止まり、唐突に疾走する。中核をなす「ス／ラッシュ」詩篇はすべての行が長く、末尾は必ず句点で止められる。季節や日常の事物、とりわけ身体部位や植物の登場頻度の多さも、やせ細った多くの現代詩とはちがう。

目につくのは、視覚的なエロス。いたるところに散乱するあらわな姿態。交接の断片、局部のクローズアップ。視覚のエロスは、ふたつの性質をみちびきだす。ひとつは絶えざる相互的な運動性。もうひとつは繋がったふたりという複数性。こうした要因がゆたかさの源泉をなす。と、まず私は感じた。しかし果たしてそうか。繰り返しあらわれるのは、交接場面の断片や局部のクローズアップであって、男―女の相互的な関係はほとんど見えない。むしろスクリーンやネット上にあらわれては消えるポルノグラフィの断片に似ている。男―女の姿態であるかのようでいて、読み進めるにつれ、自己が自己に関係するありようを、永久運動のように詩として実現していることが了解される。

強調されるのは対としての複数では決してなくて、むしろ「複数の私」であり、それは身体と心、実在と仮象、意味と音というように種々のかたちであらわれ、さまざまに転移する。エロス的な像は作品の核心ではなく、波動をもたらす駆動装置のひとつにすぎない。オマージュなのかパスティーシュなのか見分けがたいさりげなさで、宮沢賢治、中原中也、荒川洋治、稲川方人などへの詩行的な呼応も目につく。ただし、詩におけるゆたかさという点で、まったく別な詩人が思い浮かぶ。

四角形であるべき球形が好きだ。それが水色なら。（「飛／攻」）

たとえば阿部嘉昭の詩行のなかで、わたしがとくに魅かれるのは、こうしたフレーズである。元来、まったく異なった形態でしかない四角形と球体とを「あるべき」のたった1語で繋いでしまう強引さ。「それが〜なら」とたたみ込んで補強する手法の巧妙さ。

そう、私がとっさに思い浮かべたのは、断言肯定命題の詩人、谷川雁である。原点なる観念を基底にすえ極点へと読み手を扇動し、〈革命〉の手前に村落共同体やコンミューンを幻視してみせた谷川と、変革の思想など摩耗しついに消滅してしまった現在のこの時を生きる阿部とでは共通性などありえないと誰しも思うだろう。泥（鯰）、虹、農耕といった谷川好みの言葉が頻出する。「あなたは複数を病んでいなさる」という有名な詩句が谷川にはある、などといってみても、いくら何でも無理な理屈ではあるし、初めての詩集を上梓するや「瞬間の王」は死んだと宣言して詩作をやめた詩人と、膨大な量の作品を書き続けている詩人とのちがいもある。だが、「詩のゆたかさ」(現在詩への皮肉もこめてこの陳腐なフレーズを私は愛好する)において谷川の作品と共通するものが阿部の作品から感受できると断言したい。詩の貧しさに居直った現在詩に飽き飽きしている詩の読者がもしいたなら、『頬杖のつきかた』をこの理由で推奨しよう。この詩集は、読んでも読んでも絶対に飽きない。そのかわり読み切ることも出来ないけれど、と。

詩のゆたかさは深みと奥行き、それによって生起する時間を内包して、はじめて可能になる。谷川雁には、コミューン幻想と性愛を梃子に、原点遠望と革命を串刺しにして生成の時間を生きようとする意気込みがあった。少なくとも言説の強度において、「おれたちはそのためにうまれた/そのために死ぬのだ」(「おれたちの青い地區」)と。

阿部嘉昭の「飛/行」は、「未来の都市は川が多くながれ」とはじまる。作品の時制がいきなり未来形なのだ。表題作「頬杖のつきかた」になると、「女のことで死んだ暁は」ではじまり、「幾度も死んだことの帰結が、自分で自分を囲むこの頬杖だろう」という詩行に至る。ここはすでに未来。すでに事後。事は終わっている。他者を攻撃するのではなく、自分で自分を囲む。原点も革命も、観念としてさえ成立しない(実は未完の)事の後。「兆候の愛を信じた世代は糞水を浴びた」(「旋/慄」)のだ。では、兆候の前をどう生きるのか。では、兆候の後をどう生きるのか。その対称性の強度性において、両者はよく似ている。

事後についていえば、ビデオやネットで私たちは、生起した（させた）ものの結果を映像として観る。これはすべて事後的なものだ。けれども繋ぎ方によって意外性が生じる。

阿部嘉昭の作品がスリリングなのは、このことを充分に意識化し、みずからの詩法としているところだ。未来（＝死後）と現在を往還しつつ、前行を裏切り、断絶させ、また繋ぎながら、リズムによって、身体映像によって、あるときは喩の飛躍と転換によって、どこまでも進行する。死にながら生きる。死と生を往還し、深く正確に乱れながら、つねに語の呼吸を続けること。これが私たちの「瞬間の王」がとりうるいちばん正統的な態度であり、「兆候の愛」をリミットで生きた谷川雁とは対称的な時間軸においてしかし同等の強度を持つ生成の時間を、言葉のみで生きるのだ。

少し異質であるが、最後におかれた長詩「春ノ永遠」は、タイトルも中身も西脇順三郎の世界を想わせ、私は堪能した。先にあげた「ス／ラッシュ」詩篇が、長い行における縦の運動を主としたのと対照的に、こちらは素早い改行によってどこまでも水平に展開していく。テンポが軽快で、死と生の時空を往還しつつ、エロスやユーモアが充満していて楽しい。ただ、読み終わったあと、かすかな悲哀に似たものを感じた。そのことは少しだけ痛くこころに残る。

（思潮社刊）

松岡政則――『草の人』

身内のひとり（娘）が急死した。比喩ではなく切実な実感として、透明な球体の大きな部分が乱暴にもぎ取られたようだった。すでに失われてしまったものとは、意識も感情もふれあうことはできない。他人が想像するほどには、悲しみも苦しみも感じることはなく、ただ透明な喪失感だけをかかえて、寒く閉ざされた冬の季節を過ごした。

ようやく春がきて、映画館の片隅に座り込むことだけはできるようになった。時々は詩集も読んだが、詩の領土を自分なりに拡張しようとする野心を秘めた詩集を読むのは、とても疲れた。多くの詩人たちの過剰な自意識は、病んだものには重すぎるのだ。そんななかで、松岡政則の『草の人』は、薄暗がりにうずくまっていた私を、陽の下の歩行へそっと誘ってくれた。失われた部分のゆるやかな回復につながりそうな1冊だ。

草の微熱。歩くこと。それだけを一心に追い求める。単純すぎると思うだろうか。決してそんなことはない。松岡政則という詩人は、草を、「歩く」を、ことばで生きている。草は、病むものの壊れた球体をみどりに染める。どこか懐かしい声の方へ向かう歩行をひかえめに促す。草になること。歩行になること。それは、草や歩行について書くこととは、まったくちがう。詩が草そのものであり、歩行そのものなのだ。だから読むものもまた、草となり、歩行となる。

この詩集は現代の猥雑な都市のただなかで書かれた。通勤電車の吊り革に凭れた「ぼく」の目の前に、とつぜん母があらわれて、「政則！／草はまだか／夏の空はまだなんか」と問いかける場面。「いいえ母さん！／あれは遠い夏の日のことです／あそこにはもう誰も帰れません」という切ない応答に、「おかあさん革命は遠く去りました／革命は遠い砂漠の国だけです」（黒田喜夫「毒虫飼育」）といった戦後詩への、50年後の残響を感じるだろう。とはいえここに革命への夢想や挫折意識はないようにみえる。

深部には、黒田喜夫の執念や葛藤と同質な、とても輻輳した想いが、たぶんそっと埋められている。無関係なものとはなれない故郷や一族が見える。疎外された歴史も無念な土地も侮蔑と痛憤の日々も、希望の挫折や断念もある。だがすべてのマイナスを所有しながら、なおかつみずみずしい草であろうとすること。いつ病んでもおかしくはない私たちの都市の今を生きながら、凛として草となり、歩行と化すこと。

詩集の最後では、薄汚いビルの空き地に、密生する蓬の輝きを見つける。「失ってもいいのだよ／全部。」という、娘たちへの呼びかけのやさしさ。私は、涙がとまらなかった。

（思潮社刊）

田野倉康一――『流記』

読み終わって思わず吐息がもれた。この詩人は、きわどい位置にみずからを押しやり、そこに独り立たせている。

1994年に刊行された前詩集『産土/うぶすな』のモチーフを引き継ぎつつ、ここでは叙法を大きく変化させた。それが私に吐息をつかせた原因なのかもしれない。前詩集では、タイトルを体現する〈始まり〉とともに、いやそれ以上のウエイトで〈事後〉が強調され、両者2重写しの進行あるいは往還運動の過程で、ことばはきわめて滑らかに動き、抒情と呼んでもいいほど美しい情動を生み出していた。

ところが『流記』では、こうした滑らかさがほとんど姿をひそめる。詩句はいたるところで軋みをあげ、交叉し、断絶し、重複し、飛躍する。「形式と語りのはざま」において、おそらくこれは詩人自身が意識的に招いた事態であろう。とすると私たちは、滑らかな語法の叙情詩から、やや突兀とした未知の叙法への、詩人のこうした転身を惜しむべきだろうか。いやそうではあるまい。

14篇の同タイトル詩篇からなる詩集『流記』。流記とは、流動しているもの事を文字によって記録していくもの。あとがきによると、「時系列で一切の取捨選択をなしにリアルタイムで書き足されていくそれ自体が自律的な時間そのものであるような書物」を意味するという。すなわちそれは、流れ=移動しつつ、生起している事どもを記録する行為自体のことでもあろう。詩集の始まりに記されるごとく、そのとき「言葉は異郷に入る」。「しみのある白い皮膚」としてのページのなかへ。そして「広大な空欄」へと。

渇かない
ものたちは今日も
JR京都駅、長大なエスカレーターに列を成してのぼり
常世へ
東海へ
打ちひしがれて架空の
船団を組む

異郷への旅は必ずしも「架空」とだけはいえない。目に見えるものと見えないもの、生あるものと死せるもの、待つものと待たれるもの、此岸と彼岸、現世と常世。こういった2分法は、このとき越境によって攪拌され、無効となる。だがそうはいっても、「(何処かへ、何時へ、／

未だ成らざる事後の未来へ」という、常識的にはおよそ成立不可能におもえる時空の攪乱は、はたして可能なのか。田野倉が周到に用意したのは、『古事記』をはじめとするいくつかの書物、歴史・神話・伝承の枠組みであり、実際に行われた（らしい）旅の体験である。ここに出現するのは、遠い過去に成立した書物のなかに記載されている倭健の東征記録であるとどうじに、今ここで「スーパーひたち」に搭乗している現実の旅行の記述であり、液晶ディスプレイのなかに生じては消えていく質量を欠いた映像の数々でもある。そのすべてであり、そのどれであるとも特定できない。

すでに述べたごとく、この枠組みは基本的に『産土／うぶすな』の延長上にある。けれども、『流記』では、時空の攪乱がより頻繁に、徹底して遂行された結果、抒情と呼びたくなるほどの安定した美の横溢は姿を消した。これはきわどい位置、いわば詩の懸崖ともいえる危険な場へみずからが意志的に立とうとした結果だ。あるいは抒情が本質とする純一さから、〈叙事〉的な叙法への思い切った展開というべきかもしれない。

ぼくらは
本当に咲く非時の花
本当に香る非時の香実を求めて

硬直した万緑を
世紀から世紀へ
わたってゆく万羽の白鳥となる

そしてここで「ぼくら」とは、いったい誰なのか。「ぼく」という主体は既になく、「還えりながら生まれて」もゆき、「あらゆる時制に身をひら」くもの。そのような背理としてのみ存在するものなのか。そう、すでに「ここからは予兆ばかりの日月を生き／成就しない明日の累積を歩む／／（何処かへ、何時へ／未だ成らざる事後の未来へ」としるされた後のことであるがゆえに、この「ぼくら」は、始源から未来へと直線的に刻印された歴史をたどるのではなく、中央から辺境へと秩序ただしく領土を確認していくのでもなく、決定的なオリジン（起源）を喪失したまま、無数（一万）に裂けた主体ならざる主体（白鳥）として、ひたすら世紀から世紀へわたり、往還し、逸脱し、万緑の時空を無方向に攪拌する。

「あとがき」によると、この詩集は、今日は失われてしまった〈全体〉としての「歴史」を組み立てる試みの見取り図という側面があるという。「今後、そのような見取り図の彼方に、さまざまな細部が与えられてゆくことになるだろう」と。であるならば、私がこの詩集を最初に読んだときに感じた軋み、交叉、断絶、重複、飛躍といった印象は、詩人の企ての範囲内にあったということになろうし、これから作品がどのように変化生成していくのか、まったく予断を許さない。ただしだからといってわれわれは、詩人のいう「見取り図」ということばにあまり拘泥すべきではないだろう。『流記』もまた、〈全体〉を希求しつつ、相対的には独立した1冊の詩集なのである。

神話や伝承の枠組みを駆使しながら、ここに実現されているのは、ホログラフィをいくつも重ね合わせたような、つまりもっとも古いものともっとも新しいものとを大胆に重ね合わることによって成立した、サイバースペースにも相似したあらたなテクストの場である。起源ではなくて始まりの。読者もこの詩人とおなじようにきわどい位置へと身を押し進め、「あらゆる時制に身をひらき」つつ、みずからのことばによって、それぞれの未知の世界を穿たなければならない。

（思潮社刊）

髙塚謙太郎——『カメリアジャポニカ』

詩とは何かと問われれば、リズムと響きだと答える。行から行へと連ねられたことばの生み出す律と韻。行分け詩であれ散文詩であれ、韻律こそが詩を詩として成立させる最も基本的な要件だ。イメージ、モチーフ、テーマといった要素は、詩の成立において絶対的なものではない。作者においては書き始め書き継ぐことの手掛かりとして、読者においては了解的な読みの手段として、モチーフやテーマはあるときは見いだされ、あるときは捏造される。その多くは事前、事後的なものである。

詩人は夢見る。モチーフやテーマの痕跡をもたない現在性の湧出、ウル＝ポエムの現出を。髙塚謙太郎の新詩集を読みながら、それに近いものを味わった。リズムと響きが読み手を陶酔させる。これほど微細な感覚を持続的にあたえてくれる詩人はざらにはいない。音韻重視の詩といえば那珂太郎の『音楽』がすぐ想起されるし、部分的に似た手法もないわけではないのだが、髙塚には那珂に感じる音韻への身構えがない。さりげなく、けれど過激に駆使することで、より洗練された作品となっている。先人たちの積み重ねてきた日本語詩歌の、多様な成果が今日的に生かされている。

とはいえ、モチーフ、テーマ、イメージと、いかなる切り口からでも激しく、過剰に読み込むことの出来る「アグネス・ブルー」に、いちばん感動した。

巻頭の「抒情小曲集」36篇は、下段に長い注釈をつけ、ミスリードによって、読者を迷宮にさそう。一瞥できる分量、内容ではないので、本文と注釈とを同時に読み込むことは不可能だ。読者は、本文を読み終えた後、あらためて作品としての「注釈」を読まなければならない。そして循環的に本文へと戻る。こうした複数回の読みを強いられることもたのしい。

この詩集は、「思潮社オンデマンド」の1冊として刊行された。書店での販売はなく、アマゾンへの注文ごとに印刷製本し送り届けるという。時代が変われば出版方法も変化する。ここでは、読者が積極的に注文するほどの商品性をもつ魅力ある詩集でなければならない。オンデマンドでの阿部嘉昭『みんなを、屋根に』も広瀬大志『激しい黒』も、強烈な過剰さの発露で読むものをひきつける。わくわくさせる。本詩集もひけを取らない。

音韻の駆使にかぎらず、いたるところに仕掛けられた古今のテクストによる執拗な罠（というほかない）に嵌まりながら読む。また「地名説」に説話的空間性を、「少女機関説」にヴァーチャルな時間性を、「椿説」に文体練習的なパスティーシュ性を感じたが、これらの特性は詩集全体に共通していて、それぞれ作品グループごとにあらわれた度合いの強弱があるにすぎない。底流には世界文学全集「日本篇」に類した、ある種の外部化された存在が潜んでいると想定される。

詩集名に象徴的なごとく、古代から現代までに堆積された日本語表現を、内部－外部の両義性において生きる詩集だ。

（思潮社刊）

阿部嘉昭――『換喩詩学』

この時代において、誰かがやらなければならないこと、それを果敢に引き受けた。1読して、そんな印象をもつ。私たちの現在に即した詩の論理を打ち立てること。かつて鮎川信夫、吉本隆明、谷川雁、黒田喜夫、菅谷規矩雄らが、そして野村喜和夫、城戸朱理らが、その時々、さまざまに生起する詩的活動（詩作品、詩集、詩論）を具体的に分析しながらその全体を眺望し、アクチュアルに貫通する評価の軸（＝詩的原理）を形成したうえで、状況に適用して方向性を提示した。

すぐれた実作者がどうじにすぐれた批評家としてそのジャンル全体を牽引するのは、現代詩に特有の現象だといってよい。60―70年代には、詩を書かない学生が詩誌を買い求めて読むという、いまでは想像もできないことが実際に起こっていたのだが、詩の生成する観念が身体性をともなって、あるいは肉体感覚が抽象性を帯びつつ極限へと飛翔して、または落下するといった言語の激しい運動が、やや期待過剰なほどの特権的スタンスへとジャンルそのものを押し上げていた。その時代の思想的な核が、鮎川や吉本、谷川あるいは黒田、菅谷の作品や詩論、発言に凝縮された。谷川雁が「詩はほろんだ」と断言肯定命題した媒体が詩誌ではなく『朝日ジャーナル』という商業（週刊）誌であり、しかも『鮎川信夫全詩集』という、かなり特殊な詩書をとりあげた批評文のなかでの発言であったという事実が、かつて存在した特権性を集約的にあらわしている。

阿部嘉昭が本書で構想するのは、そういった特権性を喪失した時代に、しかしそれなりに多様な質をもつ作品群に向き合うなかから現在にふさわしい原理論を生成することである。書名の潔さが強い意思表示のあらわれだ。400ページを超える大冊でもあることだし、なにより も「詩学」という鮮烈かつレトロでもあるタイトルに敬意を表して、私は、他の詩論集を読むのとは別な向き合い方を試みた。

稲川方人の『聖－歌章』を論じるなかで、阿部は書いている。「資本主義が終焉を迎えつつあるとするなら（中略）詩もまた資本主義の終焉過程を自身にえがいてはじめて尖鋭になる」（「詩は終わるはずがない」）と。資本主義の終焉をめぐって私が思い出すのは、『経済原論』や、とりわけ『恐慌論』の宇野弘蔵である。宇野は近年、国際的に再評価されつつあるが、海外の若い研究者に受け入れられるのは、方法論が透徹しているという理由もあるだろう。「三段階論」といえば武谷三男ではなく宇野弘蔵だ。といっても私たちは経済学者でも物理学者でもなんでもなかったので、原理論を構築し、段階的に変化するものとして諸形態をとらえ、それをふまえて現状分析を行う、といった常識的なことをお互いえらそうな口調で言い合っただけである。

谷川雁の発言からもわかるように60年代は「全世界を獲得するために！」「実存を賭けてここで闘う！」という類のアジテーションが飛び交う大げさな時代であり、その影響を浴びた私たちは、表現においても行動においても賢さを欠く、まったく軽率な世代だった。その愚かな時代はとうの昔に終焉し、いまやそれと正反対の、絶対的な賢さ（正しさではなく）に充ちあふれる時代となったのだが、しかし詩であれ思想であれ、究極としては内部に絶対的な断絶と跳躍をかかえこむ。谷川雁の断言肯定命題とは、そういう質のものだ。

宇野的にいえば、前半（Ⅰ）に原理論と段階論がおさめられ、後半（Ⅱ）が現状分析にあてられている。阿部の原理論は段階論的推移（＝詩史論）と密接な関係をもっていて両者はからみあうように展開する。ひと言でいうと、戦後詩では暗喩が支配的であったが、しだいに換喩的表現が優勢となり、現在の詩のほとんどはこの換喩的方法で書かれているということである。吉本隆明の「修辞的現在」にならって、この状況は「換喩的現在」と名づけられる。

阿部によると、暗喩は類似項目の重畳によって「わだかまり」をつくりだし、そのときほぐしを使嗾する叙述形式で、その対概念は直喩でなく、部分によって全体をあらわす換喩＝メトニミーである。「換喩の意味は書かれたフレーズそれ自体にあり、暗喩のような『奥』をもたない。それは熾烈に部分化してフレーズを散乱させるいっぽうで、部分のなかでは過酷に線形化して伸びあがろうとする」と。ここでは部分化と線形化が重要である。また暗喩の組成原理が「かさなり」で、換喩の組成原理が「ずれ」だともいう。換喩の機能をダイナミックにとらえたこの部分にはおしえられることが特に多かった。換喩が詩にもたらすのは、流れと運動なのだということ。とすれば、これは詩にとって現在的であるとどうじに根源的なものでもあり、ここでの論理を「換喩詩学」と命名することで、詩の領域に原理的覇権をもたらしたように思う。このあと阿部は、さまざまな詩人、歌人、俳人、評論家の作品や論とつきあわせながら、換喩の特徴や本質を幾重にも明らかにしていく。また、散喩、減喩などあまり聞きなれない事項も取り上げられ、詳細な検討がなされている。像と自己回帰性や、縁語、頭韻、掛詞などの音韻的な側面まで論は及び、詩的形態論の輪郭を形成する。

詩史的推移を論じた部分では、北村太郎、石原吉郎、堀川正美、辻征夫、小島数子らの作品が、もっぱら喩法とのかかわりで分析される。暗喩から換喩への移行というモチーフを手放さずにどこまで各詩人の作品を具体的に読み込むことが出来るかどうかが、ここでの読みどころであり、また私が詩論家としての阿部嘉昭の力量にもっとも敬服した部分である。

荒地派に代表される暗喩重視と、現在の換喩詩法との中間に「解けない暗喩」という第3項をおいたのも卓越した視点である。かつて「中間派!」と叫べば、立脚点のはっきりしない中途半端なやつらという意味の蔑称であったが、ここで暗喩と換喩の中間的な例としてあげられているのは吉岡実や堀川正美であるから、中間派などと受けとるのは私の軽はずみで、作品の完成度からいえば「極北派」である。

とりわけ堀川の諸作品に対する鋭い分析は熱がこもっていてスリリングだ。出来うればこの部分だけ独立させて、「堀川正美論」として上梓してほしいとさえ思う。というのも、見かけは抒情詩のようにやさしく優雅で、しかし観念と感覚の重なり合う所々に仕掛けられた巧妙な罠が、時として（かぎられた）読者の意識と感性をバラバラにしてしまうとんでもない凄さは、世界を欲望する革命とその実践の困難さ（=不可能性）という補助線を引かない限り他者に説明出来ないであろうし（愚かに生きる欲望を捨て去った、貧しい賢さだけを価値とするひとびとにはわざわざ説明しなくていいともいえるのだが）、世界に欲望されても世界を欲望することなど思いもよらない世代が多数派となった（と私には感じられるのだが）現在、実践の可能性と不可能性のエッジを触知できる、あるいは想像しうる詩論家は、世代的にいって阿部嘉昭が最後の最後だと思われるからである。

暗喩支配の解体と換喩的方法の浮上というテーゼは、野村喜和夫と城戸朱理による『討議戦後詩』（97年）においても、すでに主要な視点であった。城戸はそこで、「戦後詩の持つ隠喩の問題、あるいは戦後詩の持つ独自の時間意識が生じさせる強迫観念のような現在という問題が、今日の地点からふり返ったときに、戦後五十年のいまではなくて、すでに七〇年代あたりから実効性を失うとともに、すでに解体が始まっていたのではないかといった視点がここのところ大きく浮上しています。そのひとつの動きとして隠喩的な方法から換喩的な方法へというものがあったのではないか」と述べ、「換喩詩学」への道筋をつけた。野村や城戸の問題意識を受け継ぎ、阿部は換喩的なるものへの多方面からの接近と分析、諸説の援用、原理への生成などを成し遂げ、換喩的方法を可視的にも理論的にもゆるぎないものにしたのである。現代詩は換喩の時代を迎えたと、「詩学」的に宣言された。

後半では、この視点から「ネット詩」をはじめとして、現在まさに書かれつつある大量の作品をとりあげ詳細に分析していて、時評や書評をのぞけばはじめて論じられる詩人が多いので興味深い。長年にわたり私の畏敬する、けれども論じるのが極度にむずかしい貞久秀紀や支倉隆子の作品も詳細に読解している。以前、ある詩誌の特集に支倉論を依頼され、書き始めてはみたものの支倉作品のあまりの完璧さにとうてい論のかたちにならずただの感想となってしまったという苦い記憶があるので、よけい阿部の分析能力の高さには感心した。

田中宏輔については、「クリティーク２０１４」でも、隣接配合＝ずれ＝換喩のキーワードを用いて13冊の詩集を俯瞰し、強い共感をこめて論じている。これによってこの詩人の並はずれて個性的な特徴が浮き彫りになったと思うし、対象へのやさしさ溢れる筆致にもうたれた。特記しておきたい。

そのほか、甘楽順治、高塚謙太郎、望月遊馬、安川奈緒、岩木誠一郎、今井義行、海埜今日子、佐藤雄一、金子鉄夫ら若い詩人たちを取り上げていて、充実した現状分析となっている。『マッチ売りの偽書』の中島悦子と『繭の家』の北原千代も取り上げられている。ふたりとも、派手さはないけれどもこの時代の感性のなかでそだった、卓越した詩人である。改行の問題など、詩作において実践的に役立つ指摘もたくさんあって、原理論と移行論での息をつめた論議のあとでは、やや解放的な気分で楽しみながら読むことが出来る。

最後に、論述のフレームとして吉本隆明の『言語にとって美とはなにか』を使用し、さまざまな箇所で引用、参照していることにはいくぶんの異和をもったとつけ加えておく。吉本の愛読者にはこの方法がわかりやすいのだろう。だが吉本理論に説得されなかった（よくわからなかった）私などにはちょっとつらい。

度重なる参照によって、野村、城戸以前に引き戻される感覚、あるいは戦後詩史が奇妙にループしてしまう危惧も感じる。「修辞的現在」的な、詩人としての同時代意識や当事者性を欠落させた吉本の、あの尊大な姿勢も拒否したい。自立誌と銘打った『試行』に『言語にとって美とはなにか』が連載されていた頃、詩を書かない友人と、「言語って美を感じたりするのかな」「美を感じるのは人間だけだろ」などと言い合っていた。それは冗談にせよ、『換喩詩学』は、誰がみても表現形態論として構想され執筆されており、言語の発生から表現の成立までを統合しようとする吉本の壮大な理論体系（その意図の立派さだけは認める）を部分的に取り入れようとすると、根本のところで混乱をさけられない。少なくとも私は混乱した。吉本なしでこの換喩詩学を樹立する方法は可能なはずだ。吉本について論じた部分だけを別な書物として独立させてもいい。表現形態論に吉本を取り入れることは、事態をむだに複線化、複雑化してしまうと思う。

詩人としての阿部嘉昭に大きな影響をあたえたであろう西脇順三郎については、もう少し具体的に論じてほしかった。「散策移動によって五感に知覚された世界を学殖への聯想たくましく換喩単位へと隣接連続させていった」(「旅人かへらず」)、「縁語、頭韻、地口、引用など『隣接域』からすばやく換喩的にひきあげられた語が、『の』の接続機能をつかって脱イメージ的に展覧されてゆく」(『失われた時』)と、換喩概念との関係において高く評価しているのだから。換喩の機能的な発動からみたとき、重要なのは吉本ではなく西脇である。機会をみて西脇の詩論をも初期から再検討してほしい。

いくつか個人的な希望も述べたが、形態論的にみた詩的表現の総体を原理的に究明し、詩史的な推移をみきわめ、それを武器として縦横無尽に作品分析をおこなう本書は、混沌とした現代詩の状況において画期をなす好著である。ここで取り上げられた詩人たちの幾人かについては、詩人論の実現もぜひ期待したい。

(思潮社刊)

糸田ともよ――『水の列車』

1　水のなか

この生々しい衝迫力は、いったいどこからやってくるのか。『水の列車』を読みながら、まずそう思った。糸田の作品は、きわめて身体的かつ具体的な相貌をみせてあらわれる。

踊り場の祖霊の袂をくぐるとき水草のごと髪は乱れて

水の梳く紫紺の水の髪永く朝霧の胸ゆるりとうねる

炎を逃れ水棲となる女らの声揺れやすく髪伸びやすく

女性の髪が水と結びついたイメージは、ありふれているといえばいえる。だが、糸田の

〈髪〉は、きわめて生々しい。1首目でとりわけ注目したいのは、「水草のごと」が、下にある「髪は乱れて」の直喩として機能しつつも、物質的なイメージそのものとして鮮明に突出していることである。「水草」と「(女の)髪」とが、おなじ強さの像を結んでいるのだ。似たようなことは他のいくつかの作品についてもいえよう。糸田の作品は、像と像であれ、イメージと観念であれ、複数の詩句がひとつの核心に向けてきっちりと収斂していくのではなく、重層的に並立する特徴をもっている。

たとえばここに2枚のガラス板があり、1枚目には波に揺れている水草が、2枚目には風に乱れなびく女性の髪が刻み込まれているとする。この2枚のガラスを重ね合わせたときには、ふたつの像が重なり合って見えるはずだ。おなじようなことが糸田の作品のなかで起こっていて、結果として水という物質が、きわめて身体化されたものとして強烈に表現される。

2首目で水と髪は、いやさらにここでは胸までもが、それぞれ容易には判別しがたい親和の様相をみせ、さらに3首目では、水への親和が「炎」を逃れることによって生じたことが記される。歌集の最後の章におかれたこの作品は、水と対極的なイメージである〈火〉によって「水棲」の理由を明かす。火は、対象のすべてを焼き尽くす破壊や攻撃のシンボルであり、しばしば胸深く秘めた情熱の比喩ともなる。けれどもこの作品では、何ら具体的な像をともなうことなく、ひたすら水へ執着するためのきっかけとして用いられている。

水への執着あるいは深い耽溺は、糸田の作品をどのような質のものへと導いていったか。ひとつは、距離をとって眺めるのではなく、「水棲」すること、つまり水中深く水とともに生きることだ。

堰とめた想いの水に沈みこむ二枚の耳の透きとおるまで

縋るたび枯骨となる腕ならびなびく湖底を通って学校へ行く

目覚めれば真上に真冬の湖面あり凍る気泡に保留の生命

半睡の窓翳らせてたちのぼる銀の水草　泡の眼あまた

1首目は、水のイメージと「堰とめた想い」という抽象性との2重構造とともに、水のなかへ「沈みこむ」という必然の成り行きに主眼があり、2首目では、すでに湖底に生きる（通学する）存在としての日常が、3首目では視線の上方に湖面があって、主体そのものは水面深くあり、4首目もやはり水のなかの情景だ。

水の背に銀の鱗片溶け残る想いのようにきらめきながら

深海へみちびかれつつ破れそうな瞳のことも言えず幼魚は

水はすべての存在を溶解させる。水は遠い始源における存在の原基である。この世に生を享けてから外界に押し出される期間を私たちは母の羊水のなかで過す。不安な自我も水のなかでは解き放たれていたのだ。それゆえ水のなかにあることはひとつの退行であり、時間の秩序の惑乱である。私たちは、水のなかで幼魚になる。

魚のイメージは、糸田が正面からの表現を回避しているエロス的な無意識とおそらくは繋がっている。「水はまず自然の裸形、無垢を保ちうる裸形を喚起する」というバシュラールの指摘を引くまでもなく、一般的にいって、水をエロティックな要素とまったく切り離してしまうことは不可能だからだ。

抱きあえぬ魚の姿でめぐりあう驟雨の拍手に拉ぐ水駅

くちびるは浸水する舟そこふかく死蝋となるまで指をつないで

立棺のエレベーターに眼をとじて花茎をのぼる雨水のこころ

ナイフのように浮上し水の天にくちづける魚　幻花ひらく

1、2首目はやや直接的に、3首目は暗示的にだが、いずれも性的な行為の表出として受け止めることができる。4首目については、人魚の哀切きわまりない恋愛を描いたアンデルセンの作品「人魚の姫」から、「ナイフの落ちたところが、まっかに光って、まるで血のしたたりが、水の中からふき出たように見えました。お姫さまは、なかばかすんできた目を開いて、もう一度王子を見つめました。と、船から身をおどらせて、海の中へ飛びこみました。自分のからだがとけて、あわになっていくのがわかりました」（矢崎源九郎訳）という1節を引いておこう。いうまでもなく、愛と死の相剋だ「人魚の姫」のテーマであってみれば、性愛表現の多くが死を抱え込んでいる糸田の作品の顕著な特質をこの1首は照らしだす。

ベッドから垂らす手首は水の輪に吸われ硝子の魚群集まる

死の夢へ傾ぐからだをたてなおす尾ひれの波にゆられる夕ぐれ

死者と逢う睡りの浅瀬に詩語ひとつ奪いあうごと月明を汲む

川の流れは絶えざる律動であり、水の内部に漂い、溺死への予感に身をゆだねることは、不安とともにある種の官能性をも招き寄せる。どこまでも深く溺れて、死にたい。愛のため狂気におちいったオフィーリアのように。

2　列車

ところで、歌集のタイトルは、『水の列車』である。糸田にとって、〈列車〉とはどういう存在であるか。

風の声にわかに曇り川底を石積む貨車が連なり走る

色うつし水の列車は六月の傷口けぶる夕雲ぬけて

欄干も水の列車となり走るどこを切っても血を噴く詩のごと

川底を連なり走る貨車。残照の赤い雲のなかを走る列車。列車と化して走る欄干。このとき列車とはまず、主体から一定の距離をとった向こうへと力強く走る憧憬的な存在である。糸田が電車ということばを一度も使っていないことに注目しよう。この「列車」は、蒸気機関車に牽引されて連なり走る光景を見た幼年の記憶に起因するのではないだろうか。黒光りする列車は、遙か遠くから力強く走り来て、すぐさま遙か遠くの未知なる土地へと走り去っていく。水と交錯することがあっても、水と列車は本質的に異質である。

絶えず流れながらも、川の水はいつまでも〈ここ〉にある。水に身をゆだね、ともに漂い、凛とした彼方へ、ほとんど死の境界まで流れてゆくとしても、水はつねに現在形なのだ。ところが分厚い鋼鉄でできた巨大な列車の列は、定められたレールを決して逸脱することなく、夢想する主体の外部を走る。やすやすと内部へ抱え込んでくれる水とはちがって、列車に対してはみずからの意思によって乗り込まなければ、かかわることができない。

陶然と疑念吸いとる水蛭を手首に巻いて佇む停車位置

風景とともに剥がれて飛ぶ車窓　天に吸われる花びらのごと

霧の駅いくつも過ぎてすれちがう列車の窓に幼年の母

1首目には、まさにこれから乗り込もうとする意思が、2、3首目には列車の内部から見た外部の光景が、いずれもあざやかにとらえられている。フロイト的にいえば、水のもつ深さに対して、列車は水平に移動するものであり、スピードや突出する強さなどから、男性の象徴として解釈することができる。未知なる列車は、男性的な強さをもつ。そしてこのように受けとめるとき、〈水〉は女性的なるもののメタファーとして、あらためて際立ってくるだろう。

雪解けの水の列車に乗り水のマフラーほどく初めてのカーブ

制服の魚群のかたえを狂い咲く花のあわいを水の列車は

水と列車。糸田は周到に痕跡を消しているが、表現の無意識においてこれは女性と男性の、そして性愛の暗喩となり、見事な複合的イメージを形成している。

3　未知のことばへ

真夜中に蔵い忘れた牛乳の人肌の温みとろとろ捨てる

双手さしのべ雪の骸に濡れながら情はやさしく唾棄されながら

「人肌の温み」を非情に捨て去ること。「情」が唾棄される光景を見つめること。表現者には、何よりもまず、人肌や情に寄り添いつつも距離をおくことの出来るこのような資質が要求される。危うい懸崖としての歌は、そうした資質からこそ生み出される。

思想犯夢に匿い素足にて敷居を踏めば冬と目覚める

風殺め疾走する風裂けながらキリギシソウの花びら掠め

葉脈の声　耳に充ちれば闇うねりふいに抱き殺す紫陽花の毬

思想犯を匿う。風を殺め、疾走する。紫陽花の毬を抱き殺す。ここには、水に溺れていくメランコリーでエロス的な陶酔とはすこし異質な、能動的な未知への行為、そして殺意がある。これは切り出しガラスのようにも多面体である糸田の作品の、鋭利なひとつの面である。この多面体は、ひとつの面だけが独立しているのではない。涙や水に身をゆだね溺れ死んでしまいたい欲求と、未知なる力動の象徴たる列車への憧憬、そしてほとんど理由のない殺意とが、複雑に入り組み絡み合い、ひとつの連鎖をなすその魅力的な多面体が糸田の歌なのである。

言葉だけ先に起きだし私を裏切っていく　空いっぱいの冬の蝶

かたくななこぶしの雲のほぐれゆき河の中州にあたらしき森

個的な感情などを、歌はあっさりと裏切って生起し、「空いっぱいの冬の蝶」という美しくも哀切な異界を描き出す。かたくなな心がほぐれていくと、河の中州にだって「あたらしき森」が生まれるのだ。〈水と列車〉の対位を超えて生成してくる未知のイメージを私はここに見る。

（洋々社刊）

橋場仁奈――『半球形』

巻末に収められた「銃声」。親熊を撃ち殺した老ハンターが、川のそばに残された子熊を家に連れ帰る。だが動物園は引き取ってくれず、次の朝、元の場所に戻した。子熊は追いかけてくる。川の水に流されそうになりながら、どこまでも追いかけてくる。ハンターは逃げる。振り返ると子熊は、水に流されながらやっと草につかまり向こう岸の笹藪に這い上がっていった。他の動物（キツネやカラス）に食べられはしないかと心配し、次の日もまた次の日も、ハンターは、子熊を探しに行くがもはや姿は見えない。

ひとときのぬくもりの記憶、
なかったことにはできずにそうして
ハンターはきっとさがしにいく、ひと晩

袋をかぶせた檻に閉じこめて川の向こうに捨てきた
その記憶のためにそのひとときの記憶のために
やさしいハンターは今日も引き金を引く

人家近くに出没する熊をハンターが撃ち殺すのは、農家の生活や人命を守るためである。けれども撃ち殺される熊に、とりわけ「ぬいぐるみみたい」に小さな子熊に罪はない。命のために命をうばう生の果てしない残酷さ。生と死の切ない交錯を橋場はじっと見つめる。

ミヒャエル・ハネケの映画作品を素材とした「ハッピーエンド」では、主人公の老人が車椅子で入水するラストシーンに焦点を当てる。午後の海は静かに光ってゆれ、老人の意識は澄み切っている。かつて介護の末に絞め殺した妻に会いに行くのだ。このシーンに対峙して橋場は書く。「生きて死んで閉じて開いて閉じて開いて繰り返し聴こえてくる／波は寄せては返し寄せてはゆするゆらゆらと沈んでゆく」と。生と死が交錯する地点を凝視するとき、死は生であり、生は死と等価になる。

橋場仁奈は、1948年北海道風連町生まれ。66年、18歳のとき橋場静枝名義の『小さな砦』をガリ版刷りでまとめた。「わたしのなかには砦がある／どんなに極めようとしても／果てのない／私の砦はさびしい砦だ」と。ここが橋場の出発点であった。

71年、これもガリ刷りの『糸ぐるま』には、「墓場には袋をさげたこどもがいる」（「こどもの風景」）という、やや異形な詩行がある。中核をなすのは、若き姉の死をめぐる作品群である。死へのおびえ、生きることのつらさ、新しい生への模索。これらが重い主題系となる。

いかなる理由からかはわからないが、このあと橋場は詩作を中断し長く沈黙を守る。詩作を再開したのは20数年後。それ以降、詩誌『グッフォー』やがて『まどえふ』に拠り、堰を切ったように饒舌体の詩を書きはじめた。私が橋場仁奈の存在を知ったのはこの頃のことである。2003年に、『姉さんの美しい、死体』を刊行。実質的には、第1詩集といってよい。中原中也賞の最終候補となる。

その後も、ことばの巫女のように書き続け、その夥しい作品群は1冊の詩集に凝縮しようもなく、2009年には『ブレス』『朝、私は花のように』と2冊の詩集を同時刊行して私たちをおどろかせた。「ブレス」とは、息であり、キム・ギドクの作品名でもある。世界と時代のさまざまな事象に憑依するかのように書く。この年の北海道新聞文学賞を詩部門で受賞。

書評からやや逸脱して詩人の来歴をしるしたのに、これまでの詩集がすべて自家版であり、その詩的な軌跡がほとんど知られていないと推測するゆえである。多くの詩人が有名出版社からの刊行をのぞむ状況に目もくれず、橋場は「荊冠舎」と名づけた発行所名義で刊行し続けている。そのブレない姿勢は、自己の欲望する詩作の持続をひたすら見すえているせいだ。

前詩集『空と鉄骨』には、鉄骨とロープがいつも出てくる。鉄骨は何の比喩かと問うのは、知と支配によりかかった読み方だ。ここで鉄骨は、すでに「鉄骨」ではない。空にのびるもの。ロープを吊るすもの。「あたし」が縛られ吊り下げられる何か得体のしれない物体。賢しらな定義や概念を排し、寄る辺ない子熊の目で、死にゆく老人の目で、対象を、世界を視ること。空も鉄骨も様々に変容する。世界は断片であり、非連続であるのだから、橋場の詩は概念を剥ぎ取った断片を執拗に反復することで非連続を生きる。生と死を同時に生きる。それが詩を書くものに被せられた荊冠だ。

ようやく私は、詩集『半球形』に戻る。ここでの半球形とは、ひとことで言えば、てんとう虫のこと。名称を外して対峙すれば奇妙な半球形の虫。その旺盛な生命力を半ば嫌悪しながら、なぜか惹きつけられる。この虫が半分に切断されているからである。てんとう虫は、失われたあるいは存在しないもう半分を抱えて生きる。その不在の半球を詩人は見つめる。存在と非在を一身に背負った虫であるかのように。半球形は私（たち）なのだ。死ぬことは苦しく、生きることはさらに苦しい。しかしその両方を、全球形を、詩人は希求する。

いくぶん深刻そうな書き方になったとしたら、それは私の責任である。『半球形』には、ユーモアもふんだんにあり、読んでおもしろい詩集だ。登場するふたりの孫の存在が、「あやうい未来をはげしく蹴りあげ／雪の空へと駆けのぼる」（「くの字」）強さと明るさを感じさせる。

ハネケの『ハッピーエンド』もまた、死を決意した老人がゆいいつ信頼したのは13歳の孫娘であり、生きることに苦しみ深く絶望し、被虐と加虐の孤独な日々を過ごしているこの孫娘が、わずかに信頼してくれた祖父の車椅子を押し、海へ入る最期の姿をiPhoneに写し撮ったのだった。死にゆく祖父と(たぶんこれからも)生き残る孫娘において、あるいはハンターと子熊において、視えない半球を意識しうるかぎり生も死も等価である。

橋場仁奈という詩人も、長い苦悩と葛藤の日々を経て、生と死を等価なものとして受容し、のびのびと表現できるようになったのだと、そんな感慨を抱きながら、この詩集を堪能した。

(荊冠社刊)

水出みどり――『泰子』

まず、詩集タイトルに驚かされる。「泰子」とは、水出の実姉の名だ。近年、水出は父母や姉についての作品をいくつか書いている。第5詩集『夜更けわたしはわたしのなかを降りていく』のなかでいえば、「エメラルド」「とうさんの声」「結子」などの作品が肉親を素材としている。とりわけ、幼年時代の姉を教会でともに歌った讃美歌の記憶と結びつけた「聖夜」が美しい。ここにも姉泰子の名は記されている。

とはいえ、こうした作品を書くことと、姉の実名を詩集タイトルとするのとでは、大きなちがいがある。新詩集では読者に向けて、ひとつの生々しい存在がむき出しにされている。そんなふうに私には感じられた。

なぜこういういい方をするのかといえば、水出みどりが最初に影響を受けたのは形而上詩人の和田徹三だからである。和田が亡くなって久しい最近では、形而上詩という言葉も忘れられようとしているが、詩を「思想の情緒的把握」と定義づける和田の強い影響下で水出は詩を書きはじめた。

66年に上梓された水出の第1詩集『冬の樹』はもちろんのこと、たいへん高い評価を受けて新川和江編『女たちの名詩集』にも収録された第2詩集『髪についての短章』（73年）も日常的なものとメタフィジックな要素とが程よく、ある時は激しく融合している。日常的なものを素材としてメタな世界をつむぎだすところに水出作品の特徴があった。

ただし、和田徹三の作品世界が仏教思想の唯識論という包括的かつ鋭利な思想体系で裏打ちされていたのに対し、水出の場合は、「水」「海」「波」「夜」「声」「光」「記憶」といった既成のイメージに頼る弱さがあった。これらのことばが選択されたときに、たとえば「水」は実在の水とはちがう、ある観念の表象として選ばれているのだが、かつて水出の詩において、「髪」

が現実の髪を超えたときのような変容はもたらさない。いい方はわるいが、メタフィジックに展開するというよりは、いくぶんムード的な作品になっている。そのあたりを読者としての私はすこしもどかしく感じていた。

しかし、第4詩集『声、そのさざなみ』（10年）から水出の作品は変わった。詩集タイトルからもみてとれるように、基本的にこれまでの世界を踏襲しているのだが、そこに生な現実、たとえばリハビリ体験や「北三十条」という具体的な地名、「マクドナルド」といった店名などが入ってくる。水出の詩は、あらたに変わろうとしていた。

次の詩集『夜更けわたしはわたしのなかを降りてゆく』（17年）で水出は形而上詩の亜流から脱却し、独自の世界を確立した。ここには既成の観念語に頼らない詩語のもつ切実さがある。難病治療や加齢のただなかでのこうした変容におどろくとともに、強い敬意を表さずにはいられない。

そして休む間もなく刊行された『泰子』という詩集。冒頭には、「記憶について」という作品がおかれている。その前半部分。

　亡き母や
親しかった友人の

言葉の訛りを
そのぬくもりを
あたためている

「おまえが死んだら、
誰が彼女のことを
思いだすのだ？」

ここで引用されているのは、エミール・クストリッツァの映画作品のなかで、恋人の死に絶望して死のうとしている主人公を、村の長老が諭すシーンである。水出の「記憶について」のなかでは、「おまえ」は作者、「彼女」は亡き母のことを指す、といちおうはとれよう。自分が死ねばもはや亡き母のことを思いだすものはいなくなると。おそらくはそうにちがいない。あるいは亡き姉のこともふくまれるのかと思いつつ、しかしそれにしてもこの作品のもたらす強度がどこからくるのかふしぎに思う。

何度か読み返すにつれて、「おまえ」も「彼女」も、実は作者自身ではないかと感じるようになった。つまり、「私（＝作者）が死んだら、誰が私（＝作者）のことを思いだすのか」と問いかけているのではないか。後半部分を引用しよう。

樹が立っている
風が吹いている
樹が立っている

こんな夜
樹が立っている
ゆれる黒い影になって
ゆれ動く記憶になって

後半部7行のうちの3行が「樹が立っている」という詩行の反復である。作者は、記憶とは黒い影になって揺れ動く樹であるといっている。なぜそのようなことがいえるのか。また、前半部と後半部のつながりはどういう構造をもっているのか。

もういちど引用部分を確認しよう。そして、あえて「水出みどりが死んだら誰が水出みどりを思いだすのか」と固有名に置き換えてみよう。鍵となるのは「誰」という語である。水出を思い出すのは、読者である。読者が水出の作品を思い出すかぎりそこに詩人水出みどりは存在する。いつまでも存在する。とするなら、後半に突如として反復される「樹」のイメージについても理解できる。

大地から空に向かって垂直に伸びていく。硬直せずにしなやかに揺れ動く。これこそ水出にとっての詩のイメージだ。こうした詩行を生み出すかぎり、詩人は読者の記憶のなかに残る。この「記憶について」という作品は、詩についての詩、メタポエムである。形而上詩の亜流から脱却しつつ、この作品は独自の見事な形而上詩となっている。

詩集の最後を飾るのはタイトル詩「泰子」である。姉の泰子をめぐる父や母との具体的な事情が実名で書き込まれ、育ての母（作者の実母）水出千代の短歌作品の引用もあり、大胆で奥行きの深い作品となっていて、ある意味で衝撃的である。ここで反復されているのは、

雲が流れている
流れている
白い雲が流れている

という詩行で、「樹が立っている」という冒頭作品の詩行と照応している。ことばによって

創出された詩は垂直に立つ。それと対照的に私たちの生の時間は、水出も、亡き母も、姉泰子も、みな水平に流れている。

詩集『泰子』は、感情の抑制力、メタファーの重厚さなどとともに、作品の配列がよく考えられて構成されているために、くり返し読み込める詩集であり、私たちの記憶のなかにいつまでも残る。

（思潮社刊）

清水博司――『清水博司詩集』

清水博司の作品を読んでまず感心するのは、改行の的確さである。どの行もきわめて的確で乱れがない。

詩では、各行の区切り、つまり行のどの部分で次の行に移るかということが重要である。4字目で次行に移行しようと、30字目で移行しようと、まったく作者の自由ではある。この自由を詩の作者が行使するようになったのは、それほど古いことではない。明治初期の「新体詩」は、5音と7音の音数律を前提としていた。欧米の「ソネット」は、たんに14行あればいいという詩形ではなく、ストレス（強勢）や脚韻の配列に厳密な規則があって、恣意的な改行の自由などありえない。

改行するということは、次行へどう展開するか、どう飛躍するかということにかかわる。息継ぎのあり方、韻律の問題でもある。ページの余白との関係でいえば視覚性も考慮されなければならない。これらの要素を瞬時に判断しながら改行は行われるのだから、少しでも判断を誤るとでたらめな作品に堕してしまう。

清水博司の作品は、短い行から長い行まで多彩な変化を見せながら、端正で乱れることがない。よほどの才能をもち、あるいは厳しい鍛錬によって鍛え上げなければこのような作品は書けないだろう。この端正さは、詩作の厳しさを知らない読者には、あるいはただの平明さに見えるかもしれない。しかし清水の作品は見かけほど平明ではない。部分的にしか引用できないが、たとえばそれは、

ぼくらの
二億年が終わる日
海は蛍でいっぱいなのだ
（「舵」）

といった作品を読めばわかる。この詩集には風刺があり、告発もある。だが詩的な核となっ

ているのは、人類の終わる日に、蛍の海へと身を投げた「ぼくら」が青白く発光したまま永遠に静止しているという、美しくも絶望的なイメージである。あるいは、

水葬でしか蘇生しない魂もあるのだ

（「水葬」）

鳥を食べて
（中略）
それで青空を包んだことにはならないか
胃は痛むだろうか

（「今日は」）

という詩行を見てもよい。ここでは痛みや絶望が、水葬や青空のイメージによって美的に昇華されるようでありながら、痛みや絶望はそれによって逆にいっそう際だってくる。痛みと美の融合かつ永遠的な二律背反という詩の展開と終結は、平明さとはほど遠い。そして深い。ただし、清水には文字通り平明な風刺詩もいくつかあって、

ボスがいて

ボスにからむサルがいて
郷土愛に燃える
ちぐはぐな　つじつまのあわぬ
略奪の歴史に目をつむり
ひとしきりの出世譚

（「野付牛」）

というくだりなど、ここでの「ボス」や「サル」の名前や顔つきなどまで私はまざまざと思い浮かべることができるのだが、この「郷土」が、清水の出身地である北海道の北見のみならず、札幌でも東京でも、さまざまな文学的集団や団体のいたるところにある〈場〉であることはいうまでもない。

詩論「立原道造と『未成年』」は、清水を理解するうえで重要である。晩年の立原に、寺田透を対置し、両者の姿勢のちがいを軸に論を進めていく。立原が「私もまたひとりの武装戦士」だと熱に浮かれたごとき賛辞の手紙を送った芳賀檀の存在は、明晰な寺田によって軽く相対化されてしまう。保田與重郎さえ、寺田の重厚な読解姿勢に比べると空洞なる物書きのように見えてくるだろう。この対置で、晩年の立原に対する清水の評価は明らかである。

にもかかわらず、「ファシストの芳賀や保田に向き合う否定的な姿勢そのままを、彼らに痛ましく引きずられていった若い立原に向けるというのはすこし酷なのではないか」と立原の立ち位置に理解を見せるところにこの論の核心がある。日本浪漫派的なものに傾斜していく立原を批判的に受け止めつつ、しかし心情的にはやや共感してもいるのだ。

私は清水の詩について、「痛みや絶望が、水葬や青空やのイメージによって美的に昇華されるようでありながら、しかし痛みや絶望はそれによって逆にいっそう際立つ」と書いたのだが、こうした二律背反的な美と痛みの性向は、右翼左翼を問わず政治思想の敗北と文学的美学との関係においてつねに生じる。新左翼運動退潮期における、挫折した活動家たちの状況を思い出すと、日本浪漫派的なものに惹かれてしまう私たちの心情を全否定は出来ない。

どうじに、『四季』において芳賀や保田と対照的に、復古主義やナショナリズムといった時代の潮流に同調せず孤高を守った堀辰雄について、「ファシズム体制内にあって芸術主義をとるその純粋さゆえに『文学』の装いをこらした芳賀や保田たちに踏み込む口実を与え、付け入れられたのだった」と鋭く批判していることにも瞠目させられた。私は堀を、ナショナルに吸引されなかった稀有の文学者だと評価していたので、こういうシビアな観方があったのかと目を開かされた。

この詩集から窺える清水博司の詩的な、思想的な姿勢の確かさは、「人畜無害のモダニズム詩や身辺的な心境詩」（中村不二夫）の氾濫するなかで、また立原や堀の亜流である小詩人たちが雑駁な心情に頼って他者を見つめようとしない状況のなかで、とても貴重である。

（土曜美術出版販売刊）

海東セラ――『ドールハウス』

床や廊下、階段、外壁など、家屋とその周辺をモチーフとした22篇の散文詩集。各作品の末尾には、題材に関する、説明的な、時として専門的な註がつけられて本文と微妙な緊張関係をつくっている。

表題作の「ドールハウス」と締めくくりの「オープンハウス」で家を俯瞰するが、「夜の食卓」「仮寓」や「動線」「あしあと」など家そのものとは関係性が微妙なもの、あるいは「プリズム」「ミルク」「永久」など、タイトルからは家に関連することがわからない作品もある。必ずしも玩具の家（ドールハウス）に関連してはいない。ミニチュアハウスには、砂壁も屋根裏もデッドスペースもないのだから。かといって、私たちが寝起きする実在の家を思い描いても、あちこちで齟齬が出てくる。

高度成長期の60―80年代に建てられた戸建住宅をベースとして、記憶と想像や考察によって生成された〈場〉がここで「ハウス」と名づけられている。あらかじめ設計図をもたず、撮影されて印画紙に焼き付けることも不可能な反—スタティックな場、あるいは内在化された家をめぐるテクストだ。

冒頭の「下廻り階段」が、詩集の核心を差し示す。複数の部屋を水平的に繋ぐ廊下に対して、階段はフロアとフロアを垂直的に結びつける。廊下は特定のフロア内での連結であるが、階段は2層あるいはそれ以上の階層を上下に結ぶ。これによって住人は各層を垂直的に斜め移動する。とりわけ「下廻り階段」は上りはじめの踏み板4段だけが長さや角度を微調整されていて、それぞれ微妙に異なった踏み板を踏むとき、歩行のリズム以上に、ひとは微細な変化を感じ取るかもしれない。

階段の遊離はつのり、ひとりはひとりをもとめ、ひとりは
窓から外を眺めに、別のひとりが本と筆記具を持ちこみ、
もうひとりは布を広げるために。凪は1段ごとに違う景色
を誘い、廻りこんでみるとだれもいません。

1段ごとの「違う景色」に、ひとりが複数となる。あるいは複数いたはずなのに実はだれも

いない。こうした自己同一性のゆらぎは、表題作「ドールハウス」で、ひとりのドールがふたりになる。めざめるとわたしはあなたかもしれない、と。

作品の主体は観る視線に内在しているのか、それとも階段を上るひとに生じる意識としてあるのか。そのどちらとも確定出来ないように作品は書かれる。階段とは未知の世界への通路であり、上るひとは、時に意識と夢想のあわいへと誘い込まれてしまうのだ。

この家は、実際に住まれた住宅であるが、どこにも存在しない家でもある。廊下が、床が、天井が、外壁が、リアルな、あるいは夢想的な姿を現す。家は不動の存在であるが、部分として現れるとき、それぞれの関係は可動的である。気配だけはするのに、ひとの姿はない。わずかに、「千鳥」と「みちる」という名前が秘教のように登場する。だが双子の姉妹のようなこのふたりがリカちゃん人形（ドール）に似た存在なのか、あるいは家に溶け込んだ妖精的な存在なのかはわからない。

家の所属物としての「食卓」はかなしみを持つし、ミルクをこぼすと半ズボンの裾が「わたしは冷たい」とつぶやく。まるで物体が生きているようでもある。家でありながら現実の家ではない仮想の空間が息づく。

さらに興味を引くのは、「縁の下」という作品である。縁の下とは床下のことであるが、狭い意味では縁側の下を意味する。日本の家屋は必ずといっていいほど2間（3、6m）ほどの庭に面した縁側を備えており、夜は雨戸で締め切るが、昼間は開け放して陽光を取り入れる。年寄りは座布団に座って日向ぼっこをするし、近隣の親しい間柄では玄関を通らずに庭から縁側に入って、お茶をすすりながら談笑する。そんな場所が縁側であった。私は幼少期に北海道の旧屯田兵舎に住んだことがあるが、その粗末で小さな家屋でさえ1間（1、8m）ほどのミニ縁側があった。

山口百恵の「秋桜（コスモス）」（77年、作詞さだまさし）でも、庭先の縁側での母と娘の情景が唄われていた。その縁側の下に拡がっているのが「縁の下」である。耐寒建築の普及とともに北海道では姿を消したが、少なくとも60年代までは外に開かれた縁側－縁の下は、なくてはならないものであった。

ここに記述された住宅は、70年代以前の記憶を含む。屋根裏や裏口も今は少なくなった。「プリズム」などに出てくる、トランクを携えた指輪売り（私の記憶では宝石屋）や押し売り（訪問販売）は、防犯設備の普及した現代ではほとんど姿を消した。

外化された記憶の堆積がある。庭は家屋の延長上にあり、どうじに外部でもある。窓や外壁は、内部と外部を区切る境界線であり、拒絶と受容の機能を担う。空間的に可動性をもつだけでなく、時間的にも過去と現在が重なり揺らいでいる多元的な記憶の場、それが「ハウス」というテクストである。

この仮想空間では多孔質であることにも注意が払われている。デッドスペースは、利用されづらい余白的な存在であり、屋根裏や縁の下もあらかじめの使用目的を持たない空白的なスペースである。高度成長期以降、開放的な日本的住居から耐寒式戸建て住宅へと、そしてマンションと称する密閉された集合住宅へと、空白を残さず埋め尽くす方向へと、変化してきた。海東セラの展開する仮想空間では、記憶と考察と想像力とによって、空間的にも時間的にも隙間と多孔質性が抱え込まれている。まるで私たちの心のように。

「ハウス」と名づけられたこの言語的ミクローコスモスは、多種多様な要素（部分）を次々と展開しながら息づき、「思想のやどり」（「たてまし」）となり、オープンハウスへと向かい、永久運動としてループする。書かれた詩が集められているのではなく、あらたな構造体としてのテクストが生成している。稀なほど重層的かつ緊密に構成された詩集である。（思潮社刊）

野沢啓『詩的原理の再構築――萩原朔太郎と吉本隆明を超えて』

私は、「原理」や「体系」がとても苦手な人間である。野沢啓の独創的な詩的言語論である『言語隠喩論』についても、いまだ全体像をすっきり理解できたという自信はない。とりわけ、頻出する引用文献を理解して前に進むのは、かなり困難であった。しかし、「言語の本質はそのレベルにおいてもつねになにものか新しいもの／ことを指示しあるいは示唆するという意味で制作的（ポイエーシス的）であり、それが必然的になにものかを生み出すという意味で創造的隠喩的である」という明快なテーゼには、詩と向き合う元気をあたえられた。ここで野沢の言う「隠喩」とは、先行するなにか在るものの置き換えではない、ことばによるあらたな創出を意味する。

これはアンリ・メショニックが、「隠喩はそれに先立って存在する何か別のものを表現したものではない。それは創造なのである。ただ単に創造の行為というにとどまらず、それは他に還元不可能な新しさ、創出的認識なのである」（『詩学批判』、竹内信夫訳）と述べていることと重ね合わせるとわかりやすい。

もっぱら具体的なテクスト言語による規範からの逸脱的な運動性（振動、衝突、炸裂、消滅など）や否定性の価値領域に興味をもち、指示性を含む言語そのものの本質についてきちんと考えてこなかった私に欠落しているものを、野沢は緻密に論じる。原理論を構築しつつ、「詩を書く現場」を手放さない姿勢を保持する。実践篇というべき『ことばという戦慄――言語隠喩論の詩的フィールドワーク』での詩人論は、言語論と具体的分析との往還が際立った。厚みのある理論はこうした具体的な実践のなかから生まれてくる。

本書で野沢は、批判的対象として、はるかに先行する萩原朔太郎『詩の原理』と吉本隆明『言語にとって美とはなにか』への「理論的脱構築」を敢行する。この2冊は、野沢の原理論にとって乗り越えるべき対象だ。

まず萩原の『詩の原理』について、詩をめぐる初めての原理的考察であると高く評価し、「内容論」全15章「形式論」全13章の内容を詳しくたどって、全体の構成が図式的であり、言語への本質論が欠落している点は強く批判する。しかし『詩の原理』後のエッセイで萩原が、「言語が詩を決定し、言語が詩論を決定する」と述べていることを「本質的な詩人の生を生きていた」と高く評価しつつ、『詩の原理』の形式論第1章「韻文と散文」での、「言語はすべて關係であり、比較に於てのみ、實の意味をもつ」というソシュール的な視点が充分に展開されなかったことや理論的な構築性の脆弱さを惜しむ。体系的な詩論書として対象化すれば、野沢の批判は正確である。ただし、原理や体系を苦手とする私のようなものにとって、詩を深く体感させるという意味で、萩原の『詩の原理』は詩を読むもの書くものの必読の書に思える。言語論の欠落を批判しながら野沢もまた、「本質的な詩人の生を生きていた」と評価はしている。

次に検証される吉本の『言語にとって美とはなにか』については、私も私なりの体験がある。読みの精度は別として、私は吉本の初期詩論に多大な影響を受けていた。だから『試行』連載時には、この吉本芸術論（と思い込んだ）の展開に期待した。だが、あまりよく分からなかった。錯綜した論理展開がのみこめず、途中から索漠とした気分となり、その後しばらくして『戦後詩史論』を読み、同時代の詩についての「修辞的な現在」という総括におどろき、吉本の書いたものを読むのはいっさいやめた。

これに対して野沢は、私には分析できなかった部分を論全体と照応させながら、詳細に深く読み込み、吉本言語論の本質的な誤謬をひとつひとつていねいに解き明かしていく。その過程はとてもスリリングだ。

野沢による批判の最大の核心は、詩を書くことにおいて、吉本が「意識言語論者」であることで、それはたとえば、後半の例だが、吉本の、

形式は人間の意識体験が自己表出として拡がり持続されていく、その仕方に、ある間接的な基盤をもっており、内容は人間の意識体験が社会にたいしてもつ対他的な関係に根拠をもつとおもう。

という箇所を、「吉本はどこまでいっても《人間の意識体験》のことにしか言及しない（できない）」、とする批判でも明らかである。詩は事前の認識にもとづいて成立するものではないということは、「言語の本質的隠喩性＝創造性」という野沢の立論からは当然のことだ。意識

は言語によって規定されるので、（詩の）言語が意識によって生み出されるわけではない。

すでに野沢は、初期吉本の「ランボオ若しくはカール・マルクスの方法についての諸註」（49年）における、「詩作過程を意識とそれの表象としての言語との相関の場として考へれば、詩作行為は意識が限定する心的状態にはじまり逆に言語が意識を限定する心的な状態に終る」という主張に対しても、「〈思想が言語を決定する〉と言わんばかりだ」と強く否定していた。マラルメアンたる野沢として当然であろう。マラルメにとって、詩人はその喚起された不均一性ゆえの（語群の）衝突の結果として、その主導権をことばたちに譲る。詩観における個へのこだわりも排除される。

ただし、学生時代に吉本の初期詩論を読んだ私が深く印象づけられたのは、詩作の過程を「意識とそれの表象としての言語の相関の場」という部分である。意識と言語の「相関の場」というとらえ方が、当時はとても新鮮であった。意識と言語のどちらが優先されているかどうかに、その時の私の読みは向けられていなかった。ゆっくり読み返すと、「意識とそれの表象としての言語」というのは野沢の指摘通り、意識が言語を決定するとしか読み取れない。これでは一般的な言語論では通用しても、私たちの必要とする詩論にはならない。

かつてなぜ私が誤読したかというと、たぶんランボオとマルクスを「逆立」したものととらえる吉本の発想（あるいはキャッチフレーズ）が秀逸だったことによるだろう。私は野沢の批判にまったく同意するのだが、テクストの受容において意識と言語の関係性すなわち「相関」を視ることも大切だという思いからは今なお完全には脱却できない。この時の私は、「意識」を「非＝意識」とでも勝手に読み換えていたにちがいない。その頃は、くりかえしとなるが、吉本初期詩論の不正確な読みあるいは明らかな誤読が、新鮮な読書体験でもあったのだ。

そしてだんだん見えてきたのだが、吉本言語論の不分明さの原因のひとつは、さまざまな事象をふたつの極に分け、すでに確立された理念によって総合し再構成していく独特の方法にあり、この方法によって、混沌としたものが可視化されひとつの構造をあたえられはする。たいへん便利なので、吉本だけでなく多くの言語学者や修辞学者は2分法を用いて論を展開する。しかしこうした2項対立的方法は、そこからはみ出したものをも強引に自己の視野に統合してしまう。「指示表出性」と「自己表出性」なる2極的な思考方法は、自己完結した閉鎖的なものだ。表現を限定しようとする外的、内的な言語規範がどのように位置づけられているのかも私には不分明だった。

だから、「ある時代の言語にどんな語でも発生の当初からの累積である」という定義にもかかわらず（あるいはこういう定義ゆえ）、吉本は同時代の詩的実践に対して向き合うことが出来ず、「修辞的な現在」などという思いつきの表現でごまかすほかはなかった。隠蔽的で決定不可能な種々の意味や、否定性としての言語価値とは遠く離反した吉本に、詩の生成論は、吉本言語論からの発展としては成立しえなかった。

2分法については、吉本の〈自己表出―指示表出〉に対して、〈価値表出〉をくわえるという北川透の「三次元的表出論」についての野沢の紹介が興味深かった。北川は、当時から「価値の言語」や言語の規範性の問題を追究していたという記憶がある。これに関しては、吉本擁護の視点から書かれた髙橋秀明の「北川透『吉本隆明論』再論」(『アブ』30号)が吉本や北川の言説を初期から詳細に検討していて読み応えがあった。髙橋の結論としては、〈自己表出〉の必然性が〈指示表出〉を派生させ、語り手の意志を媒介して、〈価値表出〉と〈意味表出〉の二重性を孕んだ表現活動を展開するという。これもまた「三次元表出」の変形版なのだろう。だが「表現活動」が、詩の原理を包摂すると言えないわけではないにしろ、詩的行為そのものの解明とは言えない。「語り手の意志」という言い方に髙橋秀明の立ち位置は明らかだ。野沢啓のように詩的言語まで論が届いていなければ、吉本言語論の範囲内にあるといえる。

伝統的言語論には、言語、概念、意義といった3項理論も少なくないし、山中桂一によると、ヤコブソンが詩的言語の本質規定で、「日常言語」と「詩的言語」に2分し、後者に「情動的・喚情的言語」を加えて3分法をとった時期があるという。このほうが詩の本質としての音韻・韻律的な要素がとらえやすくなるのではないか。

吉本の場合、理論的な発想や方法としては2分法しか念頭にないので、3項では混乱し、展開が極めて困難であったはずである。ここでくりかえす余裕はないが、吉本の発想と方法の原点について私は、「吉本隆明――虚無と方法」というタイトルでかんたんな見解を書いたことがある。

いずれにせよ、通常の意味作用を破砕したり突き抜けたりする詩的行為において言語に対する主体の先行性は多くの場合、否定される。だから私が求めていたのは、「なにか」という実体論的な発想によるものではなく、詩の生成する過程や発現作用（いかに）の究明であったし、したがって「なにか」のあとに書かれ、その具体的な展開であるはずの『戦後詩史論』の核心が「修辞的な現在」という断言でしかなかったことにひどく失望させられたのだ。原理構築の中身が野沢のいう「通常言語をもとにした意識言語論」であれば、詩を読む具体的な実践も、詩は修辞的であるというトートロジーに陥らざるをえない。

かつて菅谷規矩雄は、「ひとが疑いのおもりをまず詩におろし、それが詩の本質につきあたるとともに、さらに文学の本質へ、言語の本質へ、とどくべきだとひきつづき決意されるときのみ、《言語にとって美とはなにか》は、無視しえない存在となる」（傍点は菅谷）（「吉本隆明」、『飢えと美と』75年所収）と断じた。実際に菅谷の文が書かれたのは、吉本が『試行』に連載中の、つまりまだ論が完結していない65年のことである。この指摘が的を射ているとすれば、そもそも「言語の本質」（言語論）を深く考えたことのなかった当時の私に、吉本の言語論が全体像として理解できるはずもなかったといえる。

その点、単純さと複雑さが迷路のように錯綜した吉本の言語（表現）論を辛抱強く読み解いていく野沢の力業にはやはり感嘆する。これは言語隠喩論においてモチーフを、「文学の本質へ、言語の本質へ」（菅谷）へとつき詰めていった野沢啓にして、はじめて可能になったといえるだろう。

ところで、79年の菅谷は、萩原の『詩の原理』について、「原理を問い、普遍をめざして歩をすすめることは、すなわちおのおのが個性を超えでることとである」（「萩原朔太郎——《詩の原理》の情況と論理」、『近代詩十章』82年、所収）と書くにいたる。これは、直接的には萩原の論に向けたものである。しかし〈原理〉をめぐる菅谷の思考の先には吉本の『言語にとって美とはなにか』があるにちがいない。当時の菅谷が書き進めていた、戦前戦後を通じて日本の詩史がもちえた詩論の最高峰ともいえる『詩的リズム——音数律に関するノート』からは、先行する萩原や吉本の方法や展開を凝視しつつ、さらに、原理ならざる〈原理〉を求めて身をよじる菅谷の息づかいが聴こえてくるのだ。

原理と具体（的個性）との相関における困難性へ向けた真摯な姿勢は、『言語隠喩論』から開始され、今なお継続中である野沢啓の仕事でもよく共有されている。菅谷の別な書にふれながら、『方法としての戦後詩』（85年）の締めくくりとして、「（詩は）あくまでも現実世界の全体にたいして意志をもってひとりで立ちむかうという場面をつねに想定していないとたちまち崩壊せざるをえない」と野沢は書いた。

年齢的に少しずれはあるが、「私たち」は、孤立のなかで「現実世界の全体」と向き合おうとした世代的な体験を持つ。野沢の変わることのない姿勢と決意が、現在の新たな展開においてもよく貫徹されていると、これからへの期待も込めて私は思う。

（未来社刊）

あとがき

ここ20年ほどに執筆した詩人論と時評、詩集評（書評）をまとめた。加筆訂正が多いので、初出の詳細は省略するが、ここに収録されている文章のすべては、さまざまな媒体の編集者がテーマと発表の場を与えてくれたことによって成立した。ある意味では偶然による対象との遭遇の賜物である。

『現代詩手帖』をはじめとして、『詩と思想』『交野が原』『潮流詩派』『神奈川大学評論』『火の鳥』『未来』などの編集者諸氏に深く感謝したい。

また、かくもめんどうな仕事を快く引き受けてくれた知念明子さんをはじめとする七月堂スタッフの皆さん、素敵な表紙絵を描いてくれたデザイナーの内田恵美子さんにも感謝のほかはない。ほんとうにありがとうございました。

２０２４年７月
著者

横断と流動――偏愛的詩人論

二〇二四年一〇月一〇日　発行

著　者――――笠井嗣夫
発行者――――後藤聖子
発行所――――七月堂
〒一五四－〇〇二一　東京都世田谷区豪徳寺一－二－七
電話　〇三－六八〇四－四七八八
FAX　〇三－六八〇四－四七八七

印刷・製本――――モリモト印刷

ISBN978-4-87944-586-5 C0095